ロンドン
食の歴史物語
中世から現代までの英国料理

アネット・ホープ　野中邦子［訳］

白水社

ロンドン　食の歴史物語

中世から現代までの英国料理

ヴィンセントへ

ロンドン　食の歴史物語　中世から現代までの英国料理　目次

消化がよく味もよい食べ物を供することほど人類の幸福に寄与することはない。

一八八〇年ごろ、ロンドン市長

はしがき

私が子供のころに聞いた言葉のなかで最も強く記憶に焼きついているのは、ＢＢＣ海外放送から流れてくるセリフだった――「こちらロンドンです」。第二次世界大戦中、南アフリカで毎日この放送を聴いていた両親にとって、この言葉は故国の暮らしを忘れないための大事な絆だった。だが、私はロンドンに行ったことがなかった。私の空想のなかで、ロンドンはこの世のものとは思えない神話的な場所になっていた――世界最大の都市であり（当時はそうだった）、大英帝国のハブであり（私は大きな車輪を思い描いた）、調子はずれの耳障りな鐘の音が鳴らされる場所だった。ビッグ・ベンと呼ばれるこの鐘はいつも放送の最初に鳴り響いたから、きっとすごく重要なものなんだろうと思った。

成長するにつれて、私は読みものを通じてロンドンの別の顔を知るようになった。まずディケンズ、祖母が毎週送ってくれた『パンチ』と『リスナー』。それから、ほかの作家たち。ドーンフォード・イェーツからチャールズ・ラム、アガサ・クリスティからウィリアム・サッカリー、チョーサーからヴァージニア・ウルフ。ついに自分の足でヴィクトリア駅のホームに降り立ったとき、私は久しぶりで故郷に戻った人のようにわくわくしていた。失望はしなかった。なぜなら、ロンドンは美しい建物や歴史的な価値のある記念碑が集まっているだけの場所――古代から続く都市は往々にしてそうだが――ではなかったからだ。ロンドンは人が住む場所であり、事件が起こるところだった。路地にはゴーストが歩きまわり、公園や教会の中庭、ロンドン塔やウェストミンスター寺院だけでなく、高架交差点やオフィス街にさえも亡霊が憑いていた。こうした考え方はロマンチックすぎるかもしれない。私が生粋のロンドン子だったら、きっとそんなのばかみたいと思うだろう。しかし、私はロンドンに生まれなかった。どっちにしても過去を鮮やかに想起するのはロマンチックな人間の特技といっていい。

人をよく知りたいと思うなら、食事をともにするのが最良の手段である。だから、ロンドンの食料事情を研究すればおのずとその街や住人とも親しくなる。イギリスの首都にして大きな港町であり、また商業の中心地でもあるロンドンは集散地として機能し、人やものを引き寄せると同時にそれらをはるか遠く、広い世界へと送りだしてきた。この街にはロンドンならではの欲求があり、特権を与えられ、特殊な問題を抱えていた。私の関心を捉えたテーマが読者にとっても興味を惹くものであれば幸いである。この本では大勢の作家たちが水先案内人になってくれる。よき道連れになるだけでなく、彼ら自身おいしい料理と楽しい会話を心ゆくまで楽しんだ。ガイド役となる作家のうち、ロンドン生まれはたった三人しかいない。チョーサー、サミュエル・ピープス、ヴァージニア・ウルフである。シェイクスピア、ジョンソン博士、オスカー・ワイルドはロンドンをおもな仕事の場としていた。彼らが他の場所で執筆している姿など、とても想像できない。ディケンズとジョン・イーヴリンは例外である。というのも、彼らはロンドン生まれではなく、仕事の場もロンドンではなかったからだ。しかしイーヴリンはロンドン近郊に住み、石炭の煤煙による大気汚染について危惧したこと、大火後の再建計画を立てたこと、疫病が流行したときには沈静のために奔走したこと、しかも彼の住まいのあったデットフォードがいまでは大ロンドンの一部になっていることからして、彼をここに含めてもかまわないだろう――野菜の栽培と食べ方についての小冊子はさておき。そしてディケンズについていえば、その前もそれ以後も、彼ほどロンドンに深く通じている人間はいなかった。ガイド役のなかでも、ロンドンの知的な情報の大部分を受けもつのはディケンズとジョンソン博士である。

本書の巻末には、その時代の料理書からレシピをいくつか引用した。原典には分量と調理時間は書いてないが、ここではおおまかな数字を入れておいた。「による」とあるのは——たとえば「エリザベス・ラファルドによる」など——そのようにレシピが修正されていることを示す。もっとあとの時代のレシピはそのまま、ときには注釈まで引用した。どのレシピを入れるかの判断はむずかしかった——読者が実際に作れるもの（つまり身近な食材を用いて、現代のキッチンで料理できるもの）にしたかったが、同時にその時代を代表する料理であって、しかも今日私たちが食べているのと違う点があればさらによかった。分量はとくに記されていなければ四人から六人分である。

謝辞をささげるべき人びとは大勢いるが、とくにお礼をいいたいのは、この本の必要性を熱心に説いて、大きな励ましと貴重な情報をくれたエリザベス・チェース博士である。シェフのジョナサン・ミーズは現在のロンドンの食事情について私とともに考えてくれた。ロンドン子であるロジャー・ノッブスは面識もない筆者からの問い合わせに快く返事をくれた。イギリスの有名レストラン、ルールズのジュリアン・ペインは陰鬱な十二月のある夜、一時間以上にわたって私の質問に答えてくれた。メインストリームの編集スタッフはつねに親切で忍耐強く、元気いっぱいだった。わが夫もこれらの条件をすべて備えていた。しかし、それ以上にいかほどの努力が必要だったかは、彼だけが知っている。

アネット・ホープ

二〇〇五年五月

第一章　ご馳走は白鳥の丸焼き
チョーサー『カンタベリー物語』に描かれた中世

彼の家ではつねに焼きたてのパンを絶やさず、
魚と肉もたっぷりありました。
食べ物も飲み物も、まるで雪が降るように次から次へとあらわれ、
想像できるかぎりのありとあらゆるご馳走が並んでいました。
チョーサー『カンタベリー物語』「総序の歌」より

現在ロンドンと呼ばれている都市は人口七百万を超え、面積は六一〇平方マイルにも及んでいる。チョーサーの時代、人口は六万以下、面積はわずか一平方マイルしかなかった。ローマ人が築いた壁の内側に何世紀ものあいだ同じ姿でちんまりと収まっていたのである。にもかかわらず、そしてあえていえばパリやフィレンツェのほうがずっと大きくベルギーのヘントでさえもっと大きかったのだが、それでもロンドンはイングランドの最大にして最も繁栄した首都だった。かつて家庭菜園のある木造家屋がひしめきあっていた場所には、いまやほとんど誰も住んでいない。そこはいまオフィス街になっている。現代のロンドン子はシティの外側に住んでいる――周辺の村々はロンドンに呑みこまれ、郊外住宅地へと変貌した。

変化はほかにもある。チョーサーのロンドンは、いまの言葉でいう首都ではなかった。国王はここ

に住んではおらず（ロンドン塔が国王の象徴としていかめしく聳えたってはいたが）、恒久的な議会の場でもなかった。ロンドンの重要性が増したのはテムズ河畔という地理的な条件のためだった。テムズ川はイングランドの中心部まで続いており、商船はかなり内陸部まで航行できた。さらに、もう一つの重要な都市であるウェストミンスターに近いことも大きかった。ここには王宮が置かれ、宗教建築の見本というべき寺院もあって、君主と教会の権威を見せつけていた。本来のロンドンは通商の中心として栄えたかもしれないが、シティとウェストミンスターに物品やサービスを提供することも同じくらい大事な機能であり、それが繁栄の基盤になったのである。

当時のロンドン市民のなかでも、チョーサーは典型的なアッパーミドルクラスだった。父親はワイン商で、母も商家の娘だった。一三四〇年にチョーサーが生まれたとき、一家はテムズ・ストリートに住んでいたようだ。この通りはウォルブルックという小さな川の西岸にあり、この川は近くのダウゲートでテムズに合流していた。現在のテムズ・ストリートは歩行者が横断しようとしてもまず無理である。当時から交通量の多かったこの通りはテムズ川と平行して走り、荷揚げ場が並んでいた。いちばん近い荷揚げ場はクイーンヒスだった。ここはおもに魚の水揚げ場として知られていたが、同時にフランスのルーアンから運ばれてくるワインもここで陸揚げされた。だからチョーサーの家はとても便利な場所にあったのだ。ワイン商の多くが家をかまえていたこの一帯はいまでもヴィントリー（ワイン商の街）と呼ばれている。

子供にとって、ヴィントリーのコスモポリタンな雰囲気はわくわくするような刺激に満ちていたことだろう。フランスやイタリアやスペインからワインを運んでくる船はそのほかにも荷物を積んでいた。ヴェネツィアからはスパイス、ギリシアからは綿や亜麻、シリアやキプロスやアレクサンドリアからは砂糖、石鹸、干した魚、レーズン、イチジク――これらの入った樽はすべてクイーンヒスで荷揚げされ、ころころと転がすか、または荷馬車に積んで、市内各地の倉庫に運ばれた。

それらの物資を輸入する商人がロンドンを支配していた。集団でギルドを構成し、鮮魚商《フイッシュマンガーズ》や胡椒問屋組合《ペッパラーズ》（のちにマーチャンツ・イン・グロスまたはグロサーズ（食料品商組合）と名前が変わった）、それにワイン商組合などのギルドは巨万の富を蓄えた。権力をふるえる市長の座には、これら有力なギルドのリーダーから選ばれることが多かった。ジョン王の時代には「ロンドン市民が従うべき王は市長だけ」といわれたほどだ。一三七四年には鮮魚商のウィリアム・ウォルワースが市長に選出された。二年後にそのあとを継いだのは同じ鮮魚商のサー・ニコラス・ブレンブルだった。食料品商組合のジョン・フィリポットは一三七八年にその座についた。そんなわけでチョーサーは生まれながらにしてロンドンで最も影響力をふるうグループの一員だったのである。チョーサーはウォルワースやブレンブルとは知己の間柄で、フィリポットとはごく親しい友人だったようだ（農民一揆の指導者だったワット・タイラーを殺したのはウォルワースだった。殺害に用いたとされる短剣はいまでも鮮魚商ギルドのホールで見ることができる）。

一生のあいだ商業界の友人とつきあいがあったにもかかわらず、チョーサー自身は別の職業を選んだ。十四歳のときにある貴族の館で小姓として働きはじめたのだ。短期間の軍隊勤務のあいだにフランスで捕虜となり、十六ポンドの身代金を払って解放された。このフランス行きには外交的な使命があったようだ。スペインのある博物館にはナバール国王による一三六六年の通行証が保存されており、そこには「ジェフリー・チョーサーおよび随員三名」と書かれている。翌年、彼はイギリスに戻り、国王から給料をもらう身分となった。ランカスター公ジョン・オブ・ゴーントの妃であるブランチの侍女フィリッパ・ロートと結婚したことが有力なコネになったのである。夫婦は何年か宮廷勤めをしたが、一三七四年にはロンドンに移り、ロンドン港の税関長となって羊毛や皮革類などの監査にあたった。

チョーサーはこのとき初めて一家をかまえ、オールドゲートの塔の上にあるロンドン市所有の家を借りて引っ越した。ここは羊毛の荷揚げ場や税関へも歩いていける距離だった。この家の西にはにぎやかなレドンホール・ストリートとフェンチャーチ・ストリートが見わたせたが、東側の窓からはエセックスの平和な原っぱと緑豊かな森を見ることができた。十四世紀には、まだ壁のすぐ外に田園地帯が広がっていたのである。

この平和な眺めが大きくかき乱されたのは一三八一年六月のことだった。暴徒化した小作農と労働者の一団が鎌や鍬を手にして壁の外に結集し、野営をはじめたのだ。彼らを怒らせたのはフランスとの戦費を集めるために課せられた新しい人頭税だった。六月十二日水曜日の夜、誰かが門を開けた。暴徒がなだれこみ、ロンドン中で暴れまわった。チョーサー夫妻が家にいたら、それこそ恐怖に震えたことだろう。ケントでも小作農が蜂起し、ロンドン橋を渡って暴徒に合流した。大法官のサドベリーと財務長官のヘールズはロンドン塔に隠れたが、見つけだされて首をはねられた。外国人排斥の風潮が広がり、商売敵だったフラマン人が虐殺された。やがて暴徒たちは壁の外に出てストランドまで行った。当時、この通りには立派な邸宅と美しい庭が並んでいた。暴徒たちは金持ちの家を略奪し、ジョン・オブ・ゴーントの広壮な屋敷サヴォイに火を放った。この家が焼け落ちたとき、公爵のワインを暴飲したあげく眠りこけていた三十二人の男たちは崩れてきた角材と石の下敷きになった。それから二、三日間、男たちのいまわのうめき声が聞こえてきたが、ようやく救助が来たときには全員が死に絶えていた。

四日目、農民一揆は始まったときと同じくいきなり幕をおろした。騎馬のリチャード二世国王がロンドン市長とともにスミスフィールドへ出かけ、反逆者たちと対峙したのである。一揆のリーダーだったワット・タイラーが威嚇的に一歩進みでると、市長のウォルワースが短剣で彼を刺し殺した。それを見て農民たちはひるんだ。リチャード二世はこの機を逃さず、威厳たっぷりに弁舌をふるって、間違いを是正すると約束した。王の威光に打たれて暴徒たちは散り散りになった。人頭税は廃止され、ウォルワースはナイトに叙された。だが、この事件はロンドン子の心に不愉快な記憶となって残った。このすぐあとチョーサーが税関長の地位を代理に譲ってケントに引っこんだのも、この出来事が尾を引いていたせいかもしれない。

一三八六年十一月に妻が没したが死因はわかっていない。数日後、チョーサーはさまざまなポストを辞して（このころには治安判事を務め、ケント州選出の下院議員でもあった）、それから三年のあいだ消息が知れなくなる。このとき彼はまだ四十代だった。

ふたたび公務につくのは一三八九年である。土木工事監督官として王室の不動産を管理するようになり、またスミスフィールド（スムースフィールド）で定期的に開催される宮廷の馬上槍試合のための桟敷席作りも手がけた。この試合は宮廷の全員が見物した。その一週間、スミスフィールドは武術競技会の舞台となり、色彩にあふれ、大にぎわいとなるのだった。絹のテントはどれも三角旗をはためかせ、騎士たちはきらめく甲冑を着込み、淑女たちはいちばん派手なドレスを身にまとった。槍試合と宴会が終わると、桟敷席は解体され、スミスフィールドは畜牛と干草の市場というふだんの機能をとりもどすのだった。一三九〇年の聖ジョージの日にロンドン橋で開かれたイベントもチョーサーがアレンジしたのかもしれない。このときはイングランド人とスコットランド人のどちらが勇猛かという問題に決着をつけるための決闘だった。大観衆が見守るなか、サー・デイヴィッド・リンジー（のちのクロウフォード伯爵）はサー・ジョン・デウェルズを打ち負かした。

一三九〇年に彼はまた別の仕事についている。ロンドンの排水システムを調査する委員会のメンバーとなって、市の壁、橋、下水、排水溝などを調査し、所有者に修理をするよう指示して工事を監督するのがその役目だった。そんなに多忙ななか、いったいいつ執筆していたのかと思う人もいるだろう。だが、代表作が生まれたのはまさにこの時期だった。『公爵夫人の書』『トロイルスとクリセイデ』『鳥の議会』そして『カンタベリー物語』。さすがに疲労を感じたにちがいない、一三九一年には土木工事監督官を辞めて、ある私有地の小さな管理職についた。一三九九年、ウェストミンスター寺院の境内にある聖メアリー礼拝堂の庭の小さな家を五十三年間の約束で借りた。この場所はいまではヘンリー七世の礼拝堂になっている。十か月後――一四〇〇年十月十五日――享年五十六歳でチョーサーは死んだ。死因についての記録はないが、黒死病（ペスト）だったかもしれない。

十四世紀のロンドンの暮らしを描くとき、心にとめておくべきことが一つある――ロンドンがにぎわう港をもった中規模の商業都市だったという事実である。昔の地図を見ると、ローマ人が築いた壁の内側にあるシティはウォルブルック川をはさんで東と西に分かれている。この東西それぞれに大きなショッピングセンターがあった。イーストチープとウェストチープは市場（マーケット）を意味するアングロサクソンの言葉から来ている（チープは古期英語で取引、売買を意味した）。現在チープサイドと呼ばれているウェストチープは大きな食料市場で、周辺の通りの名称にはかつての機能を思いださせるものが残っている。たとえばブレッド・ストリートは、パンの品質・価格の統制を目的として一三〇〇年の勅令によって命名された。パン屋はここでしかパンを売ることができなかった。その近くにはミルク・ストリートやウッド・ストリートもある。昔はフィッシュ・ストリートもあったが、チョーサーが存命中にそこはオールド・フィッシュ・ストリートと改名された。テムズ河畔のビリングスゲートのそばに新しい魚市場ができたからである。ビリングスゲートはやがて魚の水揚げ場としてクイーンヒスをしのぐことになった。

魚があれば当然、肉もある。イーストチープはもともと精肉業者が家畜を解体し、切り分けた肉を売る場所だった。近くのプディング・レーン――プディングとはもともと屑肉の意味――は川のそばにあって便利だった。しかし十四世紀になると肉市場（肉を切り分ける露店の集合体）はニューゲートの近くへ移った。ここはスミスフィールドに近いので好都合だった。生きたままで追われてきた家畜は、ここの小屋につれこまれ、加工処理された。血や汚物を流しこむ大きな溝があり、それらはそのままテムズ河に流れこんだ。近隣の住民にとって、これはひどい迷惑と不快さのもととなり、ときには病気の原因にさえなった。

家禽（鳥肉）の市場もあった。代表的なものはコーンヒルにあった聖マイケル教会の門前の市場で、たいへんにぎわったため、やがて大勢の業者が集まってくるようになった。彼らはポールター（家禽商）と呼ばれたが、このグループは世間の迷惑などかえりみないようだった。たとえば、店の前にずらりと並べた鳥籠や檻が通行の邪魔になっても知らん顔で、市議会にいくら注意されても改めようとしなかった。一三六六年、路上で鳥の羽根をむしってはいけないという政令が下された。その百年後にも、「近隣に迷惑をもたらす不潔な小屋」を撤去するよう嘆願書が出された。そこに飼われている白鳥、鵞鳥、鷺といった家禽のせいで「悪臭がはなはだしく、汚染によって住民の健康に甚大な被害をおよぼしている」のだった。

一般にいわれているのとは逆に、中世の人びとは野菜やハーブを重んじていた。ロンドンではどんなに小さな家でも菜園があるのが普通だった。ウァート（根菜類）やその他の野菜（たまねぎ、パセリ、ほうれん草、ソレル、リーキ）は普段の食卓に欠かせなかったが、記録に残されることはめったになかった。キャベツとレタスは当たり前すぎて、改めていうまでもなかった。デイジー、たんぽぽ、イラクサ、薔薇、すみれ、ミント、ヒソップなどの草花も庭にそれぞれの居場所をもち、食卓を飾っていた。自分で野菜を作らなくても、ウェストミンスターまで歩けば、ストランドの北にあるコベントガーデンの野菜市場で買うことができた。だがシティの中ならセント・オースティンズ教会のそば、セントポール寺院の中庭へと続く門前に野菜と果物の市が立った。この近所の教会や大邸宅の家庭菜園で採れた作物の余りがここで売られたのである。貴族たちは本邸と各地の別邸とのあいだを行ったり来たりして暮らすのが慣習になっていたから、ご主人様が不在のときには庭師が余った作物を売って懐を潤すことが認められていたのである。一三七二年の日付のある書類によれば、ニコラス・ガーディナーは労働の報酬として一日につき二ペンス受け取っている。彼は自分の裁量でサヴォイの菜園を耕して世話をし、「そこで収穫された果物とハーブは彼の意のまま、いかようにも用いてもかまわない。ただし、われわれが戻ったときに家庭用に必要とするものは別にしておくこと」とされている。教会の中庭に続く門前にはよく市が立った。「庭師とその下僕たちは口汚い下品な言葉をやかましくわめきたてながら、豆、チェリー、野菜などの商品をお客に売りつけようとした」ので、ミサをとりおこなおうとしている聖職者だけでなく、近隣に住む「やんごとなき人びと」を怒らせた。一三四五年、庭師からの嘆願書が出され、また議論も沸騰したが、結局のところ、やんごとなき人びとが勝ちを収めた。庭師たちはセント・オースティンズ教会から追いだされ、野菜市は中庭の南の門を出たところに移された。

チョーサーは場所よりも人間に関心をもっていたので、彼の文章にロンドンの情景を探そうとするのはあまり得策ではない。幸いにも十五世紀初期のバラッド「ロンドン・リックペニー」に生き生きとした情景が描かれている。語り手は大都会に出てきた田舎の若者である。ウェストミンスターで若者はあり金すべてを使いはたし、頭巾《フード》を盗まれた。

それから急いでロンドンへ。

国中でいちばん輝かしい場所。

こなたから「熱々のエンドウマメはいかが」と誘う声。

あちらから「熟れ熟れのイチゴはいかが」と誘う声。

こっちへ来てスパイスを買っていきなという声も。

胡椒にサフランいかがでしょう。

だが、からっけつでは手がでない。

……

そして着いたはロンドン・ストーン。

キャンウィック通りをすりぬける。

こんどは服屋の攻勢だ。

次に来るのは「焼きたての羊のもも肉どうでしょう」

別の一人は「鯖」といい、さらに一人は「刈りたてイグサ」

頭をおおうフードはいかがと別のがいう。

だが、からっけつでは手がでない。


それから急いでイーストチープへ。

「ビーフのリブにパイはいかが」

しろめの鍋は山をなし。

「ゼッタイそうだよ!」「ゼッタイちがうぜ!」と大騒ぎ。
はやり唄をうたって小銭をせびる連中もいる。
だが、からっけつでは手がでない。

このバラッドは若者がコーンヒルで自分のフードが売られているのを見つけるところで終わる。

「だが、からっけつでは、どうしようもない」

チョーサーの記述には、この情景の空白部分を埋めるディテールがある。「ロンドン・リックペニー」に見られる物売りから『カンタベリー物語』の料理人まではほんの一歩なのだ。旅籠の主人を代弁者として、チョーサーはできあいの惣菜を買い食いする危険についてはっきり述べている。

……肉入りパイの肉汁を抜いて売ったり
ドーバーのジャック焼きを二度温めて、
また二度冷ましたのを売ったり
巡礼たちはおまえさんをさんざん呪うだろうよ
なぜって、おまえのパセリでまだ胸がむかついているからさ
あの老いぼれ鵞鳥と一緒に食べたパセリでな
そのうえおまえの店には蠅がぶんぶん飛んでいる

そんな店では、がちがちに乾いたパイ、老いた鵞鳥の固い肉に蠅の死骸入りのじゃりじゃりしたパセリソースを添えたもの、または何度も温めなおした肉入りパイなどというものが珍しくないよう

だ。だが、同じようにここからわかるのは、都会生活にはできあいの惣菜を売る店が欠かせないということである。その理由の一つは、十二世紀の作家ウィリアム・フィッツスティーヴンの記述に見られる。彼はロンドンの需要に応えていた一軒の料理店についてこう書いている。

そこで売っているのは……ロースト、フライ、ボイルなどの肉料理、大きさもさまざまな魚、貧乏人向けの屑肉、鹿肉など金持ち用の上等な肉、鳥の肉も大小とりそろえてある。ロンドン市民の家に、旅で疲れた友人たちが不意に立ち寄ったときなど、これから食材を買ってきて料理するのをとても待ちきれないとなったら……ひとっ走りテムズ河岸まで行けばいい。そこならどんな料理でもお好みしだい、すぐ食べられるようになって並んでいる。

（ウィリアム・フィッツスティーヴン『ロンドンの情景』一一七四年ごろ）

できあいの惣菜を売る店に人気が集まったのには別の理由もあった。燃料が高価だったのだ。市民の家のほとんどには料理用の設備がなかった。きちんとした設備――オーブン、焼き串、火の上に鍋を吊るすためのフック、暖炉の火の上で方向を縦横に変えられる自在鉤など――のあるキッチンをもてるのはとびきりの金持ちだけだった。さらに、鍋を載せる三本足の五徳が一つか二つ、サイズ違いの鍋やフライパンがいくつも必要だった。貧乏人にはとても手が出ない。だから大半のロンドン子にとって、惣菜店は日常生活に欠かせないものだったのだ。

だが、プロのコックがすべて『カンタベリー物語』に出てくる「ウェアのホッジ」のようだったわけではない。チョーサーはたぶん当時のスキャンダルをほのめかしており、同時代の読者にはすぐにぴんと来たはずだった。この時代からすでに、質の悪い食料品を売る不埒な商人から顧客を守るための努力がなされていた。食中毒防止のため、パン屋はペストリーのなかに兎、鵞鳥、家禽の内臓を入れて焼くことが禁止されていた。牛肉入りのペストリーを鹿肉と偽って売るのは、経費節約のためのよくあるごまかしだったが、ばれたら罰される行為だった。インチキ商品を売った者に科される罰則は、W・S・ギルバートのプーバー（歌劇『ミカド』の登場人物）をさぞかし喜ばせたにちがいない。ブレッド・ストリートに住むコックのジョン・ウェルバーガムは、「腐って悪臭を放ち、とても食べられたものではない」穴子を客に売ったため、さらし台に一時間かけられ、その間、彼の売っていた魚を鼻の先で燃やされた。訴えた客には代金が返却された。同じような罰則は、「人類には耐えがたい猛烈な腐敗臭を放つ」鳩肉を三十七羽分売った男にも科せられた。

惣菜を売る店の価格にも規制があり、一三七八年の市長および参事会員が発行した価格リストで詳細を見ることができる。たとえば、ローストポークは八ペンス、ローストした鵞鳥は七ペンス、ローストチキンは四ペンスである。小鳥や野鳥の名前もあげられ、ヒバリやツグミから、雉、サンカノゴイ、鷺などが見られる。テムズの川辺や周辺の森には野生動物がたくさん棲んでいたようだ。自分で捕った野鳥をもっていけば、料理店は「調味料と燃料代、それに手間賃」込みの定価で調理を引き受けてくれた。

当然ながら、裕福な人びとはそんなできあい惣菜の店をあまり使わなかった。現代の私たちが当時の彼らの食生活を多少ともうかがい知れるのは、この時代の料理書がいくつか残っているおかげである。宴会用のメニューの例を見れば、当時の金持ちが見栄えの派手な料理を大量に食べていたことがわかる。コースが二つか三つ続くこともまれではなく、一つのコースは二十皿からなり、おまけに精巧な「細工菓子」まであった——コースの合間に色つきのマジパンやペストリーで作ったきれいな菓子が出たが、これらは食べるというよりむしろ客の目を楽しませ、驚かせるためのものだった。この「細工菓子」の名残はいまでもある。コンスタンス・B・ハイアットとシャロン・バトラーの著作『プレーン・デリ』によれば、そのころからたいていのウェディングケーキのてっぺんには新郎新婦の小さな人形が飾られていたという。だが、中世という時代は現在にくらべてあまりロマンティックではなく、ずっと現実的だった——結婚披露宴に最もふさわしい細工菓子は「赤ん坊のベッドに添い寝する新婦」だったのだ。さもなければ包囲された城、鳥や動物、聖母と聖人たち、きらびやかに飾りたてた軍艦などが登場してお客を喜ばせた。こうした派手さとは対照的に、エドワード四世の母であるセシル公女——信心深さと倹約で知られる——のような敬虔な人びとは一日に二回、たった二品か三品の質素な食事をとっていた。だが、たとえ宴会でも、食卓にあるもの全部を食べるわけではなかった。今日の中華料理やインド料理のように、人びとは手の届くところに置かれたいくつかの皿に手を伸ばし、自分や近くの席の人たちに適当な量をとって食べるのが普通だった。

当時の有名な料理書の一つが『カリー家のレシピ』で、これは一三九一年ごろに「全キリスト王国の最良かつ最も高貴なるヴィアンディア［食料供給者］」たるリチャード二世の要望に応えて宮廷料理長が編纂したものだった。全部で一九六のレシピはごくシンプルなものから非常に手のこんだものまで網羅してあり、庶民的なキャベツスープ（「カボッシュ・イン・ポタージュ」）から、風変わりな「コカグリス」——鶏と豚の後四分体を縫いあわせて詰め物をしたあと、半茹でにしてローストしたもの——まであった。しかし後者のようなレシピはごく少数だった。全体としては単純かつ実用的なものが多いとはいえ、なかには孔雀やイルカのように、いまでは手に入れにくい食材もある。

途方もなく派手な料理はともかくとして、この本やほかの料理書から、チョーサーの『カンタベリー物語』に登場するフランクリンのような階級の人びとがどんなものを食べていたかがわかるだろう。フランクリンは郷士だった。食卓にのぼる雉は領地から送られ、カマスや鯉は庭の生簀に飼われていたが、それ以外は美食を愛する裕福なロンドン子とほぼ同じような食生活だった。チョーサーによれば、フランクリンは人をもてなすのが大好きで、まさに聖ジュリアン（旅人を歓待する守護聖人）の生まれ変わりのようだった。彼の家では肉や酒がまるで降る雪のように出され、広間の食卓はいつなんどきでも食事ができるようになっていた。しかし「快楽主義者エピクロスの申し子」だった彼の要求水準は高く、つねに最高級のものでなければ満足しなかった。「ぴりっとしたソースがぼやけていたり、ナイフや食器類が曇っていたりすれば、料理人にはとんだ災難になった」のである。

フランクリンの食事には二つの大きな特徴があった。食卓にまだフォークがなかったこと。そして、めいめいの皿で食べる習慣がまだ定着していなかったことである。したがって、料理は二つのパターンのどちらかになった――どろどろのスプーンミート（流動物）か、または切り分けられるトレンチャーミート（固形物）である。スプーンミートのポタージュとブロスは深めの鉢から食べたが、これは二人で一つの鉢を共用するのが普通だった。トレンチャーミート――ローストないしグリルした肉、魚、野菜の塊――は切り分けてから、厚く切った四日前のパンの上に置く。このパンがトレンチャー――「切る」を意味する中期フランス語から――と呼ばれた。フランクリン家のような裕福な家庭では、食事のあとでトレンチャーをバスケットに集め、勝手口に群がる物乞いに与えただろう。もっと貧しい家ではたぶんトレンチャーも食べたと思われる。トレンチャーミートは手で食べたので、当然ながらマナーブックでは手の清潔と食事中の手の使い方が大きくとりあげられた。食事中に頭を掻いたり、犬をなでたり、鼻をほじったり、歯をせせったりしてはいけない。

さらに、これも当然ながら、料理を切りわける腕前が高く評価され、まるで複雑な儀式のように思われていた。特別な用語《タイム》さえあった。「卵はちぎり《タイアー》――鮭は骨抜き《チャイン》をし――カマスは切り身《スプラット》にし――鱈はおろし《サイド》――蟹は足をはずし――鳥を切り分けるときも種類によって用語が異なり、白鳥の場合はリフト――鶏肉はスポイル――鷺はディスメンバー――孔雀はディスフィギュア」だった（ジョン・ミュレル『新版・料理と切り分け法』より）。

フランクリンの食卓にはたして白鳥や孔雀がよく登場したのだろうかと疑問に思う読者もいるだろう。これらはおもに特別な席でのごちそうだった。白鳥や孔雀の大きさが宴会にうってつけだったし、美しさと高貴さは貴族の食卓にふさわしい権威を与えた。『カンタベリー物語』のもう一人の巡礼である修道僧は、「焼肉のなかでは」太った白鳥がいちばんの好物だった。当時の読者はこれだけで、この修道僧が修道会の規則を無視してとびきり贅沢な暮らしをしていることがわかったはずである。孔雀にも似たような特徴があった。白鳥も孔雀も、普通は羽根をむしらずに皮を剝いでローストしてからもとの形に戻し、美しい羽根を誇示するように飾ったうえ、金色のくちばしをつけて完成させた。

平均的なロンドン子が食べる鳥の肉はもちろん、もっとずっとつましいものだった。今日の目からすると奇妙かもしれないが、町の上空や周囲の森に住むヒバリやダイシャクシギ、ツグミや鷺などほとんどすべての鳥が食用になった。どんなに小さな鳥でも一年を通じて新鮮な肉として供給されたのだ。冬にはフランクリンのような土地もちの領主はきっと鹿肉を食べただろう。だが、ロンドン周辺の森にはたくさんの動物が棲息していたにもかかわらず、この一帯の猟鳥獣はすべて国王の所有物であり、許可を得た者でなければ猟はできなかった。中世のロンドン市民にとって一日がかりの狩猟は、いまでいえば青年実業家の週末スキーのようなものである。一方、密猟は厳しく罰された。十三世紀のヘンリー三世は、毎年イースターに一日だけロンドンの半径三十キロ内での狩猟を市民に許可したことで人気を高めた。

中世のロンドン子にとって肉よりも重要だったのは魚である。鮮魚商組合の富と権力がいかに大きかったか――チョーサーの時代、塩漬けの魚を売る組合と生の魚を売る組合がそれぞれ別個に存在した――は、教会暦の日付の半分以上で肉食が禁じられていることを見れば、それほど意外ではないだろう。ほかの蛋白源が不足するとき、塩漬けの魚と干し魚《ストックフィッシュ》（棒にさして塩なしで干したもの）は貧富を問わず人びとの基本食品となっていた。両方とも塩漬けの魚を売る店で売られたため、やがてどちらもまとめてストックフィッシュと呼ばれるようになった。

鮮魚商は干し魚を扱わなかったようだ。塩漬けの魚とくらべて、鮮魚商の常連客には、少数ながら羽振りのよい人びとがいた。しかも、海中に棲息する動物はすべて魚とみなすという慣習も鮮魚商に有利だった。たとえば、四旬節にもバーナクル・グース（バーナクルはフジツボ、グースはガンの意）は食べてもよいとされていた。ガンの仲間であるこの鳥は、潮の満ち引きのある河口の水中に立つ木々についた貝から生まれると思われていたからだ。一四六七年にロンドンを訪れたあるツーリストは冷静な観察眼で、これの味が野生のマガモに似ていると書いている。「魚として食べたわけだが、口の中ではあきらかに肉の味がした。それでも人の話によれば、そもそもこれは海中の虫から生まれたものなのでじつは魚なのだという」。同じことがアザラシや鯨やイルカにもいえた。「クラスポイス」と呼ばれる塩漬けの鯨はフランスから輸入されたが、とくに四旬節のあいだは需要が高まった。イルカはルーアンからのワイン運搬船の積荷のリストによれば「太った魚」と見なされていたようだ（十八世紀のある古物収集家は、イルカを使った十五世紀のレシピの数が多いことに注目し、イルカ料理が一種の珍味だったにちがいないと推測した。ところが、ポルトガルでイルカを食べたという友人からイルカの肉が「ひどく硬くて悪臭がする」と聞かされ大いに落胆した）。

鮮魚の販売は厳しく統制されていた。ほとんどの魚は近海ものだった――テムズ川にも魚がいたので、ロンドン橋のそばで網を投じる人もいた。当時からすでに魚の絶対量を減らさないため、網目の大きさが規制されていた。そしてここでも、違反者はそれなりの処罰を受けた。違反者は彼らが捕獲した小さな魚をつなげて作った輪飾りを身につけ、市内引き回しの刑に処せられたのだ。鮮魚は市場や特定の通りの露店で売られたが、腐りやすい性質から、市内で行商することも許されていた。とくに腐りやすい鯖は日曜でも売ってよかった。生の魚は二日たつともう売り物にしてはいけないという厳格な規則があったのだ。

とくに人気のある魚は鰊（生、塩漬け、スモークなど）、ツノガレイ、ホワイティング（鱈の仲間）だった。舌平目、鮭、オヒョウなどは裕福な人びとに好まれた。酢漬けの鮭はスコットランドからの重要な輸入品で、イングランドとはひんぱんに戦争があったにもかかわらず、なにごともなくロンドンまで届いていたようだ。

南海岸で豊富に捕れる海老、蟹、貝類はとても安かったので貧乏人でも食べられた。一二九八年には約五リットル分の牡蠣が二ペンスだった――二十世紀の値段と比較するのはむずかしいが、二ペンスというのは料理人が鵞鳥のローストにつける値段と同じだった。鰻とその稚魚もお買い得だった。これらは季節によっては地元で捕れたが、オランダから樽で輸入されることも多かった。

『カンタベリー物語』のフランクリンはソースにやかましかったが、中世の食卓ではソースこそがなにより大事だった。ソースは甘かったかもしれない――いまでもローストポークにアップルソースをかけて食べている――し、強い風味だったかもしれない。いまも大勢の人が好んで食べるラム料理のミントソースのようなものだ。また、スパイスのきいた濃厚なソースもあっただろう。必ずしもそうとはいえないが、一般にソースは添えられる料理とともに作られた。ポークに添えるセージソースの材料は、パセリ、セージ、パン粉、固茹で卵の黄身、酢である。魚に添える「グリーンソース」はさまざまなハーブを砕いたものにパン粉、にんにく、胡椒、酢またはエールを混ぜて作った。ボイルドチキンはアーモンドをベースにした白いソースを添えた。だが、ローストチキンはチキンレバーを主体にしたスパイシーな黒いソースだった。胡椒を利かせたソース、ペボラート（フランス語ではポワーブル〔胡椒の意〕）はローストした子牛肉や鹿肉に添えるのが普通だった。

中世のレシピでスパイスはごく当たり前のものだった。にもかかわらず、どんな料理にもスパイスが強くきいていたのは腐りかけた食品の味をごまかすためだったという誤解がある。だが第一に、スパイスを買える人びと――たとえば土地もちの郷士――は一年を通じて新鮮な肉を手に入れることができたのだ。第二に十五世紀のレシピはだいたいが分量を記載していない。一方で、スパイスで得られる風合いについてはくわしく書かれていることが多い（「ぴりっとしながら甘くなるように」という説明はよく見かける）。ただし、まったくスパイスを使っていないレシピも多い。そして最後に、中世の輸送手段は時間がかかり、あてにならなかった。ラクダやラバの背に揺られ、それから帆船に積みかえられて、スパイスがロンドンに届くまで何か月もかかったのだ。密閉性とはまるで無縁の容器は、さまざまな気候の変化にさらされた。ようやく到着したときには、風味などすっかり飛んでいたかもしれない。中世にスパイシーな料理がとくに好まれたわけは、もしかしたら冬のあいだに食べる塩漬けの肉や魚にすっかり舌が慣れてしまい、味の薄い料理では満足できなかったせいかもしれない。また、スパイスが華美な生活を誇示するための道具になっていたこともたしかである。スパイスは地位を見せびらかすのにうってつけの手段だったのだ。裕福な家ほど、食卓に並ぶスパイスが多彩になった。

イギリス原産の唯一のスパイスはマスタードである。当時の家計簿を信用するなら、大半の家庭で大量のマスタードが使われていたようだが、料理書にはマスタードについての記述がほとんど出てこない。『カリー家のレシピ』ではたった一度、同じく十五世紀に書かれた『リーベル・キュア・ココルム』では三度言及されている。どれも鰊の料理に用いられ、レシピは二つあって、一つは「ピクルス」用、もう一つはマスタードソースである。もちろんマスタードは調理用のスパイスではないし、マスタードソースを作ったら、それをどんな料理に合わせても自由で、とくにレシピが必要なわけではない。塩漬けの肉をボイルしてマスタードソースを添えたものはとくに人気があったようだ。とはいえ、マスタードのおもな役割は薬箱のなかにあったらしい。たとえば便秘、てんかん、風邪、しもやけ、リューマチといった多岐にわたる病気の治療によく使われたことがわかっている。

もう一つ、イギリス原産ではないが、チョーサーの時代からイギリスで栽培されるようになったスパイスがサフランである。伝承によれば、十四世紀に中東のトリポリへ出かけたある巡礼が中空の杖のなかにサフランの球根を隠してイングランドまでもち帰ったのだといわれている。それ以来、サフランは大人気となったのだから、私たちはこの巡礼に感謝しなければいけないだろう。ただし収穫にはコストがかかったため――サフランの原料となるクロッカスの花のめしべを一つ一つていねいに摘みとらなければいけないのだ――サフランの値段はけっして安くならなかった。収穫の中心地はエセックスのサフラン・ウォルデンだった。旅の途中のチョーサーが一面紫に染まったサフラン畑を目にしてさぞかし驚いただろうと想像するのはなかなか楽しい。

中世にはおそらく料理にスパイスを使う頻度がやや多すぎたかもしれない。中世の料理を見くびりたくもなるだろう。だがスーパーマーケットの棚のあいだをぐるっと歩いてみれば、中世の味覚と私たちの味覚にそれほどの差はないのではないかと思えてくる。ただし、かつての生姜とクベブのかわりに、いまでは砂糖とグルタミン酸ナトリウムが幅をきかせてはいるが。

もう一つ、現代にも共通すると思われるのは、着色された食品を好むところである。中世の料理人たちは、二十一世紀のイギリスを見てきっと羨ましがるだろう。着色したにんじん、燻製の鰊、色鮮やかなオレンジ、缶詰の豆の不自然な緑、そして真っ白な小麦粉！　中世の特徴は本来の色を強調するというより、完全に変えてしまうところだった。サフランは食べ物を黄色や金色に変えた――「黄金化」《トゥー・エンドァ》という専門用語まであった。白い料理は魚やチキン、アーモンドなどの食材で簡単にできた（ブラマンジェとは直訳すれば「白い食べ物」の意味である）。緑色にするにはほうれん草やパセリを用い、赤はビャクダンやアルカンナ（ルリチシャの仲間）を使った。紫色はインディゴ、黒は乾燥させた血。宴会の席では、食品による美しいカラー・コンビネーションが演出された。実際に食べるより目で鑑賞するほうがよかったのではないだろうか。

チョーサーの時代の料理と現代のそれを比較したとき、食感や味や色彩よりもっと基本的な違いがあった。それは季節によって食材が限定されたことである。冷蔵庫や冷凍技術の恩恵を受けられなかった十四世紀の料理人にとっていちばんの難問は、夏に食品をいかにして腐らせないか、そして冬にはそもそも食材をどうやって手に入れるかということだった。

肉よりも季節によって大きく変わるのが野菜だった。中世の食生活において、野菜は意外に大きな地位を占めていた。とはいえ、その使い方は現代の目から見るとやや風変わりではある。貯蔵のきく根菜はブロスやシチューを作るのに欠かせなかった。キャベツ、リーキ、たまねぎもよく使われた。夏にはほうれん草、レタス、ラディッシュ、豆類が手に入った。スペースと労働力に余裕のある大きな家では冬に備えて野菜や果物を干したり、ピクルスにしたり、瓶詰めにしたりして貯蔵した。そうはいっても現代にくらべればバラエティには乏しかった。十五世紀の庭師のための手引書には家庭菜園用として七十八種の作物がリストにあげられている。そのほとんどは食用か薬用のハーブだった。冬の終わりごろ、新しい作物がとれる前には、たいていの人が軽い壊血病にかかり、皮膚病や「ぐらぐらする歯」に悩まされた。

ミルクも季節によって変動する食品の一つだった。シティのすぐ外側の農家から届けられるミルクは殺菌消毒も冷蔵もされないまま、木製の容器に入れられ、深いわだちの残る泥道をごとごと揺られてきた。ミルクのかわりに高価だが確実に手に入るアーモンドミルクもよく使われた。これは細かくすりつぶしたアーモンドを水に溶かし、適当な濃さになるまでぐつぐつ煮詰めて作る。バターとチーズも季節の産物で、料理に使われることはめったになかった。とはいえ『カリー家のレシピ』にはチーズの料理がいくつか載っていて、そのなかには「マクロウズ」（マカロニチーズ）や「ラウィオリズ」（ラヴィオリ）などがあった。「タルト・デ・ブリー」は「チーズ・ルーアイン」で作るが、これはたぶんルーアンから輸入されたブリーチーズのことだろう。

ロンドンではミルクが季節によって手に入らず、あまり飲まれなかったのに対して、飲料水も同じくらい人気がなかった。というのも、水は殺菌処理がなされず、ときには汚染されていたからだ。何世紀ものあいだ、汚染された水が公衆衛生に及ぼす影響については解明されずにきたが、明らかにいやな味のする水や泥水は拒否されてきたようだ。中世のレシピには、「腐っていない」または「きれいな」水だけを料理に使うことという但し書きがよく目につく。ロンドンの壁の外には井戸や泉があり、そこの湧き水が荷車で市内に運びこまれた。サドラーズ・ウェルズやクラーケンウェル（ウェルは井戸の意）といった地名は、そのような水源の大切さを示す証拠である。この二つのうち、クラーケンウェルのほうが古く、少なくとも一一四〇年にさかのぼる。この年、ロンドンの教会書記たちはクラーケンウェルの近くで芝居を上演した。この井戸は一六七三年にロンドン市民のものとなり、一八五六年まで使われていたが、コレラの蔓延によって閉鎖された。やがて一九二四年、ファリンドン・レーンのビルの改装工事中に井戸の跡地が再発見された。

では、ロンドン子は何を飲んでいたのだろう？ いちばんよく飲まれていたのはエール（麦芽発酵飲料全般をさし、

（まだホップは加えられていない）である。たいていは自家製で、人それぞれに味や強さに好みがあり、とくに弱いものは子供用だった。『カンタベリー物語』の郷士フランクリンは旨いパンとエールにこだわった。料理人も「ロンドンの樽出しエール」についてはうるさかった。食事のたびにエールを飲み、『カンタベリー物語』の巡礼たちが旅に出た第一日目の朝から、粉屋はすでに酔っ払って馬の上にちゃんと坐っていられないありさまだった。酔って喧嘩っぱやくなった粉屋はみずからこう認めていた。

……あっしは酔っておりやす。この声音でわかりまさあ。
だから、あっしが悪口雑言、汚い言葉をはいたとしても
どうかサザークのエールのせいってことにしておくんなさい。

ロンドンでは商用エールの製造に関して品質・価格ともに厳しく管理されていた。一二六七年以来、エール検査人――味の鑑定人――が任命され、一般向けに売られるエールのすべてに評価が下されるようになった。アン・ウィルソンの『イギリスの食べ物と飲み物』によれば、エール鑑定人の仕事ぶりはこんな感じだった。

しきたりにしたがって、エール鑑定人はその液体を少量ベンチの上に滴らせ、しばらくその上に坐っていた。やがて、革製の半ズボンがベンチにくっついたかどうかを点検した。革がベンチにくっついていたら、エールは十分に発酵していない証拠だった。なぜなら砂糖が変化しないまま多量に含まれていて、アルコール分が不足していることになるからだった。

ハーブやスパイスでエールに味をつけたり酸味を消したりすることもあり、また蜂蜜やスパイスを混ぜれば甘みの強いブラゴットという飲み物になった。スパイスをきかせたミルクをエールで凝固させ、軽い夕食にぴったりのポセットを作ることもあった。

チョーサーの時代、ビールはいぜんとして外国人の飲み物だと思われていた。ロンドンではフランドルからの移民がビールを醸造しており、ホップも輸入していた。ホップがイギリスで栽培されるようになるのは十六世紀になってからだった。

ビールのほかによく飲まれていたのはワインである。『カンタベリー物語』の女子修道院長は良家の生まれで教養も高く、当然のようにワインを飲んだ。カップに口をつける前に優雅なしぐさで唇を拭ったので、なかの液体に脂分が浮くようなことはけっしてなかった。たぶん騎士もエールよりワインを飲むことが多かっただろう。普通の庶民は特別な機会のためにワインをとっておいた。チョーサーによれば、巡礼たちが陣羽織屋《ザ・タバード》で初めて一堂に会したとき、「ワインは強く、どの客も陽気」だった。たしかにワインは強かっただろう。当時のワインは現在とはちがって科学的に厳密な手法で作られていなかったからだ。醸造の原理についてはまだ完全には理解されておらず、コルク栓も発明されていなかった。したがって、醸造後一年以上経過したワインはどうしても酸っぱくなりがちだった。ワインにスパイスで味つけしたり、ハーブを加えたりする理由はここにあるのかもしれない。また、ベルジュースがいたるところで目につくのも同じ理由と思われる。未熟な葡萄からとれるこの酸っぱい液体は中世の料理によく使われた。

十九世紀の人びとは、中世の料理が荒削りで洗練されていなかったと考えがちだったが、こんな思いこみは後世の作家たちによるリサーチでくつがえされた。それでも、リチャード二世の厨房で作られた料理は、十八世紀から二十世紀初めにかけての料理にくらべると味が濃厚で、混ぜ物も多かった。現代の食卓に、ナツメグとシナモンとメースで味付けした金色のキャベツが出ることはまずない。また、魚やチキンを砂糖やアーモンドで調理する習慣も一般にはない。だが、イギリス人の心に長年つきまとって離れなかった漠然たる劣等感、つまりフランス料理のほうが上等だという思いこみは今日ようやく打ち砕かれた。いまの私たちはパリへ行っても、インドやギリシア、モロッコ、中華、タイ料理のレストランを探すようになり、それらのエスニック料理を味わっている。現代の私たちが中世の美食趣味に最も近づいた瞬間といっていいだろう。現代人の食卓とチョーサーやその同時代人の食卓とのギャップは予想以上に小さいのかもしれない。巻末のレシピのなかから、思いがけない驚きを体験していただければ幸いである。

第二章 家庭菜園の時代

シェイクスピアが『フォルスタッフ』に食べさせたもの

……彼らに牛肉と鉄と鋼を好きなだけ与えよ。
そうすれば、彼らは狼のように食らい、悪鬼のように戦うだろう。
シェイクスピア『ヘンリー五世』三幕七場

本書に登場するロンドン案内人のうち、素顔が最も見えにくいのはシェイクスピアである。彼の生みだしたキャラクターはとても身近で、そのせりふや姿は私たちの毎日の暮らしになじんでいる――『ハムレット』はどこかで聞いたせりふばかりだと評した生徒までいた――のに、作者自身は仮面をかぶったままだ。シェイクスピアの守備範囲は広く、ウェストミンスターやウィンザーの王族たちから、イーストチープのタヴァーンの日常、サー・トマス・グリシャムが建設した新しい立派な王立証券取引所で売り買いをする商人たち（ヴェネツィア風の衣装に身をやつしてはいるが）まで多岐にわたる人びとが描かれている。だが、彼自身はたとえばバスの車掌のように、誰もその存在に注目しない。私たちは彼の人生についてほとんど何も知らず、ただ23番バスのチケットを渡してくれるだけの男だと思っている。だが、実際はそうではない。目と耳を全開にし、彼の友人たちから話を聞き、彼が語る言葉にじっくり耳を傾ければ、この男の思いがけない素顔がかいま見えるはずだ。シェイクスピアのロンドンはすでにほとんどが消えてしまっているが、その一部はなんとか再現できる。

一五八七年、二十二歳のシェイクスピアが仕事を求めてロンドンに出てきたとき、そこはチョーサーが住んでいたころのロンドンとほとんど変わっていなかった。チョーサーの死からほぼ二百年がたっていた。ロンドンは繁栄期を迎え、人口は急速に増えていたが、いまのところ住宅は市壁の外側へごくわずかに広がっただけだった。市壁の内側では、ヘンリー八世の修道院解体によって生じた余分な土地が住宅地になり、新しく出現した富裕層がガラス窓をはめこんだ石とレンガの家を建てはじめていた。しかし、たいていの人びとはいまだに燃えやすい木摺りと漆喰でできたちゃちな木造の家に住んでいた。通りの配置はほとんど変わっていなかった。市壁はいまだに立っていた。十四世紀以来の六つの門も昔のままで、七つめのムアゲートが築かれたが、そこへ至る道が現在のシティロードである。通りの多くは古い市壁を越えてさらに先まで伸びており、とくに北と西は発展していた。このあたりには大陸から逃げてきたプロテスタントの小さなコミュニティができていた。というのも、外国人が新技術をもたらしたにもかかわらず――あるいは、だからこそ――ロンドン子はいまだに外国人を排斥しがちだったからだ。西側では細いウォルブルック川が蓋をされて塞がれていたが、フリート川はまだそのままで重要なランドマークになっていた。テムズ川の南側のサザークは活気にあふれ、売春宿や安パブの集まる場所といういかがわしい評判を保っていた。この近所には独身女性の墓地《シングル・ウーマンズ・グレーブヤード》という遠まわしな名称で呼ばれる墓地と五つの監獄――クリンク、マーシャルシー、カウンター、キングズベンチ、ホワイトライオン――もあった。

市壁の内外を問わず、空き地はたくさんあった。修道院の菜園もあれば、未開拓の野原や林もあった。市壁のすぐ外では、猟犬係のラッパの音と「それ《ソーホー》!」という叫び声が聞こえることもあった。ある狩猟家によれば、一五六二年になってもこんな情景が見られたという。「ディナーのあと狐狩りにおもむく。一マイル先からでも聞こえるよく通る声だった。それからセント・ジャイルズの外れで猟犬が狐をしとめた」。いまではとても想像できない。今日、ニューオックスフォード・ストリートに立って、セント・ジャイルズとハイストリートの交差点方面を眺めながら、ラッシュアワーの騒音のなかで、鳴り響くかすかなひづめの音が聴きとれるだろうか？

ムアゲートとビショップスゲート・ストリートのあいだ、現在のリヴァプール・ストリート駅のあるあたりには大きな沼があって、冬には氷が張りつめた。これがムアフィールドで、昔からロンドンの若者たちがウィンタースポーツを楽しむ場所になっていた。橇遊びやスケート、それにスケート・スキーとでもいえそうな遊びがあった。同時代の年代記作者はこう描写している。「……足裏のかかとあたりに骨を縛りつける。それから、ピッケルのようなスティックをついてすばやく滑っていく。そのようすは空を飛ぶ鳥か、放たれた石弓の矢のようだった」。だが一五七六年になって大勢の人びとがビショップスゲートからショディッチへの道をたどったのは、この魅力的なウィンタースポーツを眺めるためではなかった。それはこれまでにない楽しみだった——劇場である。当時のタヴァーンと同じく、劇場は木製の壁をめぐらし、中央の土間を囲んで回廊が築かれていた。観客は回廊に坐るか、中央の土間に突きでた円形舞台の周りに立って芝居を観るのだった。構造が旅籠《イン》によく似ていたのは偶然ではなかった。それまで役者が舞台に立てるのはタヴァーンか戸外ステージのどちらかしかなかったのだ。役者たちは長いあいだ家主のお情けと気まぐれな空模様に一喜一憂してきたのである。そんな厄介な条件や風来坊の暮らしは劇作家の成長や演技テクニックの発展に水をさしてきた。いま、興行主のジェームズ・バベッジは特別な建物を設計し、ムアフィールドのすぐ北のホリーウェル・レーンに劇場をオープンしたのだった。それはごくシンプルに「ザ・シアター」と呼ばれた。これが大成功したため、一年もたたないうちに、ほとんど向かいあって競争相手のザ・カーテンが生まれた。

だが、劇場はすべての人に諸手をあげて歓迎されたわけではなかった。十六世紀後半にはイギリスの宗教革命が起こって宗教的気運が盛り上がった。おもにピューリタンが優勢を占めていたロンドン市議会は、大衆が罪深い娯楽に熱中するのを苦々しく思っていた。だからこそザ・シアターは市会議員の権力が及ばない市壁の外のホリーウェル・レーンに建てられたのだった。

サザークも市の境界の外側にあった（ゆえに売春宿が栄えた）。やがてここには二つの劇場ができた。ローズ座（一九八九年、新しいオフィス街の基礎を築くための掘削工事中に発見され、いまはその建物の地下に保護用の貯水池に守られて埋まっている）とスワン座である。続いてグローブ座ができた。どれも美しい建物で、華やかな装飾があった。オーナーはピューリタンの糾弾などどこ吹く風で、観客にできるだけ最新の芝居を見せるよう努力した。一方、市内では役者たちはまだ仮ごしらえの舞台に立つしかなかった。ロンドン市議会が「冒瀆的な見世物」を短期間だけ上演禁止にすることはたまにあったが、長期にわたって禁じられたのはロンドンにペストや粟粒熱が大流行したときだけだった。

シェイクスピアが加わった劇団は、最初はチェンバレン卿がパトロンになり、のちには国王の庇護を受けるようになった。個人の邸宅や宮廷で演じていないとき、おもな活動の場はザ・シアターであり、シェイクスピアのロンドンでの最初の下宿はこの近所だったと思われる。とにかく、ビショップスゲートを出てすぐのセント・ヘレナ教会の教区トークン帳にウィリアム・シェイクスピアの名前が記されたのは一五九八年のことだった（すべての成年男子は税金を納めるのと引き換えにいくつかのトークンを与えられ、毎週日曜に教会の礼拝に参列して、そのたびに正餐式のテーブルに一つずつトークンを置いてくる決まりになっていた）。

彼が次に足跡を記すのはサザークで、新しい劇場の共同オーナーとなっていた。これが有名なグローブ座で、当時の記録には「ウィリアム・シェイクスピアその他」の所有になる新しい建造物となっている。この地域の教区教会はセント・セイヴィアーで、もとはセント・メアリー・オーヴァリーと呼ばれていた。三つの劇場がすぐそばにあることから、ここはいわば舞台人の教会だった。シェイクスピアの弟で、同じく役者だったエドマンドは一六〇七年十二月に二十七歳で死んだが、彼もこの教会の中庭に埋葬された。セント・セイヴィアーは傷みが激しく何度も修復を重ねたが、やがてサザーク大聖堂として建てなおされた。エドマンド・シェイクスピアの名は内陣の敷石に刻まれている。有名な兄のほうは南側の回廊に一九一一年の日付とともに名前が残っている。振り仰げば、一九五〇年代に作られた窓にシェイクスピアの芝居の登場人物が描かれている。

だが、シェイクスピアは一六〇三年にサザークを離れ（彼が何度も転居したのは地方税から逃れるためだという説もある）シルバー・ストリートとモンクウェル・ストリートの交差点近くに引っ越した。ここはバービカンの一部で、いまではモンクウェル・スクエアとして再開発が進んでいる。最終的にストラトフォードに引っこむまで、彼はここに住んでいたようだ。このあと、もう一度だけ彼の名前はロンドンの記録にあらわれる。グローブ座の関連事業はとても順調に運び、ブラックフライアーズ劇場（現在のクイーン・ヴィクトリア・ストリートとニュー・ブリッジ・ストリートの交差点近く）が営業不振になると、グローブ座がこれを引き継ぐことになった。大掛かりな改修工事のあと、一六一〇年に再オープンにこぎつけた。そして一六一三年三月、シェイクスピアはこの近くの庭付きの家を買っている。このころにはすでに故郷のストラトフォードで家族とともに暮らすようになっていたはずだが、ロンドンの不動産には資産価値があることを知っており、この家を賃貸にしたのだろう。一六一六年に彼が死ぬと、長女のスザンナがこの財産を相続した。

ロンドンの外見はともかく、その性格はチョーサーの時代からだいぶ変化していた。国内では平和が続いたため、中流および上流階級の人びとは裕福になり、余暇を楽しめるようになった。一方、田園地帯では農業改革によって大勢の無学な小作農が土地を失い、都会に出て職を探さなければならなくなった。こうして、ロンドンに新たな貧民層が出現した。ほとんどは臨時の仕事しか見つけられなかったが、なかにはうまく適応し、職人の見習いになる者もわずかながらいた。

貴族たちは田舎の領地に住むことを好んだので、ロンドンの最も裕福な階級はあいかわらず商人たちだった。この当時、ロンドンでもとくに見どころといわれたのは、一五六七年に建てられた立派な王立証券取引所だった。商人たちが一つ屋根の下に集って商売ができるようにと織物商のサー・トマス・グリシャムが私費で建造したのである。一階には小売店が並び、一般客向けの商品が売られていた。ロンドン子にとって、このごく初期の大ショッピングセンターは自慢のたねだった——ここへ来れば世界中のどんな商品でも買うことができたのだ。ロンドンはヨーロッパの主要な港湾都市としてますます栄え、一五四〇年代に幅も深さも広げられたテムズ川には船がぎっしりと詰まっていた。そのようすを見た人はこう書いている。「いまも昔も、ここは木の枝を払ってやっと日光をとりいれた濃密な森のようなものだ。それほどマストや帆が混みあって、影を落としている」。ナポリやヴェネツィアやパリとくらべたらまだ小さかったとはいえ、ロンドンが繁栄した都市であるのは疑いの余地がなかった。一四九七年、ヴェネツィア人でさえ、売られている銀器の量に目を見張った。「一つの通りだけでも五十二軒の金細工（兼金融業者）の店があり、大小さまざまの銀器があまりにも贅沢かつ多量に飾られているので、ミラノ、ローマ、ヴェネツィア、フィレンツェのすべての店をいっしょにしても、ここロンドンで見るような壮麗さにはとても及ばないだろうと思った」

商人たちの豊かさは、高くそびえた木製フレーム造りの家の内部にも見ることができた。狭いスペースにごたごた詰めこまれていたかもしれないが――ときには裕福な家族でさえ一部屋に六人が寝ていることもあった――立派なアパートには銀器やしろめの水差し、ヴェネツィアングラス、トルコ絨毯、ドイツ製の時計、バルト諸国の毛皮、ライン地方の炻器《せっき》（土器の一種）、スペインの家具、ナントの刺繡などがあり、豊かで贅沢な暮らしを演出していた。衣装ダンスや衣装箱のなかには毛皮や絹、繊細なローンやキャンブリック、刺繡入りのリネン、どっしりしたブロケード、やわらかなウールなどが入っていた。ウールがそもそものきっかけだった。イギリスのウールがこれほど求められたことはなく、これを得るために世界中が品物をもってロンドンの戸口へと殺到した。ロンドン子自身がこの町の繁栄ぶりに驚いていた。

彼女（ロンドン）があまりにも華々しく成長しているので、ほとんど手出しもしかねるありさまだ。それはまさに一つの大きな世界であり、そのなかにはさらに小さな世界がいくつも存在する。キリスト教圏でもほかに類のない巨大な蜂の巣（にぎやかな場所）であり、もちろんイギリス国内では最大の都市である。この蜂の巣には年齢、性別、職業を問わず、大勢の人びとがあふれかえり、一年に四度は巣分かれする。この街にとって三つの仇敵は、商業の衰退、流行病、長期のバカンスである……彼女はほかのなにものともちがっている。年をとればとるほど、より新しく、美しくなっていくからだ……科学と芸術と商業の合体から生まれた驚くべき存在、そういってもかまわないだろう。

（D・ラプトン『ロンドンおよび田園の解体』一六三二年）

ラプトンのこの本は単純な言葉遊びに終始するお手軽な読み物で、当時の読者に一時間か二時間の暇つぶしをさせるだけのものだった。とはいえ「目次」を見ると、シェイクスピアがなじんでいたロンドンの街にどんなランドマークがあったのかを知ることができる。ロンドン塔、セントポール寺院、ザ・ブリッジ（ロンドン橋のこと――当時、ほかの橋はまだなかった）、チープサイド、証券取引所、ターンブル・ストリート（売春婦のたむろする地域――「彼女たちの最も安直な欲求はいい男をつかまえること……連中は嘘をつくのが性癖となっているので信用するのは危険だ」）、パリ庭園（サウスバンクのスワン座のすぐそばにはアニマルショーがあった）、ベドラム（精神病者を収容するセント・メアリー・オブ・ベスレヘム病院）、芝居小屋、フェンシング教習所、ダンス学校、そしてフィッシャーウーマン。

ランドマークに混じって、魚を売り歩く女行商人があげられているのは興味深い。ラプトンはこう書いている。

声をあげつつ商品をあちこち売り歩く女たちは、頭の上に店をのせているようなものである。彼女たちの縄張りはビリングスゲートかブリッジフットで、住まいはターナゲイン・ランドだ。女たちは毎朝、新たに商売を始める。ざっと行商の準備をすると、商品を仕入れ、あとは陽気に声をあげて売り歩くだけである。女たちにとっては、ひと籠五シリングの仕入れ品と大きな売り声だけが大事な商売道具だ。商品を全部さばけたときが最高にうれしい。朝は店が満杯になっていればなにによりだし、夕方は店が空っぽになればこれ以上のことはない。女たちの店はとても小さくて、せいぜい周囲二メートルくらいだが、そこでありとあらゆる魚、ハーブ、根菜、ベリー類、りんごやプラム、きゅうりなどを売っている。ときには、ナッツやオレンジ、レモンなども扱う。どんな場所にも出入り自由で、店の家賃もいらず、必要なのはときたまの修繕費だけだ。在庫品が全部はけたら、ロングレーンかペティコートレーンの安物市へ行くか、ターンブル・ストリートの家に戻って、また商品をそろえればいい。売り物はほぼ毎日変わる。今日は魚を商っていても、明日は果物、翌日はハーブ、その次の日は根菜というぐあいだ。だから、顔なじみの物売り女を見かけても、まず売り声を聞いて、その日何を商っているかをちゃんと確認しなければいけない。

ここで初めて道路でものを売り歩く行商人の姿が出てきた。その後、何世紀ものあいだ、この物売りの声がロンドンの街の名物になるのだった。中世の厳格な掟がゆるんで、魚以外の商品を通りで売り歩くことができるようになった。それでも食べ物を売り歩くのはまだフィッシャーウーマンだけの特権だった。

ラプトンの本によれば、観光客がなにかひと口食べたくなっても、まったく苦労はなかった。腹を減らした通行人に食事を提供する料理屋はますます増えており、とくにセントポール寺院周辺の路地やフリート・ストリートに続く道すじなどには多かった。チョーサーの時代になかった新機軸は、一定の時間にセットメニューの食事を出す「定食料理店」だった。エルサレムのソロモン神殿と同じように、セントポール寺院は信者の礼拝の場所というより、むしろビジネスマンや上流社会の人びとの会合場所として機能していた。彼らは回廊をめぐり歩きながら、最新の話題について話しあった。だが、正午の鐘が鳴ると、ざわざわした声はやみ、聖堂は空っぽになった。定食料理店へ行くだけの金がない貧乏人は「ハンフリー公と食事」をした。この聖堂内でもとくにめだつ立派な墓はグロスター公ハンフリーの墓だと（まちがって）思われていたからである。定食料理店は料理の中身も客の顔ぶれもさまざまだった。劇作家のトマス・デッカーによれば、三ペニーの定食を食べる人びとはロンドンの高利貸し、冴えない独身男、けちな法律家くらいだった。客の顔ぶれが――そしてまちがいなく料理も――もっと上等な店になると、値段は一シリングにはねあがった。

　ロンドンのタヴァーンはいまや特別の役割をもつようなっていた。なかでも有名なタヴァーンはデヴィル、それにフリート・ストリートにあったセント・ダンスタンである。後者は、ベン・ジョンソンがアポロクラブを主宰していたことで知られている。いまその場所にはチャイルズ銀行（現在はロイヤル・スコットランド銀行の傘下）が建っているが、そこの頭取室には一六二四年にジョンソンが板に金文字で記したクラブの会則がいまも保存されている。ジョンソンの日々の活動は、彼の知的な業績に負けないくらい活発だった。「胃への讃歌」（「ソースの祖先とゼリーの産みの親」）などという詩が書けるのは、ジョンソン以外に誰がいただろう？　彼からの「夕食への招待」を断われる客がはたしていただろうか？

謹啓、今宵、つましきわが家およびこの私は、
ともにあなたさまの到来を心よりお待ちするものであります。
……
たしかに、謹んでこの点だけは認めましょう。
愉しいひとときは保証の限りではありますが、たいした珍味はございません。
とはいえ、あなたのお口に合うはずのものはととのえておくつもりです。
オリーブ、ケーパー、少しばかりの旨いサラダ
続いてマトン、丸々太ったメンドリ。
メンドリが手に入るようなら、生みたての卵、それから

レモンとワインのソース、これは兎用に。
これなら私どもの懐具合も痛みませんから。
このところ家禽は不足気味ですが、それでも売り子はいますし、
空は堕ちていないのだから、ヒバリが手に入るかもしれません。

……

これ以上、詩のごとき文をくりかえしますまい。
詩に関しては、いずれにせよ、私の語ることではないようです。
食卓に出るのは、私のペンではなく、パンでしょう。
消化のよいチーズとフルーツはまちがいなく供されます。
だが、わが詩神《ミューズ》と私にとって最も価値があるのは
混ぜ物のない芳醇な一杯のカナリーワインです。
いまはマーメイドの酒蔵にありますが、いずれ私のものになるでしょう。
ホラティウスやアナクレオンも賞味した酒です。
彼らの生涯と彼らの詩文はいまにいたるまで残っています。

……

私たちの酒盃にいささかの罪も着せずにおきましょう。
しかし、いざ別離のとき、私たちは
出会ったときと同じく罪のないものとなるでしょう。
私たちのなごやかな食卓で語られたどんな言葉も
次の日の朝、思いだして哀しみや不安を呼び起こすことはありません。

今宵はとことん無礼講を楽しみましょう。

シェイクスピアとちがって、ベン・ジョンソンはタヴァーンの浮かれ騒ぎを愛し、行きつけの店も何軒かあった。ニュー・フィッシュ・ストリートのザ・サン、ザ・ドッグ、ギルドホールのザ・スリー・タンズ、チープサイドのザ・マイター、ダウゲートのザ・スワン、ザ・キングズヘッド、ザ・マーメイドなどの店で、彼は常連だった。詩人のロバート・ヘリックはそれについて短い詩を書き、劇作家のフランシス・ボーモントはタヴァーンの会合をとりしきるジョンソンの魅力あるリーダーシップについて賞賛を送っている。

……いったいなんという光景だったろう
あのマーメイドでは！　聞こえてくる言葉は
すばやい反応とえもいわれぬきらめきにあふれ、
まるでそこに顔をそろえた誰もが
もてる機知のすべてを言葉に託そうとしているかのようだ。
そして、それについていけない愚昧な者はこの先ずっと
退屈な人生を送らざるをえない。

（「マスター・フランシス・ボーモントからベン・ジョンソンへ」）

エリザベス朝のロンドンはあらゆる人に向けた娯楽の場があり、そのほとんどでは階級の差を越えて人びとが自由に混じりあっていた。ロンドンの大イベントの一つで、ラプトンの本に書かれていな

いのは毎年スミスフィールドで開かれるお祭だったが、これは三日間ぶっ続けでとりおこなわれた。シェイクスピアはこれについて何もいっていないが、ジョンソンはこの祭を素材にして戯曲を書いている。この祭はいわば「ロンドン・リックペニー」のエリザベス朝バージョンのようだった。この戯曲『聖バーソロミュー祭』はとくに実在のストリートやパブの名前が出てくる点で興味深い。脇役には、玩具売りのレザーヘッド、「干からびたパンと腐った卵とかびた生姜と古い蜂蜜」で作ったジンジャーブレッドを売るトラッシュ、そして太ったピッグウーマンのアースラがいた。アースラは壜入りのエールとローストポークを商っていたが、客を騙す手管にかけてはぴか一だった。巡回の足つぼ治療師が登場し、火口箱を背負った火打道具屋もいた。バラッド売りもいたし、当然ながらスリの一味もいた。スリたちはアースラやバラッド歌手とぐるだった。泥棒の巣窟にうっかり迷いこんだ田舎者は、「ロンドン・リックペニー」の主人公のように、世間ずれしたロンドン子にいつのまにか身ぐるみはがされているのに気づくのだった。

だが、もちろんロンドンにはもっとブルジョワ的な側面もあった。エリザベス朝の人びとにとって家庭管理とガーデニングはとても重要だった。この時代、経済の繁栄と政治の安定を得て創造的なエネルギーが一気に解放された。役者たちでさえ家庭に落ちつき——シェイクスピアは例外だったようだが——こまごました家事に気を配った。シェイクスピアの劇団にとってライバルだった劇団の立役者エドワード・アレンは、一五九三年に家を留守にして巡業に出ることになった。そこで、彼は妻にこんな指示を残した。

……とにかく、これだけは忘れないように。九月にパセリが植わっていた苗床に、時期がきたらほうれん草の種をまくこと。私が自分でできればいいのだが、万聖節のころまで帰れないからね。では、妻よ、さようなら。この長い旅をどうか忍耐強く耐え忍んでおくれ。

この新しいトレンドは、ガイドブックの急増ぶりにも見てとれる。出版社はいまや人生訓や「ハウツー」本を続々と世に送りだすようになった。この二つが合体したものも多かった。よき妻になるには、よき夫になるには、よき母、よき子、よきキリスト教徒たるには。もっと実用的なものとしては、家の建て方、家庭菜園の設計と栽培法、料理の仕方などがあった。

サー・ヒュー・プラットの『淑女の喜び』（一六〇九年）のはしがきに寄せられた詩にはこの時代の気分がよくあらわれている。

防御の砦よさらば。マジパンの壁は
十分に強く、この時代にふさわしい。
強力な銃弾を砂糖のボールにかえて
スペインの脅威は去り、その激しさはすっかり沈静した。
私は書こう、ジェノヴァのマーマレードとペーストのこと
そして、香りのよい砂糖のことを。
砂糖菓子を作るのに必要な道具のことを。
これこそ淑女たちに喜びをもたらすものだ。

もう一冊の人気のあった手引書は一六一五年に初版が出たジャーヴェース・マーカムの『イングランドの主婦』である。この本ではところどころ道徳的な教えと実用的なアドバイスが混じりあい、愛

国的な感情があふれている。たとえば、女性たるもの自分の手で野菜を栽培しなければいけないという訓戒がある。自家製の野菜で「身近な」料理を作るほうが「ほかの国からもたらされた風変わりで珍しい」ものよりずっと好まれるというのだ。

しかし、そんな心配は無用だった。この章のあとのほうで見るように、新世界からもたらされた食材に大きな関心が向いていたとはいえ、一般家庭のキッチンで使われる野菜はチョーサーの時代からほとんど変わっていなかったのだ。たまねぎ、リーキ、根菜、豆類、かぼちゃ、ほうれん草、キャベツ、サラダ菜などである。保守的ではあったが、同時に食生活を通じて健康になろうとする新たな風潮も盛りあがっていた。人気のあるモラリストの一人は、若い女性たちにキッチンを敬遠してはいけないと説いた。なぜなら料理には「病人を癒す」力があり、キッチンこそ「あらゆる人の生命をつかさどる」場所だからである。

栄養学的に見れば、この時代はなんといってもハーブの時代だった。およそ五十年のあいだに三つの重要な著作が刊行された。一五九七年のジェラードによる『植物の歴史』(『ジェラードのハーブ』としてよく知られている)、一六五二年のジョン・パーキンソン『比類なき大地の楽園』、一六五二年のニコラス・カルペパー『イングランドの医師』である。ジェラードの本がいちばんよく引用されたのは、おそらくこの三冊のなかで著者の素顔が最もよくうかがえるからだろう。科学的とはいいがたいが、それもこの本の魅力の一つである。ジェラードはホルボーンに自分の菜園をもっており、そこで一千種以上の植物を育てていた。海外から輸入された珍しい植物も多く、そのなかにはバージニアポテトと呼ばれる甘い芋もあった。彼の死後の一六三六年に出た版では、花のついたこの芋の苗を手にしている筆者の肖像画が用いられた。ジェラードはロンドン一帯の植生にくわしかった。「ピカディリア」でウシノシタグサを集め、ハムステッドヒースでは鈴蘭と綿スゲ、タイバーンでは葵、ナイツブリッジ村付近ではルリハコベを摘んだ。彼は野生種だけでなく栽培種にも通じていた。あらゆる植物には人類の役に立ち、幸福に寄与するという「徳」が備わっていると信じていたからだった。だが、歴史をふりかえっても家庭菜園がこれほど重要視された時代はなかった。ハーブと同じように、野菜や果物が人の肉体の健康と精神の成長に大きな影響をおよぼすと信じられていたのである。フェンネルは目によかった。リーキとにんにくとパースニップは目にはきかないが、胃を強くする強壮剤とみなされた。ラディッシュは「胃もたれ」にきいた。たまねぎの臭いをかぐと「頭をすっきりさせる」効果があった。たまねぎの汁は「毛髪を剃った頭や太陽に焼かれて毛の抜けた頭に塗ると、発毛を促進」した。にんにくは下剤、レタスは催眠効果があると同時に湿布剤としても用いられた。ジェラードによれば、これまでレタスは夕食の最初に食べるのが普通だったが、最近では食事の終わりをレタスで締めくくるのがはやっているという。

ただし近ごろでは最初と最後に食べるのが健康のためによいと思われる。なぜなら、肉の前に食べれば食欲を増進させるし、食事の最後に食べればワインによる酔いを抑えられるからだ。これはすなわち、頭に昇る蒸気をレタスが沈静化させるためである。

ジェラードはとくにビーツが気に入っていたらしく、「有益なうえに美しく……味がよいだけでなく見た目にも快い」と絶賛し、「最高においしいサラダ」ができるといっている。マーカムは「錯乱」状態――原因は「脳膜の炎症」からくるものとされている――の患者には、鼻の穴にビーツの汁をかけることを推奨している。ジェラードはターニップもお気に入りで、砂地の多いハックニーの商業用菜園で栽培されたものがお奨めだといっている。「この村からチープサイドの市場に出荷されたターニップは、私が食べたなかで最高のものである」

愛国心はともかく、輸入される食品の種類はさらに増えていて、そのほとんどがロンドンを経由した。ロンドンにはあらゆる贅沢品が集まってきた。イギリスのほかの地域に住む人びとはロンドンまでやってきて、自分の欲しいものを訪問客か行商人の誰かが運んでくるのを辛抱強く待つのだった。十四世紀と同じように、スパイスやアーモンドや乾燥フルーツなど――とりわけカラント（「コリント産の干し葡萄」）――がおもな輸入食品だった。『冬物語』の道化の買い物リストを見ると、それらが人びとの生活に定着していたようすがうかがえる。

さてと――羊の毛刈りのために買うべきものは、と。「砂糖三ポンド、カラント五ポンド、米」……妹のやつ、米でいったいなにをするつもりだ？　ワーデンパイの色づけのためにサフランが必要だな。メースにデーツ――は、なし。そいつはこのメモにない。ナツメグ七個、根生姜二個――だが、こいつは欲しいぞ――プルーン四ポンド、それにレーズンをできるだけたくさん」

（シェイクスピア『冬物語』四幕二場）

何年も前からヴェネツィア人が東方から輸入していた砂糖はかなり安くなっていた。コロンブスは新世界で砂糖きびが育つことを発見し、バスコ・ダ・ガマによって東方航路が発見された結果、ヴェネツィア人による砂糖貿易の独占は終わりをつげた。スペイン人とポルトガル人は砂糖きびが育ちそうな場所に次々と苗を植えつけてゆき、供給量が増えるにつれて価格は下がっていった。エリザベス朝の人びとは砂糖が大好きだった。シェイクスピアの『ヘンリー四世』第一部には「サック酒と砂糖が誤りだというなら、神様だって悪人を助けるさ」、『リチャード二世』には「あなたの公正な言葉は砂糖のように、難儀な道をも甘く楽しいものにする」とある。ほとんどの人が砂糖は健康によいと考え、とくに子供にはよいと思われていた。

ほかの食品はヨーロッパから来た。フランドル経由で、ギリシャのオリーブ、フランスのケーパー、生きた鶉（水と麻の実を備えた籐の籠に入れて、鳥が元気なままロンドンの市場へ運べるようにした）。スペインからは大量のオレンジとレモンが届いた。オレンジとレモンはとても人気が高く、袋入りのまま買われてプディングやケーキ、キャンディやジャムの材料になった。あるいは、砂糖の塊とともに生のままかじることもあった。当時のオレンジは、今日のマーマレード作りに使われるセビリア・オレンジのように甘みがなかったからである。

シェイクスピアと同時代に生きた人びとの家庭生活をいろどった食材はすべて、ロンドン以外の場所に住んでいた貴族や大地主階級の記録文書にも見られる。エリザベス朝の田園生活には、都市生活者を悩ませたスペースと労働力の欠乏という制限がなかった。だから、それらの記録をもとに十六世紀のロンドンの暮らしを判断することはできない。残念ながら、オックスフォードシャーの家庭を生き生きと描きだしている『エリナー・フェティプレースのレシピブック』をそのままロンドンの生活にあてはめるわけにはいかないのだ。とはいえ、ヒントになる手紙が何通か現存しており、そこから都会生活の一端がうかがえる。

ジョンストン家の手紙は三人兄弟――ジョン、オトウェル、リチャード――のあいだで交わされた。この兄弟が設立した貿易会社はイギリス産のウールと衣類を輸出し、大陸からワインを中心とするさまざまな商品を輸入していた。やがてジョンは妻のサビーネとともにオーンドル近郊のグラップソーンに引っ越したが、オトウェルはロンドン暮らしを続け、最初はライム・ストリート、次にロンバード・ストリートに住んだ。リチャードは結婚してカレーに支店を設立した。彼らの文通から、エリザベス朝の商人がどのような家庭生活を営んでいたかがよくわかり、とくにオトウェルの手紙からはロンドンでの暮らしぶりがかいまみえる。

なかでもとくに興味深い発見は、その当時から悪路をものともせずに食品が「長い旅」をしていたことである。スコットランド産のラズベリー、ウェールズ産のチーズ、メルトン・モーブレイの肉入りパイ、オークニー諸島の帆立貝をふだんから食べつけている私たちは、あらゆる食品をあらゆる土地に運ぶ大型のコンテナトラックを当然のことと思っている。だが、シェイクスピアの時代、イギリスの道路は、夏は埃っぽく、冬はぬかるみになり、深くえぐれたわだちと穴は季節を問わなかった。馬車による運搬は時間がかかり、あてにならなかった。それでもオトウェル・ジョンストンはたえずロンドンからグラップソーンに向けてさまざまな品物を発送した。砂糖の塊二個、スパイスを一袋、義姉のためにコンフィ、デーツ、プルーン、レーズン、オレンジの袋、砂糖でコーティングしたキャラウェイ、コリアンダーの種、「壺入りサカット」(砂糖漬けの一種)、酢漬けの鰻、干し魚、サンフィア(薬味にする植物・海草の一種)、早摘みのエンドウ豆まであった。お返しに、サビーネはバター、猟鳥獣肉(とりわけ特別な狩猟免許によって捕獲した鹿肉――ジョンストン一族は熱心なハンターだった)、豚肉、ベーコン、塩漬けの豚肉、家禽、鳩は生きたままと調理済の両方、生の果物などを荷造りし、ときには自家製のパンまで送った。これが例外ではなかったことは、シェイクスピアの『ヘンリー四世』第一部二幕、ロチェスターの旅籠の中庭で二人の運搬人が馬を待っている場面からも裏付けられる。一人は「ベーコンの塊と根生姜二個をチャリングクロスまで配達する」途中で、もう一人は生きた七面鳥の入った籠をロンドンまで届けるところだった。

ロンドン住まいのプラスとマイナスはジョンストンの手紙で明らかだ。ロンドンに住んでいれば、田舎の住人にはけっして手が届かないような輸入品を簡単に入手することができた。しかし、自家製の食品を手に入れようと思ったら、田舎とつながりをもたない人びとは市場で売られるに品物に頼るしかなく、ほかの買い物客と先を争うはめになることも多かった。早摘みのエンドウ豆などの場合、広いネットワークの中心にいることが有利になった。ハウンズディッチ、ブロンプトン、ブレントフォード、ランベス、ホワイトチャペルの市場や菜園では質のよい果物や野菜が買えた。ロンドンの土壌で育った苺はとくにおいしいと評判だった。『リチャード三世』のグロスター公はイーリ主教の有名な菜園について言及している。

イーリ主教閣下、先だって私がホルボーンに出かけたとき
あそこの閣下の菜園ですばらしい苺を見かけました。
どうか、あれを少しだけ分けていただけないでしょうか。

だが田舎から送られた食品は、いかに経験をつんだ運搬人の手に託したとしても完璧な状態で届くことはめったになかった。

ジョンストン一家の手紙によれば、サビーネは夫が留守のあいだも領地を立派に管理できる有能で気の強い女性だったようだ。だいたいにおいて、エリザベス朝のイギリス女性は大陸の女性にくらべてずっと積極的だった（だからこそ、同時代のモラリストたちは妻たちに素直さと従順さを説いたのだろう）。アントワープのある商人はロンドンに長く滞在したあいだ「妻たちが好き勝手に家を切り盛り」しているのを目にし、彼女たちが一人で市場へ出かけて「自分でよいと思うものを買う」のを夫たちが許していることに驚いた。

そのような恩恵を得るには、女性もばりばり働く必要があった。良い妻は倹約家でなければなら

ず、一方では料理の腕を磨き、食卓を豊かにすることが期待された。自分で野菜が育てられなくても、市場で買ってきたものを冬に備えて酢漬けにしたり、干したりして保存できなければいけなかった。野菜は朝早く、まだ新鮮なうちに買ってきて、手早く処理すること。たまねぎ、にんにく、リーキ、ハーブなどは乾燥させる。きゅうり、豆類、アーティチョークなどはピクルスにする。りんごなどの果物は瓶詰めか、ドライフルーツか、ジャムにする。保存食用に栽培されるりんごもあった。このりんごはアップルジョンと呼ばれ、摘んだ年から二年後の聖ミカエル祭（九月末）まで保存しておくことになっていた。そのころに食べるのがいちばんおいしいとされていたのだ。シェイクスピアはこれを「干からびて丸い、皺だらけの老いぼれ騎士」と形容し（『ヘンリー四世』第二部二幕四場）、ヘンリー王子はフォルスタッフをアップルジョンになぞらえて侮辱した。

肉も同じように慎重な扱いが必要だった。貧乏人はいまだにおもな蛋白源をいわゆる「白い肉」——ミルク、バター、チーズなど——と干し魚または塩魚、それにときどきは卵などに頼っていたが、懐に余裕のある人びとは肉や生の魚をいくらでも買うことができた。それどころか、ウィリアム・ハリソンは一五八七年に出版された『イングランドの情景』でこう書いている。貴族たち（「彼らの雇っている料理人は大部分が調子のいいフランス人か外国人」）はあまりにも大量の肉を食べるので、「一緒に食事をする者は……肉体を維持するというよりも……健康を急速に害するためにこれほど多量の肉を消費するのではないかという疑いをもたざるをえない」。そう思うのも無理はなかった。現代の学者スーザン・マクリーン・キベットによれば、ヘンリー八世の病歴を調べたところ、肉を大量に食べたうえに生野菜不足で壊血病を引き起こしていたようだ。ミズ・キベットはさらにメアリー一世、ウルジー枢機卿、エリザベス一世、ジェームズ六世などにも壊血病の徴候が見られるという。

理由はなんにせよ、ほかの研究者のあいだでも、肉の消費量が多すぎたという点で意見が一致している。宗教改革によって旧来の断食日は廃止されたが、ハリソンいわく、結局のところ世間での習慣は「ずっと続く」だろうから、「わが国の家畜の数はさらに増え、海でとれる魚もより広く、またより多く食卓にのぼるはず」だった。そこにはまた別の動機もあったが、ハリソンはこれを見逃していたようだ。魚の消費量が増えるにつれて、漁船に乗りこむ男たちの人数も増え、失業者の数は減り、いざ戦争になったときに海軍が徴集できる船乗りの数が多くなるという利点があったのだ。

とはいえ、一五九五年以降、肉断ちの日はしだいに少なくなり、厳密さも薄れていった。やがて魚は基本食品としての地位を失った。この時期の魚料理のレシピには、断食日にもなんとかして贅沢で変化にとんだおいしい料理を工夫しようとする中世の切実な気持ちが欠けている。メニューから鯨が消え、イルカもめったに登場しなくなった。鯉やカワカマスのような淡水魚がよく用いられるようになった。というのも修道院の養魚池がいまでは個人所有になっていたからである。魚介類はあいかわらず人気があった。ストックフィッシュ（干し魚・塩漬け魚）を食べる人は（貧乏人をのぞいて）減っていたが、壺入りの魚《ポッテッド・フィッシュ》――溶かしバターやラードとともに魚を土器の壺に漬けたもの――は珍味の一種と見なされていた。ソーシングとは酢かワイン、またはハーブやスパイスで風味をつけた水に漬けこむことだが、これも魚を数日間新鮮に保たせる方法の一つだった。今日の私たちが買ったり作ったりする鰊の酢漬けは、砂糖などの調味料を含めたレシピのすべてがテューダー朝の調理法に起源をもつ。

アンチョビが初めてイギリスにもたらされたのもこのころだった。塩水に漬けたアンチョビは、いまのカクテルパーティの場合と似たような使い方をされた――のどの渇きを促し、酒をもっと飲みたくさせる効果があったのだ。熱を加えると溶けて風味だけが残るというアンチョビの貴重な個性が発見されるのは次の世紀に入ってからだった。

キッチンでは、料理の粘度があいかわらずフォークの存在に左右されていた。テーブルフォークはすでに入ってきていたが、一般には嫌われていたのである。イギリス人の旅行家トマス・コリアトは一六一一年にイタリア旅行から戻ってくると、イタリア人が肉をカットするときにフォークを使うようすを記述した。彼によれば、教養ある男なら自分の食べ物が他人の指でべたべたさわられるのにがまんできるはずがなかった。「誰の指も同じように清潔とはかぎらないから」だ。しかし、この時代の人びとはそんな潔癖さを気取った態度だと思ったらしく、フォークが一般に定着するのは十七世紀も終わりに近くなってからだった。したがって、肉の調理法と盛りつけは中世の時代とほとんど変わりがなかった。

おおかたの意見によれば、イギリスの肉のなかで最高に旨いのは鹿肉だった。『ウィンザーの陽気な女房たち』に登場するシャロウ治安判事は「へたな殺し方」を謝罪しながらページ夫妻に鹿肉をプレゼントする。エリザベス朝の時代、狩猟はとても人気のあるスポーツであり(この時代のある本には、女王と廷臣たちが森で狩りをしながらピクニックを楽しむ場面を描いた木版画が載っている)、特別なライセンスをもっている人びとは鹿を狩ることができた。その一方で密猟も横行していた。

この時期、「カーボナード」——肉をグリルすること——が流行した。この言葉はスペイン語から来ているが、ジャーヴェース・マーカムはフランス語が起源だといっている(よいものが敵国から来ることを認めたくなかったのだろう)。従来の串焼きが大きな肉の塊を串にさしてぐるぐると回しながら全体を炙るのに対して、カーボナードはもっと薄切りの肉に適した調理法だった。マーカムは、まず肉をさっと茹でてから、両面を焼くのがよいといっている。塩を振って溶かしバターをかけ、専用の金属製焼き網の上にのせて石炭の火で焼くのである。マーカムによれば、このやり方に最も向いているのはマトンの胸肉かショルダー、または鶏の腿肉だという。

外国から入ってきたほかの料理用語には、フリカッセとケルクショーズがあった。フリカッセはいくつかの食材をいっしょにしてフライパンで調理することをさしていた――マーカムが例にあげているのは卵と焼いた薄切り肉で作ったシンプルなフリカッセである（薄切り肉はベーコンとも考えられるが、ビーフか魚、ポークの可能性もある）。ケルクショーズはいろいろな材料を砕いて混ぜあわせ、このミックスをバターで焼くことだった。探検旅行から得られる成果のうち、新しい土地の発見と同じくらい刺激的なのは、未知の食べ物との遭遇だった。一五九七年、ハクルートはこう書いている。

これまでなかったものが初めて到来した時代――それはまだ記憶に新しい。たとえば、国王ヘンリー七世およびヘンリー八世の侍医だったリナカー博士はダマスク・ローズをもたらした。七面鳥はおよそ五十年後、アーティチョークは国王ヘンリー八世の時代に来た。さらに時代が下って、イタリアからジャコウバラの花が伝わり、クロムウェル卿が旅先からペリディウェンをはじめとする三種類のプラムをもち帰った。またウォルフ・ガルディネというフランス人神父は国王ヘンリー八世にアプリコットを献呈した……

（リチャード・ハクルート『イギリス国家の大きな航海と発見』一五八九年、ドロシー・ハートリー『イギリス料理』一九五四年より引用）

たしかに七面鳥がアメリカからスペイン経由でヨーロッパに到来したのは十六世紀に入って二十五年以内だった。英語でターキー（トルコ）と呼ばれるようになったのは、中東からスパイスを運んできた船で運ばれてきたからだろう。フランス語では同じ理由からプーレダンド（インドのチキン）と呼ばれる。アステカ族によって家畜化された七面鳥はヨーロッパでたちまち人気をかちえた。シェイクスピアの時代、七面鳥の気取った歩き方はすっかりおなじみのものになっていて、『十二夜』のマルボリオの形容にも使われたほどだった。「すっかり上の空で歩く姿はまさに七面鳥／羽毛を逆立ててよちよち歩くあのようすときたら！」

海外から新たにもたらされたもう一つの食品はじゃがいもだった。一五八六年にローリー卿がもち帰ったという説もあれば、一五八七年にコロンビアから戻ったドレークによるとの説もある。ドレークの航海記録を誤解したために、ジェラードはこれをバージニア・ポテトと呼び、これより少し先にヨーロッパに到来してよく知られていたスイートポテト（さつまいも）と区別している。フォルスタッフが「空よポテトの雨を降らせ」というとき、このポテトはさつまいものことだった。この当時、さつまいもはすでに催淫性のある食品として知られていたのだった。この場面では、猟師ハーンに変装したフォルスタッフがウィンザーの公園でフォード夫人とページ夫人を誘惑しようとする。ハリソンの『イングランドの情景』によれば、さつまいものような「催淫性のある根菜」はロンドンの貿易会社の大宴会などで供されるエキゾチックな珍味だったらしい。

イギリスの菜園に加わった新品種はじゃがいもだけではなかった。温室や温床の発達のおかげで、チョーサーの時代には夢にも描けなかった作物が栽培できるようになった。ホルボーンでは、ジェラードが茄子（「マッドアップル」）を試してみたが失敗に終わった。ただし、当人がライム・ストリート在住の友人に語ったところによれば、実をつけるところまではいったようだ。「愛のりんご《アップルズ・オブ・ラブ》」――いまでいうトマト――はもう少しうまくいった。ジェラードはまだ温かい馬糞の苗床でこれを栽培したが、手をかけるだけの価値はないと判断した。『夏の夜の夢』のタイタニアはボトムを喜ばせるために「アプリコットとデューベリー／紫の葡萄と緑のいちじく、それに桑の実」を注文する。葡萄は中世の時代から栽培されていたが、アプリコットといちじくと桑の実は最近の輸入品だった。少なくとも壁で囲った菜園というシェルターを必要とし、微妙な色合いとなめらかな食感、甘みの強さからして、これらが貴族にしか味わえない贅沢品だったことはまちがいない。まさしく妖精の女王が愛人に与えるのにふさわしい食べ物だったのだ。

新しい食材の到来はあったにせよ、この二百年間のロンドンの食生活は思ったよりも変化が乏しかった。料理では、いまだにスパイスやハーブが多用され、あいかわらず甘辛かったり甘酸っぱかったりする味つけが好まれた。だが、食事の組み立てはチョーサーの時代から大きな変化があった。ディナーはたいていサラダから始まった。現在のフランスではメインコースの前によく生野菜の前菜が出されるが、それと同じように、エリザベス朝の人びともフルーツ皿にドレッシングなしで盛りつけたレタスや春たまねぎ、あるいは茹でたたまねぎ、アスパラガス、きゅうり、サンフィアにフレンチドレッシングをかけたものから始めたようだ。ちなみにこのころのサンフィアは人気のピークにあった。ジェラードはその味を「スパイシーで少々塩気がある」と表現しており、ピクルスにして肉に添えることが多かった。シェイクスピアはチェンバレン卿が後援する劇団の一員として巡業に出たとき、ドーバーやライの切り立った崖に生えているこの海草を見たにちがいない。『リア王』の有名な場面で、エドガーが盲目のグロスターに断崖絶壁にいると思わせたところは実体験がもとになっているのかもしれない。

……崖の途中には
宙吊りになってサンフィアを集める人がいる。難儀な商売だ！
男の体は頭くらいの大きさにしか見えない。

海岸を歩く猟師は
まるで鼠の大きさだ。

流行の先端をいく食卓には、ローストやグリル、フリカッセ、ハッシュなどが幅をきかせるようになり、中世のポタージュは居場所をなくしたが、しかし完全に消えたわけではなかった。エリザベス朝の人びとは、彼らの祖先と同じく、見た目の美しい食品を好んだが、飾り方は過去のものとはちがって、新鮮さを重んじるようになった。毒々しい派手な色彩は消えてより自然な色あいになり、テーブルは花輪や木の葉で飾られるようになった。オブジェも人を威圧するよりはちょっとした工夫で楽しませるものへと変わった。ボール紙でできたケーキやパイのなかに生きたカエルや鳥が入っていることもあった。また、張り子でできた鹿が脇腹に矢を突きたてたままテーブルに運ばれてきたりもした。この矢を引き抜くと、傷口からクラレット（ボルドー産の軽い赤ワインをさす英語特有の言葉）が流れだすのだった。そんな思いつきはいかにも中世風だったが、遊び心にあふれているところが昔とは大違いだった。食事の最後には、これまでにない習慣ができていた。客たちは食卓を離れて別の部屋か、天気がよければ庭へと案内された。そこにはボードやテーブル――バンケットと呼ばれた――がセットされ、その上に甘いワイン、「マーチパン」（マジパン）の皿、小型のフルーツタルト、ケーキ、ジャム、ゼリー、砂糖漬けの果物、花などが並んでいた。

ハリソンは肉への偏愛を批判しながらも、全体的にはイギリスの食事を擁護していた。総じて変化はよいほうへ向かっているというのだ。

今日の慣習にくらべて、過去には飲食にずいぶん長い時間を費やしていた。昔は、午前中に朝食を食べ、正餐のあとには飲み物か軽食をとり、それからさらに寝る前には軽食をとるのが普通だった……だが、そんなおかしな食習慣は……すっかり過去のものとなった。礼儀正しい人びとは（食事の時間までがまんできない食欲旺盛な若者は別として）昼の正餐と夕食だけで十分満足している……

われわれをはじめとして、貴族、郷士、学生などはだいたい午前十一時に昼食をとり、夕食は午後五時、または五時から六時のあいだである。商人の場合、とりわけロンドンでは、昼食を十二時前にとることはめったになく、夕食が午後六時前になることもまずない……最貧民階級では食べられるときに食べておくのが普通だ。

飲み物の習慣にも変化があった。イギリス全体ではいぜんとして自家製のエールが基本の飲料だった。ときにはローズマリーなどのハーブで風味をつけることもあり、またシナモンや胡椒やナツメグなどのスパイスを加えたり、蜂蜜で甘くしたりすることもあった。寒い冬の日には飲みやすいように温めた。りんごから作るシードル、エールに蜂蜜を加えて発酵させたミードやメセグリンなどは田園地帯でよく飲まれた。しかしロンドンではビールが人気をかちえていた。古い戯れ唄には「七面鳥と異教徒とホップとビール／このすべてが一年のうちにイングランドへやってきた」とうたわれている。この年は一五二四年だったと思われる。地元でホップが栽培できるようになって値段が下がるにつれ、ビールを飲む機会はしだいに増えていった。ホップの防腐効果のおかげでビールの商用醸造が盛んになった。エールのように酸っぱくなる心配がなくなったからである。アン・ウィルソン（『イギリスの食べ物と飲み物』）によれば、エリザベス朝になるとエールにまで軽くホップが加えられ、味が改良されたという。ビールとエールはとても強いものが作られたので、一日中「飲み仲間《エールナイト》」が腰を据えているロンドンのパブでは、飲みすぎて椅子から転げおちるのが日常的な情景になっていた。

タヴァーンはもっと上流の家庭にワインや簡単な食事などの出前を配達することもあった。どんなワインだったのかは、はっきりとはわからない。文献からして、イギリス人はスペイン産のワインやマデイラワインやカナリア諸島のワインを楽しみ、フランス産のクラレットも同様に飲んでいたようだが、それらのワインの品質にはかなりむらがあった。フォルスタッフが飲んだ「シェリス・サック」はスペインのヘレス産だと思われるが、これはたぶん酒精強化《フォーティファイ》されていなかった。フォルスタッフはその美点をいくつも並べたて、脳に昇って血を温めるといっているが、たぶん南ヨーロッパ産のドライな白ワインの大半はボルドー産のものよりアルコール含有量が多いせいだろう（第一幕でフォルスタッフのポケットから見つかったタヴァーンの勘定書によれば、彼は一羽のチキン、少量のパン、いくらかのアンチョビとともに二ガロン〔十リットル弱〕のサックを飲みほしたという――「壁掛けのかげでたちまち眠りこんで馬のようないびきを」かいたのも不思議はない）。「サック」という言葉は強いドライタイプの白ワイン一般をさす派生語だと思われる。カナリーサック（『十二夜』のサー・トービー・ベルチのお気に入りの酒）とマリゴ（マラガ）サックもこの時代の文献にときどき言及されている。スペインの赤ワインはスペイン語のティント（赤）から「テント」と呼ばれた。ほかにはマルムジーもあった（ペロポネソスのモネムバシア原産の葡萄をさすマルボイシアからの転訛）。これは甘みが強かったが酒精強化されておらず、おもにマデイラから運ばれた。ポルトガルのワインはあまり飲まれなかった。この時期、ポルトガルのワインは海外に出ることが少なかったからだ（十九世紀のイングランドで大流行するポートワインはまだ考案されていなかった）。フランスワインは百年戦争のあいだも魅力が褪せることはなく、料理用としても飲み物としても人気が高かったことは『エリナー・フェティプレースのレシピ集』を見ても明らかだ。しかし、一方でドイツワインの人気はかげっていた。

十六世紀のロンドンの水は飲むのに適していなかったようだ。なかにはテムズの水を特別製の鉛のパイプで自分たちの大邸宅まで汲みあげていた市民もいたが、イタリアからの訪問客にいわせれば、その水は「硬質で濁っていて臭かった」。川の水で洗濯した服でさえなんともいえないいやな臭いがした。昔ながらの井戸も使えなくなっていた。タイバーンとイズリントンの泉から清水を木製の導管で運んでいたが、その水を貯蔵しておく路上の水槽タンクはあまりにも小さく、古すぎた。必要なのは抜本的な解決策だった。一六一三年九月二十九日、サー・ヒュー・ミドルトンのニューリバーが開通し、全長およそ六十キロ以上の水路を通ってサドラーズ・ウェルズ近くの貯水池に水が流れこんだ。ハートフォードシャーの泉から汲みあげた発泡性の淡水は新鮮で清潔だった。一市民にすぎなかったミドルトンはこの業績にふさわしい栄誉や報酬こそ受けなかったが、少なくともテムズ川の北側に住むロンドン子たちは一時期にせよ健全な飲料水にありついたのだった。

エリザベス朝のロンドンの最後を締めくくる情景は、シェイクスピアではなくウィリアム・ハリソンの筆によるものである。彼の『イングランドの情景』はこの章でも何度か言及している。ある商業組合——織物商の組合か、または大手の肉屋の組合——の大広間を彼とともにそっと窓から覗きこんで、年に一度の大宴会を眺めてみよう。その派手さ、贅沢さ、豊かさにびっくりして立ちすくんでしまう。テーブルにはどっしりと重そうな凝った飾りの銀器がずらりと並び、上等な毛皮のローブをまとった商人たちが席についている。召使たちは静かにてきぱきと動いてテーブルを埋めつくしたたくさんの皿を運んでは下げてゆく。料理はといえば——

……国中から運ばれた最高級の肉はありとあらゆる方法で調理され、しかも大量に供される……

このような場合、色鮮やかなゼリーが、ドライフラワー、ハーブ、木々、作り物の動物や魚や鳥、フルーツなどの飾りのあいだに混じっている。そのうえマーチパンの細工物が加わることも珍しくなく、何種類もの色とりどりのタルト、外国産と国産のフルーツ・ジャム、砂糖菓子、コニャック、マーマレード、マーチパン、シュガーブレッド、ジンジャーブレッド、クッキーなどに加え、野鳥、さまざまな種類の鹿肉、砂糖たっぷりの珍しいキャンディ……さらに傾ぐほど山盛りにされた……スペイン、ポルトガル、インド原産のじゃがいもや催淫効果のあるイモ類がテーブルにならんでいることはいうまでもない。

飲み物のマナーはこんなふうだった。

……飲みたくなったら、あたりかまわず大声をはりあげて、酒のカップをまわせと叫ぶ。そうやって味わったあとは、そのカップをもう一度、そばにいる誰かに手渡すことになる。順に渡されて、カップに残った酒を最後に飲み干した者は、カップをもとどおりサイドボードに戻す……こんなやり方なので……ちびちびとしか飲めない酒がさらに分断されてしまう。

だが、ハリソンの見たところ、ロンドン子のマナーは全般的に悪くなっているようだった。大都会ならではの悪癖を身につけてしまったのだ。ハリソンによれば、地方では客が訪れても、滞在中ずっと初日と同じように歓迎される。だがロンドンでは、部屋不足を理由に友人や親類を歓迎しないようになっている。さらに悪いのは、丸々と肥えたチキンや大量のビーフやマトンを気前よく出すかわりに「一杯のワインかビール、唇を拭うナプキン一枚、それに『ようこそ』という言葉だけで、盛大な歓迎だと思われていることだ」。

第三章　外食文化の繁栄
二人の日記作家ピープスとイーヴリンが通ったクラブ

うまい食事やすてきなごちそうがあらゆる人を仲直りさせるようすはじつに不思議だ。
サミュエル・ピープス『日記』一六六五年十一月九日

シェイクスピアの時代からイーヴリンとピープスの時代までは、時間的にはそれほど隔たっていない——およそ五十年ほどである。しかし、現代人にとって、エリザベス朝の時代がはるか遠くに思え、中世を引きずっていたのに対し、王政復古のロンドンは近代の戸口に足を踏み入れていたように見える。

そう思わせる理由の一つは、この年月に起きた大きな事件がきっかけで、政治、経済、宗教といった社会の基本的な仕組みが大きく変化し、そこから生まれた社会が現在に至っているからである。二つめには王政復古時代のロンドンの名残がいまもたくさん残っていること。また三つめには、この時代に関する情報が豊富だということもある。この時代の文学から知識が得られるだけでなく、ロンドンに住んで重要な事件を目撃し記述するのに最適の場所にいた二人の才能ある人物の日記が、私たちにさまざまなことを教えてくれるのだ。

サミュエル・ピープスとジョン・イーヴリンが初めて顔を合わせたのは一六六五年だった。ピープスは三十二歳、イーヴリンは四十五歳である。どうやら二人ともおたがいが日記をつけていることを知らなかったようだ。ピープスの日記はあけすけな私生活を暴露し、イーヴリンのほうはもっと体裁のいい思慮深い日記だった。ピープスは十年間、イーヴリンは回想録として（ときには事件の当日よりずっとあとに書かれることもあった）死の数週間前まで書きつづけた。二人の日記によって、私たちは十七世紀後半に起こった大きな事件のほとんどを知ることができる。この二冊の日記によって、当時のロンドンの姿を細部までありありと思い描けるのだ。

ジョン・イーヴリンは一六二〇年、郷士の息子として生まれた。オックスフォード大学を出たあと、ロンドンのミドル・テンプルで法律を学んだが、父の死を機に学業を打ち切って海外を旅することにした。たまたまこの旅行の期間は、ロンドンが清教徒革命で混乱のさなかにあった時期と重なっていた。パリにいたあいだにイーヴリンは熱烈な王党員だった英国大使の娘と結婚し、この大使を通じて亡命中の国王チャールズ二世と知りあった。この関係がのちに有利に働いた。一六五二年、イギリスへ戻ることにしたイーヴリンは、差し押さえられていた義父の領地、デットフォード近郊のセイズ・コートを買い戻し、若い妻をつれてその土地に落ち着いた。

護国卿政治（クロムウェル父子による恐怖政治の時代）のもとでの暮らしは楽ではなかった。だがクロムウェルが一六五八年に死ぬと、評判の悪かった臀部議会（残った共和政派の議員による議会。残余議会ともいう）は解散となり（ロンドン子は通りに小さな絞首台を立ててマトンとビーフの尻肉を焼き、チャールズ二世の健康を祈願して祝杯をあげた）、やがて国王が呼び戻された。これ以後、イーヴリンはずっとホワイトホール（英国政府）の周辺で過ごすことになった。まず非公式ながら科学関連の問題を処理する廷臣兼アドバイザーとなり（イーヴリンは王立協会会員だった）、やがてさまざまな官職についた。最初のうち、ホワイトホールまでの八キロを馬か船で通っていた。後年は冬になるとロンドンに下宿するほうが便利だと思うようになった。

イーヴリンとその家族は四十年以上デットフォードに住んだが、一六九四年にイーヴリンの生まれ故郷ウォットンへ引っ越した。いまや七十代になったイーヴリンだが、あいかわらず活動的で、執筆も続けていた。しかし、このときすでにチャールズ二世（彼は国王を敬愛していたが、王の倫理観にはまったく賛同できなかった）が死去してから十一年が過ぎていた。その後、王座についたジェームズ二世が追放され、オラニエ公ウィレムと妻メアリーがそのあとを継いでいた。イーヴリンより若い世代は新しい王政の顧問や廷臣として雇われた。しかしすでに年老いたイーヴリンは公の生活から身を引き、孫の教育と定期的な教会通いに専念したが、説教のあいだに居眠りすることが多くなったと嘆くようになった。やがて彼は一七〇六年二月二十七日、八十五歳で永眠した。

出自という点で、ピープスはイーヴリンより下だった。父は仕立て屋で、母は女中だった。だが、ピープス家の祖先はヨーマンで、大叔母は有名な王党員のサー・シドニー・モンタギューのもとに嫁いでいた。その息子サー・エドワード・モンタギュー――ピープスの父の従弟にあたる――はのちにサンドイッチ伯爵になり、強力なコネとなってくれた。

サミュエル・ピープスは一六三三年二月二十三日に生まれた。頭がよくて野心家だった彼は、ロンドンのセントポール寺院付属学校では授業料が免除された。やがて奨学金を得てケンブリッジのモードリン・カレッジに進み、一六五三年に学位を取得した。二年後、亡命してきたフランス人ユグノー教徒の娘、十五歳のエリザベスと結婚した。ほぼ同時期に、親戚のサー・エドワードのもとで働くようになった。主人が共和国艦隊の共同司令官として海に出ているあいだ、留守宅と家族の面倒を見るという仕事だった。

ピープスが役人になれたのもモンタギューのおかげだった。『日記』は一六六〇年一月一日から始まっており、その直後、彼は海軍で働くようになった。やがて彼は海軍の最高位である大臣にまでなる。私たちの目の前に初めて登場するピープスはアクスヤードの屋根裏部屋（一七六七年に取り壊された）に住み、（たぶんクリスマスの）残り物の七面鳥を食べている。サミュエルが自分の資産を計算してみると「四十ポンド以上ある」ことがわかって満足した。一六六九年五月三十一日――最後の記述の日付――には、ピープスの住まいはフェンチャーチ・ストリートに近いシージング小路の海軍局の構内またはすぐ隣だった。ピープス夫妻は聖オリヴズ教会（第二次大戦中のドイツ軍による空襲で大きな損傷を受けたが、サミュエルが寄贈したエリザベスの記念碑は残っている）に通い、数人の雇い人を抱え、自家用の馬車をもち、資産は七千ポンドを越えていた。

だが、彼の人生はよいことばかりではなかった。たとえば、しつこい眼病に悩まされ、結局はこれが原因で日記の執筆もあきらめざるをえなくなった。とはいえ、心配していた失明にまでは至らずにすんだ。また、『日記』をやめたあと、すぐに妻を亡くすという不幸もあった。妻はまだ二十九歳の若さで、サミュエルは三十六歳だったが、再婚はしなかった。

キャリアのうえでも山あり谷ありだった。一六七三年に海軍の事務官になったが、六年後には議会の敵方から二つの点で槍玉に挙げられることになった。ローマカトリック派への支持と賄賂疑惑である。警告されたピープスは、逮捕状が出される前にみずから職を辞した。そしてロンドン塔に六週間収監されたのち保釈金と引き換えに自由の身となった。一年後、この一件は告訴がとりさげられ、ピープスは公職に戻った。

公職を辞めてから五年後、彼はチャールズ二世に呼ばれて、英国海軍省大臣になった。彼は国王の死後もこの地位に留まり、ジェームズ二世による海軍再編を助けた。だが、ジェームズ二世が退位すると、ピープスはイーヴリンと同じく、そろそろ身を引く時期だと思った。引退してもロンドンを離れず、バッキンガム・ストリートの立派な家に元同僚の友人ウィル・ヒューアーと同居し、書籍（そのなかには、少なくとも十五世紀の料理書が一冊はあった）や写本、銅版画などのコレクションに囲まれて過ごし、王立協会のメンバーもよく訪ねてきた。さまざまな栄誉を受け、一六九九年にはロンドン名誉市民の称号も受けた。一七〇〇年にはヒューアーとともにクラッパムに引越し、一七〇三年五月二十六日にそこで没した。死の十二日前にはジョン・イーヴリンが最後の訪問をしている。

ロンドンとロンドン市民はステュアート王朝によって心に深い傷を残したが、この時期のドラマチックな瞬間の多くはイーヴリンとピープスに目撃された。十六世紀の半ばごろには、チョーサーの時代と同じように、断頭台と絞首台が政治の世界で幅をきかすようになった。イーヴリンはチャールズ一世の友人のスタッフォード伯爵の裁判と処刑に立ち会ったが、国王自身の「殺害」を見るのは拒否した。のちに彼は「そのような厭わしい邪悪さにはとうてい耐えがたい」と書いた。数年後に「大謀反人アイアトン」の盛大な葬式を見ることになり、さらに一六五九年にはそれよりさらに大掛かりなクロムウェルの葬儀を目にすることになったが、そのときはまた別の感想をもった。大勢の人びとと意見を同じくして、彼も「これまで見たなかで最も喜びにあふれた葬式」だと思った。「なぜなら、泣いている者は誰もおらず、ただ犬だけがきゃんきゃん鳴いていたが、兵隊たちはやかましい音で犬たちを追い払い、行進しながら町の辻々で酒をあおっては煙草をすっていた」からだ。

ピープスは一六六〇年に新しい国王を迎えにオランダまで行く船に乗り組んでいた。だが、五月二十九日にはモンタギューとともにまだ船の上にいたので、チャールズ二世のロンドン凱旋の光景は見られなかった。しかし、イーヴリンは「岸辺に立って、その光景を目に焼きつけ、神に感謝の祈りを捧げ」ながら、花をまきちらした街路、鳴り響く鐘、制服と金鎖で礼装したロンドン市議会のお偉方、窓やバルコニーに鈴なりになった淑女たち、金糸銀糸やビロードの贅沢な衣装に身を包んだ王族や貴族たち、そして押し合いへしあいして大喜びする民衆を眺めた。

とはいえ、王政復古にも残酷な光景はあった。国王の復讐は、先王の死刑執行令状に署名した男の公開処刑から始まった。そして、その月のうちに、クロムウェル、ブラッドショー、アイアトンの遺体が掘りだされ、タイバーンの絞首台にまる一日吊るされたあとで深い穴のなかに埋めなおされた。ある日、イーヴリンがロンドン市内を馬で通っていたとき、「絞首台から籠に入れて運ばれてゆく、ずたずたになって腐臭を放つ」死体にぶつかった。ちょうど同じころ、ピープスは子供のころ円頂党の主張にかぶれたことを不意に思いだした。そのせいで、しばらくは不安なままで過ごした――チャールズ一世が斬首されたときに彼がいったことを、誰か覚えているだろうか？

だが、おおむね雰囲気は明るかった。ロンドンはリラックスし、市民たちはふたたび楽しみを追いもとめ、罪のない娯楽にふけるようになった。清教徒革命の暴力とその後の護国卿政治の厳粛さへの反作用で、王政復古時代のファッショナブルな暮らしは芝居小屋やエールハウス（パブ）やタヴァーンが中心となった。この点で、二人の日記作者は役割を分担する。イーヴリンにとって芝居は全否定するまでいかないにしても、その大半は彼の洗練された知的な趣味には合わなかった。エールハウスも嫌いで、そこの客たちは一般にエールよりもビールを好み（彼はビール反対派だった）、「ほぼ例外なく、煙草でぼうっとしている」という。タヴァーンについては、スペイン産ワインの酔いのもとでくりひろげられる「品のないどんちゃん騒ぎ」の場所でしかないと切り捨てている。それとは対照的に、モダンな趣味のピープスは芝居が大好きでほとんど中毒のようだったし、エールハウスとタヴァーンはとても便利で、ときには楽しみのある集会場だった。ピープスは父をスタンディングズにつれていって一杯のエールを飲みながら故郷のニュースを聞いた。『イングランドの名士たち』の著者であるトマス・フラー博士とザ・ドッグへ出かけて、博士の最新作についてじっくり話を聞いたりもした。タヴァーンでは、グラスワインや蒸留酒に加えて食事もできた。ピープスは同僚や友人たちとタワー・ストリートのザ・ドルフィン――海軍省の人びとに人気の店だったようだ――で気のおけない食事を楽しんだ。あるときは帆の製造業者の招待で、ピープスと彼の二人の上司がそれぞれの妻を同伴してザ・ドルフィンで食事をもてなされたこともあった。

座はたいへん陽気に盛りあがり、そこには夜の十一時までいた。すっかり上機嫌で、私は歌を披露し、ときにはバイオリンまで弾いた。最後にみんなでダンスに興じたが、こんなことは生涯で初めてのことだった。この私がダンスをするなんて、われながら妙な気分だった。

また別の機会にザ・ドルフィンへ出かけたときは、アルコールの悪影響について考えさせられた。

……ふだんならまったく賢明な男たちが、いまや酒に酔って朦朧とし、おたがいの昔の状況や言動について、まるで国家の一大事のように咎めあい、そのうちに見ている私も恥ずかしくなった。だが、相当な量のワインを飲んだあと、夜の十二時には友達全員と別れた。

このころには、シェイクスピアの時代に初めて出現した「定食《オーディナリー》」がロンドンの暮らしに欠かせないものとなっていた。ピープスの説明によれば「これはとても便利なものだ。というのも、いくら払えばいいか、前もってわかるから」だった。すなわちセットメニューのことである。だが、中身はだいぶ変わっていた。一六六七年五月十二日のピープスの日記は、おそらく英語で書かれた最初のものだろうが、今日のレストランとそっくりの情景が描かれている。その日の朝、ピープス夫妻は、妻が髪に流行の「白いメッシュ」を入れたいといいだし、また夫が女優のミセス・ニップと同席できるのを喜びすぎたため「口論」になった。正午に事態はまるく収まり、夫妻は食事に招待されることをあてにして友人の家を訪ねた。しかし、夫妻が到着したとき、その一家はすでに食卓についていた。きまりが悪くなって、夫妻は馬車をめぐらし、家へ帰ることにした。

家に帰る途中、じっくり考えたすえに、私たち――妻と私――だけで、フレンチハウスという料理屋へ行ったらどうかということになった。そこで、私のかつら職人《ウィッグメーカー》で定食屋も経営しているムシュー・ロビンズを探すことにした。コベントガーデンの汚い通りで彼が戸口に立っているのを見つけたので、私たちはそこに入った。すばやくテーブルにクロースがかけられ、きれいなグラスが並び、すべてフランス風にことが運んだ。食事はまずポタージュ、それから二皿のピジョン・ア・ラ・エスターヴ、一皿のブフ・ア・ラ・モード。どれも濃厚な味付けで、大変気に入った。少なくとも、このみすぼらしい通りには場違いで、かつら職人の家とはとても思えなかった。しかし、私たちに対する行きとどいた快いサービス、お客を喜ばせたいという主人側の巧みなもてなしを見るにつけ、大いに感じいった。二人分の食事代は六シリングだった。

ここでは、ロンドン中流階級の食生活が明らかにフランスの影響を受けていることが見てとれる。王政復古とともに、フランス風のマナーとスタイルが流行の先端になり、裕福な貴族のなかには、なんとかしてフランス人のコックを雇おうとする人びとも出てきた。フランス人のコックを雇う余裕のない人びとは、雇い人たちにフランス風のやり方を学ばせた。これに一役買ったのが、料理本の翻訳である。フランスの有名な料理人ラ・ヴァランヌの『フランス料理』が出版された一年後、英語版が出版されたのだった。しかし、イギリスにおいてフランスの存在がもっと目だってきたのは、一六八五年にルイ十四世がナントの勅令——それまで宗教的な寛容さを保証していた——を廃止してからだった。その結果、およそ五万人のユグノーがイングランドに逃れたが、このなかには工芸家や職人が大勢いた。ピープスの妻もそんな亡命ユグノーの娘だった。

サイドビジネスで小さなレストランを経営しているこのかつら職人は、どうやら一流のキッチンで修業した経験はなさそうだが、そういう場所で働いていた経験はあるのかもしれない。彼が出す料理はけっして珍しいものではなかった。しかし、イングランドの外食産業について考えるとき、この日記は重要だ。これにくらべられるものといえば、日記のあとのほうに書きこまれた別の定食屋キャリーハウスへ行ったときの記述くらいしかない。そこで「われわれは二時間もテーブルについたままナプキンを広げ、やっと運ばれてきた料理はまずかった」という。ここからわかるのは、この店のスタイルは「フレンチハウス」に似ているが、料理の味は劣る——ピープスの賞賛は得られなかった——ということだ。

次にロンドンにもたらされた食生活の新機軸も海外からやってきた。オックスフォードの学生だったころ、イーヴリンは亡命してきた学寮付の牧師がコンスタンティノープル大主教に自室でコーヒーをふるまっているのを見た。それから十二年後、オックスフォードの町にイギリス初のコーヒーハウスができた。このときばかりは、ロンドンも後れをとったのだ。だがロンドンでも二、三年のうちに、東洋から戻ったある商人がギリシャ人の召使——パスカ・ロージーという名だった——に資金を与えて店を出させた。場所はコーンヒルのセント・マイケルズ・アリーである。ロージーのコーヒーハウスはタヴァーンの代わりとなって、男たちはここで落ち合ってはその日の出来事について論じあい、あるいはただのゴシップに興じることができた。すぐに喧嘩になる酒を飲まずにすませられるのは都合がよかった。ロンドン中心部ではたちまち雨後の筍のようにコーヒーハウスが乱立した。十七世紀末には二千軒以上のコーヒーハウスができており、フィレンツェの外交官によれば、そんな店ではチョコレート、シャーベット、ティー、エール、コック・エール（エールで鶏肉を煮だし、できたブロスを漉してスパイスと砂糖で味付けしたもの——精力剤として用いられたようだ）、季節に応じたビールなどが飲めた（ドアの上に掲げられた看板に、カップをもっている女性の手が描かれていれば、女も売り物の一つという合図だった）。しかも、値段が安かった。「冬に大きな暖炉を囲んで二時間ばかり煙草をすえば代金は二ソルディ、これに酒がつけば、飲んだだけの料金を支払う」。コーヒーハウスの最大の魅力は、ここでは誰もが完全に平等だったということだろう。ここで客に求められるのは、すばやい支払いとよいマナーだけだった。ほとんどの店では壁のどこかにルールが貼りだされていた。

その一、この店では貴族、商人、わけへだてなく歓迎いたします。
どうぞ、なごやかに同席なさってください。
ここでは、どこが上座かなどと気にしなくて結構。
空いている席のどこにでもお坐りください。
たとえ上流のかたが見えても
立ちあがって席を譲る必要はありません。
みなさんの支出に注文をつけるのはさしでがましいこととは思いますが、
十二ペンスの罰金だけは、どうか約束していただきたい。
ここで喧嘩を始めたかたには

どなたであろうと、相応の贖いをしていただきます。

ここではギャンブル厳禁、神を冒瀆する言辞や国家の問題に「不敬な表現」を用いることも禁じられていた。この最後のルールは喧嘩防止のためというより、むしろ恭順の姿勢をアピールするためだったろう。コーヒーハウスはあっというまに「扇動や反抗分子の溜まり場」になっていた。コーヒーハウスでは客たちに最新のパンフレットや新聞を配っていたのである。政府はこの動きを危険と見なし、一六七五年には国王がコーヒーハウス禁止令を出したほどだった。しかし、世間で猛烈な不満の声が上がったため、この勅令はたった十一日で撤回された。

コーヒーハウスの雰囲気に眉をひそめる人びとは他にもいた。一六七四年、『女性たちからのコーヒー禁止への嘆願書』が無署名のまま出された。そこには遠まわしながらこんな不満が並べられていた。

……昔ながらのイングランド人らしい活力をじょじょに衰退させ……男性は雄々しい半ズボンをはかなくなり、剛毅さを失っています……調査の結果、こうした嘆かわしい災厄が……最近流行のコーヒーと呼ばれる忌まわしい異教徒の飲み物を過剰に摂取するせいだとわかりました。コーヒーには、やる気をなくさせ、過激な体液を干上がらせる性質があるため、私たちの夫を去勢し、雄々しさを奪って、男たちを――年寄りのように――不能にし、まるで実のならないベリー類のように受胎能力をなくさせるのです。

このような訴えが数ページにわたって述べられていた。

こんな嘆願書が出された理由は明らかだった。コーヒーハウスが完全に女性客を排除していたせいである。そして、男たちが何より珍重したのもそれだった。コーヒーハウスは邪魔物なしで親しい友人同士が集まるには文句なしの場所だったのだ。一六六四年のある晩遅く、ピープスは帰宅途中でコベントガーデンのグレート・コーヒーハウス（のちにはウィルズと呼ばれた）に立ち寄った。ここは初めて入る店だった。ここの呼び物は詩人・劇作家のドライデン――ピープスはケンブリッジ大学のころから彼を知っていた――で、「ロンドン中の才人」が彼のテーブルに集まっていた。この夜、ピープスは長居するには疲れすぎていたため、また来ようと決心しつつ家に帰った。ドライデンには特別の椅子がつねにとってあった。冬は暖炉のそば、夏はバルコニーである。野心のある若い伊達男や才人たちは、一日に一度はきまってウィルズに通うようになっていた。

できあがった製品だけでなく、素材を売る店もなかにはあった。チェンジ小路のタークズ・ヘッドもその一つで、その宣伝によれば「正真正銘のコーヒー粉」一ポンドにつき四シリングから六シリング八ペンスだった。碾き臼で挽いたものは二シリングだった。東インドのベリーは一シリング六ペンスで売られ、「本物のトルコ産ベリー」――混ぜ物なし――は三シリングだった。そのほか、チョコレートやシャーベット、チャ（紅茶）も売られた。

やがて、コーヒーハウスはタヴァーンに代わってクラブの役割をはたすようになり、ファッショナブルな生活に欠かせないものとなった。だが、とんでいる六〇年代《スウィンギング・シクスティーズ》のようになりかけていた十七世紀のロンドンを思いがけないダブルショックが襲った。このせいで、ロンドンの劇場、エールハウス、タヴァーン、コーヒーハウス、定食屋はおよそ二年のあいだ閉鎖をやむなくされたのである。一六六五年の夏、ロンドンに大疫病（腺ペスト）が蔓延し、そこからやっと回復しかけた一六六六年九月にはロンドン大火災に見舞われて、東はプディング・レーン、西はフリート・ストリートのセント・ブライズ教会を越えたパイ・コーナーのあたりまで一面焼け野原になった（頭の固い説教師たちは、ロンドンの貪欲さに天罰が下ったのだといった）。イーヴリンもピープスもこの天災のことを日記にくわしく書いている。二人が危惧したのは、ロンドン市民の大半がごちゃごちゃと混みあった不衛生な環境に住んでいることだった。

イーヴリンに強い印象を与えたのは、大疫病が最も広まったとき、それまで耐えがたいと思っていた街の騒音がぴたりと止んだことだった。「通りにはおびただしい数の柩が並び、人通りもまばらになり、店は扉を閉ざし、あたりは死者を悼む沈黙でおおわれ、次は誰の番だろうかという不安があふれていた」

ピープスの場合、影響はもっと身近だった。疫病の流行はドルリー・レーンから始まったが、ロンドンで最初の死者は彼のよい友でもあった隣人だった。そして六月十七日にはもっと間近に死神の触手を感じることになった。

「貸し馬車の御者が」席から立ってきて、急にひどく具合が悪くなり、ほとんど目が見えないという。そこで、私は馬車から降り、別の馬車に乗り換えた。この哀れな男と私自身のこうむった迷惑に心を塞ぎつつ、彼の病が悪疫でないことを祈った。彼を雇ったのは町外れだったが、どうか神よ、私たち二人の上に慈悲を垂れたまえ。

イーヴリンと同様、ピープスも仕事を続けた。妻と母を転地させはしたが、当人はふだんどおりの生活を続けようとした。しかし、たえず鳴り響く弔いの鐘に心乱され、書類の整理をしておく気になった。八月、ロンドン市長は毎晩九時に外出禁止を知らせる鐘を鳴らすように命じた。感染した患者がこの間だけ家の外に出て外気にふれられるようにという配慮だった。九月に入ると、ロンドンでは一週間の死者数がおよそ七千人になった。ホワイトホールの中庭は草刈りをする人もいなくなって、草がぼうぼうと茂った。寒くなるにつれて、疫病はゆっくりと――ほとんど渋々といった感じで――下火になったが、回復期さえも辛いことが多かった。人びとはロンドンに戻りはじめたが、話題にのぼるのは一家のなかで誰が死んだか、何人犠牲になったかということだけだった。ウェストミンスターでは医者が全員死に、薬剤師さえたった一人しか生き残らなかった。ウェストミンスターをはじめとして市壁の外側の地域――ホルボーン、フィンスベリー、ショーディッチ、サザーク、ホワイトチャペルなど――は昔から人口が密集した不潔なスラムとして知られており、そこでは虫のわいたパンが横行していた。

それから一年あまりが過ぎた九月二日日曜日の午前三時、ピープス夫妻はロンドンに大火事発生という知らせで起こされた。ここでもピープスはすばらしい目撃者となり、炎から逃げまどう人、寝たきりの家族を乗せたマットレスを引きずって通りを行く人、家財道具を船や荷車に放りこむ人、水際の階段から階段へとよじ登っていく人のようすを書きとめた。彼自身も友人たちのあいだを走りまわって家具や食器など貴重品を運びだす手伝いをした。そんなとき、ロンドン市長を見かけた。

……首にハンカチーフを巻いて、疲れきっているようだった。そして、王の使いに向かって、失神しそうな女のように叫び声をあげた。「ロード！　どうしたらいいんでしょう？　もう限界です。みんな私のいうことをまったく聞きません。家を何軒も引き倒しましたが、火はそれ以上の速さで迫っています」

ピープスの家がいよいよ危なくなったとき、彼は現金と鉄の金庫を地下食糧庫に隠し、金貨と重要書類の入ったかばんをすぐもちだせるようにしておいてから、庭に二つの穴を掘った。一つにはワインを埋め、もう一つには「ワインとその他の品物とともにパルメザンチーズ」を埋めた。それから三日間、オフィスの床で眠り、まにあわせの食事ですませたあと、やっと危険は去り、家のなかは平常に戻った。しかし、テムズ川の北、チープサイドからコーンヒルのあたり一帯、そして西はインナー・テンプルのあたりまで、ほぼ全域が焼けていた。セントポール寺院は灰塵のなかに立っていた。三日後にイーヴリンがこのあたりを見にいったとき、石がまだ高熱を保っていたため、足が火傷しかけ、髪は焦げそうになった。

二年足らずのあいだに、ロンドンは疫病で何千人もの市民の命をなくし、大火で同じくらいの家を失った。新しく第一歩を踏みだしてモデル都市を作りあげるとしたら、いましかなかった。イーヴリンや建築家のクリストファー・レン、その他の人びとが提案をし、プランを描きはじめた。結局、不動産の権利を明確にするのがむずかしいこと、それに一刻も早く人びとに住む場所を与えることが最優先にされて、机上のプランは捨てられた。ロンドンは木ではなく石で再建されたが、街の基本構造にはほとんど変化がなかった。

街の再建以上に急を要したのは、生き残った人びとへの食料供給だった。大火の直前、議会ではイングランドの家畜農家に不利となるアイルランドからの生きた畜牛の輸入を禁止すべきかどうかの議論をしていた。そのため、オーモンド公爵その他からロンドンの貧民への食料としてアイルランドの畜牛二万頭を提供するという申し出は、一部から疑いの目で見られた。これは悪辣な輸入業者がなしくずしに「二万頭もの」畜牛をもちこもうとする狡猾な作戦ではないのだろうか？　この牛を肉にして樽に塩漬けにしたって、生きたまままちこんで売った儲けを家のない人びとのために役立てるのと同じではないか？　ようやく十二月になって、議会はこの牛肉を塩漬けにしてロンドンへもちこむべきだという結論をだした。だがその前に、イングランド中の人びとがさっさと肉や金を手に入れ、仮住まいの提供を受けていた。

さまざまな商売のなかで最もすばやく営業を再開したのはタヴァーンとエールハウスだった。以前と同じ場所に店を建てなおしたものもあったが、ほとんどは移転した。これを機に商売をやめた店は少数だった。議会から四十九か所の教会を再建する仕事を委嘱されたとき、建築家のレンがまず心配したのは、職人たちの溜まり場となるパブをどうするかという問題だった。フリート・ストリートのセント・ブライズ教会を訪れた人はすぐ近くのオールド・ベル・タヴァーンに気づくだろう。ここはレンの職人たちの行きつけの店だった。またこの教会の尖塔にも注目するはずだ。十九世紀初期のミスター・リッチという菓子職人はこの塔をモデルにして娘のウェディングケーキを作った。これがきっかけで、何層にも重なった台を柱で支えた「花嫁のケーキ」が流行し、今日まで受けつがれているのである。近くのソールズベリー・コートには、ピープス生誕の地を記念した記念碑《プラーク》がある。

タヴァーンとエールハウスに対する意見は違っていたが、イーヴリンとピープスは二人とも食べ物には大きな関心をもっていた。イーヴリンは自分の食べるものに頓着しないといわれてきた。たしかに、特定の料理について言及することはなかった。しかし、日記の記述（とくに若いころに海外を旅したとき）を見ると、食事を大いに楽しんでいたようすがわかる。一六四四年、南仏のヴィエンヌで初めてトリュフを食べたときは夢中になり、「まさに比類がない」と書いた（老いてからは意見を変えたようで、「臭いがきつくて扇情的な余計もの」といっている）。ヴェネツィアでは「わが国のコルチェスター産の牡蠣に似た」すばらしい生牡蠣を食べた。「……記憶するかぎり、初めて食べられた牡蠣である。というのも、これまでは大嫌いだったからだ」。さらにヴェネツィアではちょうど寄港していたイギリス艦へ行って艦長と食事をともにし、「イングランド風の「塩漬け」ビーフその他、上等な肉と大量のワインなど、旨いディナー」を楽しんだ。パドヴァでは、もう一人の国外亡命者に食べさせてもらったイングランドの脂漬けの鹿肉を絶賛している。

イングランドに戻ると、彼の回想録のトーンは変わる。たぶん、食べ物のほかに考えることが多くなりすぎたせいだろう。また、信仰心が強まったこともあり、食事にこだわったりするのは軽薄だと思うようになったのかもしれない。だが、ときには食べ物についてまじめに論じることもあった。オランダ人捕虜の保護についての責任者になると、与えられるパンが上等すぎるという不満が捕虜のあいだから出されてショックを受けた。数か月のうちに、彼は『パニフィシウム』(パン作りを意味するラテン語)、副題「最良のパンが食されていると一般に認められているフランスにおけるパン製造のいくつかの方法」を書きあげて出版した。

晩年になって、イーヴリンは奇妙なラテン語のタイトルをもつもう一冊の小冊子を出版した。『アセタリア、サレットについて』(別名サラダ図鑑、アセタリアは野菜サラダ、サレットは中期英語でサラダのこと)である。この本は大きな人気をかちえ、評判もよかった。彼が昔フランス語から翻訳したガーデニングの本が好評だったことからも、王政復古時代のイングランドでは野菜が大事にされていたようだ。

この小冊子はまず華やかな献辞から始まる。だが、二ページ後から、イーヴリンは読者のいらだちを消すかのようにこう書いている。「堂々たるトリュフから始めて、サレットのドレッシングのレシピで終わりにするのは」奇妙に思えるかもしれない。しかし、この本のテーマは一つには博物学であり、それこそ筆者の得意とするところである。筆者は流行の波にのった食べ物ではなく、もっと健全で節度ある食生活を世間に広く知らしめるつもりだ、と。そのあと野菜とハーブを使った料理の紹介が続き、これらがどれほど健康によいかを説明し、料理法や盛りつけのヒントにもふれられていた。

彼の「サレット」は生で食べることもあれば、調理することもあり、さっと湯通しするか砂糖漬けのこともあった。野菜の特徴を説明するのに中世の体液論を基本するという点ではイーヴリンもジェラードと同じだったが、どちらかといえば調理法に強い関心をもっていたという点がちがっていた。アスパラガスは「鮮やかな緑色と適度な柔らかさを保つよう、さっと茹で」なければいけない。「そのためには、アスパラガスを投入する前にお湯を煮立たせておくこと」。生のキャベツを食べるのはオランダ人だけで、これには毒気を抑え中毒を防ぐ効果があるといわれていた。「なかには、胃をごまかして、げっぷを誘うだけだと文句をつける人もいる」。レタスは「これまでずっと、また今日でも、サレットという普遍的な一族の基礎である」。レタスは熱を冷まし、癇癪を抑え、渇きを癒し、食欲を増進し、気病みをなくし、不眠を治し、痛みを和らげる。また、倫理観と自制と貞節の涵養にも役立つという。

ピープスのほうは、食べ物へのとりくみ方もずっと俗っぽかった。絵を見たり、新しい曲を習ったりするのと同じように、新しい料理を試すことにも貪欲だった（当人の言葉によれば、彼は「珍奇なものを見るときには子供のようになった」のである）。彼の地位はそんな好奇心を満たすのに有利だった。ちょっとした珍味を贈られる機会が多かったからだ。ある日、職場から家に帰ると、たくさんのチョコレートがあったが、贈り主には心当たりがなかった。別のときには「見事なトルコ絨毯と甕入りのオリーブ」の贈答品があった。ワインをもらうことも多かった。

彼はまた食材を買いに行くのも好きだった。あるとき、資産を計算して手元に余分な金があることがわかり、妻の願いに負けて真珠のネックレスを買ってやることになった。その夜、二人はネックレスを買いに出かけた。よい買い物をしたと夫婦そろって喜びながら帰途についたが、その途中で夕食用に一羽の兎と二匹のロブスターを買いこみ、充実した一日を過ごした満足感とともに帰宅したのだった。また別のときには、レドンホールの市場へ行き、「そこで妻と私は、ろうそくの灯のもと、明日のための肉を買った。メイドになどまかせられない。自分で品定めし、そのあいだ妻は別の店へ行っていた。ビーフの腿肉はとても上等で、値段は六ペンス。妻がいうには、それだけの価値は十分にある、と」

　十七世紀後半になると、恒久的な売り場をかまえた食料品店が生まれ、農夫と主婦がやりとりする路上の屋台と競いあうようになった。こんな状況は長くは続かなかった。一六七四年に市壁の内部では路上の屋台が禁じられ、そのかわりにレドンホール、ニューゲート、ビリングスゲート、ストックスの屋根付き小売市場に王の勅許が与えられたからである。大火のあとに再建された市内の通りは、もはや荷車と屋台、買い物客と商品と動物たちがごっちゃになった混雑を受け入れがたかった。シェイクスピアの時代でさえ、悩みの種になっていたのである。

　たしかに一六〇〇年から一六六〇年のあいだにロンドンの人口は二十万から四十万へと飛躍的に増えていた。そのほとんどはクラーケンウェル、ホワイトチャペル、ショーディッチ、ホルボーンなどの郊外に住んでいた。大火のあと郊外人口が急増したのは、市内から避難した人びとが壁のすぐ外側に新しくできた住宅に移りすんだためだった。西側のストランド、ソーホー、ピカデリーでは土地や不動産の値が上がり、大地主たちは大急ぎで投機的な建設業者・不動産業者へと転身した（ピープス自身も一六八四年にこの移住ブームの波に乗ってストランドのバッキンガム・ストリートに引っ越した）。

　これらの地区のそれぞれにいまや食品マーケットがあった。リンカンズ・イン・フィールズの南にクレア伯爵が築いた市場は、ロンドン最大の豚肉市場になった。サー・エドワード・ハンガーフォードはハンガーフォード橋の近くに総合食品市場を開き、同じ年（一六八〇年）、セント・オールバンズ伯爵ヘンリー・ジャーミンはできたばかりのセントジェームズ広場の住民に食料を供給するセントジェームズ市場を建設した。市壁の北には一六八二年に大きな市場ができたが、これはスピタルフィールズに住みついたユグノー教徒のコロニーのためだった（ユグノー教徒のほとんどは職工だったが、歴史家のG・M・トレヴェリアンによれば、彼らがイギリスの生活習慣にもたらした最大の貢献は、初めて園芸コミュニティを築きあげたことだという）。

ロンドンの市場のなかでも、とくによく知られ、歴史も古いのは一六七一年に設立されたコベントガーデンである。もとの敷地はウェストミンスター寺院と接していた。この土地は修道院の解体後、近くのロング・エーカーとともにラッセル一族に下賜されていたが、庭はしばらく放置され、庭師があいかわらず菜園を耕して、とれた作物の余ったものを一般に売っていた。やがて、近隣の村人たちが集まってきて、ロング・エーカーの壁ぎわに露店を広げるようになった。やがて一六三〇年、ラッセル一族の長であるベドフォード伯爵が偉大な建築家イニゴ・ジョーンズにこの地区の再開発を委嘱した。二方を家で囲んだ広場にし、西側には教会を置き、残りの一方はベドフォード・ハウスの壁で仕切る計画だった。一六六〇年には近くのドルリー・レーンにロイヤル劇場がオープンしたこともあって、この一帯には人が集まり、ファッショナブルな地域となった。一六七一年、伯爵の息子（のちに初代ベドフォード公爵となる）は国王チャールズ二世から市場の勅許を与えられ、こうして屋台のすべてを管理下において賃貸料を集め、行動を監督することになった。一六八〇年には二十三の屋台が毎年の使用料を払うようになり、この市場は品質のよさで有名になった。同時代のジョン・ストライプによれば、ここは楽しい場所だった。

コベントガーデンの南側はベドフォード庭園に向かって開けている。庭園には木々がこんもりと茂って小さな日陰を作り、夏にはとりわけ心地よい場所となる。この一帯では毎週火曜、木曜、土曜日にフルーツ、ハーブ、根菜、花の市がたつ。ここではかなり盛んに商売が行われ、選び抜かれた商品が並んだので、大勢の客が集まった。

ここでひとまずコベントガーデンを離れ、ピープスの生活に戻ろう。

ピープスが裕福になるにつれて、夫妻は親戚や友人、それにサミュエルの仕事仲間をもてなすようになった。最初のパーティは「わが主の部屋を借りて」開かれた――夫妻の家は狭すぎて、客が入りきらなかったのだ。準備は大変だったが、そのかいはあった。

すばらしいディナーだった――内容は、ボーンマローが一皿、マトンの腿肉が一皿、子牛の腰肉が一皿、家禽が一皿、三羽のチキンと二十羽あまりのヒバリを一緒に盛った一皿、大きなタルト、牛タン、アンチョビ、海老とチーズの一皿。

このすべてが十一人分である。きっと盛大な食欲だったのだろう。しかし、腿肉や鶏肉がいまよりずっと小さかったことも忘れてはいけない。

三年後の一六六三年一月、今度のディナーパーティも厄介だった。

哀れな妻は前日の朝五時から起きだし、市場へ行ってディナーのための家禽などその他さまざまなものを買ってきたので、私としては大変うれしかった。さらに、牛の骨付き肉も六時前に届いた。あの召使には危惧していたのだが、ちゃんと運んできた。準備はととのい、料理人が来て、私は職場へ出かけた。十二時までそこに坐っていたあと、中断して家に帰った。そうしているところへ、クラーク博士と令夫人、彼の妹と親類の女性、ミスター・ピアース夫妻がやってきた。これで今日の客すべてだ。この日、準備したのは、前菜の牡蠣のあと、まず兎のハッシュ、ラム、立派なビーフの骨付き肉、続いて大皿にのせたローストチキン、これにはおよそ三十シリングかかった。それからタルト。その次にフルーツとチーズ。ディナーはとても上品で、量もたっぷりあった。家のなかは隅々まで掃除し、きちんと片付けておいた。階下の私の部屋は暖炉に火を焚いて温めておいた。ダイニングルームは上階で、私の寝室を休憩用の控えの間として使った。妻の部屋にも火を絶やさなかった。新しいテーブルはとても具合がよかった。九人から十人が余裕をもって坐れる大きさなので、八人ならゆったりできる。ディナーのあと、女性たちは妻の部屋でカード遊びをし、博士とミスター・ピアースは私の部屋へ移動した。というのも、ダイニングルームの暖炉は良質の炭でないとくすぶってしまうのだが、そのとき十分な炭がなかったからだ。夜更けの軽食には、上等なサック酒で作ったポセット（ミルクを酒で凝固させたもの）とコールドミート。そして夜の十時ごろ、客を送りだした。この日のもてなしに客も私自身も心から満足した。じつに楽しいひとときだった。ミセス・クラークはとても機知にとんだすてきな女性だが、少々うぬぼれが強く、高慢なところがある。とてもくたびれて、早々にベッドに入った。この日の宴会にかかった費用は五ポンドくらいだと思う。

最も盛大なディナーパーティは一六六九年一月三日に開かれた。このときの客は海軍省の上司と同僚の何人かだった。サンドイッチ卿（ピープスの親戚で、後ろ盾でもあった）、ピーターバラ卿、サー・チャールズ・ハーボード、ヒンチンブローク卿、サンドイッチ卿の息子のミスター・シドニー、サー・ウィリアム・ゴドルフィンである。このころになると、ピープスは世慣れてきて料理をいちいち数えあげたりしなくなっている。ただ、このディナーには六品か八品が出され、「どんな人にも満足できる上品なものだったと思う」としか書いていない。とくにワインの選び方には自信をもち、バラエティも品質も立派なものだったという。『日記』には、列席した全員が宮廷でさえ見たことがないほどの高貴なマナーでふるまったと勝ち誇って書かれている。パーティは「この種のものとしては最高であり、わが生涯でも最も誇らしく、満足できる内容だった。こんなに立派なパーティをもう一度開こうとしても、そう簡単にはできないだろう」

すでに見たように、イーヴリンはサラダの本を書いており、そのなかで具体的なレシピをいくつも紹介している。一方、ピープスが紹介するレシピはたった一つだが、それを教えてくれたのはほかならぬヨーク公であり、ヨーク公はスペイン大使から聞いたのだった。スペイン大使によると「世界中に通用する最高のソース」で、肉にも鶏肉にも魚にも合うものだというが、じつはトースト、パセリ、酢、塩、胡椒を一緒にしてすり鉢で混ぜあわせただけのものだった。いかにも中世風で、とてもグルメを喜ばせるようなものとは思えない。

だが、ピープスはリアリズム――理想より事実そのものを重んじる――という点で価値がある。生焼けのマトンの焼きなおしを命じたときは、そのとおりに書く。妻が新しいオーブンを初めて使ってパイとタルトを焦がしたとき、そのことが『日記』に記録される。また、友人におごってもらったまずい食事や、知り合いの風変わりな趣味、たとえば生焼けの肉が好きで「チョップスから血が流れでないと満足できない」ミスター・アンドリューズのことなどもわかる。

財産が増えて地位が上がるにつれ、ピープスの暮らしぶりは派手になっていった。しろめや銀の皿、それにダイニングルームの壁かけに自慢たらたらだった。とはいえ、食べ物の好みはほとんど変わっていない。樽で買っていた好物の牡蠣はいまでもどちらかといえば安く、かつてきれいな女たちを定食屋でもてなしたときのサーモンも高くなかったようだ。ロブスター、アスパラガス、新鮮なオレンジ、ビーフの骨付き肉などの記述は、『日記』の終わりのほうになって増えてくるが、あいかわらずトリップ（牛の胃袋）も好きで、空腹のときはコールドチキンと一杯のワインが「プリンスのような食事」になった。お気に入りのスナックは「メス・オブ・クリーム」――たぶんクロッテッドクリームまたは五十年前にトライフルと呼ばれていたものだと思われる。

とはいえ、彼自身、食べ物の流行が変わりつつあることに気づいていた。実際、そのテーマについて友人たちとディナーパーティの席で論じたことさえあった（一六六七年九月二日）。残念ながら、このときの会話についてはほんの少しかわからないが、ミスター・アシュバーナムという男がかつて一番人気のあるフルーツ――国王夫妻が最高のフルーツとして食した――は、「当時、フランスのほかのフルーツやわが国のフルーツを知っていたにもかかわらず」キャサリン・ピアーだったと話したことだけは書かれている。

このとき話題にのぼったと思われるのは、断食日がなくなったことである。共和政のもとで、断食の習慣はふたたび廃止されたのだった。たしかに漁業はいまや混乱状態だった。オランダ戦争のせいで船団が港に釘付けになり、乗組員は定期的に海軍に強制徴募されるので、漁業は人員にも資金にも損害をこうむり、組織もずたずたになって大打撃だった。北海とイギリス海峡ではオランダの漁船がライバルとなって漁獲量を争い、議会でいくら漁業権を確立しようとしても海軍にはそれを守る力がなかった。そんな状況で、チャールズ二世は何度も断食日を復活させようとしたが、うまくいかなかった。しかし、古い習慣は完全にすたれたわけではなかった。一六六三年の聖金曜日、ピープスは父を家でのディナーに招んだ。「聖金曜日なので、ディナーはフレンチトーストと魚だけだった。四旬節のあいだ、肉抜きの食事をしたのはこのときだけである」。少なくとも老いた父親は、四旬節のあいだずっと断食だった時代を思いだしたことだろう。だがいまや、肉食が流行しているのは誰の目にも明らかだった。イーヴリンが魚のことにふれているのは一度だけ、ヴェネツィアとクロチェスターの牡蠣を比較したときだけである。ピープスが自分用と贈答用に牡蠣を樽で買っていたこと、それにロブスターが好物だったことはわかっている。リング（タラの仲間）と鰊のパイ――「これまで食べたなかで最高」――についても『日記』に書かれているので、食べたことはあってもあまり日常的なメニューではなかったことがわかる。

肉への需要が増したことから、畜産の方法も変化した。進歩はゆっくりだったが、試しに冬のあいだも貯蔵しておいたターニップを餌として与えてみたのがよい結果になった。オランダからもたらされた種子で畑全体を草で覆い、冬のあいだも牛を飢えさせずにおけるようになった農家もいくつかあった。しかし、農業革命はまだ生まれたばかりで、まだ何年も冬場は塩漬け肉だけが頼りという状況が続いたのだった。

それでも、シェイクスピアの時代と同じように、外国人はロンドンで消費される肉の量にびっくりした。フランス人のF・M・ミッソンは「中流の人びと」が十種か十二種類の肉から選んでディナーをこしらえることを記録に残した。家族の食卓に二品が並ぶのは普通のことだった――ミッソンはプディングとローストビーフの例をあげている。ローストする前に、肉はハーブとスパイス入りのワインに漬けておく。五十年後、ホガースの有名な銅版画の一つは『古きイングランドのローストビーフ』というタイトルだった。

ラムとマトンもビーフと同じくらい人気があった。ピープスの大宴会のほとんどはラムの一品または付け合せ、それにマトンの腿肉、ビーフの骨付き肉をメニューに加えていた。マトンはローストすることもあり、ハーブといっしょにボイルすることもあった。

鹿肉はたぶん一般のロンドン市民には手に入れにくくなっていたのだろう。あるとき、ピープスは「ひどい悪臭のするまずい鹿肉のパイ」を出され、また別のときには夫婦で従兄弟からとても上等なディナーをおごられたが、「ただし」――と腹立たしげに――「鹿肉のパイは明らかにビーフとしか思えず、とても旨いとはいえなかった」と書いている。後年、敵にでっちあげられた事実無根の容疑でロンドン塔に入れられ、裁判を待っていたときは、友人のイーヴリンの心づかいに少しは慰められたことだろう。イーヴリンは「収監中の海軍書記官ピープス氏に鹿肉を届け、出かけていって食事をともにした」のである（イーヴリン『日記』一六七九年七月三日）。

石炭の値は下がり、家庭用のオーブンが普及したにもかかわらず、ロンドンの惣菜料理店はあいかわらず繁盛していた。ピープス夫妻はアクスヤードの最初の家から海軍省の建物に引っ越した日、夜までかかって家具の配置を終えたあと、エリザベスは召使をつれて夜食用の料理を買いに出かけた。買って帰ったラム肉はまずかったと『日記』には不平が並べられているが、がまんして食べるしかなかった。洗濯日にも、できあいの料理は便利だった。月に一度と定められたこの日には、家中の洗濯に追われて、とても料理どころではなかったのだ。そう考えると一六六三年九月八日の記述も納得がいく。「妻と家で食事。洗濯日だったので、マトン腿肉のうまいパイを食べた」

これまでの数世紀と同じく、野菜に関する記述は少ない。ピープスの『日記』には豆のことが書かれており、また一度は、家での夜食にサーモンとともに大量のアスパラガスの穂先を食べたこともわかっている。野菜については、どうやら家で料理して食べたときだけ書きとめたようだ。現代でも日記や手紙にローストビーフに添えられた芽キャベツのことを書くだろうか？　ステーキ・アンド・キドニー・パイと一緒に食べたにんじんやじゃがいものことを？　家庭菜園に強い関心を抱いていたイーヴリンだからこそ、お気に入りのサラダのレシピを私たちに書き残してくれたのである。

ピープスもイーヴリンもじゃがいもについては何も書いていない。アイルランドの農民はこのころすでにじゃがいもの価値を理解していたが、もっと南のイングランドではほかの食料が豊富だったため、じゃがいもを受け入れるのはずっとあとになった。

ピープスと酒という話題は少なく見積もっても一冊の本になるくらいはある。『日記』のなかでとくに目を引くのは飲んだ酒の多様さであり、後世の歴史家は彼が詳細に記録を残してくれたことに感謝しなければならないだろう。エールだけでもさまざまな種類があった。マーゲート、ノースダウン、ランベス、コックエールやホースラディッシュエールなどに加え「ラムズウール」やビールもあった。最初の三つは醸造所の銘柄で、コックエールはすでに説明した。ホースラディッシュエールは薬効があるといわれたホースラディッシュをエールで煎じたもので、「結石」に効果抜群とされていた。ラムズウールは温めたエールに焼きりんごのペーストを混ぜ、ナツメグで香りをつけた甘い飲み物である。ピープスはビールについての感想をよくメモした。「これまで飲んだなかで最高」というようなコメントが多く、このことからビールが毎日飲めるものではなかったようだと推測できる。「マム」という銘柄がよく出てくるが、これはハーブで香りをつけた強いビールで、もともと十五世紀にドイツのクリスティアン・マムが醸造を始めたものだった。やがてロンドンで人気を博し、マム・ハウスと呼ばれる特別な店で売られた——ピープスの行きつけの店はレドンホールのザ・フリースだった。マムはイングランドでは十七世紀末、スコットランドではもう少しあとに人気がかげって、普通のビールにとってかわられた。サックも人気のある飲み物で、フォルスタッフもこれを飲んでいた。壜入りのものやラズベリー・サック（ラズベリーのシロップで風味をつけたのだろうか？）などがあり、飲むときは甘くして温めることもあれば、ポセットやコードル（酒に香料・砂糖などを混ぜた滋養飲料）にすることもあった。あるとき、ピープスは三十年ものというサック酒のマラゴを味見して、「すばらしい味で、ワインというより蒸留酒のようだ」と書いている（コルク栓はまだなかったので、ほとんどのワインは熟成されないうちに飲まれた）。赤ワインのなかではテント（前章を参照）、クラレット、それにナバール王国とアリカンテ産のワインはどれも好意的な感想が書かれている。『日記』のなかでも、フランス産ワインを愛好する現代の読者をわくわくさせるのは一六六三年四月十日の記述だろう。「ロイヤル・オーク・タヴァーンへ行き……ここでホー・ブリアンというフランスワインを飲んだ。これまで経験したことがないような独特の味わいがあり、たいそう旨い」。英文学で初めて言及されたクラレットの銘柄である。このおかげでピープスはワイン通として歴史に名を残すことになった。しかし、現代のオー・ブリオンの味は、彼が絶賛したシンプルで若いワインとは大違いのはずだ。

　二人の日記の記述——いかに熱意にあふれ、情報が豊富とはいえ——だけを頼りに、十七世紀ロンドンの食生活を推測するのは誤りだろう。とはいえ、ピープスのもう一つの記述はとても大事なので、コメントなしで見過ごすわけにはいかない。一六六八年八月二十六日、彼は妻とともにあるパーティに出かけた。夫妻はそのころダンス教師からレッスンを受けていたので、この新しいスキルを披露できるチャンスに大喜びだった。ダンスは夜食のために中断されただけでひと晩中続けられた。ところが夜中の二時ごろになって、一座を驚かせたことに、食卓がふたたびセットされたのだった。「上品な朝食が並べられたが、その中身は贅を凝らしたもので、こちらが当惑するほど量もたっぷりあり、味もよかった」。これまで完全に無視され、関心の外に置かれていた食事が社交の場で重要なものとなる最初のきっかけをここに見ることができる。

　この時代の食事時間についていえば、社会的な地位にかかわりなく、ロンドンでの正餐が昼の十二時だったことくらいしかわからない。ピープスはたぶん朝早くに朝食をとったのだろう。というのも、彼は内容についてこそ具体的に書くことはなかったが、午前中に大量の仕事をこなしたあとで食事のために帰宅またはタヴァーンへ出かけたとほのめかしているからだ。パーティの準備となるとピープス夫人は朝の五時、ピープス自身は六時に起きた。だが、日曜日のある記述では、二人とも九時まで「ベッドにいた」という。夜の食事（つねにディナーではなくサパー——軽い食事——と呼ばれている）についても正確なところはわからないが、午後六時ごろだったかもしれない。なぜなら、サパーのあとに散歩や音楽という記述がしばしば見られるからだ。

十七世紀にはおびただしい数の料理書が出版された。たとえば『フランス料理』（一六五三年）と『美食の使徒のための最高の教科書』（一六八二年）はフランス語からの翻訳だった。それ以外にも、完全なイギリスのオリジナルもあった。なかでも、ロバート・メイの『有能な料理人』（一六六〇年）はフランス、イタリア、スペインの影響を強く受けており、これまでの料理書とくらべて野菜をたくさん使っているのが特徴だった。『エリザベス・クロムウェル、通称ジョーンの中庭と厨房』（一六六四年）は、もとは王政復古後に王党員によって出版されたもので、護国卿の卑しさと粗野な趣味を暴露するのが目的だったが、結局、著者の妻がきわめて有能な料理人だということを証明しただけだった。そして、サー・ケネルム・ディグビーの『学識あふれるサー・ケネルム・ディグビー卿の知られざる素顔』（一六六九年）はおもに酒について書かれているが、前の章で見たように面白いアイデアもいくつか提案されている。手書き草稿の『ミセス・アン・ブレンカウのレシピ集、一六九四年』——初めて活字本になったのは一九二五年——がとくに興味深いのは、エリザベス・クロムウェルの本と同じように、材料の分量と温度と調理時間が書いてあることだ。このことから、クロムウェルのレシピ集はまさに現場から生まれた本であり、一方でプロのライターは中世の先人と同じようにあいまいなまま、読者が何を望んでいるか、まったく気づいていないことがうかがえる。これらすべての料理書からわかるのは、イングランドの中流階級が——フランスと同じく——祖国の繁栄のおかげで飲み食いを大いに楽しんでいたことである。このような食生活がその後の貴族たちの特権となった。巻末のレシピでもわかるとおり、料理は洗練されて、見た目の派手さより味や食感を強調するようになった。シンボルとしての食べ物の意味も変化した。かつて食べる人の財産と権力を示していたのが、いまや美食は社会的な地位の安泰を意味し、罪の意識や大食の後ろめたさなしに食卓の快楽を味わえる能力と同義語になったのである。

第四章　『英語辞書』と料理本

ジョンソン博士の愛したロンドン

私の見るところ、食べるものを気にかけない男は、ほかのなにごとも心にかけない。

サミュエル・ジョンソン

なによりもまず、人は彼を嫌った。反論を許さず、気に入らない意見は完全に粉砕し、自分と相容れない意見は無視する。もったいぶっていて、尊大で、他人の感情などめったに気にせず、ときには耐えがたいほど無礼な態度である。そのうえ、容貌も醜く、不恰好で、貪欲で、清潔を心がけたり身だしなみをととのえたりすることには関心がなかった。顔面のチックに悩まされ、強迫神経症も患っていた。初対面の人にとって、サミュエル・ジョンソン博士は魅力的とはいいがたかった。

しかし、この第一印象は誤解であり、正しくなかった。ジョンソンは英語圏における偉大な名文家であり、最初の大英語辞書の編纂家だったが、彼の生涯をくわしく知るにつれ、ほかの業績も忘れがたいものであることがわかる。高潔さと真実への情熱、寛大さ、悩める者への心からの親切、深い宗教心、すぐれた良識とウィット。彼の神経症は同情に値する。おしまいには、彼の同時代に生きた大勢の人びとと同じように、私たちもこの男の魅力と知性と弱さに圧倒されてしまう。ロンドン子のなかで最も高名な人物、それこそジョンソン博士だった。

彼は一七〇九年、書籍商の息子としてリッチフィールドに生まれた。赤ん坊のころは病気がちで、叔母がいうには「この近辺でこれほど弱々しい子は見たことがなかった」。二歳半のときに母につれられてロンドンへ移った。母親も当時の一般大衆と変わらず、絶対君主の権威に触れれば腺病質も治ると信じていたのだった。その目論見は外れたとはいえ、成長するにつれて少年はだんだん健康になっていった。ただし、視力と聴力は劣っていて、その弱点は生涯つきまとった。その一方で、きわだった能力を発揮しはじめたのは頭脳だった。抜群の記憶力と理解の速さで――自分では怠け者といっていたが――十六歳のときには優秀なラテン語学者になっており、読書の幅も広かった。会話が知的でウィットに富んでいたため、容貌とマナーはけっして人好きがするとはいえなかったのに、近所に住むインテリたちは好んで彼と付き合おうとした。やがて、わずかな遺産が入ったおかげで、母親は彼をオックスフォードのペンブローク・カレッジに入学させることができた。

教師たちもすぐに彼の才能を認めたが、わずか十三か月で金が尽き、家へ帰らざるをえなくなった。当然ながら、彼は失意のどん底に陥って神経症を患い、これが死ぬまで離れなかった。狂気の遺伝をもっていると思いこみ、大きな恐怖と罪悪感にさいなまれた。その病気は一種の心理的な麻痺であり、今日なら臨床的鬱の症状とみなされるだろう。だが、本人は仕事ができないのを怠惰のせいだと思いこみ、後年はさらにそのことで罪の意識と自己嫌悪に悩まされた。

一七三一年、父親が死に、中学校の助手という短期間の不幸な一時期を経験したあと、彼はバーミンガムに住む友人のもとを訪ねて六か月過ごした。ここでジャーナリズムに手を染め、新しい友人もできた。そのなかには、ヘンリー・ポーター夫妻もいた。ポーター夫人は一目で彼の才能を見抜き、娘にこういった。「これまで私が会ったなかで、最も感受性の豊かな人だわ」。彼女の賞賛の気持は当人にも伝わり、十か月ほどしてヘンリー・ポーターが死ぬと、二人は結婚した。ジョンソンは二十五歳で、妻のほぼ半分の年齢だった。

のちに、このエリザベス・ポーターは背の低い太った粗野な女性で、化粧と派手な服を好み、大酒飲みだったといわれた。しかし、肖像画の彼女は、感じのいい丸顔で、明るい茶色の目が見る者の目をまっすぐ見返している。唇の隅には、かすかにおもしろがっているような表情が浮かび、広い額とやや長めだが形のよい鼻からは、はしこさと躾のよさが伝わってくる。まちがいなく、ジョンソンはこの「テティ」を崇めており、ともに暮らした十七年間は困難が多く、ときに不幸だったとはいえ、彼はつねに妻に対してやさしく接し、彼女が先立ったときは心からその死を悼んだ。

結婚したばかりの夫婦がまず最初にやったのは、学校を設立することだった。だが、これはうまくいかず、十八か月後にジョンソンはこの試みをあきらめた。そして数少ない生徒の一人だったデイヴィッド・ギャリック（のちに俳優として名をあげる）とともにロンドンで運試しをすることにした——ただし、テティはあとに残った。

それから二年間、経験したことがないほどのひどい貧乏暮らしが続いた。小出版社相手の売文業でかつかつの生計を立て、ときには野宿をしたり、食うや食わずでいることも多かった。それでも、故郷リッチフィールドのある友人は親切に援助してくれた。ジョンソンはこういっている。「ハリー・ハーヴィーは悪いやつだが、私にはとても親切にしてくれる。人がたとえ彼を犬と呼んでも、私は彼を愛する」。この不幸な時期、喪失と屈辱に起因する態度がすっかり身につき、それが生涯治らなかった——すなわち無精、暴飲暴食、怒りっぽさ、侮辱に対する異常なほどの敏感さなどである。

彼の書くものは絶賛されたが、儲けにはならなかった。しかし一七四七年、彼のもとに『英語辞書』の執筆の話がもちこまれた。この本は、八年をかけた労作として世に出たとき広く絶賛されたが、この名声は来るのが遅すぎて心から喜ぶわけにはいかなかった。愛だけでなく、正当な評価を与えてくれた妻のテティはすでに世を去っていて、やっと手にした栄誉を分かちあうことができなかったのだ。それに金持ちにもなれなかった。前金の千五百ギニーは、はるか昔に下宿代と妻の治療代に消えてしまっていた。生計の足しにと創刊した週二回刊の随筆雑誌『ザ・ランブラー』は人気を博し、そのあとの『ジ・アイドラー』にも大勢の読者がついた。母の葬式代を払うため、小説『ラセラス』を一週間で書きあげたりもした。

一七六〇年、政府は世間に求められつつあった辞書編纂の仕事に理解を示すようになり、その二年後にはジョンソンに年三百ポンドの年金を与えると申しでた。ジョンソンはためらった。彼にいわせれば、年金とは「国を裏切る代償に、はした金で人の身を縛るものと思われている」からだった。しかし、「この金はこれからする仕事にではなく、すでに成しとげられた業績に支払われるもの」だと説明されて、彼はやっと受け入れた。これでもうあくせく働く必要はなくなった。彼の望みはささやかだった。一番好きなのは話すことであり、一番嫌いなのは寝ることだった。いまや、彼は朝ゆっくり起きだして友人を訪ね、彼らとともにパブやタヴァーンや知人の家を巡りあるき、それから夜遅く家に帰って、居候の一人である目の見えないミセス・ウィリアムズとお茶を飲むことができた。旅行のためにわずかな金は必要だったが、それ以外は無一文の人びとを家に住まわせて食べさせ、大勢の貧乏な親戚を助けるのに使い、彼自身は「怠惰」に身をまかせていた。

いまや周囲には友人や崇拝者が集まっていたが、癇癪があまりに激しいので、たいていの人は彼のことを「熊《ザ・ベア》」と呼んでいた。ごく内輪のサークルにはデイヴィッド・ギャリック、画家のサー・ジョシュア・レノルズ、劇作家のオリヴァー・ゴールドスミス、政治家のエドマンド・バーク、それにジョンソンの伝記作家として有名になるジェームズ・ボズウェルがいた（ボズウェル夫人は夫がジョンソンに感化されるのを嫌がって、人間に引きずられる熊はよく見るが、熊に引きずられる人間など見たことがないといった。ゴールドスミスはもう少し評価が甘く「熊に似ているところなど皆無だが、あるとすれば毛並くらいだ」といった)。

そこにはスレール夫妻もいた。裕福な醸造業者だったヘンリー・スレールは気立てがよく、鷹揚だった。妻のヘスターは快活で知的で女らしく、大きな同情心と忍耐力の持ち主だった。二人とも愉快なことが好きで、サザークの自宅やストリーザムにある別荘のディナーには大変なご馳走が並んだ。ジョンソンは一七八二年の日記にストリーザムでのディナーについて書いている。

ラム腿肉のローストにみじん切りのほうれん草添え、小麦粉にレーズンを混ぜたスタッフィング、ビーフのサーロインに七面鳥。ファーストコースのあとに、いちじく、季節外れでまだよく熟していない葡萄と桃が出た——固かった。

だが、これは内輪の食事だった。ディナーに招かれたあるアイルランド人は三コースの食事を記録している。

ファーストコースは最初がスープ、最後は魚とマトンの鞍肉で締めくくられた——セカンドコースは、一品目がガリーナと呼ばれる鶏肉で、最後はカポン(わがアイルランドの七面鳥より大きい)。サードコースは四種類の氷菓で、つまりパイナップル、葡萄、ラズベリー、四番目はなんだったか。すべての皿が片付けられたあと、十四皿はあったのではないかと考えた。最初の二つのコースは量もたっぷりだった。

スレール夫妻はやがてジョンソンのごく親しい友人になった。鬱と闘う姿に同情した夫妻は、あるときひどい発作に悩んでいた彼をストリーザムに招いて、三か月滞在させた。これは時機を得た救いの手だった。必要なものがすべてそろっていただけでなく、なんでも許してくれる鷹揚さと寛大さにあふれた雰囲気のなかで、彼の心も安定した。ストリーザム、ミセス・スレールはとくに、友人ならこうあるべきだという理想的な心遣いができる人だった。ストリーザムを訪ねるたびに、彼女はジョンソンを甘やかし、そばに静かに坐って紅茶をいれ、話し相手になり、ときにはお祈りをしながら深夜まで過ごした。その間、妊娠中だった時期もあったし、上院議員選に打って出た夫の選挙運動を手伝ったときもあった。どんなに疲れていても、彼女はつねに喜んで耳を傾け、ジョンソンの気分がよさそうなときは持ち前の快活さで応じたので、屋敷は笑いで一杯になった。

ほぼ二十年間、ストリーザムはジョンソンの聖域だった。しかし一七八一年にヘンリー・スレールが死ぬと、さまざまな理由でつきあいは疎遠になっていった。ジョンソン自身はいまや体調がひどく悪化していた。一七八三年六月十七日、脳卒中の発作で一時的にせよ、舌がもつれるようになった(いかにも彼らしいのは、発作のあとすぐにラテン語の祈禱文を作ってみて、頭脳の働きに支障がないかどうか自分で調べてみたことである)。回復しかけてすぐに書いた手紙の一通はミセス・スレール宛だった。

私は腰をおろし、けっして愉快な孤独というわけではなく、物語を書いております。かつて、やさしさと哀しみであなたを感動させたものですが、いまでは冷たい無関心でちらりと見過ごされてしまうでしょう……私は高潔な慈愛の念をもってあなたを愛してきました。私は心からの敬意をもってあなたを誉めたたえてきました。私たちの親愛の情をどうか忘れないでください。大きな不幸のなかにいる私にどうかあなたの憐れみと祈りを与えてください。

ミセス・スレールは親切な返事を送り、彼のもとを訪ねはしたが、バースの彼女のもとへ彼を招待することはなかった。数か月後、彼女はイタリア人のオペラ歌手ガブリエル・ピオッツィとの結婚を知らせた。ジョンソンの対応には、彼の性格のなかでも最悪の部分があらわれた。子供たちと信仰を捨ててばかげた愚行に走ったと、ひどく痛烈な罵りの言葉を浴びせたのである。あとになって彼はそんな感情の激発を恥じた。彼女にあてた最後の手紙では、「もっと穏やかな溜息をつく」べきだったと書いている。「……あなたの幸せに私がどれほど寄与できたかはともかく、悲惨なことばかりだった私の二十年の歳月を慰めてくれたご親切に報いたい気持ちは十分にあります……私の目には涙があふれています」

これまでの心理状態がどれほど悲惨だったかはともかく、彼の肉体はいまやぼろぼろだった。喘息と浮腫のせいで気の休まるときがなかった。夜もよく眠れず、この不眠が大きな苦痛になることもあった。しかし、これまでつきまとってきた死への恐怖はなくなった。余命いくばくもないと医師に宣告されたときは、アヘンも含めて、それ以上の医療を拒否した。「神の前に曇りのない魂を差しだしたいから」だった。一七八四年十二月十三日の夜、彼は死んだ。

英語圏の執筆者のなかで、サミュエル・ジョンソンほど都市と密接に結びついて記憶される作家はめったにいない。住み着いた都市への愛を何度もくりかえし、これほど熱をこめて表現した作家は他にいなかった。彼の言葉のなかでもとくに有名なのは、彼がスコットランドをたびたび訪れ、口をきわめて「絶賛」したため、ロンドンに住む気をなくすのではないかと心配したボズウェルに対する返答だろう。「いささかなりとも知性のある男なら、どうしてロンドンを離れようなどと思うかね。ロンドンに飽きるというのは人生に飽きたも同然だ。ロンドンには、人生が与えるすべてがあるのだから」。あるとき、ジョンソンとボズウェルは船でグリニッジまで出かけ、すばらしい公園を散策していた。すると彼がボズウェルにこういった。「いいところだな」

「ええ、でも、フリート・ストリートには及ばないでしょう」

「もちろん」

（ちなみに、数年後のボズウェルはいつもの誇張癖を交えて、フリート・ストリートはテンペー（ギリシアの渓谷。すばらしい景観の代名詞）にも勝ると思うといった。しかし、相手のそっけない――だが、悪気はない――ひと言で現実に引き戻された。「ああ、仰せのとおり。でも、とりあえずマル島（スコットランドの観光地）と比べてみようや」）

ジョンソンがこれほどロンドンを愛したのも不思議はなかった。ロンドンはいまや名実ともにイングランドの首都となり、金融と知識、それにファッションの最先端だった。一六八八年の名誉革命をきっかけに議会は大きな力をもつようになり、政界に有能な人材が集まった。ピープスとその同僚たちによって改革された海軍は、オランダの手から世界貿易における制海権を奪いとっていた。パワーは貴族から中産階級のもとへ移り、イングランド最大の都市ロンドンの新たな繁栄を背景にして、芸術、文学、政治、それにビジネスが大いに花開いた。ジョンソンが愛したのは、そんな活気と知的な刺激にあふれた社交的な雰囲気だった。ほかのどんな場所より、ロンドンでこそ、人の魂はよりよく保てると彼は思っていた。さらに「人の虚栄心や高慢さをへしおるにもロンドン以上の場所はない」のだった。「なぜなら……このメトロポリスには同程度の能力をもった人がうようよいるし、ときにはより優れた人にもぶつかる」からだった。しかし、ロンドンで暮らすことが何よりの助けになるのは、自分の価値に自信がもてず、他人の評価をあてにしなければならない孤独な人間だった。

この都市の重要性を知りたいと思うなら、大通りや広場を見るだけで満足してはいけない。むしろ、数知れない路地や中庭をよく観察すべきだ。ロンドンのたぐいまれな広大さは、続々と発展する見事な建物のなかにではなく、ひしめきあった人間の暮らしの多様さにある……仮にも知性をもった男なら、あらゆる人間の暮らしがすべてここに結集していること、そしてそこから限りないエネルギーが発散されていることに大きな感銘を受けるだろう。

ロンドンの楽しみとして、ジョンソンが友情や楽しい会話の次にあげたのが食事と酒であり、とくに食べ物の旨さは特筆すべきだった。あるとき、彼はこういっている。「なかには、食べ物のことを気にかけなかったり、また、気にかけないふりをするばかな人びとがいる。私の場合、食事はとても大事だし、じっくり選ぶようにしている。というのも、私の見るところ、食べるものを気にかけない男は、ほかのなにごとも心にかけないからだ」

ボズウェルはこう書いている。

「彼は食卓につくと目の前のことだけにひたすら没頭する。視線は皿に釘付けになる。よほど地位の高い人が同席していないかぎり、十分に食欲を満たすまではひと言も発さず、ほかの人がしゃべることにもまったく注意を払わない。食べることに集中し、あまりにも熱中するので、こめかみの血管が膨張し、額に浮かぶ汗の玉まで見てとれるほどだった……厳しく節制することはできるのに、食べることと飲むことにかぎって、ジョンソンは中庸とはとてもいえなかった。禁欲ならできるが、ほどほどにたしなむことができなかったのだ。

ディナーに招待されたとき、彼はその食事に特別な努力が払われることを期待した。ときにはその期待が裏切られた。ある日、友人の家から帰ってきた彼はこういった。「たしかに、そこそこの食事だったが、人にわざわざ来てくれというようなものではなかった」。しかし、ある隣人のもとで食事をしたときは、年老いた家政婦が苦労してご馳走を用意してくれたので、「料理人の総会でもこれほどのご馳走は食べられない」と感激した。だが、ボズウェルの記述はジョンソンの一面しか捉えていないようだ。というのも、ジョンソンは食べ物よりも会話に重きを置いていたからだ。あるとき、旧友の一人からジョンソンのもとにこんなメッセージが届いた。「テイラー博士からよろしくとのことでした。明日ぜひ食事においでいただきたいといっています。野兎を手に入れたそうです」。それに対する返事はこうだった。「私からもよろしく。喜んでお相伴にあずかります——野兎であろうと兎であろうと」。

一方、ボズウェルによれば、彼は「味覚の鋭さを自慢していた」という。

そして、自分ならいま世に出ているものよりずっとよい料理書が書けるというのだった。料理書は哲学的な原則に基づいた本にすべきだ……どんな肉が最良かを説明しよう。ビーフはどれで、どこの部位が一番旨いか。雛鳥を選ぶにはどうしたらいいか。さまざまな野菜の旬の季節はいつか。それから、ローストやボイルのやり方。盛りつけのこつ……私の書きたい料理書がどんなものかおわかりでしょう。

「ヘラクレスに家事をまかせるようなものですね」と同席したご婦人がいった。
「いいえ、マダム」とジョンソンは答えた。「家事は女性たちにおまかせしましょう。でも、女性には、よい料理書を書くことはできませんからね」

このような会話のきっかけになった本は、十八世紀の最も有名な料理書『シンプルで簡単な料理のこつ』だった。著者は匿名――「某淑女による」――で、初版は一七四七年である。このころ(一七七八年)までに、ジョンソンはこの本があまりにもすぐれているので、著者は女性ではないと考えるようになっていた。ただし、化学の知識がないことを不満に思った。そして、自分ならもっとよい本が書けると豪語したが、やがてこの本は数版を重ね、著者の素性も明らかになった。ただし、著者の名前が表紙に出るようになったのは死後だった。著者のミセス・ハンナ・グラッセは、レシピのほとんどをほかの本(著者は男女さまざま)から借用していたが、レシピの書き方(と自分の感想)には簡単な言葉を用い、誰にもすぐに理解できるようにしたのが目新しいところだった。「洗練された高級な文体で書いていないことをお許しいただきたい」と彼女は書いている。「この本の意図は、低い階級の人びとに教えることなのです。したがって、それなりのやりかたで書かなければいけませんでした」。それまでの料理書はほとんどが女主人に向けて書かれていた。女主人は一日の大半をキッチンか配膳室か食糧貯蔵庫にいてメイドに命令をくだし、仕事の大事なところだけ自分でするのが普通だった。しかし、ミセス・グラッセがいうように、いまや多くの家庭で、緑色のベーズ生地を貼った扉が――物理的にではなくても、心理的に――女主人とメイドのあいだを隔てるようになっていた。また、最近になって富を得た中流階級の女性たちの多くはあまり高い教育を受けておらず、「洗練された高級な文体」にはなじみがないということにも彼女は気づいていた。『シンプルで簡単な料理のこつ』では、フランス料理の派手さが槍玉にあげられ、わざわざフランス人の料理人を雇うことの愚かさについても指摘されていた。「この時代の愚劣さはどうしたことでしょう。軟弱なフランス人につけこまれ、優秀なイギリス人のコックを奨励しないとは」。そうはいっても、彼女のレシピのなかにはとても高価なものがあった。たとえばエッセンス・オブ・ハムはほとんどフランス料理のレシピそのままだが、すぐ前のページではそのフランス料理がこきおろされている。おそらく、彼女のフランス料理批判は、当時のイギリスの愛国的な気分を反映しただけのものだったのだろう。

十八世紀も末に近づくと、さらにたくさんの料理書が出るようになり、女性の著者も増えていった。エリザベス・ラファルドの『イングランドのベテラン家政婦』(一七六九年)は正規の重版が十三版を数えた。この書名に偽りはなかった。ラファルドは後年マンチェスターで菓子屋を開き、また職業紹介所も開設したが、それ以前は家政婦として働いていたのだった。初版のはしがきを見ると、彼女はハンナ・グラッセの本も参照にしたようだ。

華美だというそしりを受けるのではと案じつつも、読者は私につましさがないとはまず思いますまい……しかしながら、私は本書のいくつかの料理にフランス名を与えています。というのも、それらはその名前でしか呼ばれていないからです。ただし、高価なものではありません……料理のシンプルさを見れば、なるほどと納得いただけるでしょう。

レシピはすべて「私自身の実体験をもとに」したものだというが、出版社は用心のため、一七八九年の新版では「最近の著書からいくつか有名なレシピを引用した」と断り書きを入れている。『シンプルで簡単な料理のこつ』とはちがって、この本にはきちんとした索引がついており、レシピはカテゴリー分けされていた。肉、魚、猟鳥獣肉などの分類は今日にも共通する。

ここで取りあげる三冊目の本は、ロンドンと密接な関係があった。その名も『ロンドンの料理術』といい、著者はジョン・ファーリーで一七八三年に初版が出た。ファーリーはザ・ロンドン・タヴァーンの料理人である。この店は、火事のあとビショップスゲート・ストリート・ウィズィンにできた隙間を埋めるために建てられた重厚な建物だった。ファーリーの料理と金のかかった設備（地下室の一つは生きた亀を入れておく水槽に使われ、ほかの地下室はさまざまな味わいをもつ何千本ものワイン・ボトルで埋まっていた）のおかげで、ザ・タヴァーンはたちまち人気をかちえ、大繁盛した。急進派の政治家（権利章典や革命学会の支持者たち）の溜まり場になり、もっと穏やかなグループ、たとえば東インド会社の重役たちなどもここを贔屓にして、彼らは一八三四年までここでディナーをとった。のちの世紀になると、ディケンズと友人たちの会合の場所として有名になったが、一八七六年からはスコットランド銀行になっている。ファーリーのレシピの約三分の一は無断借用だった。しかし、この本は実際にザ・タヴァーンで作られていた料理を集めたもののようだから、無断借用という言葉は当たらないかもしれない。ファーリーはミセス・グラッセのやり方を発展させて、読者に念入りな指示を与えている。「とくに注意すべきは布巾を清潔にしておくこと。さらに、この布巾を熱湯につけることを忘れないように……焼きあがったら、皿と布巾をそのままそっととりだす。ふんわりしたプディングはとても壊れやすいので注意すること」。だが『ロンドンの料理術』のこれまでにない特徴は冒頭に置かれた「マーケティング」――すなわち、買い物のしかた（ジョンソンもこれを書きたかった）――と最後に付録として、体に悪いものへの注意書きが添えられていたことだ。とりわけ、銅でできた食器や鉛釉薬をかけた陶器などへの注意は大事だった。この点で、ファーリーは時代を先取りしていたともいえる。こうした問題に世間の注目が集まるのは次の世紀になってからだった。

プロの手になる料理書は、歴史家にとっては満足のいく史料ではない。というのも、それらの本では目新しいレシピがとりあげられ、ふだん食べているものはあまり見られないからだ。イギリス公文書館で見つかったマーガレッタ・アクワースのレシピ集およびそれらのレシピを編集して出版した本――アリスとフランク・プロチャスカによる――のおかげで、私たちは当時ジョンソンとその友人たちが、たとえばスレール夫妻の家で何を食べていたかを推測することができる。アクワース夫妻（アクワースは政府高官だった）はグレート・スミス・ストリートの大きな家に住んでいた。ここはチェルシーやケンジントンといった郊外の村に近かった――当時はそれがおしゃれだと思われていた――が、同時にセント・ジェームズ・パークやコベントガーデンやホワイトホールにもさほど遠くなかったので、政府の中枢や趣味のよい上流社会との結びつきを感じることができた。このレシピ集にはマーガレッタの母のレシピがたくさん含まれているので、一七二〇年ごろから九〇年代にかけてロンドンのおしゃれな人びとがどんなものを食べていたかを知るよい手がかりになる。いくつかは他の本からの借用だったが、ミセス・グラッセやミセス・ラファルドから転載したレシピはなく、コレクション全体にはどことなく古風な趣がある。スープの材料やとろみをつけるために、まだアーモンドが使われている。雄鶏のとさか（ラファルドとファーリーの本には登場しない）も、ソースやフォースミート（詰め物用の挽肉）や「ラグー」（ミートソース）にまだよく使われている。七面鳥のパイは、骨を抜いた七面鳥のなかにアヒルを詰めてから全体をパイ皮で包むというやり方だった。鳩の雛は頭をつけたまま、「［帆立貝の］貝殻から小さなくちばしを覗かせる」ようにして食卓に出した（ミセス・ラファルドも「変身させた鳩」のレシピを紹介しているが、それによると中身を抜いたきゅうりに鳩を詰め、くちばしの一つ一つにバーベリーの枝をくわえさせるという）。アーティチョークのパイはまさしく中世風で、シナモン、ナツメグ、砂糖、ローズウォーターを使っている。これと対照的なのはファーリーのレシピで、アーティチョークにトリュフとあみがさ茸と固茹で卵の黄身を混ぜ、メース、粒胡椒、塩で味付けした辛口の料理になっている。料理の歴史という観点からして明らかなのは、これが移行期のレシピだったということである。ロンドンでさえ、そして、そのなかでも最先端を行く上流社会でさえ、家庭ではいまだに旧式のやり方が通用していた。小さな田舎町で生まれ育ったジョンソンが新しい料理よりも古風な料理を好んだであろうことは簡単に想像がつく。

彼が何を食べていたかは特定できないにしても、何を飲んでいたかについては明らかな情報がある。ボズウェルと知りあったころ、ジョンソンはほとんど酒を断っている状態だった。そして、禁酒の効用がしばしば話題にのぼった。ほどほどの量の飲酒にはけっして反対しなかったが、彼自身はそれができないと悟っていた。長年の節制の末に彼はこういっている。

私がワインを断ったのは、「その効果に」うんざりしたからではない。私はポートワインを三本飲んでも、まったく悪酔いはしなかった……だが、誰でも酔わないにこしたことはないし、自制心を失わずにいるほうがずっといい。もっと年をとって、飲みたいと思うまで、ワインを飲むのはやめておこうと思う。

数か月後、彼は一人でいるときにはときたまワインを飲んだこともあると認めた。「自分から逃げるため、自分をどこかに追いやるため」だった。そして、酒を飲む人びとにこんなアドバイスをしている。「クラレットは少年の酒。ポートは男の酒。だが、英雄になりたければ」と、彼は微笑とともにつけ加えた。「ブランデーを飲みたまえ」

たしかにイングランドではピープスの時代とくらべて、クラレットは人気がなくなり、値段もかなり高くなっていた。その理由は政治がらみだった。一七〇三年、ポルトガルとのあいだにメシュエン条約が結ばれた。これによってポルトガルワインの関税はスペインやフランスのものより低くなり、そのかわりにポルトガル向けの干魚や塩漬けの魚の関税が下げられた。その結果、フランスワインはずっと高価になったばかりか、当時のイギリスの対仏情勢からして、フランスワインを飲むのは非愛国的な行為と見なされたのだ（スコットランドはいぜんとしてフランスと強い絆を保っていたので、この逆の趨勢が見られた）。スペインワインとイタリアワインがいくらか、それにラインワインも少しイギリスに入ってきたが、いまやイングランドの食卓で最も ポピュラーなのはポートワインだった。一方で驚くほど大量のクラレットが密輸されており、さらに重要なのはコニャックが市場に出まわっていたことだ——なぜなら十八世紀にはパンチ（ブランデーにジュース、ソーダ、砂糖、香料などで味をつけた飲み物）が大流行したからである。

ジョンソンはワインを飲まなかったが、そのかわり紅茶中毒のようなものだった。十七世紀にはコーヒーとチョコレートが嵐のようにロンドンを席巻したが、いまやファッショナブルなソフトドリンクといえば紅茶だった。ストランドのトワイニング・ティーショップはロンドンで最も古い紅茶の店であり、いまも創立者の一族が保有し、場所も一七〇六年の創立時から変わっていない。建築家のクリストファー・レンやアン女王もここで紅茶を買ったといわれている。次々と代わる政府はつねに重税を課したが、それでも紅茶熱は冷めず、密輸業者に新たな儲けのたねを与えただけだった。一七八四年には紅茶の消費量はおよそ千三百万ポンドと推計されたが、合法的に輸入されたのはわずか五百五十万ポンドだった。当時の首相ウィリアム・ピット（小ピット）に紅茶の関税を十分の一まで下げるよう助言したのはトワイニングだった。これによって密輸がなくなり、消費が促された。

つまり、減税によって収入が増加したのである。紅茶があっというまに人気を得たことに世間は驚き、保守的な人びとは警戒した。彼らにすれば、イングランド人にふさわしい飲み物はエールとビールだけだったのだ。十八世紀末には農家の人びとまで大量の紅茶を飲むようになっており、上流階級はこのことに深刻な懸念を抱いた。紅茶では適切な栄養がとれないのではないかと案じたのである。サー・フレデリック・イーデンは『貧困の現状』に「この外来の飲み物が自家製の大麦から作った汁よりも好ましくまた滋養に富むかどうか、その判断は医学会の権威の手に委ねたい」と書いた。イーデンのいうとおりである。しかし、なかには紅茶が消化に悪いだけでなく、倫理観まで損なうという人もいた。だが、そんな人びとは、紅茶を飲む人の大部分が上流および中流階級であり、彼らが道徳を失ってもいないし（密輸を大目に見ることは別にして）、健康も損ねていないという事実を無視していた。

そんな批判者の一人ジョナス・ハンウェイは、一七五七年刊の著書『紅茶についての随想』にこう書いている。「これはこの国への呪いである。労働者と機械工が領主たちを真似るとは」

クレシーとアジャンクールの戦いに勝利したのは、またドナウ川の流れをガリア人（フランス人）の血で染めたのは、紅茶飲みの倅たちだったか？　かくも女々しい習慣が畑仕事を日々の糧としている人びとのあいだにまで広がるとしたら、行く末はどうなるだろう！……それどころか、召使の召使、最底辺の物乞いまでが、中国という遠い国で作られたものを飲まなければ我慢できなくなる……この悪行はいつ終わるのか？　あなたの家のメイドまでが箒を手放し、きっとお茶を飲んでいるにちがいない。

紅茶を大量に飲んでいたジョンソンはこれを見逃すことができなかった。彼自身、自分は「正真正銘、恥知らずなまでの紅茶飲みであり、長年、食事のたびにこのすばらしい植物の煎じ汁だけを食卓の友にしてきた。私の薬缶はほとんど冷える暇がない。紅茶があれば夕べは楽しく、紅茶があれば真夜中の憂いも慰められ、紅茶があれば朝も嬉しく迎えられる」と書いているほどだから、愛するこの飲み物を擁護する文章もはりきって書いた。現代の医療によれば、彼の不眠やその他の体調不良の一部は紅茶の飲みすぎにあると診断されるかもしれないが、彼自身は「このせいで不調を感じたことは一度もない」と信じていた。

沸騰する議論にもかかわらず、紅茶ファンは紅茶の葉の芳香を楽しみつづけた。十八世紀半ばまでにはさまざまな葉を選べるようになっていた。なかでも有名なのはボヒー茶だったが、この名称は詩的な使い方で紅茶の同義語になった。そのほか、たとえばスーション、ペコ、ガンパウダーなどは現在も使われている。パントマイム劇の有名な登場人物の名前は、トンケイ（屯渓）という紅茶の種類からきていると思われる。

女性向けのティーショップがロンドンで初めてオープンしたのは一七一七年のことで、発案者は機を見るに敏な商人のトマス・トワイニングだった。コーヒーハウスから締めだされていた女性たちはこれを歓迎したが、二、三年後には新たな流行——ティーガーデン——にとってかわられた。ヴォクスホールやラネラ、メリルボーンやホワイト・コンディット・ハウスなどでは誰もが名士や金持ち、恵まれた人や美しい人びとに混じって、パビリオン、円形建物、洞窟、滝、それに中国風、ムーア風、ギリシャ風の神殿のあいだをそぞろ歩けるのだ。そこではコンサートや花火大会、仮面舞踏会や大夜会が催され、アクロバットのショーや熱気球などのアトラクションもあった。飲み物のなかには紅茶はもちろん、チョコレート、パンチ、オレンジブランデー、アラック酒などがあった。もっとのちになると、ピムリコ・ロードのオールド・チェルシー・バン・ハウスには毎週日曜、大勢の客がつめかけ、一八三九年の火事で焼けるまで繁盛していた。スパイシーなおいしいバンズを食べ、紅茶を飲むだけが目的ではなく、興行の才のあるオーナーが考案したフリークスの見世物に肝をつぶすこと、それにほかならぬ国王や王妃（ジョージ三世とシャーロット王妃）が同じように無邪気な楽しみにふけるのを見られることも、人びとを引きつける要因の一つになっていた。そのような場所は次の世紀まで大きな人気を保ち、とくに若者たちのあいだで評判がよかった。だが、家庭においては、紅茶を飲むことは女性的で家庭的な行為と見なされるようになった。紅茶にまつわる作法は、ティーテーブル、高級な木材に錫を貼った密閉性の高い茶筒、中国から輸入されたティーカップ、美しい銀器などとともに、上流階級の女性にはうってつけの暇つぶしとなり、流行の先端をいく楽しい社交の機会を提供した。ロンドンにやってきたドイツ人のゾフィー・フォン・ラロッシュは王妃の侍女からウィンザー城のティーパーティに招待された（もう一人の招待客は小説『イヴリーナ』の著者のファニー・バーニーだった）。イギリス風のものすべてに興味津々だったゾフィーはこのパーティがとても気に入った。

これがその情景……第一級のイギリス風ティーパーティです。雰囲気は親密で、洗練されています。女主人はにこやかに世話を焼きながらも、優雅さと手際よさをなくしません。マダム・ラフィトがお茶を準備するあいだも、レディたちは手芸の手を休めず、上等なモスリンの帯を縫っていました。私たちが紅茶を飲むあいだ、有益で楽しい会話は絶えませんでした。

国中どこでもコーヒーハウスの人気はおおむね保たれた。マコーレー卿の（未完ながら）五巻におよぶ『イギリス史』の末尾はウィリアム三世とメアリー二世時代を生き生きと描きだしているが、その彼はこう書いている。「コーヒーハウスはロンドン市民の家であり、また……人がある紳士を探そうとする場合、住まいがフリート・ストリートにあるのか、それともチャンスリー・レーンにあるのかを聞くより、むしろ行きつけの店がザ・グレシアンなのか、それともザ・レインボウなのかを訊ねるのが普通だった」。店を選ぼうと思えば、そこには二千軒以上があった。スイスからのある旅行者はこう書いている。

ここでの暮らしぶりを教えましょう。たいてい九時ごろに起きます。それから、有名なメンズ・レーヴィの常連ならば、十一時までそこにいて楽しみを見つけます。あるいは、ホランドのティーテーブルについてもいいでしょう。十二時ごろ、社交界《ボーモンド》のメンバーはいずれかのコーヒーハウスまたはチョコレートハウスに集います。そのなかでも定評があるのはココアツリー、ホワイト・チョコレートハウス、セント・ジェームズ、ザ・スマーナ、ミセス・ロックフォード、それにブリティッシュ・コーヒーハウスなどですが、これらはすべて歩いて一時間もかからない場所に密集しているため、そこに集まる全員と顔を合わせることができます……二時になると、たいてい午餐をとりにいきます。外国にくらべて定食屋はそれほど多くありませんが、フランス人経営のかなりよい店が二、三軒あります。おもに外国人向けですが、サフォーク・ストリートにある一軒はなかなか旨い飯を食わせます。しかし、ここでの一般的な習慣は、コーヒーハウスで仲間と落ちあってから、タヴァーンへ行って食事をとるというものです。タヴァーンに六時ごろまでいて、そのあと芝居に出かけます。ただし、誰か有名人の食事に招かれれば話は別です。外国人はそういう機会によく招かれ、つねに歓待されるのです。

コーヒーハウスはときに「ペニー大学」とも呼ばれた。コーヒーハウスの大事な機能の一つは情報交換の場を提供することだった。当然ながら、その役割はしだいに拡大してゆき、ジャーナリストのはしりともいうべきリチャード・スティールが創刊した『ザ・タトラー』の第一号はその内容をこう説明していた。「勇猛な行為、楽しい出来事、娯楽などの記事……はホワイト・チョコレートハウスより」、詩はウィルズ・コーヒーハウスより、そして海外および国内ニュースはセント・ジェームズ・コーヒーハウスの提供による。だが、コーヒーハウスのなかで最も有名なのはロンバード・ストリートにあったロイズで、この店の常連は大勢のビジネスマンだった。ここでは「ろうそくのかわらで」日用品の競売が行なわれていた。高さ二センチ半のろうそくに火をつけたときから入札を始め、燃え尽きる直前に値をつけた者に競り落とされるのだった。ピープスもそのような競売――品物はワイン――に参加したことがあったが、ときには船までもそんな方法で売られたのだった。ロイズはもともと船の積荷を扱う保険業者の溜まり場だった。為替レートや為替相場、最新の海運ニュースなどを載せたロイズのリストが初めて発行されたとき、その将来――やがて世界最大の保険会社になること――は決まったも同然だった。

ジョンソンにもお気に入りのコーヒーハウスがあったが、彼はむしろタヴァーンのほうが好きだった。「よいタヴァーンのように人びとが心からくつろげる場所は、個人の家には望むべくもない」とジョンソンはボズウェルに語った。二人はよくマイターで食事をともにしたが、ジョンソンはいつも目の見えない友人ミセス・ウィリアムズのために、下ごしらえしてあとは調理するばかりの「チキンと胸腺、またその他ちょっとしたごちそう」を送り届けるという配慮を忘れなかった。気のおけない雰囲気と少人数のパーティにぴったりの個室がたくさんあったタヴァーンは、この時期、続々と生まれていたクラブの会合場所としては理想的で、その結果、コーヒーハウスはしだいに凋落していった。ジョンソンも三つのクラブを創立した。一つめは毎週火曜日の夜にアイヴィー・レーンのキングズヘッドに集まって会話とビーフステーキを楽しむものだった。このクラブはあるとき、ジョンソンの発案で、いつもの店ではなく、ソーホーのジェラード・ストリートにあるタークズヘッドで夕食をとることになった。これはメンバーの一人である女流作家が初めて小説を出版したのを祝う会合だった。ジョンソンは月桂樹《ベイリーフ》を挿したすばらしいアップルパイを注文していた。そしてミューズに祈りを捧げたあと、博士みずから不器用な手でこしらえた月桂樹の冠をこの女流作家の頭に親愛の念をこめて載せたものだった。この夜は楽しい会話と罪のない浮かれ騒ぎで過ぎ、ワインも紅茶やコーヒーと同じくらいよく飲まれたことだろう。ジョンソンはレモネードしか飲まなかったが、翌朝の五時、彼の顔は「最高の輝き」にあふれていた。ウェイターたちは眠そうだったが、それでもパーティは続き、ようやく午前八時になって散会した。

　タークズヘッドはジョンソンの二つめのクラブの会合場所だった。これはジョシュア・レノルズとともに一七六四年に創立した文学クラブで、ほかに名のあるメンバーといえばオリヴァー・ゴールドスミスとエドマンド・バークがおり、議会の開催中、二週間に一度のわりあいで食事をともにした。最後のクラブは、ジョンソンの死の一年前、かつてのアイヴィー・レーン・クラブがエセックスヘッド・クラブに場所を変えて復活したものだった。ジョンソンはみずから会則を書きあげた。メンバーはエセックスヘッドで週に二度、そしてジョンソンの家で週に一度、食事をともにした。欠席のペナルティは二ペンスだった。ボズウェルは当時スコットランドにいたが、ジョンソンは彼をどうしてもメンバーにするよう主張した。「ボズウェルはとてもつきあいのよい男だ」というのである。

　ピープスのロンドンとジョンソンのロンドンとでは大きな違いがあった。ピープスにとってロンドンはいまだシティにとどまっていた。だが、ジョンソンにとってのロンドンはフリート・ストリートとストランドが中心だった。ロンドン大火のあと、シティはレンガと石で再建された。通りは広げられ、道路に面した建物の列もそろえられた。レンの設計したいくつもの新しい教会は人びとの目を楽しませた。だが、住民の数は増えつづけ、東西に広がって移動していった。ダニエル・デフォーの見たところ、ロンドンは周囲六十キロになろうとしており、「これからさらにどこまで広がるかは、神のみぞ知る」というところだった。ホレース・ウォルポールは家並みが「雨後の筍のように日々生じている」と書いた。ウェストエンドでは、個人オーナーが私有地に美しい広場や通りを建設していた。こうして、メイフェアやグロヴナー・スクエア、ブルームズベリといった住宅街ができあがった。ここには富裕層や貴族階級など、流行に敏感な人びとが住みついた。ストランドやフリート・ストリート周辺の一帯はいまや雑多な住民が混じりあっていた。肉屋とジャーナリスト、画家と獣脂ろうそく屋、食料雑貨商と革細工職人が、貴族や郷紳と肩を接するように生活していたのである。だが、裏通りや細い路地のスラムは犯罪と栄養失調と病気の温床となっていた。

拡大する帝国の中心としてのロンドンは、港やドックで肉体労働に従事する未熟練労働者から商人やビジネスマンまで、膨大な数の労働者を必要とした。同時に、ロンドンはイギリスで最も重要な製造業の中心地ともなりつつあった。絹織物、時計製造、馬車建造といった特殊な分野の商売が盛んなことでも有名だったのだ。これらの仕事に就いたのはおもに新参者である。つい最近、イギリスの田舎を襲った農地改革の波によって失業した大勢の人びとがロンドンに流れてきていた。そのほかには、たとえばユグノーやユダヤ人のように外国から来た人も多く、スピタルフィールド周辺に住みついて、東や北へ向けての拡大に一役買ったのはおもにこういう人たちだった。クラーケンウェルやショーディッチ、それにテムズ川の南のデットフォードといった村でも人口は急速に増えていた。

裏通りの貧困を産業の発展だけに帰するのはまちがいだろう。貧困はつねに存在してきたし、法律の手も及ばなかった。しかし、いま、これまでにない理由で貧困がますます悪化していた。安い蒸留酒の登場である。イギリス人が長年なじんできたビールやエールは免許がなければ売ることができなかった。だが、蒸留酒にはそんな規制がなかった。英蘭戦争のあとにオランダからやってきた輸入品のなかにはジンがあったが、これは一七三六年まで一ガロンにつきわずか二ペンスの関税しかかからなかった。これでもまだ安くないと思ったのか、人びとはいかがわしい材料をかき集めて自家製の蒸留酒を作り、もっと安値で売るようになった。十八世紀半ば、ロンドンでは男女を問わず、子供も含めて、住民一人につき週に二パイントのジンを飲んでいたようだ。そして年に九千人以上の子供が蒸留酒を飲んだせいで死んでいた——ときには泣き止ませるために幼児にジンを飲ませることもあったのだ。貧乏人がこうむる被害は甚大だった。酒飲みの悲惨さを描いたホガースの銅版画『ジン小路』は誇張ではなく、まさに当時のロンドンのスラムはこんな状況だったと思われる。壊れかけたあばらやが肩を寄せあうジン小路に、三軒の家だけが裕福そうに堂々とそびえている。グライプは質屋、キルマンは造り酒屋、そして名前のない一軒は葬儀屋である。質屋の前には人びとが群らがり、さまざまな持ち物を差しだしている。坐って骨をしゃぶっている哀れな男もいれば、階段に人事不省のようすで横たわる半裸の女もいる。彼女の腕のなかの赤ん坊は下の通りに転げ落ちそうだ。酒屋の軒先にはこんな広告がある。「一ペニーで酔い、二ペンスならぐでんぐでん、清潔なストローは無料」。背景では葬儀屋が遺体を埋葬しようとしており、一方、酒屋の外では喧嘩が始まっている。あばらやの壊れた壁の奥には梁からぶらさがった首吊り死体の姿がちらっと見える。ホガースは道徳的な意味をこめて、これと対になる『ビール通り』という銅版画も作っているが、そこには清潔な明るい家が建ち並び、人びとは元気一杯で、商売も繁盛している。

一七三六年のジン法で規制ができたものの、効果はあまりなかった。ジンを腹痛やさしこみの薬として売れば税金を払わずにすみ、蒸留酒は密輸業者にとって儲けの大きい商品となった。だが、その後も、政府は入れかわり立ちかわり、しだいに規制を強めてゆき、密輸撲滅のための努力が払われたので、十八世紀末にはジンの消費量がだいぶ減った。しかし、そのころにはまた別の要因によって、都会の堕落に拍車をかける新たな波が生じていた。

これらすべてが、十八世紀のロンドンの矛盾した性格を理解する一助になるかもしれない。ロンドンでは豊かな富と最底辺のスラムが隣りあわせで見られた。上品な社交界があるかと思えば、それとは対照的な残忍な犯罪や浅ましい所業が横行し、高尚な文学や芸術が花開く一方で、産業界では非人道的な労働条件が黙認されていた。

にもかかわらず、食べ物に関するかぎり、矛盾はそれほど目につかない。十八世紀前半、ほどほどの食材が手軽に、また安く手に入ったからだ。貧乏人でも肉が買えたので、外国人はそれを見て――昔と同じく――驚いた。十七世紀に始まった農業改革がじょじょに成果をあげはじめていた。一七一〇年にスミスフィールドへ運ばれてきた牛と羊の体重は、その世紀の末の標準にくらべるとおよそ半分だったし、秋には種牛を除いてすべての牛を屠り、塩漬けにするのが普通だった。冬にも牛に餌を与えようというジェスロ・タルとタウンゼンド卿（「ターニップ」タウンゼンドと呼ばれた）の考えが普及するのはやっと一七三〇年ごろだった。さらに彼らの追随者となった農民たちにも、共有地の廃止と耕作地の囲い込みが家畜にも有益だし、利益も上がるという事実を納得させる必要があった。だが、やがてノーフォークのコーク卿などの農業改革者が土地にターニップやじゃがいもや牧草を植えつけるようになり、こうして冬季でも牛を良好な状態に保てるようになった。一七七〇年代までに、郷紳階級の農場経営者は品種改良にもとりくんでいた。なかでも大きな進歩は豚の品種改良で、イギリス産の豚と中国から輸入されたより大型の豚をかけあわせることに成功した。

十八世紀も末になると。食卓に上る肉の種類にも大きな変化が見られた。ロンドンには大きな肉市場が四か所あった。


大きなマトンの燻製肉を食卓に出したい？

それなら、ニューゲートのような大きな市場で買うといい。

ビーフの塊で腹いっぱいになりたい？

では、レドンホールへ行きたまえ。セント・ジェームズなら子牛肉が見つかる。

（作者不明、ジョン・アシュトン『アン女王時代の社交生活』ロンドン、一八八二年刊への引用）


（ここには出ていないが、四つめのクレア市場はシティの外側、リンカンズ・イン・フィールズの南にあって、豚肉をおもに扱っていた）。一七八〇年代には、裕福なロンドン市民は一年の大半を通じて、新鮮なビーフ、マトン、ポークが入手できるようになっていた。イギリスの肉に対する外国人の見方はさまざまだった。一七七一年にロンドンを訪れたあるフランス人はパリで買う肉より劣っていると思った。だが、ゾフィー・フォン・ラロッシュの意見は違った。グリーンパークの近くを歩いていたとき、彼女はある通りに肉屋が軒をつらねているのを見つけ、そこでの発見に大喜びした。

肉はとても上等で、店はすばらしく清潔だった。真っ白な布の上にすべての商品が広げられ、背後の壁にも同じく真っ白な布がかかっていて、大きな肉の塊が吊り下げられていた。血は一滴も見えず、汚れもなかった。店の壁もドアもトウヒでできていて、てんびん秤や分銅は磨きあげられていた。

ゾフィーはイギリスの食卓に上る肉の質についてもはっきりと書いており、その説明もしている。

イングランドの食事の習慣を見れば、なぜこれほど大きな皿――銅、しろめ、陶磁器を問わず――が必要なのかがわかる。つまり、子牛の四半身やラムの半身、その他、どんな肉でも大きな塊が皿に盛られ、魚の場合は一人につき丸ごと一匹が出されるからだ。しかも、イングランドでは召使用に別の料理を作るという習慣がない。召使も主人たちが食べるのと同じものを食べるのだ。主人が先に食べ、その残りを召使が食べる――だからこそ、皿は大きくなり、料理の分量も多くなるのだ。

ゾフィーがイングランドに来て初めて食べた夕食はインゲートストーンのある宿屋でだった。その内容は、薄切りのビーフと子牛肉を叩いてパン粉をつけて焼いたもので、付け合せはバター添えの大きなじゃがいもだった。飲み物は「おいしいビールと高級ボルドーワイン」である。だが、ゾフィーは明らかに英国びいきだった。彼女と同じドイツ人のヘル・リヒテンベルクは「ロストビーフ」が気に入らなかった。理由は肉が生焼けだからである。さらに、イギリスのスープについても同じ不満をもっていたようだ。イギリス人は胃のなかでスープを料理するのだろうといっている。

別のフランス人、アンリ・ミッソン・ド・ヴァルベールもロンドンの裕福な中流階級がどんな食事をとっているかを観察した。ごく普通のディナーには量の多い二皿からなっていた――たぶんプディングとローストビーフだろう。あるいは、ボイルした肉を「キャベツ、にんじん、ターニップ、その他のハーブ類や根菜の山がぐるりと取り巻き、塩胡椒がたっぷり振られ、バターの海のなかで泳いでいる」というものだった。鶏肉、豚、牛の胃、舌、兎、鳩などもすべて、同じように調理されたと思われる。ボイルした肉に「添えられる一品にはブロスなるものもあった。これは一種のスープで、なかにほんのわずかなオートミールが入り、タイムまたはセージなど、ちょっとしたハーブが加えられている。客が望めばスープ皿でどんどん出てくる。人によっては、これに少量のパンを加えてポタージュのようにして食べる」。ミッソンはプディングについても書いているので、ここに引用してみよう。

プディングはとても形容がむずかしい料理である。なぜなら、これにはさまざまな種類が見られるからだ。小麦粉、牛乳、卵、バター、砂糖、スエット（牛脂）、骨髄、レーズンなどがプディングを作るときの基本的な材料である。オーブンで焼くこともあり、肉といっしょに茹でることもあるといった具合で、作り方には五十通り以上がある。「プディングの考案者に幸いあれ」――これはあらゆる人びとの味覚を楽しませる天与の糧《マンナ》であるから。荒野に降ってきたマンナよりもさらによい。というのも、人はけっしてこの味に飽きないからだ……「プディングの時間にいらっしゃい」とよくいわれるが、これこそ、世界で最も幸運だと思える瞬間である。

どうやら、このころには料理にまつわる文化的な差異がはっきりしていたようだ。ミッソンの口調はまるでアボリジニの社会に迷いこんだ探検家のようだ。しかし、彼が記録した食べ物は――溶けたバターソースとプディングは別としても――当時、彼の祖国フランスのブルジョワたちが食べていたものとさほど違いはない。彼を驚かせた本当の理由は、食事に招待してくれたイギリス人がロンドン市民で、しかもスレール夫妻やアクワース夫妻のような知識階級に属し、けっして社会の底辺に住む人ではなかったことなのだ。フランスの同程度の人びとなら、そんな食事を時代遅れと思うだろう。というのも、この時代のフランスでは、オートブルジョワジー（上流市民階級）の食卓は、財布の中身が許すかぎりで貴族の食生活をしのごうとしていたからである。調理法にもシステマチックなアプローチが定着してきたため、一種類ないし数種類のおもな食材からなる料理は、多かれ少なかれ基本的な下ごしらえの組み合わせ——たとえばストック、ピュレ、クーリと呼ばれる煮詰めたソース、詰め物——が可能になった。ソースは軽くなめらかだったが、それを作る食材はかなり高くついた。さらに厨房の設備や労働力も高価だった。フランス料理はきわめて洗練されたものだったが、そのような国ごとのスタイルの違いに気づくのは、フランス人の料理人を雇えるロンドン市民だけだった——ニューカッスル公爵のお抱えシェフだったムシュー・ド・サンクルーがルイスのホワイト・ハート・インのオーナー、ウィリアム・ヴェラルに料理を教えたのがよい例である。

だが、ロンドンはもともと中産階級の都市であり、伝統的に外国人嫌いの風潮があったため、なかなか新機軸を受け入れようとしなかった。古きイングランド——デイヴィッド・ヒュームにいわせれば、そんなものは幻想にすぎなかったが——のローストビーフはジョン・ブルのシンボルとなり、まじめで実際的な考え方の証拠となった。フランス風レシピの派手さをけなしたハンナ・グラッセのような著者が近代のフランス料理の影響を否定するとしたら、彼らは古臭い「フリカッセ」「ラグー」「ハッシュ」といった単純な料理に戻らなければならなかったはずだ。

フランスでは調理法への全体的なアプローチが変化していたが、一方、イングランドで大きく変わったのは料理の盛りつけ方と食材だった。たとえば、十七世紀半ばに狩猟法が整備された。その結果、ロンドンではまだ猟鳥獣肉を買うことはできたが、その数はしだいに減り、値段も高くなっていた。野鴨、雉、山鶉などは、農場で育てられた家禽と同じくらいの価格だったが、しだいに品薄になっていた。とはいえ、一七七〇年という遅い時期でも、雌のクロウタドリやツグミはさかんに食卓にのぼった。きれいな声でさえずる雄のクロウタドリはペットとして人気が高かったので、雄雌とも一網打尽にすることが多かったのだ。鳩は人気が高かったが、そのほかの野鳥は農場育ちの家禽にとってかわられた。エセックス、ケント、サリーなど近郊の州から、ホロホロ鳥、牝鶏、鵞鳥、七面鳥などが徒歩でロンドンまで追われてきた。エールズベリー・ダックはすでに有名だった。七面鳥の一団がうるさく鳴きながらよたよたと歩いてくるようすは愉快な情景だったろう。足を守るために小さな革のブーツを履かされていたのだ。もっと独立心の強い鵞鳥はブーツを断固拒否したので、足には保護のためにタールを塗ったが、これが砂まみれになった――このことから、不可能なことを意味する「鵞鳥に靴をはかせるような」という古い英語の言い回しが生まれた。あまり愉快といえないのはロンドンについてからの家禽たちへの処遇だった。小説家のスモレットによれば、太らせるために檻に入れられた家禽は肛門を縫いあわされた。これによって体重は増えたかもしれないが、熱を出すものも多く、結果として肉が腐ることもあった。

農業改革によって食肉の習慣が変化したが、一方で漁業にも発展があった。十七世紀初頭、漁船用の生簀《いけす》が考案された――海水を溜めたタンクのなかに魚を入れ、水揚げまで生かしておくのである。やがて、船体の幅いっぱいに生簀を組みこんだ船が開発された。左右の舷側に穴をあけて生簀のなかの海水が巡回できるような工夫がされていた。もう一つの新機軸は氷の利用である。中国を訪れた東インド会社の重役が雪のなかに魚を詰めているのを見たことから思いついた。ロンドンを訪れた人は、これと同じやり方でよく故郷へ魚を送ったものだった。そして、これまでずっと酢漬けにしてロンドンへ送られてきたスコットランド産の鮭はいまや生のまま運ばれるようになった。

生簀に海水ではなく淡水を満たした結果、新しい贅沢品が生まれた。中世の白鳥の丸焼きやイルカのように、これらは富とパワーと地位の象徴となった。たとえば西インド諸島産の青海亀である。輸送のコストも高かったが、それよりもむしろ堂々たる体軀と重厚な動きが魅力的だった。食卓に青海亀を供することができるパワフルな人びとを、客たちは――無意識にせよ――海亀の堂々たる重厚さと重ねあわせて見たはずである。大きな海亀が一頭いれば、宴会の料理すべてがまかなえた。エリザベス・ラファルドの『イングランドのベテラン家政婦』では、重さ百六十キロの海亀から作れる料理が紹介されている。トップディッシュはひれの厚い部分から作った料理で、ボトムディッシュは甲羅と接した部位の肉、センターディッシュは頭と心臓と肺《ライツ》で作ったスープ。サイドディッシュの一品めはチキン、または腹側の甲羅に接した肉。二品めは小さなひれを使った料理。三品めは「魚臭い部位」を腸に詰めたもの。四品めは、水切りした頭、心臓、肺をレバーのフライとレモンスライスで飾ったもの。驚くべきことに、これは料理人が数人がかりでとりくむ大変な作業のように思えるのに、海亀を殺すのは前夜なのだ。

魚介類はまだ豊富だった。ゾフィー・フォン・ラロッシュはそれまで牡蠣を食べたことがなかったが、ビリングズゲートに水揚げされたばかりの荷を見かけ、先を争って買っていく人びとや、その場で食べる人の姿も目撃した。食べてみないかといわれて、彼女は近くの旅籠《イン》に入った。


狭い部屋だったがきちんとしていて、テーブルには白いクロースがかかり、感じのいい籐椅子が置いてあった。漁師の女が籠いっぱいの牡蠣を運んできて、すぐに若者がレモンとパンの入った小さなバスケット、皿とナイフをもってきた……私は牡蠣がとても気に入った。

牡蠣もたいへん好まれた食材だった。ときにはソースの味付けに少量だけ使われることもあったが、鶏やマトンの腿肉の詰め物にすることも多かった。あるいは、ランプステーキに包んだり、パイにして焼くこともできた。生きたままロンドンまで運ばれるようになったロブスターも人気のあるご馳走で、牡蠣と同じようにさまざまな方法で調理された。海老も同じである。海老やロブスターのキャセロールは流行の先端をいく料理で、スレール夫妻のような人びとの食卓にふさわしかった。いまや、ロンドンに運ばれる魚はすべて生きがよく新鮮だった。十八世紀の前半にはデフォーが東海岸から陸路で運ばれた魚の臭さについて書き、スモレットも長距離を輸送される魚に暑さがどんな影響をおよぼすかを論じている。さまざまな種類のなかでもとくに人気があったのはサバとタラで、鰻やキスも同じく好まれ、八目鰻の人気はややもちなおしているようだった。『イングランドのベテラン家政婦』（一七八九年版）には八目鰻のレシピが四つ載っている。

ゾフィーが牡蠣に添えられたレモンについて言及しているのは興味深い。私の知るかぎり、ここで初めて、この組み合わせが文献に登場したからだ。この時代には、大量のレモンや甘いオレンジが定期的に輸入されるようになっていた。古いレシピにあった酸味果汁（野生りんごや未熟な葡萄の酸っぱいジュース）のかわりに、これらの果汁が使われるようになり、肉や魚にかけるとろみのないソースの大事な材料になった。レモンやオレンジは料理の飾りつけにもよく使われた。また、オレンジフラワーウォーター（橙花水）は化粧品としても、またケーキやビスケットの風味づけとしても、ローズウォーター（バラ水）と同じくらい愛用されるようになった。西インド諸島からライムが輸入されると、とたんにパンチ――十八世紀に最も人気のあった飲み物――の材料として欠かせないものとなった。

前の章で見たように、冬の終わりになると壊血病に悩む人が珍しくなかった。いまや、イングランドの国力が強い海軍を支えにしていることもあり、医学界の人びとは治療法を見つけるために努力しはじめた。荒っぽい理論が唱えられたり、奇妙な実験がなされたりもしたが、やがて新鮮な野菜と酸味のある果実のジュースが壊血病の予防に効くことがわかってきた。航海中の壊血病に柑橘類が最も効果的だという説が定着するのは十八世紀末になってからだが、それ以前にも新鮮な生の果物がよく効くことは世間に認められ、果物に対する中世以来の偏見はついに消えさった。需要が増えたことから、ロンドン周辺には市場向けの果樹園が続々とできるようになった。テムズ川の南岸のランベスはすぐに北岸のチェルシーからウェストミンスターに至る一帯と似たようなものになり、一八〇〇年にはさらに西の小さなイーリング村に二百五十以上の市場向け果樹園ができていた。この地域は肥沃な沖積層の土だったが、そこへさらにシティからの馬糞やはしけで運ばれる下肥を与えて土地を肥やした。バターシーのアスパラガスは有名だったが、ほかの地域も苺や桑の実、温室栽培のいちじくやチェリーの産地として知られた。ロンドン周辺の道路は一晩中、農作物を田舎から市場へと運ぶ荷車でにぎわっていた。そして明け方にはテムズ川も同じように市場向け菜園からの荷を積んだはしけで混みあった。スティールは一七一二年の『ザ・スペクテーター』で、テムズ川の活気にとんだにぎわいを描きだしている。

岸辺から離れたとたん、ロンドンのいくつかの市場兼波止場に向かう園芸農家の船と行きあった。勤勉な人びとが自分たちの商品を売るために元気いっぱいで船を進めていく情景は見ているだけでも心が浮きたつものだ。川の両岸にも人が群れつどい、きちんと植えられた植物が目に快く、地球上のどこにも負けないほど美しい。だが、両岸からの商品でにぎわうテムズ川そのものこそが、この光景に大きく寄与している……われわれの航海にはこれといった事件は起こらなかった。しかし、アンズを積んだ十隻の帆船とともにストランドブリッジで上陸し、ナインエルムズにちょっと立ち寄ったあと、その店のミスター・クッフェに託されたメロンを積みこみ、コベントガーデンに店を出しているセアラ・シュウェル・アンド・カンパニーまで届けた。ストランド・ブリッジには六時に到着し、積荷をおろしていたとき、前夜のハックニー（四輪馬車）の御者たちがそれぞれ出発するところだった……市場へ向かう途中では煙突掃除屋たちがそばを通りかかり、果物売りの少女の一人と例の黒人男たちのあいだでイヴと悪魔をめぐるからかいの言葉がやりとりされ、彼らの仕事にあてつけた冗談の応酬があった。私はコベントガーデンほど愉快な場所をほかに知らない。果物売りから果物売りへと見てあるいたが、私の周囲には家族のために果物を買いにきた感じのよい若い女たちがひしめいていた。

残念ながら、スモレットの『ハンフリー・クリンカーの探検』（一七七一年）にはこの楽しげな情景を打ち消すような記述がある。

それはつい昨日のこと、私は薄汚れた荷車引きの女が泥だらけの果物を自分の唾で拭いているのを見た。セント・ジェームズ教会の教区民である立派なご婦人はその上品な口に、あのセント・ジャイルズの行商女の汚い、もしかしたら黴菌のいる唾液をなすりつけられたでまわされたチェリーを入れようなどと思うだろうか？

あるフランス人による一七七二年の記録によれば、このころすでに石炭を燃やすことによる汚染は深刻な問題になっていたようだ。

ロンドン周辺の田園地帯で育つキャベツ、ラディッシュ、ほうれん草などすべて［の野菜］には、この街のいたるところに充満している石炭の煙がしみこんで、ひどい味になっている……私はこのロンドンでは、アスパラガスを除いて、まともな味の野菜を食べたことがない。

当然ながら、ロンドン子はこの煤煙にほとんど気づかず、たとえ気づいたとしても、もともと野菜はこんなものだと思ったはずだ。サー・ジャック・ドラモンドが『イギリス人の料理』（ロンドン、一九三九年）に書いているとおり、テムズ川の船頭たちが船に野菜を山と積みあげたランベスの栽培農家の連中に向かって、「こいつらは……キャベツのバターも芽キャベツ用のベーコンも買えないんだから」と罵るようになったのは、まさに庶民の食生活が変わったことの証だった。

乳製品は十八世紀の食生活に特別な位置を占めていた。バターは魚介類から蒸しプディングまで、ほとんどすべての料理にソースとして用いられた。ミルクやクリームやバターを買うためにロンドンから歩いていくことはもう無理だったが、シティのなかにもまだ酪農場はあった。農業局の一七九四年のレポートによれば、イーストエンド、イズリントン、パディントン、ウェストミンスター、ランベスなどの郊外では八千五百頭の乳牛が飼育されていた。ロンドン子の散歩の場所として人気のあったセントジェームズ・パークでは、近くで平和に草を食んでいる乳牛から絞ったコップ一杯のミルクが買えた（このミルク屋は一九〇五年にアドミラルティ・アーチができるまで続いたが、その後、この昔ながらの伝統を受け継いだ最後の年老いた二人の女は牛をつれて湖のそばに店を移した。そして、それからさらに十五年のあいだ、コップ一杯一ペニーでミルクを売りつづけた）。チェルシー、ハクストン、イズリントンでは、夏のあいだ牛に草を食べさせるための牧草地が売買されたり、貸しだされたりした。ミルクの需要は高かった。一七二七年、乳搾り女が質問に答えて「お客が多くて売上が倍になり、週に何ガロンも売れている」と語った。そのため、ミルクに混ぜ物をする酪農業者も出てきて、「鉄の尻尾のある牛」が活躍するようになった。つまり、井戸からくみ出した水でミルクを薄めたのである。十八世紀も末になると、牧草地が減ったため、牛は栄養不足になり、狭い不潔な牛小屋に押しこめられるようになった。スモレットの『ハンフリー・クリンカーの探検』は、ロンドンのミルクについてさんざん悪口を浴びせている。

だが、ミルクそのものについても見逃すわけにはいかない。しなびたキャベツの葉と酸っぱいビール滓から作られたものをお湯で薄め、砕いたカタツムリで泡立てる。蓋のない手桶で通りを運ばれ、戸口や窓から捨てられる不潔な水の飛沫を浴び、通行人の唾液や鼻汁や煙草の嚙みかすにさらされ、荷車や駅馬車の車輪がはね散らす泥水、いたずら小僧がふざけて投げいれる泥やごみが混ざっている。赤ん坊はよだれを垂らし、そのよだれは錫製の秤に落ちて、次のお客のためにその秤を使うついでにミルクと混ざる。そして最後に、酪農婦《ミルクメイド》という立派な呼び名のついた売り子の薄汚いぼろきれから落ちる害虫がこの貴重な混合液に加わって一丁あがりだ。

このぞっとしない記述にもかかわらず、ロンドンの「絞りたて」ミルクは、郊外で作られるものよりずっと高値で売られた。というのも、当時、郊外からのミルクは冷蔵されずにでこぼこだらけの陸路を運ばれてきたため、酸っぱくなってしまうことが多かったからだ。いちばんいいのは、牛をつれて通りを行く酪農婦をつかまえて、その場でミルクを絞ってもらうことだった。混ぜ物も汚れもない絞りたてのミルクに人気が集まったのも無理からぬことである。

食品への混ぜ物、なかでもパンの場合はとくに人の神経を逆なでした。小麦百パーセントの白パンはつねに他のどんなパンより上等なものと見なされた。これは貴族の食べ物であり、貧乏人が口にするぼそぼそした雑穀パンとくらべて、味も食感も上だった。小麦粉は白ければ白いほど高級とされた。一六一六年という早い時期にすでに、ある食料雑貨商は「貧乏人は大麦やライ麦のパンを買わず、それどころか小麦六割以上のパンさえも買わなくなっている」といっている。

一七一五年から一七五五年にかけて、小麦を栽培する農家がしだいに増え、さらに豊作が続いたことから、小麦の値段は急落した。やがて不作の年が続いて深刻な小麦不足になったとき、ロンドン子はすでに小麦百パーセントの白パンにすっかり慣れていたので、パン屋が小麦のかわりに別の穀類を混ぜ、あるいは昔のように豆の粉などで代用したときはあちこちから非難の声があがった。とくに凶作だった数年間は、議会の提唱によって「標準《スタンダード》」食パンが登場した。側面に大きな「S」の文字がついたこの標準パンには大量のフスマが混入されていた。しかし、世間での評判はあまり芳しくなかった。

当然ながら、パン屋は消費者の要求に応えようとした。そこで、パン職人は材料の小麦粉にカリ明《みよう》礬《ばん》と塩のミックス（婉曲に「スタッフ」と呼ばれた）を混ぜた。このおかげでパンのサイズが大きくなり、口あたりや色もよくなった。これが消費者を満足させたのはほんの一時期だった。その一方で――食品の製造工程が改良されるにつれてよく起こることだったが――やがて世間の欲求は二通りに分かれた。大衆があいかわらず白パンを求める一方で、食品へ混ぜ物をすることに反対する動きが起こったのだ。そのきっかけは、一七五七年に出版された匿名の小冊子『毒の検出――または戦慄の事実――イギリスのメトロポリスへの警告』である。これはまさしく警告だった。著者は、カリ明礬に強い収斂性があることと「ときには発熱と便秘」を引き起こすことを――正確に――指摘した。そしてさらに、パン屋が石灰やチョーク、あろうことか死体安置所から盗んできた人骨の粉末まで小麦粉に混ぜていると暴露した。その直後、別の著者は致死的な毒性をもつ鉛白が用いられているとほのめかした。

パン屋たちは対抗策として、これらの疑惑を否定する小冊子を作らせた。化学者のH・ジャクソンは『パンに関する小論』でカリ明礬の使用は認めたが、そのほかの物質はむしろパンの大きさを縮め、食感も悪くするので、パン屋がそんなものを使うとは思えないと反論した。だが、噂はすでに広まっていた。このような事件では、どんな小冊子よりも、よく読まれる小説のほうが人びとへの影響力は大きかった。スモレットはこの問題をとりあげ、『ハンフリー・クリンカーの探検』で痛烈な批判を浴びせた。

私がロンドンで食べるパンは、チョークとカリ明礬と骨灰が混ぜこまれた有毒な粉でできている。味はまずく、健康にも悪い。善良な人びとはこのような混ぜ物に気づかないわけではない。だが、彼らは安全なパンよりも、そんなパンのほうを好む。なぜなら、そのほうがとうもろこしの粉でできたパンより白いからだ。こうして、彼らはみずからの味覚と健康、それにか弱い子供たちの命を犠牲にして、見かけの白さという偽りの喜びを選ぶのである。そして、粉屋とパン屋は自分の商売を成り立たせるために、お客とその家族に毒を盛りつづける。

論争は次の世紀までずっと続き、つい最近も蒸し返された。だが、そんな議論にもめげず、一七六〇年ごろにはある種のパンを不可欠とするまったく新しい料理が誕生した。うれしいことに、この料理の考案者はほかならぬピープスの親類であり、彼のパトロンにして友人だった。すなわち、エドワード・モンタギュー卿、初代サンドイッチ伯爵である。伝えられる話によると、このサンドイッチ家の四代目当主はある晩、そろそろトランプゲームのテーブルを離れて食事に行こうという友人たちの誘いをはねつけ、どうかゲームをしながら食べられるものをもってきてくれないかと頼んだ——なんでもいい、バターを塗ったパンのあいだに肉をはさんだものだってかまわないさ。こうしてサンドイッチが発明された。パンを食器がわりにする——トレンチャー——ことは昔からあったじゃないかという人もいるだろう。いまや、そのパンが二枚になって薄くなり、バターを塗ることで肉汁がしみこむのを防ぐようになった。

ジョンソンの時代のパンについて、最後はトーストにまつわるコメントで締めくくることにしよう。トーストの起源はよくわからないが、一六一七年にある旅行者がこう書いている。「ボウ教会の鐘の音が届く範囲内（ロンドン市内）に住む人びとはコックニーと呼ばれて蔑まれ、バター付トーストを食べる連中といわれている」——これを見ると、このころからすでにロンドン子とトーストのあいだに特別なつながりがあったことがわかる。とはいえ、イギリスのほかの地域でもトーストを食べていたことはまずまちがいないだろう。中世に人気のあったスナックには、トーストの豪華版とでもいうべきものがあった。たとえば焼いたパンをワインに浸し、それをまたかりっと焼いたものやスパイスのきいた甘いスプレッドを厚く塗ったものなどである——アメリカで人気の高かったシナモントーストと比較してみよう。しかし、十八世紀になると辛口のスプレッドのほうが主流になった。スクランブルエッグ、ハム、アンチョビ・ペースト、または少量のビールかワインで溶かしたチーズなど——これも中世のトレンチャーのバリエーションといえる。また、「トーストと水」の流行も見られ、これは十九世紀まで引き継がれた。これには治療効果があるとされ、とくに胃腸の弱い人向きの食事だった。薄く切ったパンを焼き色がついて——ただし焦がしてはいけない——堅くなるまでトーストする。このトーストを冷たい水の入った水差しに浸し、少なくとも一時間は置いておく。水が「きれいな茶色になったら」それを注いで飲むのである。

トーストが本来のトーストとして賞味されるのは午後五時である。この時刻に、上流社会のファッショナブルな人びとはアフタヌーンティーという新たな儀式をとりおこなうようになったのだ。ポピーの葉のように薄く切ったバター付パンは、訪れた外国人の賞賛の的だった。「たぐいまれなほど美味」といわれたこのパンは、かりっと焼いて溶かしバターを塗り、薄い中国製のカップで出される紅茶に添えて、皿に山盛りにして出されるトーストだった。

第五章　産業革命と近代化のかげで
ディケンズ家の食卓

それは気持のよい内輪のディナーであり――当時の私には、まるで市長の大晩餐会のように思えた――気のおけない仲間だけの食事だったから、よけいに楽しかった。そばに年寄りが一人もおらず、しかもロンドンのど真ん中だ。

チャールズ・ディケンズ『大いなる遺産』二十二章

ディケンズはヴィクトリア女王より七歳だけ年上で、彼の筆名が上がりはじめたのはちょうど女王が十八歳で王座についた一八三七年ごろだった。その当時すでに『ボズのスケッチ集』は出版されており、やがて彼にとって初めてのベストセラー作品となる『ピクウィック・クラブ』の執筆にとりかかったばかりだった。ディケンズはまさにヴィクトリア朝と歩みをともにした作家であり、彼の作品はその時代を体現しているといっていい。

チャールズ・ディケンズは一八一二年二月七日、ポーツマスに生まれた。父親は海軍省の事務官として働いていた楽天的な夢想家だった。チャールズが十歳のとき、両親はロンドンのカムデンタウンに引越した。ベイアム・ストリートの狭くて暗い家に夫妻と六人の子供に加え、メイドと居候一人がぎゅうぎゅうに詰め込まれた。ディケンズ夫妻は山のような借金を負っていた。彼らが倹約のために最初にやったのは、息子のチャールズを寄宿学校に送りこむことだった——このことでチャールズは父母を一生許さなかった。

最初のうち、彼は暇な時間に本を読んですごした。一家が豊かだったころに買っておいた本だった。やがてこの本も売らなければならない日が来た。その後は余った時間にロンドンのストリートをうろつくようになった。感じやすく鋭敏な子供だったディケンズは、この放浪の日々に目撃した貧困や汚辱や死のイメージを心に刻みつけ、のちの作品にそれらを盛りこんだ。

だが、そんな自由は長くは続かなかった。十二歳の誕生日の二日後から、彼は働きに出なければならなかった。ストランドの手前のハンガーフォード・ストリートにあるウォレン靴墨工場で一日十二時間働いたのだ。労働者階級の生まれだったら、これはよくあることだったろう。だが、チャールズ少年にとって、この経験はひどく辛いものだった。いつもきちんとした身なりをし、上品な英語をしゃべり、ラテン語も少しわかる勉強好きな少年が突然、彼自身の言葉によれば、「貧しいちっぽけな肉体労働者となり、哀しみと屈辱が胸をえぐった」のだ。同情の言葉をかけてくれる人は一人もいなかった。もっと悪いことにその後すぐ、借金を抱えた父がサザークのマーシャルシー債務者監獄に収容されてしまった。家族のほとんどは父といっしょに監獄へ移った（普通の監獄と違って家族も住むことができた）が、チャールズはサザークのラント・ストリートで下宿住まいをし、倒れそうな家の奥の屋根裏で暮らした。こうして彼はこの地区の裏通りやスラムを身近に知るようになり、その情景は『リトル・ドリット』にありありと描かれた。当時のスラムはすでにないが、ラント・ストリートはいまもあり、さらに新しく命名された通り、たとえばコパフィールド・ストリート（サザーク・ブリッジ・ロードの西）やリトル・ドリット・コートやピクウィック・ストリート（サザーク・ブリッジ・ロードとボロー・ハイ・ストリートのあいだ）などはディケンズを記念したものである。

幸いにも二、三か月のうちに、わずかな遺産が入ったおかげでジョン・ディケンズは借金を返すことができた。父が釈放され、ようやくチャールズもハムステッド・ロードの新しい学校に入ることができた。これで靴墨工場のエピソードは終わった。五か月のあいだつきまとった悪夢はあまりにも辛い経験だったので、成人してからもその話をしたのは、親友を相手にたった一度きりだった。二十五年後に書かれた『デイヴィッド・コパフィールド』に出てくるワイン倉庫でのエピソードが作家本人の体験だとは、家族でさえ思いおよばないことだった。

三年もしないうちに一家の経済状態はまた窮状に陥り、ディケンズはこんどはある法律事務所に見習い給仕として勤めることになった。退屈をまぎらすために、独学で速記を身につけ、この技術が身についたあとは、裁判の結果を報告するフリーの記者になった。これにも退屈した彼は、下院の議事録をとる仕事をしないかといわれて喜んで引き受けた。この仕事でも有能ぶりを発揮し、十八歳になるころには最も難しいケースをまかされるようになった。議事録は複数の新聞に売れたため、稼ぎも多くなった。

だが、彼の野心はただの記者以上のものだった。一八三三年、ある新聞に初めてロンドン生活のスケッチが採用され、もっと書くようにといわれた。やがて『ボズのスケッチ集』は毎週『モーニング・クロニクル』に載るようになり、さらに出版を前提としてコミカルな物語を二十編書くようにという依頼も受けた。こうして生まれたのが『ピクウィック・クラブ』で、これは一八三六年三月から連載が始まった。物語にサム・ウェラーが登場するやいなや、この連載は圧倒的な読者の支持を得た。新しい号が出るたびに人びとは行列を作って買い求め、手から手へと回覧したのでイギリス中がピクウィック・クラブの動静から目を離せなくなっているようだった。チャールズ・ディケンズはすっかり有名人になった。

出版社主の娘ケート・ホガースとの結婚を機に、独身時代の住居だったホルボーンのファーニヴァルス・インからもっとおしゃれな場所に引っ越した。ドーティ・ストリート四十八番地の家はいまではディケンズ・ハウスとして博物館になっている。一家はここに二年しか住まなかったが、『ピクウィック・クラブ』が完結し、『オリヴァー・ツイスト』と『ニコラス・ニクルビー』が書かれ、『バーナビー・ラッジ』に着手されたのはこの家でのことだった。この結婚で子供も授かり、家庭の幸せももたらされたが、その一方で、同居していた仲のよい義妹の急死という不幸にも見舞われた。一時は落ちこんだディケンズだったが、やがてこの哀しみのなかに創作の源泉を見出したようだ。続く数年間、長編小説、短編、エッセイなどが次々と生みだされた。声望も収入もうなぎのぼりとなり、創造に向けるエネルギーは驚嘆すべきだった。彼は週に何回かはロンドンの街や郊外のブロードステアーズ周辺――ここでは家族そろって短い休暇を過ごすこともあった――を歩きまわり、その距離は三十キロ以上にもなった。小説の舞台となる場所はすべて徒歩で綿密にリサーチしたものだった。そのため、モデルになった建物がたまに特定できることもあれば、通りはだいたい見当がつき、地区はほとんどそのまま描写されるという結果になった。この五十年でロンドンは大きな変貌をとげたので、ディケンズの知っていたロンドンがいまもあると期待してはいけない。だが、二十世紀初頭にはまだ、ディケンズ愛好家の何よりの気晴らしといえば、小説に登場する場所を探して歩くことだった。たとえば、ホワイトホールのパブ、ザ・レッド・ライオンはディケンズの時代そのままの姿を保っている。まだ内気な十二歳のチャールズ少年が――デイヴィッド・コパフィールドの姿をかりて――「店で最高の……最高級のほんとにすごいやつ」を注文したバーも残っている。建物の外観はすっかり変わっていても、『デイヴィッド・コパフィールド』の作者が立ち寄った場所であることは忘れられず、このバーの窓辺にはディケンズの胸像が飾られている。とはいえ、リンカンズ・イン・フィールズに近いポーツマス・ストリートの骨董店――まちがいなくロンドンでもとくに古い店の一つではあるが――が『デイヴィッド・コパフィールド』に登場する店のモデルだと主張しているのは、残念ながら信じがたい。

一八四二年、ディケンズは妻のケートおよび友人の一人とともに初めてアメリカ合衆国へ旅行した。ボストンの講演で、アメリカには著作権保護法がない（このせいで彼は何千ポンドもの損失をこうむった）と批判するまで、このツアーは大成功だった。七月にはロンドンに戻り、デヴォンシャー・テラスの新しい家に落ちついた（この家は取り壊されて、いまはない）。その年の暮れまでには、アメリカ旅行の体験記の執筆と『マーティン・チャズルウィット』の構想に費やされた。この『マーティン・チャズルウィットの生涯と冒険』は翌年、毎月一冊ずつの分冊として刊行された。一八四三年のクリスマスには『クリスマス・キャロル』が発売された。

『鐘の音』と『ドンビー父子』は、ふだんよりストレスの多い環境で書かれた。五人の子供と金のかかる暮らし（彼は一生のあいだ大勢の友人たちに囲まれているのが好きで、たびたび派手なパーティを催していた）が家計を圧迫するようになり、結婚生活もぎくしゃくしていた。妻のケートを気の利かない退屈な女だと思うようになり、頭の回転が速くて気が変わりやすい自分にはふさわしくないと感じていたのだ。彼の明晰さに萎縮して劣等感をもった妻は、そんな夫をわがままで利己的だと決めつけた。だが、こんどもストレスが創作意欲を刺激したのか、一八四九年二月、彼の最高傑作といわれる『デイヴィッド・コパフィールド』に着手した。これは自伝的な要素とフィクションをうまく混交した作品だった。子供時代の体験をほとんど使っているため、後年、彼はとても冷静な気持ちでは読めないと打ち明けた。「あれを書いているときは、まさにとり憑かれたような状態だった」。この本は発売と同時にたちまち大成功を収めた。

その間も、彼は人気の高い週刊誌『おなじみの言葉』の編集を続け、友人の名士たちをおだてて金のかかるアマチュア劇団の舞台に上らせたり、公演会場に来させたりした。演劇プロデュースは彼の道楽のようなもので、この慈善公演の儲けは貧しい作家と画家の援助に使われた。

タヴィストック・スクエアにあったタヴィストック・ハウス（現在はイギリス医師会の本部になっている）は彼がロンドンで住んだ最後の家だった。ここでは『荒涼館』が書かれた。この本は陰鬱なシーンが多く、イングランドの法制度に対する辛辣な風刺もあったが、それでもよく売れた。「これほど読者がついたのは初めてだ」と彼はうれしそうに語っている。続いて『ハード・タイムズ』を書きあげ、その次の『リトル・ドリット』では経験から身近な債務者監獄を舞台にした。

演劇活動を通じて、彼は十八歳のチャーミングな女優エレン・ターナンと知りあった。そのあとに妻との別居が続いた。こうなれば、口さがない噂、スキャンダル、憶測が飛びかうのは必然だった。ディケンズはうんざりし、反論と釈明の声明書を発表した。さらに、これまで以上に仕事に励むことになった。というのも、いまや妻と大勢の子供だけでなく、愛人とその家族まで面倒を見なければならなくなったからだ。『二都物語』のあとに書かれた『大いなる遺産』は『デイヴィッド・コパフィールド』と並んで彼の代表作と見なされている。

彼はまた自作小説の公開朗読会も始めた（一八五九年から）。もともと役者志望だった彼は声の調子ひとつで聴く人を泣かせたり笑わせたりできたので、彼自身にとっても朗読会は大きな楽しみとなった。しかし健康はじょじょに衰えた。痛風に悩まされ、心臓の調子も悪かった。子供たちも苦労と心配のたねだった。どちらを向いても人生は悩みが多く、下り坂だったが、そのうえ執筆まで不調に陥った。やっと『われらが共通の友』を書きはじめたのは一八六四年で、『大いなる遺産』を書きあげてから三年もたっていた。完成した作品としては、これが最後となった。

朗読会には大勢の人が集まり、やがてイギリスだけでなく、アメリカまで朗読ツアーに出かけるようになった。オリヴァー・ツイストのなかのナンシー殺害の場面は、とくに得意とするものだった。聴衆はほとんどヒステリー状態になるのだが、それにもかかわらずいつもその場面を読んでほしいと求められた。朗読会のたびに消耗は激しかった。ついに一八七〇年三月、医師や友人やマネジャーの助言をいれて朗読会を打ち切った。

新作の長編小説『エドウィン・ドルードの謎』はギャッズ・ヒル（ケント州ロチェスター近郊の大きな屋敷で、ディケンズはここに引っ越していた）から分冊で出版されており、これまでにない売上記録を作っていた。だが、病状は明らかに悪化していた。六月八日の夕食のあと、彼は席を立とうとして倒れた。翌日、義妹のジョージナ・ホガース、エレン・ターナン、それに子供たちの何人かに看取られて死んだ。


ジョンソンの死とディケンズの死はおよそ百年も隔たっているが、ジョンソンの死からディケンズの誕生まではたった二十八年しかない。しかし、一八一二年のロンドンはすでに一七八四年のロンドンとは大きく違っていた。そして十九世紀が進んで変化に加速がつくにつれ、ジョージ王朝のロンドンとヴィクトリア朝のロンドンのあいだのギャップはどんどん大きくなっていた。やがてそこには、チョーサーのロンドンとシェイクスピアのロンドン以上の差が見られるようになった。日常のごくありふれた事柄に至るまで、ロンドンの暮らしはまるで見わけがつかないくらい変化した。それとともにロンドンの食生活も変わった。

その原因は産業革命だった。それをじかに経験した人の話はジョージ・ドッドの一八五六年の著作

『ロンドンの食べ物』に見られる。ドッドはロンドンの食品供給をめぐるさまざまな側面について、その生産技術から売買の実態までを研究した。当人によれば、この本を書いたのは一八四三年から四年にかけて出版された『大使館員――イングランドのサム・スリック』というアメリカの本の記述に触発されてのことだった。サム・スリックはロンドンの食べ物には批判的だった。

子牛肉は、せいぜいうまくいって、外見から子牛肉だとわかる程度である。普通は、見ただけでは何の肉か判断できない。そうなると、味は知れたもの。マトンも正体を隠している。ビーフはマスクをかぶっているにちがいない。固く見えるものでも、スプーンが必要だ。ふんわりして見えるものも、切るのにナイフがいる。魚のように見えるものがじつは肉だったりする。そして、本物の肉だと思ったものは見せかけを偽っていて、本当は魚なのだ。自然なものは何一つないし、流行遅れのものもない。ここは産業の国なのだ。すべては機械で作られる。それはつまり、自然に見えてはいけないということなのだ。

ドッドは自然な状態の食べ物についての事実、つまりロンドンにもたらされるまでの過程を知りたいと思った。彼の本の強みは統計数字にはない。彼が指摘するように、何がどれくらいロンドンで消費されるかを正確に割りだすのはとてもむずかしかった。興味深いのは、発展の渦中にある社会が描かれていることだ。たとえば、私たちはドッドの目を通して、蒸気機関の発明がロンドンの食生活をどれほど変えてしまったかを見ることができる。高速輸送機関はたんに新鮮な食品を運んだだけではなかった。ドッドはこう説明している。「速度が二倍になれば、これまでと同じ時間内で、四倍の広さの地域から食品が送られてくるようになる」。ロンドン・ブリッジからデットフォードまでの最初の鉄道は一八三六年に開通した。その次に通じたのは北行きの二本の長距離線、ミッドランズ鉄道とウェスト・カントリー鉄道で、それぞれ別の駅舎を建てた。十九世紀には――六百年前の修道院と大聖堂にかわって――これらが時代の理想と進歩を要約するものとなった。実際、世間の人びとは鉄道マーケットこそ時代の最先端だと思っていた。ロンドン子はこの街が昔から商業の中心であることを誇りにしていたからだ。ロンドン・アンド・ノースイースタン鉄道は一八六五年にキングズクロスのじゃがいも市場を開設したが、これはキングズクロス駅の開業から十五年後のことだった。一年後にはリンカンシャー、ヨークシャー、ケンブリッジシャー、スコットランドから毎日八万五千トンのじゃがいもが運ばれてくるようになった。キングズクロスはまた、スコットランドや北東部から来る魚の終着駅でもあった。さらに、イーストアングリアからはルバーブ、グリーンピース、セロリなどがやってきた。同じように、グレートミッドランド鉄道会社はセント・パンクラス駅の隣に野菜を扱うサマーズ・タウン・マーケットを建てた。

蒸気機関は海上輸送にも革命をもたらした。そして、すぐに汽船と鉄道を連結すれば便利だということに気づいた。たとえば、イギリスの海岸とチャネル諸島のあいだに貴重な牡蠣の繁殖場が見つかったら、スピードの速い蒸気船で数時間のうちに牡蠣をブライトンまで運ぶ。さらに数時間後には、ブライトン鉄道会社の汽車でロンドン最大の魚介市場ビリングズゲートまで運ばれるという具合だ。蒸気機関が食生活の習慣をこれほどまで変えてしまうとは誰も予想していなかった。一八三六年に、『ピクウィック・クラブ』のサム・ウェラーはピクウィック氏にこういった。「貧困と牡蠣がつねに隣りあっているのはじつに注目に値する状況です……ひどく貧しい男が下宿を走りでて、やけっぱちで牡蠣を貪り食うというのはよいものではないですがね」。だが、二十年もたたないうちに牡蠣は減少し（そのせいで新たな牡蠣繁殖場の発見はますます貴重になった）、十九世紀末にはたった一個の牡蠣でさえ貧乏人には手の届かないものになってしまった。

　牡蠣だけでなく、魚介類全体にも同じことがいえた。ブルターニュやアイルランド沿岸で網にかかったロブスターはサウサンプトン付近で太らしてからスクリュー船でロンドンまでじかに運ばれた。この方法で、二万匹のロブスターを無傷のままビリングズゲートまで運ぶことができた。腕のいい売り手にかかれば午前中だけで一万五千匹のロブスターが売りさばけた。個人の家でもレストランやクラブでも、それほどロブスター人気は高かったのだ。『ドンビー父子』ではミスター・ドンビーとイーディス・スキュートンの結婚が決まったとき、召使たちでさえシャンパンとローストチキンとロブスターサラダの朝食を食べた。だが全行程を船で運ばれるのはとくに腐りやすい魚だけだった。普通、漁師たちは獲った魚をヤーマスやローストフトなどの港町で水揚げし、そこで魚は柳かごに詰められ、夜行汽車に乗って朝五時にビリングズゲート市場に着くのだった。一八五〇年代までに、ロンドン行きの魚の半分近くは鉄道で運ばれるようになり、ビリングズゲートの市場はロンドン子にも旅行者にも一見の価値のある場所となっていた。『クオリティ・レヴュー』の記事はこの市場で売り買いされる魚を並べあげている。スコットランドまたはアイルランド産の巨大なサーモン、コーンウォール産のほっそりしたヒメジ、オランダ船で運ばれてきた乳白色のきゅうり魚（ワカサギに似た魚）、ピラミッドのように積みあげられたロブスター、「ノルウェイのフィヨルドから無理やりつれてこられたことに立腹して、もぞもぞとうごめく凶悪そうな爪やぬめぬめした触手の塊」、ピンク色の海老の山、白い腹を見せた平目、そしてわが国の水域からは小さめのツノガレイとマコガレイ、これらすべてが奇妙な形体と鮮やかな色彩の渾然一体となった情景を作りだしていた。

　蒸気機関によって、新鮮な食材が大量に、しかもすばやくロンドンへ運ばれてくるようになったが、進歩はそれだけではなかった。じつは売買の形も大きく変わっていた。肉の商売がよい例である。かなり前から、生きた家畜をその場で屠るスミスフィールドの食肉市場は公共衛生を脅かすという声があった。さらに季節によっては、それでなくても狭いセントラル・ロンドンの道が、三万頭におよぶ家畜とその追っ手の移動のせいで深刻な交通渋滞を引き起こした。鉄道の到来にともなって、ノースイズリントンに新しい食肉市場が建設されることになり、一八五五年にはアルバート皇太子の手で公式にオープンされた。ニューゲート・シャンブルズはとりこわされ、パタノスター・スクエアとして甦った。スミスフィールドはいったん閉鎖され、改築工事の後、一八六八年に加工処理済の肉だけを扱う市場として再開した。郊外の処理場で加工された肉は、いまやほんの数時間でロンドンまで運ばれた。かつて地下にあった屠殺場からは悪臭が人通りの多い街路にまで立ち昇り、腐った木製の下水から染みでた汚物がテムズに垂れ流されていたのだから、これが廃止されてロンドンの公衆衛生は改善されたにちがいない。

果物と野菜の供給も高速輸送機関によって変化した。数年前までは手に入れにくかった品物がいまではいたるところで見られた。それ以外の野菜や果物は安くなった。高級食材がどっと流れこんだ。ボトルフやプディング・レーンには専用の巨大な倉庫が建てられ、木箱、袋、バスケットなど、さまざまな容器に入った葡萄、栗、パイナップル、胡桃、ヘーゼルナッツ、柑橘類などの荷が山と積みあげられた。

コベントガーデンは鉄道駅から遠かったにもかかわらず、いまだにロンドンの代表的な青果市場だった。前世紀の壊れかけた小さな露店は撤去されて、かわりに注文建築のホールが作られ、中心部分に精選された果物や花を売る店が並んだ。ここではいまだに馬車が活躍し、人が荷物を背負って運んでいた。『ボズのスケッチ集』でディケンズはコベントガーデンへと続く何本もの通りのことを書いている。街路は明け方の光にかすかに染まり、しだいに日中の活気をとりもどしていった。

市場の荷車はゆっくりと進む。まだ眠そうな御者はいらいらしながら、疲弊した馬をせかし、あるいは果物籠の上で大の字になって寝ている小僧を起こそうと無駄な努力をする。小僧は幸せな忘我の状態にあって、なにがなんでもロンドンの驚異を見てやろうというつもの好奇心をすっかり忘れている……路上の朝食がととのえられた小さな露台が引っぱりだされる……頭上に重そうな果物籠を載せた大勢の男女（おもに女）がコベントガーデンめざしてピカデリーの公園側をとぼとぼと歩いてくる。その列はたちまち長く伸び、ナイツブリッジの曲がり角まで達する……コベントガーデン・マーケットとそれに続く大通りはあらゆる種類、あらゆるサイズ、あらゆる見かけの荷を積んだ二輪車でごったがえす。頑丈な四頭の馬に引かれて重々しく走る四輪馬車から、うちしおれたロバが引くにぎやかな呼び売り商人の荷車まで。

ドッドによれば、苺の季節になると、アイルワース、ブレントフォード、イーリング、ハマースミス、フラム、モートレークなどの畑で働く摘み手は、収穫物を入れた浅い果物籠をバスケットに詰め、重さ五十キロから六十キロ以上になるその荷を頭の上に載せたまま、時速八キロの速足で市場まで運んでくるという。バスケットを落とさないようしゃんと背中を伸ばした娘たちの姿勢は目に快かった。

五十年ほどのち、ロンドン子にとって「牛乳列車《ミルクトレイン》」が早朝の活動をあらわすシンボルとなった。だが、最初のうち、ミルクの供給は開通したばかりの鉄道とはほとんど関係がなかった。十八世紀に世間の不満の声が高まった結果、非衛生的な習慣のほとんどはしだいに姿を消し、業者はミルクの衛生面と純度を売り物にするようになった。路上の牛の数はだんだん減っていった（ただし、ステップニーの街角には一九〇〇年まで牛がいて、その場で搾った牛乳が売られていた)。一八二九年、換気の悪い牛舎で世話もせずに牛を放置しておく酪農家を激しく糾弾したウィリアム・ハーリーの小冊子が世に出た結果、彼は自分の事業に王室の後援をとりつけることに成功した。起業精神にとんだ彼(グラスゴー出身だった)は、最新式の設備をととのえた酪農場を目玉にして、乳搾りの情景を見にくる客から一人一シリングの料金をとった。裕福な中流階級が何より求めたのは質のよい牛乳だったので、目端のきく酪農家は上等なミルクを出す健康な乳牛を買いいれ、よい環境で育てるようになった。乳牛の飼料にはビール醸造工場から出る穀粒《マッシュ》を与えることも多かった。ときには醸造工場みずからモデル農場を築き、バターシーのホイットブレッドなどもそうしていた。コベントガーデンやスピタルフィールドの野菜屑も牛の餌になった。夏のあいだ、酪農労働者——その多くは土地を追われたウェールズの小作農家だった——は昔と同じようにハックニー・マーシュ、ワンステッド・フラッツ、クラパム、コモン、ヴィクトリア・パークといったかつての公共用地に牛を放って草を食べさせた。鉄道輸送が普及したあとでさえ、ロンドン産のミルクの「新鮮さ」は田園地帯のミルクにまさる魅力となっていた。ロンドンのミルクはイーストエンドの需要にも応えた。イーストエンドには大勢のユダヤ移民が住みついており、彼らは自分たちの食べるものが正しいコーシャー(戒律に従って正しく処置された食材)であることを確認したかったのだ。

奇妙に見えるかもしれないが、蒸気機関の時代は、一方で帆船の時代でもあった。十九世紀も末になるまで、快速帆船《クリッパー》が東洋貿易の主役だった。なかでも有名なのは鉄とチーク材とニレ材でできたとても美しい帆船カティサークだった。快速のうえに操作も簡単だったカティサークが紅茶貿易のために中国へ向けて出航したのは一八六九年だった——奇しくもスエズ運河開通の年である。カティサークは一八七一年にイギリスまでの航海の最短記録——百七日間——を打ちたてた。しかし、スエズ運河はいわばティークリッパーにとっての弔いの鐘だった。六年後にはカティサークも用済みとなり、オーストラリアのウール貿易に転じることになった。
だが、ドッドの本が出た当時、テムズの船着場ではまだ蒸気船と帆船がすばらしい混交を見せていた。一八五一年の万博に派遣されたフランス代表団の一人であるデュパン男爵は、たえまなく続く船の行列に目を奪われた。

……一列縦隊になった巨人たちの軍隊のように足並みをそろえた船が一瞬の間もおかずに次から次へとやってきて長蛇の列を作っている。この混みあったなかに残されたわずかな空間があれば、そこにもまた船――汽船であれ、帆船であれ――が盛んに行きかう。それらの船の到着地、そしてまた出発地は、この地球をあまねく網羅している！

これらの船の大半はなんらかの食料を運んでいたはずだ。一八一五年以来、イギリス人の食卓に供するため、世界各地でさまざまな食材が探索されてきた。デュパン男爵が目にした船の積荷にはおそらく、西インド諸島の生きた海亀、インドのチャツネやカレー用のスパイス、ポルトガルやウェストファーレンのハム、ラップランドのトナカイの舌、フランスやイタリアやスペインのオリーブ、イタリアやスイスのチーズなどがあったにちがいない。
ロンドンの一流食品店が名をあげ、財を築いたのはこの時期だった。実際のところ、フォートナム・アンド・メーソンは百年以上前からすでにロンドン子の食糧庫に高級食材や珍味を提供しつづけてきた。一七〇七年、ミスター・メーソンは食糧雑貨店を営み、そこに下宿していたミスター・フォートナムは王室に使える従僕で、重要な任務といえば大広間のろうそくを毎日に新しくすることだった。使いかけのろうそくを王室の侍女たちに売って小金を貯めたフォートナムはやがて大家の共同経営者になった。こうしてロンドンを代表する高級食材店が誕生した。宮廷とコネがあることで大事な顧客が増えた。十八世紀末までにフォートナム・アンド・メーソンはイングランド中の貴族をお得意さまとするようになっていた。十九世紀には食材だけでなく、いまでいうデリカテッセン（調理済みの惣菜）を扱うようになっていた。骨抜きをして切り分けたチキンや猟鳥獣肉をアスピックゼリーで固め、ロブスターと小海老を添えたもの。瓶詰めの肉。固茹で卵入りの挽肉団子。卵入りブランデーケーキのホイップクリーム添え。ミンスパイ、セイボリー・パテ、果物は新鮮なものとドライフルーツの両方。彼らは南北戦争の半島作戦を指揮する将官や大英帝国の辺鄙な駐屯基地に赴任した指揮官が何を必要とするかをよく心得ていた。探検家には大きな籠に保存食品を詰め、おなかをすかせた寄宿舎の少年たちにはおやつ箱を送った。ヴィクトリア女王の命令で、クリミア半島のフロレンス・ナイチンゲールに濃縮ビーフティー（滋養がある飲用の牛肉スープストック）四百キロを送ったこともあった。そして、ディケンズはダービーのあとでこういっている。

仮に私が競馬主でダービーに出馬させるとしたら、その馬にはフォートナム・アンド・メーソンという名をつける。その名前だけでほかの馬を蹴散らすだろう。世間の声もこの馬の評判を高めるはずだ。それでどうなるか――馬車で乗りつけ――大急ぎでてっぺんまで駆けのぼり、ボックス席に陣取って、窓からのぞき見る――フォートナム・アンド・メーソンを。そして結果は――やったぞ！　食べ物の詰まった大きなバスケットが盛大に開けられ、緑の芝生にはロブスターサラダの花が咲く。

（『おなじみの言葉』一九五一年）

ハロッズの発展はこれとはだいぶ違う。紅茶商人だったチャールズ・ヘンリー・ハロッドが現在ブロンプトン・ロードにある小さな食品店を引き継いだのは一八四九年のことだった。十一年後、店は息子のチャールズ・ディグビーに受け継がれた。この意志の強い元気な若者は商売を広げようと決心した。その結果、一八六七年までに店舗の外観を新しくしただけでなく、食品のほかに薬や香水、文房具なども売るようになっていた。やがて二階建ての新館が裏手に建てられ、両隣にあった二軒の店も買収した。こうして一八八三年の「ハロッズ・ストア」はさまざまな商品を取りそろえていた。その年のクリスマス直前、大きな火事に見舞われたのは打撃だった。だが、チャールズ・ディグビー・ハロッドは火事ごときに負けるような男ではなかった。翌日、彼は顧客の全員にこんな手紙を出した。

マダム

残念なお知らせですが、上記の店舗が火事で焼けたため、ご注文の品の送付は一日、二日遅れる見込みです。火曜日か水曜日には発送手配ができるはずです。

しばらくの猶予をいただければ幸いに存じます。

敬具

C・D・ハロッド

この言葉を守るため、彼は奔走した。その年のクリスマスには過去の記録を塗りかえるほどの売上があった。そして、一八八四年にオープンした新店舗はさらに規模が大きくなり、商品の種類もますます広範囲に及んでいた。一八九四年にはハロッズは本格的なデパートになっており、食品は大量の取り扱い商品の一部にすぎなくなっていた。

これとはまた別の起源をもつのがアーミー・アンド・ネイビー・ストアで、これは一八七一年に生活協同組合として法人化された。もともとの構想は、株主と加入者とその友人たちに質のよい品物をほかの店より低価格で供給するというものだった。店の名前からも限定メンバーだったことがわかる。ある意味で、これは店というよりクラブのようなもので、生活協同組合だけに、ただのデパートよりも活動範囲は広かった。顧客は——当人が望めば——赤ん坊のときから死ぬまで、人生の各段階に応じて面倒を見てもらえた。この店なら、着るものはもちろん、薬、スポーツ用品、家、家具、石炭、食品、本、馬車や自動車、そして最後には墓石まで買うことができた。割り引き率は、食品も含めて、かなり大きかった。たとえばウェストエンドで三シリングする砂糖漬けのあんずが、この店なら二シリングで買えた。カタログでうたっているように、品質のよさが一番の売り物だった。その結果、お客はめったにないほどの信頼をこの店に寄せ、ときには驚かされることもあった。あるご婦人は物心ついて以来ずっと、パンといえばアーミー・アンド・ネイビー・ストアのものしか食べてこなかったという。毎日、その日の分のパンが彼女の家——ブライトンにあった——まで届けられたのだ。

こうした繁栄のさなか、どの店も発展し、倉庫にはエキゾチックな高級食材が山積みされる一方で、食品関連の商売は必ずしもよいことばかりではなかった。ロンドンの人口増加は供給業者の大きな悩みのたねとなり、大衆の要求は——適切なものばかりではなかったが——ますます高まった。人間の飽くなき欲求という要素に加え、食品への混ぜ物という問題——十八世紀にも思慮深い人はこれを気にかけた——が一八二〇年から七〇年代にかけて大きく注目されたのも不思議ではない。

この問題が大衆の目をとらえたのは一八二〇年、『食物の混ぜ物と料理の毒物に関する論文』が世に出たときだった。薬剤師として働くため一七九三年にドイツからロンドンへ移り住んだ著者のフレデリック・アキュムは、食品の組成に特別な関心をもつ実験科学者兼教師としてたちまち有名になった。この論文を刊行したころ、彼の信用は絶大なものになっていた。肩書きはアイルランド王立学会員、リンネ学会の特別研究員、王立科学アカデミー会員、ベルリンの王立芸術協会員である。この本の内容はさまざまな媒体に発表したレポートや裁判記録を集めたものだった。しかし、一つの立場のもとにそれらをまとめあげ、政府にあてて消費者保護法の制定を求める熱烈な訴えを前書きとして添えたという点で、まったく新しいものだった。それでも、二つの要素がなければ、彼の主張も大衆に無視されていたかもしれなかった。その一つはタイトルページに使われたショッキングな銅版画である。蛇のからみついた壺の上で頭蓋骨がにんまりと笑みを浮かべ、列王記からの引用「壺のなかには死がある」と書かれている。そして、もう一つは、本文のなかで、有毒な添加物を使用しているロンドンの製造業者や店の実名をあげて非難していたことである。この本でとりあげられた食品はパン、ビール、ワイン、蒸留酒、紅茶、コーヒー、クリーム、お菓子、酢、マスタード、胡椒、チーズ、オリーブオイル、ピクルスなどだった。添加物は必ずしも故意ではなく、また害があるものばかりでもなかった。だが、その事実だけでも――いまだに添加物の入った食品が流通していると知ったからには――十分にセンセーショナルで、世間には恐怖と怒りの声が湧きあがった。アキュムの本は一か月で売り切れ、二年間で四版を重ねた。

添加物のなかでもとくに危険なのは鉛と銅だった。悪辣なワイン商は悪くなった白ワインの透明度をあげるために鉛を混ぜ、安物のカイエンヌペッパーやアンチョビソースに鉛丹を加えた。わざとではない汚染もあったようだ。古いワインボトルをきれいにするのに鉛の銃弾を使ったり（鉛の成分でガラスの透明度があがる)、スペインでオリーブを漬けるときの容器が鉛でできていたり、グロスター・チーズの色付けに使うアナート(ベニノキから作る植物性の染料)のかわりに顔料のバーミリオンと鉛丹の混合物が使われたりした例である。銅について、アキュムは別の科学者の言葉を引用している。

> 厨房で銅鍋や銅の皿を使うたびに食品は大量の毒にさらされる。銅の容器でビールを煮立たせる醸造業者は毒を混ぜているも同然である。砂糖菓子職人は銅の鍋を使う。菓子パン職人はタルトを銅の型で焼き、ケーキ職人は銅のケーキ型を使う。ピクルスを煮るのにも銅や真鍮の容器が使われる。酢を入れた金属容器にはびっしりと緑青が生じる。

ロンドンの醸造業者の多くは、モルトやホップのかわりに毒性のある薬品インディアン・コックル(Cocculus indicus)を使って瓶詰ビールの二次発酵を防ごうとしたが、これはれっきとした法律違反で、消費者への裏切りそのものだった。それほど危険ではないが、それでも健康に悪かったのは、安い酒の香りづけに用いられる不適切な材料――カッシア、コリアンダー、唐辛子、生姜、メルゲッタ胡椒だった。カリ明礬は「年代物の香りを出す」ためによく使われた。このような暴露では足りないとでもいうように、アキュムは悪名高い業者のリストを本に載せた。醸造会社や醸造業者に雇われた薬剤師が禁制の品をもっていること、禁じられていると知りながらそれらを醸造業者に売る薬剤師や食料雑貨商がいること、パブの店主が意図的に添加物を加えていること。当然、醸造業界は大騒ぎになった。

アキュムは留まるところを知らなかった。他の分野でも違反者が名指しされ、その犯罪行為が明るみに出された。パン屋は小麦粉にカリ明礬と茹でたじゃがいもまで混ぜていた。食糧雑貨商はまがいものの紅茶を作るために、スロー（バラ科の低木）とトネリコとニワトコの葉を混ぜて銅板の上で乾燥させ、さらに緑青を混ぜて本物らしい色を出していた。あるいは、何種類かの豆を挽いて砂を混ぜ、そこに本物のコーヒーをごく少量加えたものをブリティッシュ・コーヒーと称して売る者もいた。このすべてが実名をあげて糾弾されていたのだ。「読者よ、この店のコーヒー挽き器を通したものはけっして買ってはいけない！」

名指しされた人びとが黙っているはずはなかった。裁判に訴えたり、実験で証明したりするには勝ち目がなかったので、彼らは個人攻撃という手段をとった。王立研究所をけしかけて、窃盗の容疑をでっちあげようとしたのである。研究所の図書館の蔵書から何も書いてない白紙の部分を切り取ったという容疑である。予備審問の判事はこれをとるにたらないとして却下したが、もう一つの告訴――本の損傷――は取りあげられた。名誉失墜のための運動がくりひろげられたが、アキュムは動じなかった。裁判が始まっても彼は出廷せず、罰金を払ってやりすごすほうを選んだ。その直後、彼はイギリスを離れて二度と戻らなかった。

だが、敵たちが必死で押しとどめようとしたにもかかわらず、彼がまいた種は成長をやめなかった。実際のところ、一八二〇年代にくらべて、ドッドの『ロンドンの食生活』が書かれた一八五〇年代に悪い習慣が大きく減っていたとはとてもいえなかった。しかし、これは一時的な休眠状態にすぎず、世間は新しい先導者を待っていただけだった。四年のあいだに次々と世に出た一連の記事はアキュムの本と同じくらいよく読まれた。それらの記事ではチョコレートに混ぜた煉瓦の粉末、ビールに混ぜた硫酸、ミルクに混ぜたチョークなどが系統だてて論じられていた。その結果、一八六〇年に初めて食品医薬品法が制定された。たいした効果はなかったものの、その法律の存在自体、政府がなんらかの責任を感じていた証拠であり、一八七二年の改正では適用範囲が広がり、効力も増したものとなった。

イギリスに住みつこうとした外国人はアキュムにかぎらず他にも大勢いた。十九世紀を通じて、その数は増えつづけた。ロンドンは昔から土地を追われたり家をなくしたりした人の避難所だったのだ。ごく初期にやってきたのはユグノー教徒だった。それからフランス革命を逃れてきた人びとがいた。東欧やロシアから逃げてきたユダヤ人もそこに加わった。飢餓から故国を捨てざるをえなかった二大グループはアイルランド人とイタリア人だった。イタリア人は路上の物売りやストリート・ミュージシャンになり、ウェイターの職につく人もいた。アイルランド人のほとんどは道路工事や鉄道工事で働いた。道路や鉄道の建設によってシティ全体が分断され、古いスラムに代わって新しいスラムができた。

『ドンビー父子』でディケンズが鉄道について、スラム街を一掃する有益なものだといっているのは意外なことではない。ヴィクトリア女王の即位の一年前に書かれた『ボズのスケッチ集』では、将来の作品でとりあげるはずの人物が住むであろう環境について憂鬱そうに語っている。トテナム・コート・ロードとドルリー・レーンにはさまれた地域、いまニュー・オックスフォード・ストリートがあるあたりには、「ルッカリー」と呼ばれる場所があった。

破れた窓をぼろきれと紙で塞いだみすぼらしい家。部屋ごとに別の家族が住みつき、それどころか二家族や三家族が分けあっていることも珍しくない――地下には果実と「甘味」製造業者、表に面した場所には床屋と燻製売りが店を出し、裏には靴修理職人がいた。二階には小鳥屋、三階には三家族が住み、屋根裏には飢餓があり、廊下にはアイルランド人たち、表のキッチンには「ミュージシャン」、裏のキッチンには掃除婦と腹をすかせた五人の子供がおり――どこもかしこも不潔だ――家の前のどぶと裏の下水――干してある服、窓から捨てられる汚水。ざんばら髪の十四、五歳の少女たちは一張羅の白い軍用外套を着て裸足で歩きまわっている。年齢もさまざまな少年たちの着ているコートはサイズがまちまちで、なかにはコートなしの子もいる。大人はといえば男女ともにわずかばかりの薄汚れた衣類を身にまとってそこらをぶらつき、怒鳴り、酒をあおり、煙草をすい、口喧嘩をし、とっくみあい、罵りあっている。

ロンドンの最底辺に住む貧民たちの姿はディケンズのどの作品にも出てくる。彼が正確に理解していなかったのは、鉄道によって追いたてられた人びとはあまりに貧しかったため、シティの外側に新しく建設されたこぎれいな郊外住宅地に引っ越すこともできず、ロンドン市内の別の場所に移動して、そこにまた別のスラムを形成したという事実である。いまだに土地の囲い込みと農業改革によって土地を奪われる人がおり、彼らはロンドンに流れてきた。ナポレオン戦争から帰還してきた兵隊たちも失業者の群れに加わった。産業化が進みつつあった初期の段階で雇用関係には暴力的な軋轢が生じた。かつてナポレオンに「あきんどの国」と嘲られたイギリスだったが、いまのロンドンはこれまで以上にヨーロッパの商品保管所となっていた。だが、不安定な戦後の一時期、なかにはイギリス製品に門戸を閉ざす市場もあり、原材料の供給が途絶えることもあった。こうなると都市に住む貧困層がまっさきに苦境に陥った。頑健な男や女子供が職にあぶれ、食べ物や寝る場所にも事欠くようになった。さらに悪いのは、戦争中に国産の小麦の値が上がって農家を富ませる一方でパンの値段が急騰したことだった。ワーテルローの戦のあと、外国産の小麦がまた入ってきたとたんに値は下がったが、保護政策をとる議会（メンバーはおもに農業を営む大地主だった）は不評にもかかわらず、安い外国産の小麦を輸入させないための穀物法を通過させた。昔から、パンは人の暮らしに欠かせない食品であり、とくに労働者階級にとっては必須のものだった。それがいまやパンを買えない人までできた。そんな人びとはアイルランド人のようにじゃがいもに頼るしかなかった。フリードリヒ・エンゲルスの『イギリスにおける労働者階級の状況』（一八四四年）を読めば、貧しい人びとの食生活について正確な情報が得られる。

給料のよい労働者、とくに家族全員がなんらかの収入を得ている場合、その状態が続くかぎり、よいものを食べている。毎日肉を食べ、夕食にはベーコンとチーズが出る。稼ぎが少ないと、肉は週に二回か三回になり、パンとじゃがいもの比率が上がる。もっと下へ行くと、肉らしいものはほんのわずかなベーコンを刻んでじゃがいもに混ぜるだけになる。さらに貧しくなると、これさえ姿を消して、残るのはパンとチーズ、ポリッジとじゃがいもだけだ。梯子の最下段になると、アイルランド人のなかにはじゃがいもだけが食いものという例も見られる。

ロンドンに住んで妻と五人の子供を養おうと思ったら、労働者の週給は三十シリングは必要だとされていた。家賃、燃料費、ろうそく、洗濯用の必需品（石鹸、布の漂白用の青み剤、糊、苛性ソーダ）の掛かりを差し引くと、残りではほとんど贅沢品は買えなかった。小さな肉、小さなベーコン、わずかばかりの鰊。菜っ葉や根菜に六ペンスが消え、じゃがいも三十キロが一シリング六ペンス。食品のなかで重要なのは十二斤のパンだった。そのほかにもバター二キロ半、砂糖五キロ、少量の紅茶とコーヒーを家族のために買わなければいけない。

こんな人びとはエンゲルスにいわせれば給料のよい労働者のうちだった。それでも生活は不安定で、病気や死に見舞われたらいっぺんでアウトだ。これと同じ調査には、夫を亡くし、四人の子供を抱えて、家政婦と刷毛作りで生計を立てている女性のことが出てくる。週に三シリングの家賃を払い、収入は最大で週に五シリング八ペンスだったので、毎日手持ちの現金と相談のうえで食べ物を買うしかなかった。ある一週間に買ったのは、二シリング半ペンス分のじゃがいも、二ペンス分のベーコン、二ペンス分の紅茶と砂糖、それにパン一斤だった。そのほかに地元の教会からパン五斤をもらっている。

この家族は赤貧すれすれだったが、もっとひどい状態もあった。ヘンリー・メイヒュー（ジャーナリストで、雑誌『パンチ』の創刊者）による一八六二年の著作『ロンドンの労働者と貧困層』は読者にショックを与えた。『パンチ』の引用によれば、この本は「かくもすばらしく、すさまじく、悲惨にして憐れ、かくも刺激的で恐ろしいロンドンの暮らしが活写されており、いかなる冒険小説の読者でさえ、これほどのものは読んだことがないはずだ」った。だが、メイヒューの記述はけっして作り事ではなかった。たとえば八歳のクレソン売りである。この少女は夜明け前から起きだし、ファリンドン市場でクレソンを仕入れ、凍える指で束を作る。それから、とぼとぼと通りを売り歩き、クレソンが全部売れるまで帰れない。こんな話は珍しくなかった。この子は仕事を終えてやっと朝食にありつく――バター付パン二切れとカップ一杯の紅茶だ。母親も同じものを食べ、少女は母がとてもよくしてくれると思っている――「そんなにしょっちゅうはぶたないから」。また、十五歳と十一歳の姉妹は姉が八歳のときに母を亡くして以来、二人きりで暮らしている。コベントガーデンで仕入れた花や、ときにはオレンジを売り、食事はパンと紅茶だけで、たまに生の鰊を食べた。パンを買うのに貯金を使わざるをえなくなることもあり、そんなときは明日の花を仕入れるための一シリングを女家主に借りた。

社会がこんな状況に目をつぶっていたわけではなかった。いくつかの調査がなされたこと、またディケンズやメイヒューが読者を代弁して憤慨をぶちまけたことがその証拠である。十九世紀を通じて、貧しい人びとの置かれた状況は——解決を見ないまま——上院と下院の両方でたえず論議の的でありつづけた。議会の外でも、裕福な人びとはこの問題に注目した。労働者階級の計画性のなさを非難し、アルコールや濃い紅茶や砂糖を飲みすぎるといって叱責するだけの人もいた。また、安上がりで滋養のあるスープの作り方を教えればよいという人もいた——料理をするための燃料があれば、体を暖めるのに使っただろうという点は見逃されていた。一方で、私財を慈善事業に投じる例も多かった。

十九世紀前半の料理書には、貧しい人びと向けのアドバイスがよく見られた。以下は、S・Wによる『新しいロンドン料理、ある一家の食卓から』（一八三六年）に載ったものである。

なに一つとして捨てるものはありません。肉の茹で汁に、必要なら塩を加え、野菜、骨、皿に残った肉のかけらなどを入れ、さらに米、大麦、オートミールその他を混ぜて長時間煮込めば、燃料もなく、料理の時間もない貧しい家族にとって栄養たっぷりの食事になります。

魚の場合も、骨、頭、ひれなど、すべて滋養に富んでいます。魚料理を出したあと、料理を作ったあとの鍋に酒を少量加え、骨や頭、皿に魚の身のかけらや煮汁が余っていたら、それも全部混ぜます。これを煮たたせてから、米の粉を加えてとろみをつけ、胡椒、塩、たまねぎなどで味つけすれば、とてもおいしいブロスができます。漉して肉のスープに加えると味がいっそうよくなり、とくに病人にはうってつけです。

どんなものであれ脂肪も捨ててはいけません。栄養があるし、貧しい人はとくに脂肪を好みます。

Ｓ・Ｗのレシピは倹約一辺倒ではなかった――「ベークドスープ」には一キロ半の肉に野菜、米、グリーンピースが使われ、「健康第一のプディング」は米とミルク、砂糖または糖蜜、それにドリッピング（調理中に滴る肉汁）でできていた。「ブリューズ」はどちらかといえばけちくさく、栄養もなさそうだ。

パンの厚い皮の部分を切りとり、塩漬けビーフを茹でたあとの汁に浸します。これでほとんど下ごしらえは完了。パンには汁のなかの脂分がしみこみます。パンがたっぷり膨れたら、肉を食べつけない人びとにとってはおいしい一品になるでしょう。

別の著者、ミセス・ランデル（彼女の『家庭料理の新しいシステム』はよく読まれ、Ｓ・Ｗもおおもにそこから無断借用していた）の計算によれば、ロンドンの裕福な家庭が一日に十ガロン（約四十五リットル）のスープを作れば、それだけで四十世帯の貧しい家庭が食べていけた。都市ではこの種の慈善行為が大きな規模で実施されることもあった――スープ・キッチンである。サー・ジャック・ドラモンドが『イギリス人の食事』で書いているように、今日に至るまで、イギリス人にとってスープと貧困は切っても切れない関係なのだ。

Ｓ・Ｗやミセス・ランデルの本は中流階級向けであり、どちらも同世代の人びとに対して辛辣だった。「かつて、ご婦人たちは自分の家庭の心配しか頭にないという時代がありました。しかし昨今、自分の家庭のことすらよくわかっていないご婦人がたが大勢います」とＳ・Ｗは嘆いている。ミセス・ランデルのほうは、「一般に、イギリスの女性のあいだで高い教育を受けたかたがたが増えたにもかかわらず、家事の細部に関しては悪趣味になっているといわざるをえません」という。同時代の小説もこの意見を裏付ける。『高慢と偏見』（一八一三年）のミセス・ベネットは、ミスター・コリンズに「美しい従姉妹たちのなかで［ディナーの］料理の腕が一番すぐれているのは誰か」と訊かれて憤慨した。ミセス・ベネットは「ぴしゃりといってやった。どの娘も腕のよい料理人を監督する能力はもちあわせているが、娘たち自身がキッチンに立つことはない、と」。S・Wもミセス・ランデルも倹約を重んじ、収入の範囲内で暮らすようアドバイスしている。それには、家事についてよく知らなければいけない。

この瞬間、私たちの目の前にフランス料理とイギリス料理のあいだのギャップ——十八世紀にはほんの小さな裂け目にすぎなかったもの——がはっきりと浮かびあがる。ピューリタニズムの台頭が料理の世界における最初の分断をもたらしたという説もあった。また別の説によれば、土地を捨てて都会に移ったこと、つまり消費者と生産者のあいだに距離ができたのが悪いという。この二つの流れのせいで——フランス嫌いも加わり——イギリスは料理の世界でも独自の道を歩むことになったのだろう。また、ナポレオン戦争の結果、財産を得た人もいるにはいたが、大半は財産を失った。戦後になって帰国した庶民たちは、イギリスという島国が経済的にどれほど脆弱かを思い知ったはずだ。ヴィクトリア朝の料理書の多くは倹約と経済性を強調していて、料理の質についてはほとんど二の次だった。十七世紀フランスのある作家はこう書いている。「ご主人がたもあなたがた奥方様が金を賢く使わなければ、むやみに収入を増やそうとはしないでしょう」。このメッセージはイギリス海峡を越えて届いたようだ。そして、そこでは故国フランスよりも熱烈に受け入れられたのだ。

革命前のフランスでは、宮廷料理がこれまで以上に派手に、また複雑になっていて、金に糸目をつけず、精妙な風味とデリケートな食感を求めようと熱中していた。同様に、裕福な中流階級の食事も食材の質のよさと新鮮さを重視した贅沢なものだったが、それでもソースに凝ったり派手に飾ったりはしなかった。驚くべきは、革命とナポレオン戦争をへてもフランス料理が滅亡しなかったことだろう。貴族の屋敷に雇われていた大勢の料理人はイギリスに逃げ、そのついでに料理のテクニックも携えていった。彼らのやり方がイギリスの大邸宅での料理に影響を与えたことはまちがいない。そこでは、愛国心よりも「ご主人さまの食欲」のほうがずっと大事だったのだ。洗練された贅沢な環境から伝わった料理は当然のごとく――わざとかもしれないが――高くついた。バーバラ・ケッチャム・ウィートソンがいうように（『過去を味わう』一九八三年）、フランスから来た料理人を新たに雇ったイギリスの主人たちは、彼らの料理を認めたというより、高給取りのフランス人コックを雇うことで得られる威光のほうに興味があった。したがって、フランス料理の手法や彼らのめざすところは無視されたままだった。ミセス・ハンナ・グラッセが著書のなかでフランス嫌いを公言していることは前章で見たが、そんな彼女でさえフランス料理のレシピをまるごと「借用」しているのだ。世間に反発の動きが起こるのは当然で、それが奇妙な結果につながった。われこそは本物の質実剛健なジョン・ブル（イギリス人）と自称する人びとのあいだで簡素と節約が大きな美徳と見なされるようになる一方で、その同じ人びとがパーティや宴会やレストランで食べるものは払った金に見合うだけの凝った料理でなければいけないという首尾一貫しない態度が生まれたのである。この二つの考え方が組み合わさったことから、最悪の料理が生まれた。なるべく安い食材を使い、準備にも金をかけずに、それでいて凝った料理を作ろうというのである。

　とはいえヴィクトリア朝の中流家庭の料理がすべてこうだったと思うのは間違いだ。金をかけたおいしい料理もたくさんあったし、悪くても、昔ながらの重いソースと濃い味付けにこだわるくらいだった。ディケンズの小説をよく読めば誰でもわかるとおり、ヴィクトリア朝の人びとは食べ物に大きな関心を抱いていた。食べ物の話が一番多いのはたぶん『ピクウィック・クラブ』だろうが、ほかの作品でも食事のシーンは生き生きと――大きな喜びとともに――描写され、ときには食べ物の味や食感まで伝わってきそうだ。食事のシーンはたくさんあるので、どれを選ぶべきか大いに迷うが、よい例を三つだけあげてみよう。

「ねえ、娘さん」とミセス・ギャンプは弱々しい声で見習いメイドにいった。「酢漬けのサーモンを少しばかり、それに小っちゃなフェンネルを少々添えて、そこに白胡椒をふりかけたものをいただきたいわ。どうか、焼きたてのパンもお願い。新鮮なバターをちょっと塗ってね。それとチーズ。もしかして、この家にきゅうりみたいなものがあるなら、どうかそれもお願いしますわ。どちらかというと、私、きゅうりが大好きなものですから。それに病人のいる部屋にはとてもいいものなんですよ。このへんでブライトン・オールド・ティッパーが手に入るなら、夜、それを飲みます。お医者さまに不眠症といわれているもので」

(『マーティン・チャズルウィット』二十五章)

ミセス・クラップはいった。「そうおっしゃらずに。ほら、牡蠣ですよ。さあ、どうぞ」。それで話は決まった。さらにミセス・クラップは次のものをぜひ召し上がれといった。二羽分のチキンのホットロースト――ペストリー職人から取り寄せる。ビーフシチューの野菜添え――ペストリー職人から。小さな三角形のもの二品――堅焼きパイとキドニーの料理――ペストリー職人から。タルトと(もし僕の好みなら)型入りのゼリー――ペストリー職人から。ミセス・クラップがいうには、これで彼女はじゃがいもに専念でき、チーズとセロリができあがるのを待って食卓に出せるというのだ。

(『デイヴィッド・コパフィールド』二十四章)

「この瞬間こそ」と、ディックは瘤のような大きなじゃがいもにフォークを突き刺しながらいった。「われらが生涯最悪のときかもしれない！　皮付きのままのじゃがいもの絵を彼らに送ってやりたいよ。土のなかから引っぱりだしたじゃがいもには魅力がある(それを描きだせればね)。金持ちやお偉方はあまり見たことがないだろう」

(『骨董屋』八章)

ディケンズのメニューについてさらに見るには、彼の作品ではなく、一八六五年に出版された小冊子をひもとくのがいいだろう。きわめてストレートなタイトル『ディナーに何を食べるべきか』の著者レディ・マリア・クラッターバックは「はしがき」でこう書いている。「冷製マトンの残りやチョップの余り……のせいでクラブは家庭よりもはるかに魅力的なものとなり」、彼女の知り合いの家では『シティでの商談』が以前よりもずっと増え」るのだった。そこで、彼女は二、三人から二十人分までの料理の品書き《ビルズ・オブ・フェア》を作り、これに短い付録としていくつかのレシピを添えたのである。彼女がいうには、すべて「亡きジョナス・クラッターバック卿」の賛同を得たものだった——二十世紀の読者の目からすれば、この言葉はじつに辛辣である。というのもレディ・マリア・クラッターバックとは、ほかならぬディケンズ夫人ケートの別名であり、この本は二人が別居する二年前に出版されているからである。

これらのメニューがディケンズ夫妻の実際の食生活とどれほど関連があったは想像するしかない。が、見ていて面白いことはたしかだ。二、三人分のメニューは安上がりで家庭的な料理が多い。一品めは魚かスープで、普通はそのあとに肉料理と二種類の野菜が続き、それからプディングかセイボリー、ときには両方が出る。肉の中心はマトンで、ほとんどはローストだが、たまに挽肉《ミンス》にされ、インゲン豆と一緒に料理されることもあり、また冷たくして供されることもある。ごった煮にして温めなおすのはたった一度きり――『ニコラス・ニックルビー』の五歳の読者に宛てたディケンズの手紙を知っている人はがっかりしたことだろう。

きみのいうとおり、ニコラスはラムをローストしました。しかし、全部は食べ切れなかったのです。こういってもどうか大目に見てもらいたいのですが、彼は次の日、残った肉を野菜といっしょにごった煮にして食べたことでしょう。彼はそれが大好きなのです。私もです。

この本の最初の部分は、当時の中流家庭の食生活を見るのにうってつけである。とはいえ、ここに奇妙な癖が見られることもたしかだ。「クラッターバック」夫妻はなんでこれほどマッシュポテトが好きなのだろう！　蒸しプディングの出てくる頻度も高い。彼らの食卓には、スイートオムレット、タルト、チーズケーキ、アップルフリッターが出てくるが、これはディケンズの好みを反映している。だが、ラズベリー・ジャム・サンドイッチとはいったい誰の考えだろう？　現代人の目に、セイボリーのほとんどは途方もないものに見える。前半だけでも、十三以上のメニューではプディングのあとにマカロニが出る。チーズの煮込みと燻製もよく登場する。だが全体として、料理はおいしそうだし、バランスがとれている。たとえば、こんなもの。

酢漬けのサーモン
ランプステーキ（サーロイン）の煮込み　さやいんげん　ポテト

米とりんご添え
焦がしたチーズ　ラディッシュと春たまねぎ
ボイルド・サーモン　シュリンプソース
牛フィレのロースト、カリフラワー詰め
ポテト添え
ベークド・ブレッド・アンド・バター・プディング
チーズ　クレソン

後半になるにしたがって、ディケンズ夫人のメニューは家庭料理から宴会モードに変わり、より高価な食材を使って、品数も多くなっていった。四人から五人の家族向けメニューはたとえばこんな感じだった。

詰め物をして焼いたハドック
海老を詰めたローストチキン
ベーコンの細切れ　マッシュポテト
ラズベリー・ジャム・サンドイッチ

ここに客が加われば、こんなメニューになる。

アスパラガスのスープ　サーモン　スメルト（ワカサギに似た魚）

ロブスターのパテ
ラムの腿肉　チキン・フリカッセ
新じゃが　豆
ノワイヨー（リキュールの一種）のゼリー　アイス・プディング

ディケンズ夫妻には九人の子供がいた。だから、八人から九人分のメニューのなかに明らかに家族向けのものがあっても驚くことではない。だが、パーティ用のメニューはもっと手がこんでいた。

春のスープ　パレスティナ風スープ
サーモン　ロブスター・ソース
サバ《マケレル》の給仕長スタイル《ア・ラ・メートルドテル》　きゅうり
牡蠣のパテ　ロブスター・カレー　胸腺
子牛薄切り肉の煮込み　ラムの腿肉　ボイルドチキン　タン
新じゃが　アスパラガス
仔鴨　豆
カラントとラスベリーのタルト　カスタード
レモンゼリー　ロシア風シャルロット
フォンデュ

最後のほうになると、レシピはつまらないものばかりになる。フォンデュとは一人一個ずつのチーズスフレにすぎない——これでさえましなほうだ。マルーンド・マトン（栗色のマトン＝まちがいなくディケンズの命名だろう）は調理したマトンのスライスをシャロットとマッシュルームケチャップと酢でできたソースに浸したものだった。コッカリーキー（スコットランドの料理。チキンスープの一種）のレシピもあり、ホッチポッチのレシピはメグ・ドッズという筆名のスコットランド人の作家から教えてもらった。セイボリーとして出されるマカロニは、予想にたがわず、ただのマカロニチーズである。だが、なかには卵とクリーム、それに中世風のマヨネーズでできた女王のプディングというのもあり、これはとてもおいしそうだ。「冷製ローストチキンを四つ切にし、柔らかなレタスの株を四分の一に割って皿に盛り、サラダドレッシングをかけ、周囲に飾りとして固茹で卵の四つ割を並べる。ケーパーとアンチョビを添えてもよい」

レディ・クラッターバックの思慮深いメニューは、古臭くてむらのあるレシピだとけなされた。ヴィクトリア朝の最良の料理書とされるミス・イライザ・アクトンの『家庭のためのモダン・クッキング』（一八四五年）だったら、そんな批判は縁がなかっただろう。

『家庭のためのモダン・クッキング』は平明さと明晰さ、それになにより個人の意見を表明したものとして新たな基準を作った。著者はすべてのレシピを自分で試してみたので、こんな言葉にも説得力があった。「なかにはパンとチキンと固茹で卵の黄身三、四個を混ぜこむ料理人もいますが、これによってこのポタージュの色や味がよくなることはありません」。または「リービッヒ男爵によるレシピを最も実用的にしたのがこれです」。さらに彼女は自分のやり方について、その理由まであげている。魚はつねに中火で焼くべきだといって、その理由を説明した。「ゆっくりと火を通すことで、汁気が失われずにすみます。一方、高熱のオーブンだと水分がいっぺんに蒸発してしまい、魚の身が固くなり、ぱさぱさになってしまいます」。この本には読者の興味をひく独特の個性——後発の料理書の多くにはそれが欠けていた（ジョン・ファーリーは例外にしても）――があり、そのうえ細部にも目が行き届き、著者の自信を感じさせた。かといって、彼女のレシピにこの時代の欠点がまるでなかったわけではない。バターソースの応用が七通りもあるのだから、「イギリスには四十二種類の宗教があるのに、ソースはたった二種類しかない」というヴォルテールの言葉にうなずかざるをえない。また、いまではキャベツを一時間以上茹でる人などまずいないだろう。ミス・アクトンはぱりぱりした状態で野菜を出すのは「はっきりいって生煮えにほかなら」ず、不健康で消化によくないとする常識を疑わなかったのだ。しかし、一方でこんな助言もしている。「完全に茹であがったら、いつまでも茹で汁のなかに漬けておいてはいけません。なぜなら栄養も風味も失われてしまうからです」。彼女が推奨する野菜の調理時間は、いまよりも五分か十分は長かった。ハマナは十八分から二十分、アスパラガスは二十分から二十五分、グリーンピースは十五分から二十分、カリフラワーは二十分から二十五分である。だが、彼女は野菜を高く評価して慎重に、また想像力豊かにとりあつかい、食事のなかでもメインディッシュに負けないくらい大切にしている。

イライザ・アクトンは若いころに少なくとも一年はフランスで過ごした。彼女のレシピのいくつかは明らかにフランス起源だし、そのほかにもフランスの影響がうかがえた――素材の持ち味を生かそうとするところ、どんな仕上がりにすべきかはっきり理解しているところなどである。『家庭のためのモダン・クッキング』の末尾には外国の料理が載っていて、そのなかにはユダヤ料理、イタリア料理、スペイン料理、インド料理などがあった。これは読むに値する本であり、そのレシピは今日でも応用がきく。

この本の出版から十六年後、ミス・アクトンの輝きはもう一人のスターの出現によって薄れた。一八六一年、イギリスの料理書のなかで最も有名な本が現れた。タイトルは『家政読本』で、著者はまだ二十三歳のミセス・イザベラ・ビートンだった。初期の版を読めば成功の理由がすぐにわかる。S・Wやミセス・ラファルドがいうように、最近の若い女性が家政について何も知らないというのが本当なら、そんな女性たちにとってこれほど役に立つ本はなかった。この本には、考えつくかぎりすべての事柄について――朝起きることから、ディナーの前の三十分間に客をどうもてなすかまで――賢明かつ頼りになるアドバイスがあった。召使の雇い方やその使い方、子供の世話の仕方についての章もあった。簡単な家計簿のつけ方や医学の知識も教えてくれた。なにより便利だったのは料理の章が充実していることで、そこには三千以上ものレシピが載り、博物学の簡単な記述に添えてきれいなカラー図版もあったのだ。レシピはすべて一定の形式で書かれ、材料のリスト、作り方、費用の概算、何人分か、そして季節メニューであればどの季節がふさわしいかも書いてあった。ミセス・ビートンは「この作品をたんなる料理書以上のものにしたかった」といっているが、まさにそのとおりになっており、たった「四年のたゆまぬ努力」でこれを書きあげたと聞いてはただ驚くばかりである。

レシピそのものは評価がむずかしい。というのも、ミス・アクトンを初め、ほかの本から膨大な数を引用しているからである。それもほとんどは無断借用だった。この本のレシピの最も印象的な特徴といえば、完璧な客観性に基づいた明快な記述にほかならない。そのおかげで、どんなに経験の浅い主婦でも文字が読めさえすれば、そこそこのディナーを作れるのだった。ミセス・ビートンが有名になったのはそのためだった。彼女が産褥熱のために二十九歳で世を去ったあとも、機を見るに敏な出版人の夫――そもそも彼女がこの本を出すにあたって、彼が大きな影響力をふるったであろうことはまちがいない――は抜粋版と新版の出版を続けた。銀行破産のせいで財産を失うと、この本の出版権は別の出版社に移り、その後も何度か版を重ねたが、時がたつにつれて、オリジナルとは似ても似つかぬものになっていった。

ミセス・ビートンはこの本を書いた理由の一つとして、こんなことをあげている。「昨今、殿方は家の外――クラブや居心地のよいタヴァーンや食堂など――で過ごすことが多くなっており、そのような場所の魅力に対抗するためには、妻たるもの、料理の理論と実際によく通じていなければいけません」。このあたりはレディ・クラッターバックの慨嘆と同じである。クラブについては次の章でとりあげるが、タヴァーンとチョップハウス（肉専門レストラン）はディケンズの小説にしょっちゅう出てくるので、この二つについてはここで見ておきたい。

ピップとハーバート・ポケットが「そばに年寄りが一人もおらず、しかもロンドンのど真ん中」でとった食事はコーヒーハウスから取り寄せたものだった。くわしく書かれてはいないが、パンとチーズ、ボイルドチキンとけっして欠かせない溶かしバターのソースがあったことはわかっている。とはいえ、それはホワイト、ロイズ、パスカ・ロージーとは大違いだ。コーヒーハウスが一世風靡した時代はすでに過ぎ去り、残った店はいまや飲み物だけでなく食べ物も出さなければやっていけなかった。この習慣が早くからできあがっていたことは一七六三年のボズウェルの日記からもわかる。「夜、ミスター・ジョンソンと私とで、ストランドのタークスヘッド・コーヒーハウスにて夕食。『この店にはっぱをかけてやったんだ』ジョンソンはいった。『ここの女主人は気が善すぎて商売が得意ではないからな』」

十九世紀初頭までにこの移行はかなり進んでいた。たとえば、こんな記録がある。彫刻家のベンジャミン・ヘイドンと画家のデイヴィッド・ウィルキーは一六九二年に開店したオールド・スローターズ・コーヒーハウスでよく安上がりな軽食」をとっていたが、この店はいまではオールド・スローター・チョップハウスと名前が変わっていた。

ジョンソンとウィルキーは店で食べたが、ピップの食事は出前だった。ディケンズの小説では調理済みの料理を買ってきて家で食べることが多い。あまりにもたびたび出てくるし、細部まで描写されているので、明らかにロンドン暮らしの一部として欠かせないものになっていたのだろう。『大いなる遺産』に出てくる法律事務所の書記ウェミックがピップに出したのは「コックの店で買ってきた冷製ローストチキン」だった。「これはうまいはずだよ。この店の主人はつい先日われわれの事務所で扱った事件の陪審員だったが、われわれは簡単にやっつけたからね。このチキンを買うとき、そのことを思いださせたんだ」。ミスター・パンブルチュックがピップをもてなしたときも「気に入ってもらえるかどうか、ザ・ボアからチキン一羽……ザ・ボアからタンを一切れ……ザ・ボアからちょっとしたものを一つか二つ」取りよせていた。『オリヴァー・ツイスト』では、ファギンとアートフル・ドジャーが兎のパイをもって病床のサイクスを訪ねたが、このパイと酒と煙草は病人を元気づけるどころではなかった。そしてデイヴィッド・コパフィールドがスティアフォースと友人たちをもてなしたときは、三コースの食事をすべてペストリー職人からの出前でまかなった。

メイヒュー描くところの梯子の最下段、すなわち路上の屋台では焼き栗から茹でたバイ貝まで、ありとあらゆるものを売っていた。なかでもロンドン名物は鰻で、熱々の「イール・アンド・マッシュ」（鰻とマッシュポテト）や鰻の煮こごり《ゼリード・イール》などがあった。鰻はオランダから生きたまま輸入されたが、イール・パイ・アイランドという地名（リッチモンド近郊）からわかるように、かつてはテムズ川でも獲れた。ビリングズゲート周辺では、イーストエンドの屋台が店じまいする前に、白い琺瑯びきの大きなバットで煮た鰻が売られた。イーストエンドの人びとがあまりに鰻を好んだので、赤ん坊まで鰻の煮こごりで離乳するといわれたほどだった。

もちろん、調理道具をもっていなくても、金さえあればまともなものが食べられた。二十世紀の著者がテイクアウトの食べ物について書くとき、そこにディケンズと同じ熱意をこめることはとてもできないだろう。

一般にチョップハウス、タヴァーン、ダイニングハウスなどの店の作りは粗末なものだった。しかし、そこで出る料理はたいへん旨くて、その味が有名になることもあった。その一つがジョージ・アンド・ヴァルチャーである。ピクウィック氏はあるとき楽しい夕べを過ごしてご機嫌になり、「そこにいた五十人か四十人のそれぞれに親しく声をかけ……ロンドンへ来ることがあったら、ぜひそこで食事をともにしようと誘った」。この店はいまもあり、ディケンズの時代からほとんど変わっていない。もう一軒、今日のロンドン子にとっておなじみの店はルールズである。創業は一七九八年で、ロンドン最古のレストランと称している。フリート・ストリートからすぐのチェシャー・チーズはオリヴァー・ゴールドスミスとサミュエル・ジョンソンも通ったパブだが、その後はサッカリーやディケンズのなじみの店となった。冬のあいだ一日おきの午後六時半に出される人気メニューのプディングは、ヒバリとキドニーと牡蠣とステーキというものすごい組み合わせでできており、うねうねと波うったパイ皮の蓋がかぶさっていた。何よりいいのは、ただでいくらでもお代わりができることだったが、腹ぺこでそれでも足りなければ仕上げに一パイントのビールとステュード・チーズ（溶かしたチーズにマスタードと三角形のトースト二枚を添えたもの）を注文することもできた。

チョップハウスのシンプソンズ・イン・ザ・ストランドは、一八一八年にチェス・プレイヤーのための店としてオープンした。いま世界中で使われているルーク、ポーン、ナイトといったチェスの駒を最初に採用したのはまさにこの店だったのだ。だが、やがてこの店はグリルした肉料理の味のよさで評判になり、ロンドン一旨いといわれるようになった。

そのほか有名な店といえばテンプル・バーのザ・コックがあった。一八一五年の『美食年鑑《エピキュールズ・アルマナック》』によれば、この店には「ロンドンで最高のポーター（黒ビール）と旨いポーチドエッグ、その他軽食」があると書かれている。詩人のテニスンは陽気な詩「ウィル・ウォータープルーフの叙情的独白」（『イギリス田園詩その他』）でさらにこの店の声望を高めた。しらふでいるか、あるいはロマンチックな気分に浸っている知り合いには「気付けの一杯」をやってくれと「ザ・コックの丸々した給仕長」に呼びかけているのだ。ザ・コックは一八八七年に取り壊され、店はフリート・ストリート二十二番地に移転したが、もとのタヴァーンの看板はいまも残っている。

　十九世紀の大半を通じて、魚好きの人びとはロンドン塔のふもとの船着場で船を雇ってグリニッジまで出かけた。たとえば一八三五年九月十日付の『モーニング・ポスト』にはこんな記事があった。「昨日、閣僚は陸地測量部のはしけに乗ってブラックウォールのラヴグローヴズ・ウェスト・インディア・ドック・タヴァーンへ行き、例年どおりフィッシュ・ディナーをとった。食卓についたのは総勢三十五人」。このときの献立はたぶん数年後に別のタヴァーン――ザ・シップ――で行われた食事会と似たようなものだったろう。スープ二品、サーモンとヌマガレイ、ロブスター・リゾットとスリップのフライ、キスのプディング、鰻の煮込み、蟹のオムレツとサーモンのインド風カツレツ、シラスの素揚げ、シラスの香味焼き《デビルドホワイトベイト》、コーヒーにリキュール。ユニオン・タヴァーン（現在はザ・カティサークと改名されている）でなら、『われらが共通の友』に出てくるのと同じようなディナーが食べられたかもしれない。

　なんというディナー！　海で泳ぐすべての魚の標本、これらはたしかに海を泳いでいたにちがいない。深海の色をもつ魚のサンプルはアラビアン・ナイトの物語を思いださせる……いつのまにか、フライパンから飛びだしてきたかのようだ。シラスと同じく、小麦粉のたねをまぶしてこんがりと揚げられている。料理の味はうっとりするほど――よく記事になっているように、グリニッジでは――完璧な味付けだ。黄金時代の黄金色の酒は瓶詰にされ、その輝きを永遠に保っている。

ヴィクトリア朝のロンドンの食卓を探るこの章では、あと一つだけ話題が残っている。「いうまでもなく……家族の健康と慰安、家庭生活の便利さは、食品および安全な水の供給に大きく左右される」。これはアキュムの本の一節である。ニューリバー（ロンドン北部にいたる水路）が建設されて以来、清潔で安全な料理用または飲料用の水を供給するための努力はとだえていた。人口が急激に増えたことに加えて、下水処理施設の磨耗が進み、その結果、井戸や湧き水が汚染されはじめた。それでもアキュムはまだこう信じていた。「テムズ川の水は、ロンドンの水位マークより下で汲むかぎり、とてもソフトで味が」よい。しばらく置いて沈殿させれば、料理を損なう怖れのある有害物や邪魔物はほとんどなくなる」。さらに、テムズの水を入れておいた大樽を一、二か月後にあけてみると「水はすっかり濁って、とても飲めたものではない」。だが、ねばねばした黒土に通すと、水はクリスタルのように透明になり、驚くほど甘く風味がよくなる」。実験で見つかった不純物は「健康な品質を保った大量の水のなかに混じれば、潮の干満で水がたえず動いていることからしても、ほとんど影響をおよぼさないだろう」と彼は考えた。

だが、アキュムの意見に誰もが賛同したわけではない。彼は鉛の害までは見通せなかった。鉛の容器に水を溜めておくことや、鉛のパイプやポンプに水を通すことの危険には気づかなかったのだ。だが、スラムの衛生設備の悪さが人びとの健康を損ねていることは明らかだった。そして、その後すぐに、コレラの発生源は水ではないかという声があがった。一八三二年には少なくとも五千人がコレラで死んだが、一つとして有効な対策はとられなかった。だが一八四八年にまた疫病の流行の兆しが見られたため、ロンドン下水委員会が設立された。委員長には先見の明のあった科学者のエドウィン・チャドウィックが就任した。彼はそれまで別個の民間会社の手にゆだねていたロンドンの上下水道の管理を公共事業にするよう求めた。実態がどんなだったかは、一八四九年七月五日の『ザ・タイムズ』に寄せられた胸を打つ公開書簡を読めばよくわかる。この描くも素朴な文章からは署名をつらねた五十四人の孤立感が伝わってくる。

私たちはたぶん荒野に住んでいるのです。私たち以外のロンドンの住人は私たちのことを何も知らないのですから。それに、お金持ちやえらいかたがたは私たちのことなど気にもかけません。私たちはぬかるみと汚物のなかで暮らしています。ここには専用の便所もなく、ごみ容器もなく、排水口や貯水槽もなく、どこを見ても上下水道はありません。ソーホー・スクエアのグリーク・ストリートにある水道会社にはたいへん立派で、裕福で、地位のあるかたがたが大勢いますが、私たちの苦情にはまったく耳を傾けてくれません。どぶの臭いはたえがたいほどです。私たちはみな苦しんでいます。病気の者も大勢います。コレラに見舞われたら、神よ、われらを助けたまえ。

にもかかわらず、アキュムの例を見てもわかるとおり、私利を重んじる企業はチャドウィックの急進的な改革案に猛烈に反発した。この段階ではまだ、コレラと飲料水の関係はまだ証明されていなかった。そして一八四九年にいざ疫病の発生を見ると、チャドウィックがまず最初にやったのは首都の下水をテムズに流すことだったが、これは致命的な行為だった。ニューリバーの水が使える人を除いて、水道会社や個人の飲料水はあいかわらずテムズを水源としていたため、結果は恐ろしいことになった。一万四千人が死に、チャドウィックは即座に解雇された。だが、一八五〇年までに彼は『メトロポリスへの飲料水供給に関する報告』を書きあげ、権限をもった水道局を制定するべきだと提言しつづけた。この水道局がリッチモンド、ファーナム、バグショットヒースなどから取水し、不純物を漉し、通気してから、ロンドン中の家庭に水を供給する。その代金はすべてこみで週に二ペンスとする案だった。いうまでもなく、この提案は妨害され、闇に葬られた。やがて一九〇三年になってようやくロンドン水道局が設立され、五十年前の改革案を実行に移す許可が出た。チャドウィックの業績がついに認められ、九十歳になって叙勲されたのは喜ばしいかぎりである。

第六章 海亀のスープはお好き?
オスカー・ワイルドとカフェ・ロワイヤル

うまいディナーのあとでは、人はどんな相手でも許してしまう。たとえ親戚であろうと。
(オスカー・ワイルド『つまらない女』一八九四年)

ディケンズの世界が専門職の中流階級のそれだとしたら、オスカー・ワイルドの世界はもう少し特権的だった。それは一般に「ロンドン社交界」と呼ばれていた。そこには、ある種の作家、俳優、画家などのほか、金持や名門の人びとが含まれた。閣僚や政府高官を中心としたコミュニティだったが、その基礎になっていたのはディナーと舞踏会、演劇関係のパーティ、アスコット競馬、カウズのヨットレース、週末の遠出、ノーフォークやスコットランドでの射撃だった。どれも富と地位を得た人びとしか参加できないイベントである。一八九〇年代の推計によれば、ロンドン市民の三〇・七パーセントは貧困のなかで暮していた(貧困とは「健康な肉体を維持するのに最低限必要とされる収入さえ得られない状態」のこと)。それ以外の人びと、とくに中流階級はしだいに富を築きつつあった。梯子の最上段にいる大地主の貴族は、外国産の安い食料品が流入したために食料供給市場における農家の独占が揺らぎ、その結果、資産の目減りという事態に直面した。そこで、名門の人びとは急に財産を築きつつあった産業界の一族と婚姻関係を結ぶようになった。貴族のなかでも有能な人びとはみずから実業の世界に進出した。パワーを握ったこのグループの仲間になるには、もはや不労所得は必要ではなかった——もちろん財産は必要だが、自分で稼いだ金でもかまわなかったのだ。とはいえ、入会の条件はいわば金遣いの派手さだった。大邸宅（一軒以上あればなおよい）、大勢の召使、美しい家具調度品、そしてファッショナブルな人びとの仲間にふさわしいことを証明するパーティの数々。ここは、たとえ無名の若者でさえ、飛びぬけた才能を見せれば仲間になれる世界だった。スコットランド生まれで貧しい牧師の息子だったジョン・バカン（小説家・歴史家）が、生涯の最後にはカナダの総督にまでなったのがその一例である。オスカー・ワイルドも一時期この世界に属し、そこで見聞きしたことを戯曲にとりいれた。

ワイルドは一八五四年十月十六日アイルランドに生まれた。父親は優秀な外科医、母親は作家で、アイルランドの愛国者だった。大好きだった妹が九歳で死んで大きなショックを受けたことをのぞけば、彼の子供時代はどちらかといえば平穏だった。中学高校では抜きんでた成績を収め、ダブリンのトリニティ・カレッジへの奨学金を得て、古典文学を学ぶことになった。やがて、また別の賞を取り、オックスフォードのモードリン・カレッジに進学した。この時期の友人たちは、彼のことを気のいい、どちらかといえば怠惰な青年で、記憶力にすぐれ、ロマンチックな話やスリル満点の話を面白おかしく語らせたら誰にも負けない才能をもっていたと回想する。大学の教授や監督官たちにいわせれば、権威を屁とも思わない生意気な怠け者だった。しかし本当の彼は哲学に惹かれ、美を心から愛して、日常生活のあらゆる面に美を発見し、また創造すべきだと主張したラスキンやウォルター・ペーターの思想に強く共感した。

オックスフォード在学中に意識してある種のポーズをとるようになり、やがてこれが「耽美主義」と呼ばれるようになったのは彼の意にかなっていた。髪を肩まで伸ばし、人目をひく風変わりなカットのスーツは派手なチェック柄だった。部屋に藍染めの陶器を飾ったのは安くてきれいだからというのがおもな理由だった。こうした「ポーズ」にもかかわらず、彼はのちにW・S・ギルバートが喜歌劇『乳搾り女ペーシェンス』で揶揄したような女々しい軟弱な性格ではけっしてなかった。それまでの学校のときと同様、オックスフォードでも、彼を目の敵にする「スポーツマン」たちをあっさりとかわし、必要とあらば腕力でやっつけたが、いつもユーモアだけは忘れなかった。そして、これも同じだったが、もちまえの魅力とウィットと陽気な性格で大勢の友人ができた。

一八七八年、二十四歳のワイルドは古典のクラスで首席となり、ラヴェンナのことをうたった詩は権威あるニューディギット賞を獲得した。父はすでに世を去り、ささやかな遺産があった。そこで彼が次に目指したのはロンドン社交界の一員になることだった。ジョン・バカンが『メモリー・ホールド・ザ・ドア』でじつにリアルに描きだしたロンドン社交界に入ることである。

世紀末のロンドンはまだジョージ王朝時代の雰囲気を引きずっていた。ヴィクトリア女王の逝去まで、ロンドンを牛耳る社交界は貴族が中心となっていて、貴族的な流儀や儀式を保っていた。堂々たる邸宅はまだ消えていなかったし、ブロックいっぱいに建ち並ぶアパートにもなっていなかった。夏になると、ロンドンは陽気な街へと変貌した。窓は色とりどりの花で飾られ、通りはきらびやかな馬車で埋まり、公園は立派な馬や美しい男女が人びとの注目のなかで練り歩く場所になった。堅苦しい礼儀も影をひそめた。フロックコートとトップハットはウェストエンドだけでなく、高等裁判所やシティ周辺でもよく見かける装いになっていたのだ……会話はいまほどカジュアルではなかったが、それでもたまに芸術のことが話題になった。芸術的な才能に恵まれた人は特別扱いされた。クラブもまだ最盛期の余勢を保っていた。入会待ちのリストは長く、定評のあるクラブに入会することはキャリアアップの足がかりとなっていた。

懐が豊かとはいえなかったワイルドだが、オックスフォード時代の友人たちの手づるでこの特権階級に加わることができた。みずから確信をもって唯美主義者と称し、ヒマワリと百合の花を自分のシンボルにした。そしてイブニングパーティには膝丈のズボンに絹のストッキング、ブレードで縁取りしたベルベットの上着という出で立ちであらわれた。会話はウィットに富み、とっさに気のきいた警句《アフォリズム》をひねりだし、陳腐な言葉をひねって思いがけない真実をさらけだすなど、才能はきわだっていた。やがて、彼は最も洗練されたサークルのあいだで人気の高い客となった。彼はある友人にこう語っている。「今日、最も権威ある上流社会の仲間入りをするには、人びとに食事を出すと同時に、客を多いに楽しませ、またはショックを与えなければいけない——それだけのことさ」。とくに女性たちは彼と同席するのを喜んだ。彼は女性たちを褒めそやし、彼女たちの意見や気持に心から興味をもっているように見えた。

おそらく彼は、その世界で出会った人びとのほとんどと同じように、気楽で優雅な暮らしを楽しみたかったのだろう。だが、彼らの属する上流社会に留まるには、収入を得なければならなかった。そこで詩集を出版したが、世間の受けはよかったものの批評家には無視された。ロシアのニヒリズムという厄介なテーマをとりあげた戯曲『ヴェラ』も本になった。これは好評で舞台化の話も進んだが、イギリス王室の親戚にあたるロシア皇帝アレクサンドル二世の暗殺によって立ち消えになった。

一八八一年の夏になると、金の必要性はさし迫ってきた。幸いにも、ギルバートとサリヴァンの喜歌劇『乳搾り女ペーシェンス』（中心人物の一人はワイルドがモデルだった）がアメリカで大ヒットしたため、アメリカの聴衆が本物の唯美主義者を見たがるはずだという憶測から、『乳搾り女ペーシェンス』の興行主リチャード・ドイリー・カートはワイルドに講演旅行をしないかともちかけた。二十八歳のワイルドは詩集と『ヴェラ』を出しただけで、文学者としての声望も講演の経験もなかった。それでも、スポットライトを浴びるときの準備は何年も前から怠りなかったので、キャラクターは練りあげられ、自信たっぷりだった。頭の回転の速さで、どんな状況でもうまく切り抜け、しかもその場にふさわしいユーモアを忘れなかった。ニューヨークに着いたときの最初の言葉がその典型である。税関の係員に申告すべき貴重品はあるかと訊かれたワイルドは「なし」と答えた。そして、ひと呼吸おいて、こう続けた。「あるとすれば、私の天分だけだ」

このツアーは金銭面ではそこそこの成功だった。だが、個人としては大勝利だった。「英国のルネッサンスについて」と題した講演はまじめな内容だったが、笑えるところも多かった。冷やかし気分で来た客の野次にもユーモアたっぷりに切り返したので、相手のほうがかえって笑われた。当時のアメリカを代表する大勢の有名人とも会い、好感をもたれた。ロンドンへ帰るときには、鞄のなかにキーツのソネットの草稿が入っていた。これはキーツの姪からプレゼントされたものだった。

アメリカ講演旅行に続いて、初めてパリを訪れた。ここでも文学界の大物と知己を得ることができた。ゾラ、ヴィクトル・ユゴー（きわめて高齢だったユゴーは会話中に眠りこんで彼を驚かせた）、アルフォンス・ドーデ、ヴェルレーヌ、マラルメ。当時のワイルドと親交のあったイギリス人の友人によれば、彼は新しい愉快な暮らしにすっかり舞いあがり、もちまえのあふれんばかりのバイタリティで憂鬱さを吹き飛ばしたという。だが、執筆のほうは好調とはいかなかった。新しい戯曲『パデュア侯爵夫人』は主演するはずの女優に拒否され、三か月後にロンドンに戻ってきたときも、長編詩『謎のないスフィンクス』はまだ完成していなかった。『ヴェラ』のニューヨーク公演の企画が頓挫したあと、ワイルドは三つのテーマ――「美しい家とは」「現代生活における芸術の価値」「アメリカをめぐる個人的な印象」――によるイギリス講演旅行の契約を結んだ。

　このころ、彼は画家のジェームズ・マクニール・ホイッスラーと知りあった。二人には共通点が多かった。両者とも、美の理論に強い関心を抱き、とてもウィットに富んでいて、美食と旨いワインと気のきいた会話を好んだ。どちらも自分の意見は頑として譲らず、きわめてエゴイストだった。二人の友情は数年続いたが、しだいに険悪な雰囲気がただよいはじめた。ホイッスラーは自分より年下のワイルドが社交界で人気者になったことに嫉妬し、しかも彼が美術評論まで手がけるようになったことが気にいらなかった（ホイッスラーの作品に関するワイルドのコメントは二重の意味にとれた。ワイルドはあるとき公の場で、ホイッスラーはまさしく「絵画界の巨匠の一人」だと断言したが、この賛辞に水をかけるようにこうつけ加えた。「この意見には、ミスター・ホイッスラー自身も完全に同感している」）。

　一八八四年、ワイルドは収入が安定したので、アイルランド娘のコンスタンス・ロイドと結婚できるようになった。夫婦はチェルシーのタイト・ストリート三十四番地に家をかまえた。最初のうち結婚生活はうまくいき、二人のかわいい息子、シリルとヴィヴィアンも生まれた。だが、やがて変わりばえのしない毎日にワイルドは退屈した。ディケンズの妻の哀れなケートと同じようにワイルドの妻も、たえず面白いことや目新しいことを追いかける夫についていけなかった。しだいにワイルドは妻と別行動をとるようになり、夫婦のあいだにまだ愛情と気遣いはあったものの、やがて二人の心はばらばらになっていった。それはまさにワイルドの戯曲に登場するカップルそのままだった。

　この時期、ワイルドは女性雑誌の編集にたずさわり、知り合いの高名な女性たちに片っぱしから執筆依頼をしていた。クリスチャン王女（ヴィクトリア女王の三女）、レディ・アーチボルド・キャンベル、ルーマニア女王、マリー・コレッリ（小説家）、オリーブ・シュライナー（フェミニスト）、ウィーダ（『フランダースの犬』の作家）などである。展覧会評や書評、演劇評なども手がけ、一八八七年には最初の短編集『アーサー・サヴィル卿の犯罪』を出版した。これに続いて一八八八年には最初の童話集『幸福の王子』が出た。ワイルドがみずから語った物語を聞いたことがある人びとは、本になったものを読んで物足りなく思った。彼にストーリーテリングの才があることは自他ともに認めており、あるとき本人もこういっている。語るのは天才だが、書くのは有能というだけだ、と。

人間性の別の面があらわれたのは、一八九一年にかの有名な作品『ドリアン・グレイの肖像』が出版されたときだった。肖像画に描かれた青年が堕落した醜悪な姿に変わっていく一方で、実物の青年は無垢な美貌を保ちつづけるという物語は多くの読者にショックを与え、過激なせりふはロンドン社交界の保守的な人びとのあいだでひんしゅくを買った。さらにこの年は長文のエッセイ『社会主義下における人間の魂』によって、もっと激しい反感を呼び起こした。社会の平等と特権の廃止を求める熱烈な議論が巻き起こって貴族階級は立腹したが、それでもワイルドはお屋敷でのパーティやディナーに欠かせない人材だったので、どの女主人も招待客の名簿から外すわけにはいかなかった。

一八九一年はワイルドにとって最も創作意欲が盛んだった年である。秋には劇場主兼俳優のジョージ・アレクサンダーに新作戯曲『ウィンダミア夫人の扇』の原稿を渡し、この芝居は翌一八九二年二月に初演された。アレクサンダーがウィンダミア卿に、エレン・テリーの妹のマリオンがアーリン夫人に扮した。批評家は必ずしも好意的ではなかったが、観客は道徳的に納得のいく結末と気のきいたセリフに大喜びした。この芝居に登場したいくつかの警句は日常の諺として定着したほどだった。筋書きは不自然で人物造形は型にはまっているとはいえ、当時の社会状況や演劇界のしきたりからして、やむをえないことだろう。

演劇分野での新しい挑戦は、サロメの戯曲化――フランス語による――だった。サラ・ベルナールがサロメ役に予定され、すでにリハーサルが始まっていたが、一八九二年六月、イギリス首相チェンバレン卿によって上演中止となった。ワイルドはひどく傷ついた。だが、その戯曲は翌年フランスで出版され、のちに英語に翻訳されてイギリスでも出版された。その間、『ウィンダミア夫人の扇』の成功に触発されて新作のコメディを書きすすめており、一八九三年四月十九日に初演の運びとなった。この『つまらない女』の洗練されたウィットはロンドンの観客を完全に魅了した。生まれて初めて、ワイルドは求めていたすべてのものを手に入れた——注目、称賛、そして金である。『ドリアン・グレイの肖像』『社会主義下における人間の魂』のスキャンダルは忘れられ、彼はいちやく人気者となって、そのシーズンの社交界における大きなイベントすべてに招待された。いまや彼の友人には社交界の名士が名をつらねていた。そのなかには皇太子とその取り巻き——通称マルバラ・ハウス一族《セット》——もいた。

不運にも、大勢の友人たちのなかには芳しくない背景をもつ人びともいた。一八九一年、彼は一人の青年と知りあった。詩の好きなオックスフォード大学の学生で、甘やかされた軽薄な若者だったが、美しい顔をもっていた。たちまちおたがいに熱をあげたが、それだけではワイルドにとってなんということもなかっただろう。だが、このダグラスを通じて、ワイルドの生活にいかがわしい若者たちのグループが入りこんだ。心からのものにせよ、口先だけにせよ、若者たちの称賛はワイルドの限りなく膨らみつづけるエゴを気持ちよくくすぐった。ワイルドは新しく懐に入った富を湯水のように使い、取り巻きをひきつれて最高級レストランでランチやディナーをとり、疲れて家に帰りたくないときはサヴォイ・ホテルのスイートルームをとり、ハンサム型二輪馬車であちこち出歩き、友人たち全員——とくにダグラス——に高価なプレゼントをした。だが、彼の尊大さが邪魔して、本来なら友達になっていたかもしれない人びとを遠ざけた。さらにダグラスによって喚起された同性愛の要素が彼を危険な水域へと導いた。

一方、舞台での成功は続いて、一八九五年一月初演の『理想の夫』も好評を博した。バーナード・ショーはある劇評で、ほかの批評家は「怒りや苦痛で泣き叫んでいるさなかにあやして笑わせられた子供のごとく、気のきいた警句にげらげら笑った」と書いた。だが、この芝居の見どころは警句だけではなかった。それ以前の作品にもまして感情がこめられ、登場人物も深く描きこまれていた。「ここには素顔のオスカーがよくあらわれている」と作者当人はいっている。

噂が広まるにつれて、ワイルド個人の人気は衰えていった。アルフレッド・ダグラス卿の父親、クイーンズベリ侯爵は攻撃的な性格でつねに新たな標的を探していたが、今度はワイルドが息子に悪影響を与えているといいたてるようになった。ダグラス自身はまちがいなくワイルドの友情に守られていると感じていたらしく、父の侮辱と脅し、それに何につけても粗野な態度には、そっけない反応しか示さなかった。ついにクイーンズベリの横槍は一線を越えるまでになった。侯爵は一八九五年二月十四日に予定されていた『真面目が肝要』の上演を妨害するつもりで初日に席を予約した。運よく、この計画がもれた。劇場主はこの予約を取り消し、劇場に押し入ろうとする侯爵の試みを阻止した。三日後、この芝居の評判がとてもよかったせいで、怒りはさらに燃えあがり、侯爵はワイルドの属していたクラブ、アルベマールへ行き、名刺にこんな宛名書きをしてポーターに託した。「男色者オスカー・ワイルドへ」。十二日後にこの名刺を見たワイルドは、法的手段に訴えるようダグラスを説き伏せた。名誉毀損でクイーンズベリを訴えようというのだった。

それは自殺行為も同然だった。告発されたあと保釈金を払って自由の身になったクイーンズベリは裁判までのあいだに証人――本物と偽物とを問わず――を駆りあつめ、ワイルドが同性愛者であり、実際に男色行為におよんでいたことを証言させようとした。その結果、被告は無罪放免となった。ところが、ワイルドのほうは即座に逮捕され、不品行の罪で告発された。一回目の裁判は陪審員が全員一致に達さず、再審にもつれこんだ。ワイルドは有罪を宣告され、二年の重労働刑に処せられた。

その後の獄中生活は、欠乏と野蛮と屈辱に耐える日々だった。彼は心のなかで自分自身に語りかけ、アルフレッド・ダグラス卿に長い手紙――のちに『深き淵より』としてまとめられた――を書いた。この経験はのちに『レディング監獄の歌』として結実した。うちのめされたという言葉ではとても足りない。彼の人生に安らぎと慰めを与えたもの、友情、美のすべてが不当にも奪いさられたのだ。妻は死ぬまで彼に共感と同情を抱きつづけたが、子供たちのために離婚すべきだと説得され、それ以後、妻子はホランドという姓に改名した。子供たちには二度と会えなかった。

二年の刑期を終えて(何度か申請したにもかかわらず、模範囚への刑期削減措置は認められなかった)出所したあと、ワイルドは故国を捨て、おもにフランスに住んでときたまイタリアやスイスの友人のもとを訪ねた。よく知られた場所以外では、セバスチャン・メルモスという仮名を用いた。名誉毀損裁判に負けたため、その費用をクイーンズベリ侯爵に払わなければならず、生活費は主として少数の忠実な――だが、とても裕福とはいえない――友人たちの慈善に頼っていた。『レディング監獄の歌』をのぞけば、その後は一冊の本も出さなかった。エネルギーの大半は、少額の金を送ってくれそうな人に手紙を書くことで費やされてしまった。ダグラスとはたまに会っていた――しばらくはいっしょに住もうとした。しかし、おたがいへの愛を断言しながらも関係はやがて冷め、奇妙に超然とした友情だけが残った。

一九〇〇年十月、ワイルドはパリに住んでいた。監獄での暮らしが直接の原因である耳の不調を治すための手術をしたが、ずきずきする痛みはとれなかった。友人たちに、ひどく体調が悪いと訴え、もうじき死ぬだろうといった。若いころに梅毒に罹ったという噂が事実なのか、その末期症状がここであらわれたのか、正確にはわからない。いずれにせよ、脳髄膜炎が死因となって一九〇〇年十一月三十日、彼は世を去った。ローマカトリック教会が彼を受け入れた数時間後の死だった。

ロンドンの食の歴史を概観するとき、十九世紀後半には二つのテーマが目につく。むしろこの二つはたがいに絡みあっているといったほうがいい。上流階級と食物の関係が重要性を増したこと、そしてレンストランとクラブの隆盛である。これらの起源はワイルドのロンドン時代(一八七八—一八九五年)より二、三十年ほど昔にさかのぼるが、彼のライフスタイルはレストランやクラブと緊密にリンクしていたから、ワイルドの生活をもとにこうした施設を考察するのは都合がいい。ワイルドのロンドンは、なによりも外で食事をとるのが当たり前のロンドンだった。社交界のディナーパーティ、有名なレストラン、ウェストエンドのクラブ、そしてファッショナブルなホテル。

この時期の社交界のディナーパーティには既視感《デジャヴ》がつきまとう。金をかけた高級な食材、洗練された選りすぐりの珍味、奇抜な形と凝った飾りもの——どこで見たのだろう? 答えはいうまでもない。中世の食卓である。これは偶然ではない。十四世紀と同じく、食べ物は財力とパワーの象徴として用いられたのだ。そして、リチャード二世の美食好きが流行を作ったように、この時代も王族の好みが大きな影響をおよぼした。一八四二年生まれのアルバート・エドワード皇太子は一八六〇年代から七〇年代に大人になったが、規制の多い厳格な環境で育てられたにもかかわらず、きわめて食欲旺盛な人間となった。王座にまつわる機能のすべては母親の手にしっかり握られていたため、活動的で陽気な皇太子のエネルギーははけ口がなかった。王としての仕事はいっさいなかったが、暮らしぶりは王そのもので、ありあまる情熱を快楽の追求に注ぎこんだ。

少なくとも食事に関するかぎり、機会は十分にあった。母である女王は年をとるにつれて簡素な食事を好むようになっていたが、手書きのレシピを集めた小さなノートを見ると、若いころの女王は料理に興味があったようだ。そして彼女は、贅沢な食卓をしつらえさせるのは大帝国のトップの座にある者にふさわしい行為、つまり自分の義務と心得ていたらしい。朝食に五コース、昼食とディナーに十から十二コースというのが標準的なメニューだった。決まりきった毎日を飽きずにくりかえす両親のもとで欲求不満に陥った若い皇太子が発作的に暴飲暴食に走るのは珍しいことではなかった。こうして、大食いが生涯の習慣となり、のちの皇太子は食通として知られるようになった。アニタ・レスリーは著書『マールバラ・ハウス・セット』でこう書いている。

皇太子は一生のあいだ毎日、たっぷりした朝食に加え、大量のランチとディナーをたいらげた。田舎へ出かけると、このほかにスコーンやケーキが山盛りになったティーを楽しみ、季節によっては嬉々として五回目の食事——真夜中の軽食——にとりくんだ。

皇太子はもう一つの欲求に関しても同じようにパワフルだった。気の合う友達グループ、裕福な若者とその妻たちにかこまれていたのだから、当然といえば当然である。一八六三年にデンマークのアレクサンドラ王女と結婚してマールバラ・ハウスに新居を定めたころ、彼らは着るものからインテリアデザインやディナーパーティのスタイルまで、すべてにおいてファッションリーダーとなっていた。ロンドンに住んでいて美貌と有力な人脈に恵まれた若い女性——スキャンダルを避けるために、すべて既婚者だった——のほとんどは皇太子の取り巻きに加わった。ダドリー侯爵夫人ジョージアナ、ド・グレイ侯爵夫人グラディス、ワーウィック侯爵夫人デイジー、それにアメリカ生まれの美女ジェニー・ジェローム（レディ・ランドルフ・チャーチル）などである。人脈がなくても、とびきりの美女であれば一時的にこのサークルに加わることができた。たとえばリリー・ラングトリーがその例である。この美貌の若妻はたちまち夫のことを忘れた。彼女がロンドンに到着した直後、ランドルフ・チャーチル卿は妻にこんな手紙を書いている。「昨夜、ワーンクリフ卿と夕食をとった。ディナーの席でミセス・ラングトリーという人と会った。たいへんきれいな人だが、ほとんど無名でとても貧しく、噂によると黒のドレスをたった一着しかもっていないということだ」。ワイルドも、彼女がまだ無名のころに、ある画家の家で会っていた。二人は親しくなり、もしかしたら愛人関係になったかもしれない。だが、ジャージー・リリーの野心はもっと高く、ワイルドは上品なマナーを教えたり、着るものについてのアドバイスを与えたりして手伝った。彼女は皇太子の愛人になると、ワイルドの願いをいれて、タイト・ストリートの彼のアパートに皇太子をつれていった。「私はミスター・ワイルドのことを知らない。そして私がミスター・ワイルドを知らないことを当人は知らない」。こうして、ワイルドはロンドンの最も高貴な上流社会に足を踏み入れ、美食家たちの晩餐の席にしばしば招かれるようになった。彼はまた政界にもなじみがあった。グラッドストーンやディズレーリ、A・J・バルフォア、アスキス夫妻などと親しくつきあい、よくランチやディナーをともにした。

　エドワード朝のディナーパーティのスタイルは、とても優美で華やかだったが、洗練されていて、過去にはなかった趣味のよさが見られた。サー・ハリー・ルーク（『十番目のミューズ』一九五四年）によれば、皇太子自身もイングランドのプライベートなディナーを簡素化するのに一役買ったという。料理が変わるたびに別のワインをあけるのをやめて、食事のあいだシャンパンだけにしたのである。さらに、魚料理のすぐあと、アントレの前に肉料理を出すというやり方をとりいれたが、これは世間にはあまり広まらなかった。しかし、最大の変化は料理のサービスの方法そのものだった。新しいやり方はロシア風ディナー《ディナー・ア・ラ・リュス》と呼ばれた。これまでは食事が始まる前に、幅の広い大きなテーブルにはすべての料理がいっぺんに並べられていた。ミセス・ビートンによると、それがこんなふうに変わった。

テーブルは幅が狭い。ご婦人がたがぞろぞろと入ってくる。そのあとに紳士がたが続いて、ご婦人がたの向かい側に坐る。召使があらわれて、皿をそれぞれに回してゆく。野菜類は別の器――大きな丸皿――に盛りつけてある。デザートが回ってきたときも、客はそれぞれ欲しいものをみずから申告する。

ミセス・ビートンがロシア風ディナーについてくわしく書いていることからして、一八六九年――その年の版からこの文章が加えられた――当時にはまだ目新しかったとわかる。これが一般に広がるのは一八七〇年代から八〇年代にかけてだった。しかし、これによって大きな変化がもたらされた。食事の時間が短くなって品数も減り（二、三品ですむこともあった）、食卓が細長くなって、サイドボードは大きくなった。ホストとホステスの責任も軽くなった。一九〇九年、レディ・セントヘリアは若いころを回想してこう書いている。

ホストとホステスには誰もが心からの同情を禁じえなかった。テーブルの両端にそれぞれ席をしめる主人役の二人は肉の塊を切りわけなければいけない。女主人の場合、その役目は、たいていディナーの元凶である不運な夫の手にゆだねられた。そんなわけで、ホストは食事をするひまもないのだった。

だが、新しい方式では執事がサイドボードで肉を切り分けた。そのおかげで、食卓での会話はスムーズになり、気安い雰囲気になった。そればかりか、幅の広いテーブルでは両隣の人としか会話ができなかったが、その不便も解消され、また手の届かない皿をいちいち手渡してもらう手間もなくなった。

このような上流階級の屋敷で開かれた内輪のディナーの場合、現存するメニューを見つけだすのはなかなかむずかしい。サー・ハリー・ルークが『十番目のミューズ』に引用した姓名不詳のホステスによる晩餐会のメニューが参考になるかもしれない。「エドワード国王治世下のロンドンのある私邸で」開かれたこの晩餐会にはサー・ヘンリーの父親が出席した。

一九〇四年六月二十二日の晩餐、ピカデリー一四八番地にて

ターチュ・リエ（とろみをつけた海亀スープ）
ビーフ・コンソメの冷製
シラスのディアブル風およびナチュレル風
パン・ド・サーモン・ア・ラ・リッシュ（鮭のパンケース詰め）
ジェノヴァ・ソースまたはオランデーズ・ソース
カーユ・ブレーゼ・プランタニェール・ドミグラス（胃袋の煮込み、春のドミグラスソース添え）
子羊のカツレツ、ラケル風
カネトン・ア・ラ・ヴォワザン・クーリ・ダナナス（近在の鴨のピュレ、パイナップル・ソース

添え）
綴れ織り風サラダ
ヴァネゾン・ア・ラングレーズ（イギリス産鹿の腰肉）ポルトソースとカンバーランドソース添え
シャンパンのグラニテ（シャーベット）
雌鳥のロティ（ロースト）、オルトラン（ズアオホオジロ）添え
アルジャントゥイユ産アスパラガス、ムスリーヌソース
雉の卵、パルマンティエ風
パイナップルのパイ
プティ・デュク（ワイン）フルートグラスで
小さな砂糖菓子
フォンダン・オ・チェシャー
コーヒー・アイスクリームとバニラ風味のパン
プチ・ゴーフレット

このメニュー構成からはわかりにくいが、単純にいえばこれは、どちらかといえばシンプルな八コースからなるディナーである（スープ、魚料理、アントレ、肉料理、猟鳥獣肉、オードブル、スイーツ、デザート）。厨房のスタッフが手伝ったにしても、このような晩餐を用意するのは料理人にとってひと苦労だったにちがいない。当時の俗論でも料理人はたいてい怒りっぽいか酒飲みと決めつけられていた（ホイッスラーはあるとき、友人にこう語った。料理人を雇うときは、面接の最後に

決まって「酒を飲むか？」という質問をする。答えが「いいえ」だったら、その料理人は雇わないと）。

もっと大掛かりなパーティのときにはケータリングを使うこともあった。その世界で伝説となったのがローザ・ルイスである。のちにキャヴェンディッシュ・ホテルのオーナーとなったローザのキャリアの第一歩はケータリング業で、マレー・ガスリー夫人やレディ・ランドルフ・チャーチルといったホステスのために十コースのディナーを用意した。ニューナム＝デイヴィス大佐は一九一四年にこう書いている。「この四半世紀のあいだ、晩餐会のことを心配して質問した女性に向かって、ホステスの何人かが安心させるように『お料理はミセス・ルイスにまかせればいいのよ』といって聞かせるのを何度も小耳にはさんだ」（『グルメのためのロンドンガイド』）。ほっそりした上品な体つきに、かわいい丸顔とチャーミングな目をもったローザはもの静かながら断固とした態度で、お客の信頼をかちえた。朝の五時にコベントガーデンへ出かけて野菜を選び、それから自分のキッチンで料理の下ごしらえをする。夕方近くになると「女の子たち」に自分と同じ白い服と背の高いコック帽、編み上げの黒いキッドのブーツという身なりをととのえさせ、晩餐会が開かれる屋敷の厨房へと出張する。ふだんの召使は厨房から消えている。料金は彼女の言い値だった。彼女の料理は皇太子のお気に入りで（とくに鶉のプディングが大好物だった）、招待客のリストに皇太子の名前がある場合は必ずローザを呼ぶものとされていたからだった（才能あふれる彼女は、決定権を自分の手に握ることの重要さをよく承知していた。けっして「命令」されることはなく、やがてキャヴェンディッシュを買いとったときは、専用のダイニングルームとバスルームを備えたスイートルームをいくつも作った。そして建物の裏手には出入り口を四つ用意した）。

個人宅でのパーティのメニューはわずかしかないにしても、この美食の時代のレシピはたくさん残っていて、中世の食事との共通性を裏付けてくれる。ヒバリのパイ包み、詰め物をした鶏のとさか、兎肉の煮こごり、型に詰めた鳩の胸肉シュープレームソース添え、ロブスター・タンブル（タンバル型のパイケース詰め）、ゼリー寄せにしたきらびやかな食材の数々。ローストやグリルに添えるソースは多種多様で、なかには特別にプリンスと名づけられたソースもあった。驚くほど変化に富んだスイーツとデザート。アイス、ソルベ、ゼリー、クリーム――どれも鮮やかな色と凝った飾りで、目を楽しませるようにデザインされていた。想像力もまた目がくらむばかりだった。頭にティアラを飾るほどの社交界のホステスなら、はしりのアスパラガスを見逃すはずがなかった。同じく、まだ若い小さなグリンピース、季節はずれの苺、フランスから取り寄せた冬の生トリュフ（ローザによれば「大きさは大人の拳くらい」あり、一月にとれたものが最高だった）、雛鳥、オルトラン、ホロホロチョウ、千鳥の卵、温室栽培の桃やパイナップルなども欠かせなかった。悲しいかな、必ずしもすべてが期待どおりとはいかなかった。『ロウの食料品店ガイド』の一九〇一年版にはこんな記述がある。

　美食家たちが長年のあいだ千鳥の卵だと思って食べてきたのはかもめの卵で、それなのに法外な金を支払ってきた。かもめ科の鳥の多くは、魚よりも澱粉質を餌にするが、彼らの卵は千鳥の卵にそっくりなのだ。この卵を北スコットランドの内陸の湖に浮かぶ小島で大量に採取し、ロンドンに送る。これらは（採取者にとっては）ばかばかしいほど安価で、しかも本物らしく色をつけたり、香をつけたりする必要はいっさいない。

流行を追うロンドン子たちはこぞってマールバラ・ハウス・セットの晩餐会やダンス夜会をまねしたが、これが正しいやり方だと自信をもっていえる人ばかりではなかった。『外食する人のためのガイドブック』（刊行の日付はないが、たぶん一九〇四年ごろ）が指摘するように、急速に富が築かれた場合、「往々にして小物たちが高い地位につくことになり、人を楽しませる術を十分にわきまえたホストやホステスが不在のまま、もてなしの扉を開くことになりかねない」のだった。しかも「名家」の屋敷に演劇界の人びとが受け入れられるようになったのはつい最近だった。作家やアーティストと同じく、彼らはつきあって楽しく、有名でもあったが、生まれ育った環境はさまざまだった。『外食する人のためのガイドブック』は燕尾服のポケットに入れられるように薄く作られた本で、こまごましたアドバイスが並んでいた――お辞儀のしかた、握手のしかた、ディナーの招待を受けるとき、断わるときの礼儀、何を着るべきか（「タキシードを着ていいのは内輪の会だけ……ありったけの宝石類をつけるのは下品です」）、レディをディナーに同伴するときのマナー（一八八〇年代に導入された新しい習慣）、そしてナイフやフォークの正しい使い方。

きちんとセットされた食卓は美しいものです。白いテーブルクロス、磨きあげられた銀器、きらきらと輝くグラス、そして優美な花と色とりどりのフルーツはいうまでもありません……しかし、全体の眺めから部分へと目を転じ、いざ自分の目の前のセッティングと向きあったとき、そこにあるのは、少なくとも不慣れな者にとっては、じつに手ごわい光景でしょう。すぐ手前には、大祭司の帽子のような形に畳まれたナプキン。パンもすっかり用意されて魚料理の到着を待っています。皿の左手にはずらりと並んだフォーク、右手には同じだけのナイフ。人の体に食物を送りこむのには、外科医が解剖台に向かうときよりもっと多くの道具が必要になるときさえあるのです。

そればかりか、食卓では美しいパートナーと会話する能力も必要だし、ときにはジョークの一つも飛ばし、求められればスピーチもしなければいけない。『外食する人のためのガイドブック』は予想外のあらゆる事態に備えていた。エドワード王朝時代に一人前の男であろうとするのはいかに大変だったことか！　伝統を無視できるのは、とびきり裕福で、立派な肩書きをもった男だけだった。それ以外の男はあくまで礼儀作法を守らなければいけない。女性のほうはまだましだった。社交界では男性のリードにまかせていればよかったのだ。

だが、前の章で見たように、外食の機会はすでに個人の家を訪ねるだけとは限らなくなっていた。男性の場合、ほかに約束がなければ、クラブへ出かけるか、さもなければレストランやホテルで友人たちと同席した。クラブといっても、ジョンソン博士やその友人たちがなじんでいたクラブ（要するに、気の合う仲間同士が定期的に食事をともにすることを約束したグループ）とは少し違っていた。ここでいうクラブのいくつかは、そのような会合から発展してきた。しかし、ほかのものは別の流れから生まれた。その多くはギャンブルのクラブが起源だった。コーヒーハウスの厳格なルールが気に入らず、遠慮なしに高い掛け金でカードゲームを楽しみたいという人びともいたからだ。それ以外に、仲間うちでくつろげる個室が欲しいという声に答えて生まれたクラブもあった。そのようなクラブのなかでも最も古い歴史をもつホワイトは、もともとチョコレートハウスとして一六九三年に作られ、いまも現存している。ここでは会費を払った常連客だけが個室を使うことができ、一般客はそこには入れなかった。やがて、常連客だけで建物全体を占めるようになった。こうして、専用の施設をもつクラブの第一号が誕生した。その日付はたぶん一七三六年だという。ここはずっと一人のオーナーによる個人経営のクラブだったが、一九二三年に会員制のクラブとなった。ホワイトのほかにも、ごく初期にできたクラブにはブードルやブルックスなどがあった。

ジョンソン博士が通っていたようなクラブは、メンバーの最後の一人が死ぬと同時に消えてしまったが、独自の施設をもち、メンバーも次々と入れ替わるクラブは人気を保った。十八世紀と十九世紀には新しいクラブが続々と設立された。メンバーは共通の関心をもち、おそらくギャンブルやスポーツなどの好みが同じ(ブードル、ブルックス、プラット、ロードなど)か、または演劇関係のような同じ職業かあるいは軍隊仲間(ギャリック、ガーズなど)であり、共通の趣味をもっていた(ザ・トラヴェラーズやザ・ビーフステーク)ので、新入会員を見つけるのもたやすかった。

一八四〇年には、リフォーム・クラブがとくに旨い食事を出すという評判で名をあげていた。この建物を設計したのは建築家のサー・チャールズ・バリーだった。一八三二年の選挙改正法(リフォーム・ビル)が無事に制定されたことを祝って、ホィッグ党員のために専用クラブが作られたのである。バリーはこのクラブの厨房に関してだけは、設計と設備を前途有望なシェフにまかせた。アレクシス・ソワエという名の有能な若者である。パリで料理見習をしていたソワエは、一八三〇年の七月革命のさなか、厨房になだれこんだ暴徒に囲まれるという目にあった。とっさに機転をきかせた彼はテーブルの上に跳びのって「ラ・マルセイエーズ」をうたった。あまりの恐ろしさからか、その歌声には迫力があった。暴徒たちは彼を肩車して厨房をめぐり歩いたあと、無事放免してくれた。そんな不幸な経験から、フランスでは料理人という平和な仕事をまっとうできないと思い、イギリスに渡ることにした。兄がケンブリッジ侯爵のお抱えシェフをしているという事情もあった。ソワエの才能はすぐに認められた。あちこちの貴族の館に雇われて評判を高めたあと、新設されたリフォーム・クラブのシェフの座についたのだった。彼が厨房に据えつけた特別注文の設備は世間の注目を浴び、ジャーナリストや旅行ライターの記事にもとりあげられた。なかでも大きな新機軸は石炭のかわりにガスと蒸気を導入したことだった。このため厨房は「初々しい花嫁のような白さ」を保った。足を踏み入れたとたんに気づくのは、皿を温めておくためのスチームのしゅーっという音だった。焼き肉用の串も蒸気の力で回転していた。厨房全体がとても効率よく設計されていたので、どんなに注文が殺到しても現場が混乱に陥ることはけっしてなかった。

リフォームのシェフをしていたころ、ソワエの最大の成功は一八四六年七月三日、オスマン帝国の高名な将軍イブラヒム・パシャを迎えた晩餐会だろう。百五十人の客は、全部で四十九種類の料理からなる八コースのディナーを楽しんだ。いちばんの目玉は、ラ・クレム・デジプト・ア・リブラヒム・パシャだった。カットしたメレンゲを石に見立てて築いた高さ七十センチあまりのピラミッドのなかにパイナップル風味のクリームを詰め、そのてっぺんには厚紙にサテンを貼った丸い板が掲げられ、そこにパシャの父親である太守メフメット・アリーの実物そっくりの似顔絵が描かれていた。このピラミッド全体は、砂糖細工の薄いベールを通して見ることができ、周囲には葡萄などさまざまなフルーツが飾ってあった。

理由は不明だが、ソワエは一八五〇年にリフォームのシェフを辞めた。しかし、その後の活躍もめざましかった。バンマリー（湯煎用の鍋）を発明したのも彼だった。外側の大きな鍋でお湯を沸かし、内側の小さな鍋に食べ物をいれ、ごく弱火で調理できるのだ。彼には三冊の著作もある。一冊目の『料理界の改革者』には二千以上のレシピが載っていた。二冊目の『現代の主婦』は中流家庭向けの本で、三冊目の『庶民のための倹約料理』は貧しい人びと向けに安い食材の有効利用を説くものだった。彼はロンドンの貧民の惨めな暮らしや、のちにじゃがいも飢饉に見舞われたアイルランドの状況を見て胸を痛めた。そして模範的なスープキッチン（無料給食）を設立しただけでなく、給食用のスープのレシピまで考案した。当人によれば、最低の予算でなるべく大勢の人が食べられるものだった（このスープは理にかなっていて栄養もあったはずだが、水っぽい食事だけでは体が衰弱するし「滋養」もないといって批判する人もいた)。また、彼は瓶詰ソースや薬味の開発にもとりくんだ。これが大成功したので、その製法をクロス・アンド・ブラックウェル社に売りわたした。リフォームを辞めたあと、クリスタルパレスで開かれた大博覧会をあてこんで、正面ゲートのすぐ外にレストランを開店した(「全世界の料理の饗宴」という控えめな名前だった)。これが失敗に終わったあと、しばらくは鳴りをひそめていたが、やがてクリミア戦争の勃発によって、ふたたび活力をとりもどした。まず最初に、携帯できる野外用のコンロを開発し、みずから戦場におもむいて兵隊たちに使い方を教え、病気の兵隊には何を食べさせたらいいかを指示した。このクリミア滞在中に病気にかかって、結局これが命取りになり、彼は一八五八年八月に死んだ。これほど多岐にわたって活動した男だったから、妻と並んで葬られた墓石に刻まれた文字はじつにふさわしい。「静かなるソワエ」

リフォームでのソワエの評判があがったせいで、ほかのクラブの料理が変わったことはまちがいない。その結果、クラブの料理にはそれぞれ別個の二方向をめざして進歩があった。一つはヴィクトリア朝のチョップハウスが得意とした料理、つまりジューシーな燻製鰊、ちょうどよい焼き加減のステーキ、柔らかなカツレツなどが芸術の域に達したこと。もう一つは、フランスの伝統料理、すなわちクレム・アルジャントゥイユ、舌平目のデュグレレ風、ロブスターテルミドール、子牛のソテー・マレンゴ風、クレームブリュレなどが、有能なシェフの手によってしっかり定着したことだった。家の外で旨いものを食べたいと思う男たちにとってクラブは理想的な場所だった。

また、家族に紹介したくない友人や知人をもてなすのにも、クラブはうってつけの場所である。同時に、クラブはホストや客の社会的な地位を示す証拠にもなった。クラブのメンバーであることは特権的な立場だった。なぜなら、メンバーになるには選出されるか、あるいは少なくともメンバー全員の合意が必要だったからだ。クラブにも入りやすいものと、入りにくいものがあった。たとえばワイルドはアルベマールのメンバーだったが、このほかにもクラベットとサヴィルにも入会を申し込んだ（どちらも却下された。ある日、ゲストとしてサヴィルでランチをとったとき、彼は「ダニエルたちの巣窟に入りこんだライオンのような」心境だといった）。一八九〇年代までに、社会的な地位のあるロンドン市民で、一つのクラブにも属していないという人は珍しくなった。

しかし、クラブの独占状態はすぐに終わった。二百年以上も前から、サミュエル・ピープス夫妻を喜ばせたユグノー教徒の店のような小さいレストランはロンドン中心部のあちこちに存在した。その後も、フランスから逃げてきた人びとは何世代ものあいだ、そのような小ぢんまりした食べ物屋で生計を立ててきたのだった。とはいえ、ファッショナブルなロンドンに最大のインパクトを与えたのは、一八六七年にダニエル・ニコルズと妻のセレスティンがオープンしたカフェ・ロワイヤルだった。

ニコルズ（本名はダニエル・ニコラス・セヴノン）は野心に燃えた男だった。故国フランスでワイン商の事業に乗りだしたが、破産という憂き目を見た。それからの数年間を債務者監獄で過ごすよりはと、彼は荷物をまとめ、わずか五ポンドをポケットに入れて妻のセレスティンとともにロンドンへ逃れた。十五か月後、とびきりの料理の腕と高級ワインの鑑定眼、それにセレスティンの倹約とやりくり上手のおかげでなんとか貯金ができ、グラスハウス・ストリートにカフェ・レストラン・ニコルズを開店した。二年後にはリージェント・ストリートにもっと広い店をオープンするまでになった。

流行の先端をゆくロンドン社交界の人びとでさえカフェ・ロワイヤルのようなものは見たことがなかった。みごとな天井画、金色の女人像《カリアティード》と鏡張りの壁。ロンドンの最も上品な通りを散策する人びとは、この店のマークである王冠の上に描かれた優雅な「N」の文字に目をとめ、大きなガラス窓越しに、テーブルの上の洗練された料理や、部屋のあちこちに置かれたきれいな台座や、その上に載った剥製の野鳥などを眺めた。中に足を踏み入れた客も失望はしなかった。料理がすばらしいうえに、ワインも驚くべきものだった。これはひとえにニコルズのいとこのおかげだった。ワインに詳しく、その鑑定に情熱を注いでいたいとこは、すぐに消費するワインはもちろん、将来のためにヴィンテージものをせっせと集めておいてくれたのだ。残念ながら、このぜいたくが原因でカフェ・ロワイヤルは経営に行き詰まった。破産を免れるために、セレスティンはへそくりの六万ポンドを出さなければならなかった。さらに当座の現金を工面するため、貯蔵してあったワインの一部を競売にかけることにした。ところが、予想外に高い値がついたため、ワイン蔵のたった八分の一を売るだけですんだ。ワインセラーにもっとスペースを作るため、ニコルズは二十年におよぶいとこのワイン道楽の結果をお得意様のために放出しようと決心した。二、三か月のあいだ、常連客のテーブルには最高級のワインが安ワインと同じ値段でふるまわれた。ワイルドの友人で、食通で知られるフランク・ハリスはいつもどおりの控えめな筆致でこのワインリストについて書いている。「一八八四年から八五年という時期でさえ、カフェ・ロワイヤルのワインセラーは世界一だった。その十五年後、この地球上で並ぶものがなかった」

一八九〇年代のカフェ・ロワイヤルに集う綺羅星のような客たちの顔ぶれもワインの栄光に負けなかった。大勢の画家、作家、音楽家、俳優などがドミノ・ゲームに興じ、朝食を食べ、コーヒーや午餐会を楽しみ、夕食をとった。店をのぞけば、ホイッスラー、ショー、ビアボーム・トゥリー、マックス・ビアボーム、オーガスタス・ジョン、サー・ウィリアム・オーペン、ジョージ・ムア、オーブリー・ビアズリーなどの姿が見えた。最も輝いていた時代のロンドンのボヘミアンたちが勢ぞろいしていたのだ。ワイルドはほとんど毎日ここに出かけた。すぐれたサービスと上等な食事と酒を尊重しつつも気やすさを保った、いかにもフランス的な雰囲気が大好きだったのだ。後年、店のスタッフの回想によれば、ワイルドは真剣にメニューを眺めて、シェフと相談しながら慎重に料理を選んだという。それから、ソムリエを呼んで、どのワインが料理に合うかをじっくり相談した。ワイルドにいわせれば白ワインは白ではなかった——彼はいつもイエローワインと呼んでいた。彼のお気に入りのシャンパンはクリコのロゼだった。

ワイルドが最後にカフェ・ロワイヤルを訪れたときのことは苦い記憶となって残った。個室ではフランク・ハリスとバーナード・ショーが昼食をとっていた。ワイルドがクイーンズベリに対して名誉毀損の訴えをするつもりだと聞いていたハリスは、食事のあとでその話をしたいといってワイルドを呼んだ。ワイルドが来たとき、ショーはまだそこにいた。ショーとハリスはそろってワイルドに、告訴をとりさげてしばらく国を出たほうがいいと忠告した。ワイルドは忠告を聞き入れそうだった。そこにアルフレッド・ダグラスがやってきた。彼の小さくて白い、毒のある顔は怒りで歪んでいた。そしてハリスに向かって、友達がいのない忠告だといった。ワイルドは悲しげに、それと同じ非難の言葉をくりかえし、去っていった。その後すぐ、ハリスの案じたとおり最悪の事態となった。

ロンドン時代、ワインと美食を好んだワイルドはあちこちのレストランへ行った。そのうちの多くは、『ディナーとダイナー——どこでなにを食べるべきか』に載っている。これはニューナム＝デイヴィス大佐による新聞連載記事で一八九九年に書籍として刊行された（ワイルドがイギリスの料理人をけなしたのは、この本の書評のなかだった。「ハーブについて何も知らず、抽出とエッセンスだけに情熱を注ぎ、スープ作りにはまったく無能で塩と肉汁の混じったものしか作れない。このイギリスのコックはじつに愚かな女で、その悪行ゆえに塩の柱にされてもしかたがないだろう。その塩でさえ、使い方をろくに知らないのだから」）。ニューナム＝デイヴィスは型どおりのキャラクターを用いて——女優、旧弊な田舎郷士、オールドミスの叔母、司祭の娘である小姑、不運にみまわれた学校時代の旧友、プレイボーイ――それぞれにふさわしい食事の場所を見つけた。その描き方は生き生きしていてユーモアがあり、料理だけでなく室内装飾や雰囲気、それに主任ウェイターについての情報も与えてくれるので、店の情景が目に浮かぶようだ。

ソーホーのルパート・ストリートにある小さなイタリア料理店フロレンスは、若いころのワイルドがよく通った店の一つで、客には演劇ファンが多かった。二シリング（十ペンス）で、たっぷりした食事が食べられた。アンティパストの盛り合わせ、ラヴィオリ、ミラノ風子牛のエスカロップ、ザバイオーネに上等なイタリアワイン。店は狭かったが内装は凝っていて、壁と天井にはフレスコ画があった。グレート・ポートランド・ストリートのパガーニもイタリア料理店で、おもに懐の豊かでないジャーナリストや画家や歌手の溜まり場だったが、やがて一八九九年になると高級店に様変わりして、ストランドのロマーノと肩を並べるほどになり、カフェ・ロワイヤルと並んで、高名なアーティストや作家、音楽家が集まるようになった。ワイルドはケットナーも気に入っていた。店主はドイツ人で、芝居がはねたあとの食事が売り物だった。一八九三年十二月のある日、ワイルドはこの店でオーブリー・ビアズリーと食事をした。たぶん『サロメ』の挿画について話しあったのだろう。ニューナム＝デイヴィスはこのケットナーについて、こぎれいな小さなレストランで、居心地のいい隅の席や奥まったコーナーがたくさんあると書いている。階下には三つか四つの流し込みのダイニングルームがあり、上の階には入り組んだ廊下とたくさんの個室があった。ここでは内輪の食事会が開かれた。

小さな部屋の壁紙は古めかしい金色と淡い茶色に少しばかりの緑が混じっていた……「そこには」窓が三つあり、壁紙と同系色の暖色のカーテンがかけられ、マントルピースにはブロンズの置物、壁にはイタリア風景を描いた油絵がかかっていた。小さなサイドボードがあり、四角いテーブルは電球のはまった枝付燭台の光で照らされていた。

ニューナム＝デイヴィスのあげたケットナーのサンプルメニューは、キャビア、コルベール風コンソメ、ジョアンヴィル風平目の切り身（海老、マッシュルーム、トリュフ詰め）、マッシュルーム添えのタン、パルマンティエ風チキン、アスパラガス、ビスキュイ・グラッセ（ナポリ風アイスクリーム）、デザートだった。

ワイルドの著作のなかで珍しく食べ物についてはっきり言及されているのは『獄中記』である。ここで彼はダグラスの行きすぎた贅沢を咎めている。二人がどんな場所で食事をしていたかがわかるだけでなく、獄中という苦しみのなかにあってさえ――そんな状況でも彼は美しい言葉を紡ぎださずにはいられなかった――あの幸せな日々に味わった料理やワインの繊細な風味を舌の上に再現するのだった。

サヴォイでのディナー――澄んだ海亀のスープ、シチリア産の皺の寄った葡萄の葉に包まれた汁気たっぷりのオルトラン、濃い琥珀色の、それどころか香りさえ琥珀を思わせるシャンパン――たしかきみのお気に入りのワインはダゴネの一八八〇年ものだった――このすべてのつけがまわってきた。ウィリスでの夜食、とびきりのキュヴェ・ペリエ＝ジュエ……ストラスブールから じかに送られたすばらしいパテ、最高級のシャンパンは香りを存分に楽しめるよう巨大なベル形グラスの底に注がれる……こんなことを続けていたら、ばちがあたっても当たり前だ。

別の個所では、ダグラスが好んだ一夜の過ごし方について書いている。サヴォイでシャンパン付のディナー、ミュージックホールのボックス席で観劇、それからウィリスでシャンパン付の夜食。ニューナム＝デイヴィスによれば、ウィリスでのディナーはこんな感じだったろう。

ロンドンのレストランのなかでも、ウィリスはパリのレストランにいちばん近いものだった。白い壁、艶のある木枠にはめ込まれた大きな鏡、壁際には深紅のカウチ、椅子はアールヌーボー風の背もたれと深紅のシートをもち、これらすべてがパリの雰囲気をかもしだしていた。

部屋の中央にはワゴンが置かれ、山盛りの果物とアスパラガスの束が飾ってあった。エナメルと代用金箔《オルモル》でできた大時計がさらにフランス風の味わいを添えていた。仕上げは黒い革のエプロンをしたソムリエだった。ニューナム＝デイヴィスは夜食については沈黙しているが、ウィリスでの二人分の食事代はサヴォイ並みだったはずだ。メニューには千鳥の卵からトリュフ、それに季節外れの苺まで、流行の先端をいく珍味が並んでいる。

ワイルドの行きつけの店のなかでも、サヴォイは最も格式が高かった。リチャード・ドイリー・カートはこのホテルを買ったあと、リリー・ラングトリーの助言にしたがって、セザール・リッツに新しいレストランをまかせることにした。このレストランは一八八九年にオープンした。リッツはすばらしい料理の腕と創造性をもった非凡なシェフ、オーギュスト・エスコフィエをつれてきた。この二人のおかげで、サヴォイはこの時代の最高級ホテルへと変身したのだった。リッツは自分のレストランに女性客を集めることができれば、社交界全体を客としてとりこめるはずだと見込んだ。そこで、レディ・ド・グレイ、レディ・ランドルフ・チャーチル、マルバラ侯爵夫人（コンスエロ・ヴァンダービルト）といった有名な女主人たちがディナーパーティを開くのにちょうどいい個室のダイニングルームをしつらえた。そのうえで、リッツはこの女性たちにメインの広いダイニングルームに控えめな衝立をめぐらせれば開放的な楽しい雰囲気となり、少人数のディナーにぴったりだと勧めた。やがてその衝立もとりのぞかれた。エスコフィエがのちに書いたように、「レストランは人を見る場所であると同時に人から見られる場所でもあった。上流社会の人びとは日ごろから贅沢なドレスを見せびらかすことには慣れていたから、こうしたレストラン通いはたちまち富豪たちの生活にとけこんだ」

サヴォイの談話室は贅を凝らしたものだった。巨大な暖炉が二つ、白と金色の壁紙、ゆったりしたアームチェア、薩摩焼きの陶磁器などで贅沢だが居心地のよい雰囲気があふれていた。そして、日曜の夜になれば「世界のどんな首都にも負けないくらい多彩な顔ぶれの上流人士」がここに集った。ダイニングルームでは短い頬髯ときれいに刈りこんだ口髭のムシュー・リッツが両手を神経質なほどに背中でぎゅっと組んで、テーブルからテーブルへと挨拶してまわり、相手によって微妙にお世辞の言葉を増減するのだった。サヴォイでは、温かい料理には飾りをつけずに出していた。とはいえ、調理はけっして簡単ではなかった。エスコフィエは口癖のように「シンプルが一番」といっていた。しかし、ニューナム＝デイヴィスが記録した「サヴォイ風平目のタンバル」のレシピはシンプルとはほど遠い。タンバル型のパイケースのなかにベシャメルソースであえたマカロニを詰め、その上に白ワインで煮た平目を並べ、全体に伊勢海老とトリュフのソースをかけ、さらに伊勢海老を飾りにする。これは温かい料理ではなかった。しかし、サヴォイで食事をするときは、冷製の料理を少なくとも一品は注文するのが常識だった。「ムシュー・エスコフィエとそのスタッフにデコレーションの腕を発揮する機会を与える」ためである。

サヴォイのスタッフにとってはそれが自分たちの使命だった。当時のサヴォイの支配人だったムシュー・ジョゼフはニューナム＝デイヴィス大佐にこう書き送った。

給仕長《メートルドテル》はアドバイザーであり、誘惑者であり、また演出家でもあらねばなりません……客の想像力のうえで演じ、燃料補給によって働く機関のことを忘れさせるのです――要するに、食事の肉体的な側面を隠蔽すべきなのです……見るからに美しく配置されたオードブル、ローストに添えられたサラダ、ローストをすばやく巧みにカットする優美な手際……お客様には近すぎず、また遠すぎない位置に立って、お客様の邪魔にならない程度に興味を引くことが大事です。そうすれば、どんな細部にもさりげなく気を配っていることがお客様にも見てとれるでしょう。ほとんど満腹というときでも食欲を湧かせることができます。胃袋はもう十分といっていても、お客様の想像力を刺激して食べたいという気持ちにさせる……これこそ、メートルドテルの腕の見せ所です。すばらしい食事を演出できたとき、メートルドテルは満足します。なぜなら、毎日が幸せとはいえない哀れな人びとにささやかな幸福を与えたからです。

哀れな人びとを幸福にするためにサヴォイが提供したものはたくさんあったが、そのなかでもとくに記憶に残るものが二つある。一つはピーチメルバで、『ローエングリン』に出演した偉大なソプラノ歌手の喉を休ませ、リラックスさせるためにエスコフィエが考案したものだった。そしてもう一つは、サヴォイのバーで働いていた天才的な無名のバーテンダーによる発明――ウィスキーサワーである。

エスコフィエは一八九八年にサヴォイを辞めてカールトンに移った。ソワエと同様、彼も発明家にして改革者だったが、自己宣伝がうまいという点も共通していた。エスコフィエが先達の業績を見習っていたであろうことは、わずか五十ページの薄い本――おそらく彼の最もささやかな作品だろう――からもうかがえる。『ロンドンのカールトンホテルにおけるA・エスコフィエのレシピ』で、彼はこう宣言している。この本の指示にしたがえば、「どんなにぱっとしない料理人でも……美食に通じた味にうるさい舌さえ喜びに震えさせるすばらしい料理が作れる」。たいした自信である。それがはたしてどんなものだったかは、一例をあげるだけで十分だろう。

クレム・ド・トマテ・オー・リッツ（濃いスープ）

これはきわめて滋養に富むスープで、クリームがたっぷり入っているので、ヨット遊びや遠足、ハイキングなどにぴったりです……

作り方―材料をソースパンに注ぎ、沸騰するまで煮て、すぐに供する。スープが濃すぎるようなら、水かミルク、またはストックを小さじに数杯加えてもよい。

エスコフィエもやがて、ソワエと同じく、缶詰ビジネスに進出して、八種類のスープと九種類のソースを発売した。時代は二十世紀になっていた。

第七章　彼女の愛した隠れ家レストラン
ヴァージニア・ウルフと両大戦間のロンドン

よい食事をとらなければ、よく考えることも、よく愛することも、よく眠ることもできない。
ヴァージニア・ウルフ『自分だけの部屋』

オスカー・ワイルドは一九〇〇年に世を去り、ヴィクトリア女王は一九〇一年に逝去した。こうして、ヴィクトリア朝と行儀の悪い九〇年代《ノーティ・ナインティーズ》と十九世紀はほとんど同時に幕をおろすことになった。偶然ながら新しい世紀に入って二十年のあいだに、無線電信、電話、自動車、飛行機などが発明され、また一般に普及するようになった。したがって、新しい世紀の到来とともに新しいライフスタイルが始まったというのはまさに当たっている。少なくとも、西洋の大都会ではそうだった。一九〇〇年から第二次世界大戦までのロンドンの食生活を見るとき、私たちは幸運にも一九〇〇年にほとんど成人し、一九〇七年に仕事のキャリアを築きはじめた一人の作家とともに歩むことができる。

ヴァージニア・ウルフは一八八二年に生まれた。父のレズリー・スティーヴンは現在ではおもに『十八世紀英国思想史』と『英国人名辞典』によって記憶されている。母のジュリア・ダックワースはスティーヴンの二度目の妻だったが、彼女自身も再婚で亡くなった夫とのあいだに三人の子供がいた。新しい結婚でさらに二人の息子と二人の娘が生まれた。ヴァネッサ、ジュリアン・トービー、ヴァージニア、エイドリアンである。この家族全員がケンジントン、ハイドパークゲート二十二番地の家に住み、ここには叔父や叔母や友人たちがしょっちゅう出入りしていた。

世間の習慣どおり、娘二人は家で教育を受けたが、教養という点でまったく不足はなかった。父親の友人には高名な作家や思想家が大勢いたし、母方の一族には芸術的な才能が輩出していたからである。十五歳のヴァージニアは父の充実した書斎を自由に使うことができた。その直後、ヴァージニアはラテン語とギリシャ語の個人教授も受けはじめた（ギリシャ語の教師は美術評論家ウォルター・ペイターの妹だった）――女の子にしてはめったにないほどリベラルな教育だった。ヴァージニアは早くから短編小説やエッセイを書いていて、トービーとともに家族新聞『ハイドパーク・ニュース』を作った。

知的な成長は促された（とはいえ後年の彼女は兄たちが大学へ行ったのに自分は行かせてもらえなかったことに強い憤りを感じた）が、感情や心理的な欲求は往々にして無視されることが多く、とくに彼女が十三歳のときに母を亡くしてからは世話をしてくれる人もいなくなった。ジュリアの連れ子で二十六歳のステラが家事をとりしきっていた。ステラは気のいい娘だったが、家族の不幸など顧みずに自分だけの悲しみにふけるわがままな義父とどう折り合いをつけていいのかわからなかった。ちょうどこのころ、ヴァージニアは初めて神経衰弱の発作にみまわれた。二度目の発作が起こったのは――このときも父の態度がきっかけだった――二年後にステラが結婚したときだった。その三か月後、ステラが腹膜炎で死去すると、ヴァネッサとヴァージニアは同性の相談相手や世話人がいないまま取り残された。いまや家族はレズリー・スティーヴン、ジュリアの連れ子の息子たち――ジェラルドとジョージ――とエイドリアン、トービー、ヴァネッサ、ヴァージニアだけになった。家を出たのはトービー一人で、最初はパブリックスクール、それからケンブリッジに進学した。ジェラルドは出版社で働き、ジョージは大蔵省に勤務していた。ジョージは社交界に入りたがり、妹たちが成長するといっしょにパーティやダンスに行こうと誘った。ヴァネッサもヴァージニアも楽しいとは思わなかった。ヴァネッサはやがてきっぱりと断わるようになったが、年下で気の弱かったヴァージニアはいやいや引き受けた。同じように、夜になってジョージが彼女のベッドに忍んできたときも拒めなかった。そこで何が起こったかは闇に包まれている。

ヴァージニアが二十二歳のとき、レズリー・スティーヴンはがんで死去した。晩年の彼はしだいに自己中心になり、ノイローゼ状態になった。ヴァージニアはそんな父をときたま嫌うことはあったが、二人には文学と哲学を愛するという共通点があった。また彼女は父の知的な交友関係を重んじてもいた。彼が病に倒れるまで、ハイドパークへの長い散歩に毎日つきあったのはヴァージニアだった。彼女にとって父は文学上の発見や哲学的な考察を話せる相手だった。自己陶酔が激しくて短気な父親だったが、ヴァージニアは、「世間ずれせず、非常に高名でありながら孤立したこの人物に心からの愛」を感じた。そんな父の死が二度目の神経症の引き金になったにことはまずまちがいない。かつてなく重い発作だった。食欲がなくなり、暴力をふるうようになった。国王が藪のなかで猥褻なことを叫んだり、小鳥がギリシャ語で話しかけたりといった幻聴の症状も出た。ヴァージニアは自殺をはかったが未遂に終わった。医師の処方はミルクを飲むことだった。そして、神経を完全に休ませ、戸外での運動に励むようにといって友人の家に滞在するよう勧めた。回復には時間がかかった。その年の暮れ、彼女はブルームズベリのゴードンスクエア四十六番地の新しい家に姉や兄たちと移れるほどになった。

後年の彼女は「圧制から自由への移行は奇妙な感じだった」と書いている。スティーヴン家の子供たちは生まれて初めて監督なしで暮らすようになり、ケンジントン界隈の親戚たちとも遠くなった。

スレード美術学校で学んでいたヴァネッサは油彩画やスケッチを描く毎日だった。ヴァージニアは記事や評論を書くようになり、パートタイムで教職にもついた。エイドリアンは大学生だった。トービーはケンブリッジを出たばかりで、大学時代の仲間とはまだ親密なつきあいが続いていた。その交友関係を通じて、スティーヴン家の姉妹はクライヴ・ベル（のちに美術評論家）やリットン・ストレイチー（イギリスの伝記文学に再び勢いを与えた）、サクソン・シドニー＝ターナー（作曲家か作家になりたいという野心は叶えられなかった）、デズモンド・マッカーシー（高名な演劇評論家になった）などと知りあった。トービーの友人のひとり、レナード・ウルフは政府職員としてセイロンへ赴任する直前にヴァネッサとヴァージニアに会った。後年、彼は初対面のときの印象をこんなふうに書いている。

　表面しか見ない観察者だったら、彼女たちのことをおとなしいと思ったかもしれない。しかし、さまざまな馬を乗りこなした人ならわかるだろう。初めてその馬に接したとき、表面的にはとても従順でおとなしい印象を受けたとする。ところが、苦い経験を積んだあげく、うわべを見ただけではわからないこともあるということが身にしみる。いかにもおとなしそうな外見をした馬の目の奥に、心して近づかなければいけないとの警告が読みとれるようになる。同じように、注意深い観察者であれば、このスティーヴン家の姉妹の目のなかに慎重な態度をとるべきだという警告を見る。見た目の従順さとは裏腹に、きわだった知性がそこにはある。辛辣な批判と皮肉と風刺の精神にあふれているのだ。

（レナード・ウルフ『ソーイング』）

ゴードン・スクエアでの木曜の夜会には友人たちが集まり、ウィスキーとパンとココアとともに会話を楽しんだ。この集まりが（当時はそんな意識はなかったが）きらめく星座のような才能の集まり、いわゆるブルームズベリ・グループの発端となった。

二年後、ヴァネッサとクライヴ・ベルが結婚した。トービーは家族でギリシャ旅行をしたあと不運にも流行病にかかって死んだばかりだった。そこでベル夫妻がゴードン・スクエアの家に住むことになり、ヴァージニアとエイドリアンはフィッツロイ・スクエア二十九番地に移って、そこで木曜の夜会が続けられた。グループはますます広がって、若い画家のダンカン・グラントや彼の友人のメイナード・ケインズ――のちの経済学者――なども加わった。そのほかにも小説家のE・M・フォースターなどがいた。ルパート・ブルックもフィッツロイ・スクエアにやってきた。さらに、端倪すべからざるレディ・オットライン・モレルの顔も見えた。彼女はグループに属するというより、むしろこのグループを所有しようとした。博物学者が蝶々や化石を収集するのと同じように、彼女はクリエイティブな才能をコレクションしていたからである。

このころ、ヴァージニアは二十五歳になっていた。いくつかの評論や批評が活字になり、長編小説『船出』の執筆にとりくんでいるところだった。だが、ブルームズベリの生活には心の浮きたつ瞬間もあった。スティーヴン一家の別の一面を示す愉快なエピソードがある。一九一〇年二月十日、英国海軍の自慢のたねだった戦艦ドレッドノートの将官のもとに「外務省からの伝言」が届いた。エチオピア皇帝とその随員が視察に訪れるというのである。やがて豪華な衣装に身を包んだ外国人の一行が「通訳」と「外務省の大使館員」をひきつれてくると、当然ながら恭しく迎えられ、もてなしを受けながら船を視察してまわった。二、三日後、これが悪戯だったことがすっぱ抜かれた。エイドリアン・スティーヴンの友人だったホレース・コールの発案で、エイドリアンが通訳に扮し、高価な衣装を着て顔と手を黒く染めたヴァージニアも随員の一人になった。騙された海軍は激怒したが、『デイリー・ミラー』によればイギリス中が大笑いしたという。

一九一一年、ヴァージニアとエイドリアンはブランズウィック・スクエア三十八番地の大きな家に引っ越し、ここではダンカン・グラント、メイナード・ケインズ、レナード・ウルフ（休暇でロンドンに戻ってきたばかりだった）と家をシェアすることになった。暮らしぶりはゆるやかな共同生活といった感じで、メンバーのプライバシーをできるだけ守るように工夫されていた。たとえば、食事は決まった時間に用意され、お盆にのせてホールに並べられた。「同居人」は自分のお盆をもって部屋に入り、食べたあとで各自が皿をさげるのだった。仲間同士のつきあいや自然発生的なパーティも多かったが、あくまで仕事優先だった。ヴァネッサとクライヴ・ベルもちょくちょく顔を出し、彼らにつれられてきた画家兼ディーラーで評論家のロジャー・フライもグループに加わった。

ヴァージニアにとってとくに重要だったのはレナード・ウルフの存在だった。彼はセイロンへ帰る直前の一九一二年一月、彼女に結婚を申し込んだのだ。ヴァージニアは考えさせてくれといった。レナードはセイロンの事務所に休暇の延長を願いでたが、許可されなかった。ヴァージニアを失うよりはと思って、彼はその職を辞した。五月末、彼女は結婚を承諾した。結婚式は一九一二年八月十日、セント・パンクラスの役場でとりおこなわれた。この式では「死が二人を分かつまで」という文言は用いられなかったが、役場の窓から隣接する墓地の墓石がよく見えて、レナードはその言葉を聞いたような気がした。

ウルフ夫妻はシティに小さなアパートを借りて住んだ。大法院とフェッター・レーンにはさまれたクリフォード・イン十三番地で、ジョンソン博士の溜まり場があったジョンソンズ・コートとゴフ広場からほんの数分の距離だった。この古風な細い路地には、チョーサー、シェイクスピア、ピープス、ボズウェルの魂がただよっているかのようだった。数か月のあいだ、新婚カップルはとても幸せに暮らした。昼間のうち、二人は執筆に励み――ヴァージニアは『船出』をしあげ、レナードは小説『かしこい乙女たち』を書きはじめていた――そして夜はいつもフリート・ストリートのザ・コックで食事をした。この店はテニスンが通ったことで知られ、家具にも料理にも古めかしい趣があった。レナードはこう書いている。

ここは正真正銘、古いシティの食堂だ。木製の仕切りで分けられた座席があり、夜はほとんどつねにがら空きで、夜更けになってからようやく日刊新聞の記者やテンプルで働く法律家が立ち寄るくらいだった。年代物の給仕長ヘンリーが体現する時代と伝統は一九一二年の当時でさえすでに過去の遺物と思われていた。大柄で色白の顔に赤毛の彼は、信じがたいほど重々しい態度でゆっくりと動き、けっしてあわてない。彼にようやく「常連」と認めてもらえたら、それは記念すべき日となった。彼は影のようなひそかな笑みで客を迎え、客が席につくやいなや自信をもってこうささやく。「お客様、今夜のお奨めは炙り焼きにした骨でございます」あるいは「今夜はステーキ・アンド・キドニー・プディングはお奨めいたしません。いつもほど出来がよくないものですから」。

（レナード・ウルフ『ビギニング・アゲイン』）

幸せだったにもかかわらず、『船出』を書きあげるというストレスから、ヴァージニアはこれまでにない深刻な発作に見舞われた。一九一三年九月、ヴェロナールを過剰服用し、レナードの迅速な手当てでやっと命をとりとめた。この神経衰弱は二年間も尾を引いた。最初、ヴァージニアは田舎に転地したが、ようやく体調が回復すると、二人は一九一五年三月、リッチモンドのパラダイス・ロードにあったホガース・ハウスに落ち着いた。

ヴァージニアはいまや二作目の長編『夜と昼』にとりかかっていたが、レナードは毎朝二、三時間しか執筆を許さなかった。一九一七年の初め、ある店のウィンドウで小型の手動印刷機を見かけたことから、ウルフ夫妻は自分たちで本を印刷しようと思いついた。二人とも一か月ほどで活版印刷の技術を身につけ、二人の作品を載せた小冊子を印刷できるまでになっていた。百五十部ほど印刷し、それを明るい模様のついた紙の表紙に綴じこんで、友人や知人たちに売りさばいた。これがホガース・プレスの始まりである。ささやかな規模ではあったが、この出版社は大きな意味をもった。キャサリン・マンスフィールドやT・S・エリオット、ウィリアム・プラマー、クリストファー・イシャウッドなどの初期の作品を出版し、さらにロシア語やドイツ語の作品――フロイトの著作も含め――の初の英訳本などを世に送りだしたからである。

『夜と昼』は一九一九年に完成した。より実験的な小説『ジェーコブの部屋』（一九九二年）や一連のエッセイおよび評論――その多くは『タイムズ・リテラリー・サプルメント』『ネーション・アンド・アシニーアム』『ニューステーツマン』への寄稿だった――を見ると、ヴァージニアが完全に健康を回復したことがわかる。ふたたび、人生への愛と人びとへの関心が甦った。刺激が多すぎることを案じたレナードはランチとディナーパーティの回数を制限した。しかし、その後のおよそ十五年間は着実な執筆と充実した社交のあいまに週末は田舎で過すという幸せな生活が続いた。ウルフ夫妻は田舎の別荘としてロドメルのモンクズ・ハウスを手に入れた。そこはヴァネッサとクライヴ・ベルがダンカン・グラントと共同でもっていたチャールストン・ファームにも近かった。ときには、オックスフォードシャーにあるレディ・オットライン・モレルの屋敷ガージントンへも訪ねていった。この時期の写真のほとんどでは、ヴァージニアの表情は明るく、繊細な口元は半ば笑みを浮かべ、知性にあふれた大きな目は穏やかに輝いている。

リッチモンドの家はいまのウルフ夫妻には不向きだった。ヴァージニアはロンドンが懐かしくなり、ホガース・プレスももっと都会のほうが都合がよかった。そこで一九二四年にはタヴィストック・スクエア五十二番地の二階と三階を住居にした。ヴァージニアにとって、ふたたびあいまみえるブルームズベリはあいかわらず「激しく、口うるさく、無慈悲」だが、活気にあふれ、刺激的だった。地下にはホガース・プレスが入り、裏の長い廊下の突き当たりがヴァージニアの仕事部屋となった。彼女のロンドンへの思いが最もよく表現されている『ダロウェイ夫人』はここで書かれ、一九二四年に完成した。パーティのために花を買いにいくダロウェイ夫人は人生について思いめぐらす。

人間って愚かなものねと考えながら、彼女はヴィクトリア・ストリートを渡った。人はなぜこれほど人生を愛するのだろう。こんなふうに世界を眺め、人生を作ろうとし、自分のまわりに営々と築きあげたかと思うとそれをひっくり返し、一瞬ごとに新しくしていく。どんなにみすぼらしい女でも、玄関先にへたりこんでいる惨めな人びとでも（彼らの没落は酒のせいだ）同じこと。どうしようもないのだと彼女は心のなかでうなずく。どんな法律でも手がだせない。彼らは人生を愛している。人びとの目のなかに、ぶらぶら歩きや、どしどし歩きや、とぼとぼ歩きのなかに、どなったり、わめいたりするなかに、それはある。馬車、自動車、バス、運搬車、体を揺すってふらふら歩くサンドイッチマン、ブラスバンド、流しのオルガン弾き。お祭とにぎやかな鈴の音、頭上を往く飛行機の甲高い奇妙な爆音のなかに、彼女の愛したものがあった――人生。

ロンドン。六月のまさにこの瞬間。

一九二七年に出版された『燈台へ』は、人間の心の創造性と秩序だった力を称揚しており、それが有名な牛の煮込みのディナーに象徴されている。

オリーブと脂と肉汁のすばらしい香りが茶色い大皿から立ちのぼったのは、マルテが少々芝居がかった身ぶりでふたをとったからだった。料理人はこの一皿のために三日を費やした。慎重にやらなくちゃ、ラムゼイ夫人はそう自分にいいきかせながら、柔らかな肉の塊にとりくみ、ウィリアム・バンクスのためにとくべつ柔らかい一切れを選ぼうとした。そして、彼女は大皿のなかをのぞきこんだ。つやつやした皿の内側には、食欲をそそる茶色と黄色の塊、ベイリーフ、ワインが渾然一体となっていた。これは今日のお祝いにぴったりだわ。

一九二八年と二九年には『オーランドー』と『自分だけの部屋』があいついで出版された。前者は架空の人物の伝記であり、後者は――きわめて説得力にとみ、ストレートで、機知にあふれた――初期のフェミニズム文献の代表ともいうべき作品で、とても楽しく読めるエッセイである。主として『オーランドー』のおかげで、一九三〇年のヴァージニア・ウルフはベストセラー作家になっていた。自家用車を買うこともでき、海外旅行に出かけ、タヴィストック・スクエアとモンクズ・ハウスのために本や家具を買うこともできた。次の長編小説『波』が完成したのは一九三一年二月七日だった。だが、これもレナードの手厚い世話があればこそだった。彼は校正刷りが出るのを待つあいだ完全に休養すべきだといいはり、そのおかげで、神経衰弱に陥らずにすんだのだった。『波』は好評で迎えられ、その次には軽い作品『フラッシュ――或る伝記』が続いた。これは詩人エリザベス・バレット・ブラウニングの飼い犬だったスパニエル犬から見たという設定の架空の伝記である。

一九三六年には『歳月』が出た。そして戦争が始まった一九三九年の九月、ヴァージニアは『幕間』にとりくんでいた。戦争になってすぐ、ウルフ夫妻はタヴィストック・スクエアからメックレンバー・スクエアに引っ越したが、一九四〇年にはロンドンを離れてロドメルに疎開することになり、ホガース・プレスもレッチワースに移された。ヴァージニアはロンドン空襲にショックを受け、そこを離れざるをえなくなったことにも動揺した。しかも『幕間』の出来に自信がもてなかったのでストレスは大きかった。一九四一年の初め、発作の悪い兆候があらわれた。そして三月二十七日、彼女は医師でもある友人に、また狂気に陥るのではないかという不安を打ち明けた。翌日、彼女はポケットに石を詰め込み、ウーズ川の流れに足を踏み入れた。レナードに残した手紙には、彼への愛情と感謝の言葉があり、「これ以上、あなたの人生をだめにしたくない」と書かれていた。遺体が発見されたのは三週間後だった。

彼女の非凡な才能とある意味で悲劇的な人生を思えば、一九〇〇年から四一年までのロンドンの食料事情を探究するこの章でヴァージニア・ウルフを伴侶に選ぶのは的外れに思えるかもしれない。しかし、多くの点からして彼女は理想的な人物なのだ。時代的に、彼女の生涯はぴったりこの時期に重なっている。彼女の作品はロンドンへの強い愛情から生まれたものが多い。ヴァージニアの「喜びを感得する能力」――これは彼女と親しかったエリザベス・ボウエンの言葉である――と陽気さとユーモア精神は、彼女の甥や姪たちに愛された（「ヴァージニアがお茶に来るんですって。きっと楽しくなるわ！」）。そんな彼女であれば、私たちの探索の旅には格好の伴侶になるだろう。友人たちの言葉からも、また彼女自身の文章からも、健康なときの彼女が食べることを楽しんでいたのは明らかだ。姪のアンジェリカ・ガーネットによれば、ヴァージニアは料理が上手で、果物を瓶詰にするのも得意だったという。モンクズ・ハウスの食料庫には鮮やかな緑色のグズベリー・ジャムや暗い紫色のラズベリー・ジャムが並んで、彼女はそれを自慢にしていたという。ロドメルの料理人だったルーイ・メイヤーはヴァージニアがすばらしいパンを焼いたといっている。

ウルフご夫妻は私に大げさな料理を作らせませんでしたが、お二人の暮らしぶりは健全で、おいしい食べ物を好んでいました。とくにお好きだったのは猟鳥獣肉です――雷鳥や雉をよくできたソースで召しあがるのです。プディングはとても軽く、できたてでなければいけません。ほとんどクリームかスフレのようでした。

ウィリアム・プロマーによれば、ヴァージニアは「楽しい会話と旨い料理（とくに塩味のきいたもの）と上等なコーヒー」を好んだという。E・M・フォースターは、彼女の作品の料理を描写した個所は「鋭敏な感覚をもった女性の存在をいやおうなく思いださせる」と評し、とくに幸せにあふれた部分には「あけっぱなしの食欲」が感じられるといった。ミセス・ラムゼイの牛肉の煮込みについて書く作者の目と鼻と舌の敏感さときたら！『自分だけの部屋』に見る二つの食事の描き方がいかに官能的なことか――表向きはフェミニズムの主張を訴えているのだが、読者はつい疑ってしまう。じつは彼女は食べ物とそれを描写する言葉にめくるめく快感を覚えているだけなのでは？彼女は「オックスブリッジ」の男子学寮でランチをご馳走になる。

このときのランチはまず舌平目から始まりました。深皿に身を沈めた舌平目には、大学の料理人の手で真白なクリームが全体にふんわりとかけられ、ところどころ、牡鹿の脇腹にある斑点のように褐色の部分が顔をのぞかせていました。そのあとは山鶉です。羽根をむしられた褐色の小鳥が二羽ばかり皿にのっているなどと思ったら大間違いです。この山鶉は量もたっぷり、しかもバラエティに富んでいて、それぞれにソースとサラダ、酸味の利いたのと甘いのとが、ついてくるのです。つけあわせのポテトはコインのように薄く、固すぎず。芽キャベツは薔薇のつぼみのように巻きが硬く、それでも汁気はたっぷり。ローストとそのお供が終わるとすぐ、無口な給仕人が……私たちの前に花輪のように巻いたナプキンに包まれたお菓子、波のなかから盛り上がった砂糖の塊を置きました。それをプディングと呼び、米とタピオカでできたものと同列にするのは失礼というものです。その間、ワインのグラスは黄色に、そして深紅に輝き、空っぽになったかと思うと、すぐに満たされました。そうこうするうちに、やがて背骨の下のほう、つまり人間の魂の宿るあたりがぽっと明るくなっていきます。私たちが才気と呼んでいる、あの唇から出たり入ったりする小さな硬質の電気のような光ではなく、もっと深みのある、繊細でひそやかな輝き、理知的な交流から生じる豊かな黄色い炎でした。ちっとも急ぐことはありません。火花もいりません。自分以外の誰かになる必要はないのです。私たちは天国に行くところです。ヴァン・ダイクと手に手をたずさえて。

これと比較されるのは、女性の学寮「ファーナム」の晩餐だった。あっさりしたグレービー・スープ、次に出た牛肉は「ぬかるんだ市場に並んだ牛の臀肉、葉先が黄ばんで丸まった芽キャベツ、見切り品や値切りの交渉、買物かごをもった月曜の朝の女たちを連想させ」た。それから、カスタードがけのプラムが続いた。

いくらカスタードでごまかしても干しプラムは手ごわい野菜で（プラムは果物ではありません）、吝嗇家の心のように筋張っていて、にじみでる汁といえば、八十年のあいだずっとワインも飲まず、暖かい火も拒んできた吝嗇家の血のようなものだと文句をいう人がいたら、そんな干しプラムさえ喜んで受け入れる人びとがいることを思い起こすべきでしょう……よい食事をしなければ、人はよい考えも浮かばず、よく愛することも、よく眠ることもできません。固い牛肉と干しプラムでは、背骨のランプに灯はともらないのです。私たちはみんな、たぶん天国に行けるでしょう。ヴァン・ダイクもきっと、次の角を曲がったところに待っていてくれるはず——一日の仕事の終わりに牛肉とプラムだけでは、こんな条件付のあやふやな心の状態しか得られないのです。

これが健康な状態のウルフである。これこそ、ベルギーのチョコレート・クリーム・バーをレナードと二人でいっぺんに六個（一人三個ずつ）たいらげて、大戦の終結を「静かに、ほとんど恭しく」祝った人物である。そんな彼女の精神をこの章に反映させたいと思う。変化は遅々としていて、ようやく加速がつきはじめたのは第一次大戦中に婦人参政権運動が盛んになり、女性の存在がめだってきてからだった。ミセス・ビートンが甦ったなら、一八九五年のウィンダミア夫人のキッチンではかなり居心地よくしていられただろうが、一九三〇年代のサウスケンジントンやエッジウェアロードの「階段の下（台所）」ではきっと目をみはって驚いたことだろう。

いちばん大きな改革は、キッチンの基本ともいうべきコンロの構造が変わったことである。ミセス・ビートンは一八四二年にはっきりとこう書いている。「ごく当たり前の厨房用レンジほど使いやすい装置はありません。片側にはお湯をわかすためのボイラーがあり、反対側にはオーブンがついています」。こうした言葉のかげには、当時ほとんど奇跡のようだった発明――ガスコンロ――に対する深い不信の念がある。一八二四年という早い時期から、焼いたり炙ったりするコンロのかわりに、小さな穴のあいた焼き網の下にガスの噴出口を並べた装置が登場していた。石炭コンロの扱い方に習熟した料理人にとって、これはほとんど実用にならなかった。しかし、すでに見たように、一八四一年にはガスの調理器具もかなり進んでいて、アレクシス・ソワエがリフォーム・クラブの厨房にそれらを設置するまでになっていた。にもかかわらず、その十年後、ロンドンのクリスタルパレスで開かれた大博覧会に家庭用ガスコンロが展示されたとき、それを見た人びとのほとんどは、臭くて、うるさくて、汚いものだと思った。これらの問題点が改良されると、ガスによる調理はたちまち普及した。ガスには多くの利点があったからである。ミセス・ビートンの本の一九〇一年版ではガスについてほとんどふれていなかったが、裏表紙にガス・コンロの広告が載っていて、これが読者の心に強い印象を残した。いずれにせよ、一九一四年になると、ロンドンで新築される家のほとんどにガスコンロが設置されるようになっていた。また、石炭コンロにかえてガスコンロを置くまでいかないにしても、少なくともそういうものがあることはよく知られるようになった。女性の地位が向上したことと、一九一四年から一八年の大戦後に召使が不足したことがあいまって、ガスコンロは急速に人気を高め、一九二〇年代の初めには、最も望ましい調理法と見なされるようになった。短所といえば、間違った使い方をすると危険なことと、それに値段が高いことだった（『デイリーメールのクックブック』一九二七年版では、安上がりなガス調理の秘訣十四か条が載っていた。それによると、三段になった蒸し器を使って一つのバーナーで一食分すべての料理をすることや、一週間のうち一日か二日だけを「料理の日」と決め、ほかの日は温めなおすだけにするというアイデアが提案されていた。また、一週間にどれだけガスを使うかを決めておき、メーターの数字によく注意することというアドバイスもあった）。消費者のためらいを察知したメーカーは、これが流行の先端だというイメージ戦略をとりいれた。こんな広告もあった。「イギリスの主婦は科学を召使がわりにしています。イギリスの主婦は家庭運営の有能さで知られています。これまでは、人がこまごました労働をいちいち片付けることで高い水準を保ってきました。しかし、今日では、科学が召使のかわりをしてくれるのです」。こうして、この広告は簡単でクリーンなガスコンロを推薦し、ついでに「ガスの倹約」に関するパンフレットを進呈するという。

欠点は残ったものの、しばらくするとガスコンロはライバルの石油や電気式調理具に差をつけはじめた。石油は安かったし、接続の苦労がないのでコンロを家のなかのどこでも動かせたし、別の家に移動することもできた。その一方で、悪臭を放つのが石油の難点で、ときにはそれが頭痛の原因にもなった。しかもコンロは大きく不恰好だった。コンロの下にバーナーと煙突が必要だったからだ。一九三〇年代末になると、石油コンロはガスや電気のきていない田舎でしか売られなくなった。電気コンロの場合、第一号が登場したのは一八九〇年代で、このときは、やかん、ソースパン、フライパン、トースター、ホットプレート、コーヒー挽きなどの付属品もいっしょに発売された。電気コンロの大きな問題は、熱の調節がやりにくいことだった。戦後になるまで、この問題は解決されなかった。しかし、電気コンロが普及しはじめた一九二〇年代末でさえ、望みどおりの温度を得て、それを保つことはむずかしかった。ガスコンロの製造業者は当然ながらこの欠点をついた。電気代はイギリス国内でも場所によってまちまちだったが、ロンドンにかぎれば電気調理は高くついた。とはいえ、電気が最もクリーンな方法であることはたしかで、微妙な温度調節が可能になるにつれて、電気はガスのライバルになっていった。

それより発展は遅かったが、キッチンにとって同じくらい重要だったのが家庭用の冷蔵庫である。地方の領地では、十七世紀以来、氷室や氷穴のような氷の貯蔵庫が築かれていた。ピープスは暑い夏の日に氷入りのワインをご馳走になって、この新機軸を大いに楽しんだ。またジョージ王朝時代の上流社会では氷を使ったデザートが熱狂的なブームとなったものである。冬のあいだに採取して貯蔵しておいた氷で鮭を包み、スコットランドからロンドンまで運ぶということは昔からやっていた。十九世紀末には、ノルウェイから大量の氷が輸入され、のちにはアメリカからも氷が送られてきた。だが、人工的に冷蔵するというアイデアが具体化したのはやっと一八六〇年代になってからだった。冷凍保存された肉が初めてオーストラリアからイギリスに到着したのは一八八〇年である。この時期、家庭用冷蔵庫などまだ夢の夢だった。ロンドンの貿易商のなかには冷蔵設備のある倉庫を作って小売店や家庭に氷を配達できるようにした者もいた。一九〇〇年になると、『ロウの食料品店ガイド』にも家庭用の冷蔵庫――「ポータブル・アイス・チェスト」――の記述が登場する。ちょっとしたホテルやレストランには冷蔵庫があり、ごくたまに、金持ちの家のキッチンでも見かけた。一九三〇年代になっても、たいていの家庭ではミートセーフに頼っていた。これは目の細かい網を張った食器棚で、蝿の侵入を防ぎつつ冷たい空気を流通させるものだった。携帯用のコールドチェストというのもあった。厚い壁は多孔性の粘土でできており、上部にうがたれたくぼみに冷たい水を入れておくものだ。『燈台へ』に出てくるミセス・ラムゼイの幼い息子は冷蔵庫の写真を切り抜いて、スクラップブックに貼ろうとしている。また、一九二七年のサーヴェル社の広告（少年が切り抜いたのはこの広告だったのかもしれない）を見ると、この当時でさえ、サーヴェル冷蔵庫がどれほど最新流行と見なされていたかがうかがえる。

サーヴェルがあれば、なにもかも一新！　どんな料理もより新鮮に、より美味になり、食欲をそそります。家庭にサーヴェルを備えるのは、またとない投資です。なぜなら、健康と幸せというすばらしい見返りがあるのですから。一年中なんの手間も面倒もなしに、いつのまにか食品の腐敗とバクテリアの繁殖を防いでくれます……さまざまな氷菓とおいしいデザートも作れます……お酒に入れたり、食卓で使ったりするのに最適な臭みのないアイスキューブが作れます……ショールームへお出でになって、稼動中のサーヴェルをぜひごらんください。

一九三〇年代になってからも、冷蔵庫はほとんどの人にとってなじみのないものだった。モニカ・ディケンズは初めてクックジェネラル（炊事・家事専門の召使）として働きに出たとき（『ワン・ペア・オブ・ハンズ』一九三九年）、雇い主の家の冷蔵庫の氷がなぜいつも溶けているのか、わけがわからなかった。理由を教えてくれたのは、親切な商人だった。彼女は冷蔵庫の扉を閉めておかなければいけないことを知らなかったのだ。

一九一八年以降に出版された家庭管理に関する本にはある言葉がくりかえし出てくる。それは「省力化」である。このことからも、家事手伝いとして雇われる人間が戦争のせいで激減したという事情がはっきりとうかがえる。一九一四年以後、家事手伝いの職につくべき若い娘たちに別の選択肢ができた。戦争へ行った若い男たちのかわりに工場で働くことができたのだ。この仕事のほうが悩みが少なく、孤独でもなく（住み込みの女中や台所の下働きには友達ができなかった）、しかも給料がよかった。雇う側にも好都合だった。女性労働者は安く雇えたし、しかも女性たちは男性に劣らず仕事ができたからだ。したがって戦争が終わるころには、広大な田舎の領地をのぞいて、家事手伝いの勤めに出ようという若い娘たちがすっかりいなくなった。ロンドンでは広壮な大邸宅がもっと使いやすいように改装されたり、分割してアパートになったりした。それでも家事手伝いは見つけられず、職業紹介所が繁盛した。未経験の者でも簡単に仕事につけたことは、モニカ・ディケンズの例でも明らかだ。料理学校で短期間学んだあと、彼女はクックジェネラル、パーラーメイドなどさまざまな職につき、住み込みではなく通いで働いた。雇い主の家のキッチンにはガス・コンロが設置され、なかには冷蔵庫を備えた家もあり、どの家でも高度な料理の腕前が求められた。掃除夫が毎日通ってくるだけで、召使はたいてい彼女一人だったので、料理の下ごしらえから後片付けまで全部やらなければいけなかった。戦前の上流社会では考えられないことだった。

この「召使問題」はキッチンの構造にも大きな影響を与えた。戦前のイギリスでは、省力化や便利さなどほとんど関心の的にならなかった。住み込みの召使が事実上消滅したことから、考え方も変えざるをえなくなったのだ。少なくとも主婦が自分で料理をしなければならない状況であることは理解されるようになった。『グッドハウスキーピング』のような中流家庭向けの雑誌はキッチンデザインの特集をしはじめた。一九二〇年の『アイデアル・ホームズ』の記事では、ごく平均的なキッチンこそ「たえまない苛立ちのもと」だと書かれている。大小の皿をしまうのに棚が狭すぎる食器戸棚。ぎしぎしいう引き出しにはナイフやフォークがうまく入らない。独立形のキャビネットは鍋やボウルや水差しを置くスペースもない。木製の調理台は一日に一度は磨きあげる必要がある。食器棚はばらばらに遠く離れて置かれているので使い勝手が悪い――そんな不満が並んでいる。建築家や製造業者の耳には、モニカ・ディケンズのようにこれまで二人か三人でやっていた仕事を一人でこなさなければいけなくなった働く女性の声が届いてきた。その結果、ドレッサーやまとまりなく配置された食器戸棚にかわって、家事用にデザインされた専用のキッチンキャビネットが登場し、木製の台は排除されて、トップが陶器やほうろう引きでできた調理台が使われるようになった。イギリスに革新をもたらしたのはカナダ人のウィルソン・クロウだった。アメリカとヨーロッパで長年キッチンデザインを手がけてきた彼は、イギリスの主婦に究極のキャビネット――「キチネット」とも呼ばれた――をもたらした。家庭の主婦にとって、「科学にもとづいてデザインされた」これらのキャビネットは、夫にとってのビジネスデスクと同じようなものだった。この「イージーワーク・キッチンキャビネット」は、キッチンをオフィスのように能率的にするという。それぞれ別個の品物（たとえば、回転ふるいのついた小麦粉入れは「むだと埃を最大限に排除した新工夫」がなされていた）を入れるように設計された棚に加え、サイズの異なる引出しがあり（布地《ベーズ》で裏打ちした引き出しはナイフやフォーク、ブリキを貼った引出しにはパンやケーキを入れる）、扉の裏にも小物や鍋の蓋を収納する工夫がなされていた。パン生地がこねられるだけの広さのある陶磁器製のトップのついた折りたたみ式のテーブルもあった。食料品を入れる専用のガラス容器もついていた。広告にはこううたわれていた。「とてもコンパクトなので、あれこれ考える余地もない」

考える余地もないのは主婦にとってありがたいことだったが、やがてイージーワーク・キッチンよりもさらにコンパクトで安上がりの新機軸が誕生した――缶詰である。ガラス容器に入れて煮沸するという食料保存の原理は、十九世紀初頭のフランスで発見されていたが、初めて実用となる食品の缶詰が作られたのはアメリカだった（缶詰をさす英語ｔｉｎは「錫・ブリキ」を意味するが、実際の缶は鉄でできていた）。アメリカではすぐに缶詰が商品化された。イギリスに普及するのはもっと時間がかかり、二十世紀初頭になってようやく、おもに高級嗜好品（すべてそうだというわけではなかったが）の缶詰が作られるようになった。エスコフィエのレシピなどがその例である（前章を参照）。『ロウの食料品店ガイド』一九〇〇年版には、野兎のシチュー、マリガトーニー・スープ、チキン・

ガンボ、サヤインゲンなどの缶詰が紹介されている。フォートナム・アンド・メーソンはスコットランド産のサーモンとビーフシチューの缶詰を売り出したが、これにはどうやって缶を開けるかの説明が添えられていた（そのやり方はとてもユーザーフレンドリーとはいいがたかったが）。

この缶詰を開けるには、まず蓋の周縁に近い場所を缶切りの先で突き刺して小さな穴をうがちます。次に缶切りの刃をできるだけ深く挿しこみます。ハンドルを手前に引けば、簡単に蓋を切りとることができます。

食品の缶詰は輸入ものも多かった。アメリカからは果物、カナダからはサーモン、アルゼンチンからは肉、アメリカとスイスからはコンデンスミルク。この最後の二つだけが労働者階級にも手の届くものだった。それでも、一九一四年のイギリスは世界最大の缶詰輸入国だった。一九一四年以前の豊作で基本食料が安くなったため、食品産業はしだいに利益の出るビジネスとなっていった。一方、戦時中の食料不足も、リサーチを勧めるきっかけになった。一九一八年ごろには、食品産業がそのようなリサーチをもとに缶詰の実用化にとりくむようになった。そして二、三年もすると、スメドレーズ、チャイヴァーズ、ハートリーズといった会社が缶詰の野菜、果物、ジャムなどを大量に売りだしはじめた。いまや労働者階級もマーケットになりそうだった。賃金水準が上がり、彼らももはやパンとベーコンとじゃがいもという食生活では満足しなかったからだ。彼らはバラエティに富んだ食材を欲し、（女性が稼ぎ手のことも多かったから）簡単に支度できるものを求めた。上流社会でも、不慣れな主婦や腕の未熟な料理人は、手間がかからず失敗が少ない缶詰の恩恵をこうむった。モニカ・ディケンズは缶詰のロブスターを使ってロブスターカクテルを作ることにまったく後ろめたさを感じず、ことあらためてコメントさえしなかった。ローズ・ヘニカー・ヒートンは『ザ・パーフェクト・ホステス』（一九三一年）でそんな状況を巧みに要約した。

新婚の妻が初めての（そして最悪の）ディナーパーティを催す
（彼女を補佐するのはやる気のない料理人と横着なパーラーメイドだけ）

メニュー
キャビア　焼きたてのトースト添え
コンソメ・ロワイヤル
アスピックで固めた舌平目
家鴨とグリーンピース　アップルソース
グレービー添えのじゃがいも
オムレット・アン・フラム　スフレ・オー・フロマージュ
コーヒー（自宅でローストした挽きたての豆）
冷やしたブルゴーニュ　気の抜けたシャンパン

二度目のディナーパーティ（一か月後）

メニュー

レーゼンビーのジュリアン・スープ
フォートナム・アンド・メーソンの鴨肉の缶詰
小粒のグリーンピース（壜詰）
ハロッズのレモンチーズケーキ
リヨンズのパック入りバニラアイスクリーム
キャンプ・コーヒー

イギリスで売られた缶詰食品のうち、とほうもない人気をかちえたベークドビーンズについてはぜひ書いておきたい。イギリス料理において豆はあまり重きをおかれていなかった。そのため、H・J・ハインツが一九〇五年にこの新しい料理を紹介したとき、野兎のシチューやマリガトーニー・スープにはとても太刀打ちできなかった。貧しい層にアピールするには、まだそれほど値段が安くなかったのだ。したがって、初めて売りだされたときは惨敗だった。ハインツは二十年待って、今度は新たな試みにとりくんだ。ロンドン郊外のハーレスデンにある新しい工場でベークドビーンズの缶詰を製造することにして、コスト削減をはかったのだ。一つにはこの理由で、またもう一つはイギリスの大衆が缶詰に慣れて味の冒険をするようになっていたこと、さらに大掛かりな広告キャンペーンのおかげもあって、ベークドビーンズはイギリス人の基本食品にまでなった（そして今日の成人の多くが九歳で美食にめざめたことの責任もここにあるかもしれない）。

十九世紀半ばに生きたミセス・ビートンが一九三〇年代によみがえったら、イージーワーク・キッチンには違和感をもったかもしれない。だが、ショッピングに関してはそれほどまごつかずにすんだだろう。彼女の属する階級の人びとにとって、買物のしかたはそれほど変化がなかった。牛乳配達は戸口まで牛乳を届けた。ほかの商店も御用聞きの少年を家庭に送りこみ、注文された商品はその日のうちに馬車や荷車——あるいは運搬用の自動車かもしれない——で配達された（モニカ・ディケンズには、「勝手口に通じる道には馬車がひしめき、とりわけ自分で店に買物に行かない女主人の家の裏口はにぎわっていた」状態など想像もつかなかった）。とはいえ、店そのものは大きく変わっていた。フォートナム・アンド・メーソンはあいかわらず「高級」食料品店だったが、ハロッズやアーミー・アンド・ネイビー・ストアやセルフリッジスのようなデパートも高級食材を売るようになっていた。だが、カウンターの上に置いてある円盤状の巨大なチーズはたぶん農家ではなく工場で作られていた。なかにはカナダやニュージーランドから輸入されたものもあっただろう。バターはいまだに樽からの量り売りで、一ポンドや半ポンドを計って切り取り、きれいなスタンプを捺していくのが見習店員の日課だった。しかし、肉の塊を煮たり焼いたりして自家製のハムを作る食料品店はめったになくなった。高級店はあいかわらず自家製のブレンド・ティーを売っており、ミセス・ビートンも気に入ったブレンドをつまんで匂いを嗅ぎ、品質をたしかめてから、店員にブリキを貼った大きな茶箱から一ポンドか二ポンド分の茶葉をすくいあげて包ませただろう。ビスケットのカウンターでは、バラエティの豊富さに感心したはずだ。戦争以来、大量生産されるビスケットの需要は急速に増え、製造業者は毎月のように新製品を発売しているようだった。ビスケットは密閉式の蓋のついた大きなブリキの容器に入れて小売店まで配達され、おおまかに目方で売られた。砂糖もまた驚きのもとだったにちがいない——棒砂糖はどこ？　と彼女は訊くだろう。そして、いまではグラニュー糖が量り売りされていて、店員が丈夫な紙袋に入れてくれると知って喜んだにちがいない（食料品店では砂糖に砂を混ぜて売るという苦情はよく聞かれた）。一九二五年でさえ、包装済《パッケージ》みの商品はごく限られていた。しかし、ミセス・ビートンが蒸しプディングを作りたいと思ったなら、棚にはあらかじめ細かく刻んだスエットのパックがあった。ドライフルーツはまだ袋詰になっていなかったが、少なくとも店に並んだ時点できれいに洗ってあり、へたや軸もとってあった。

もっとずっと重要な変化——高級店でさえ、やがてこのトレンドにくみすることになった——は身近なところで進んだ。ロンドンやグラスゴーのような都会の人口が増え、大英帝国に属するさまざまな土地から安い食料品が続々とイギリス本土に送りこまれたため、二十世紀初頭によく見られたごく普通の小規模な食料品店に大きな圧力がかかってきたのだった。食品の配達ができなくなり、その問題を解決するために、一方では共同組合が生まれ、また一方ではチェーン店のビジネスが興った。どちらも大量購入を基本とし、そこからいくつもある小売店へと配送された。こうして、食料の仕入れ値が下がり、慎重なマネージメントのもとで管理費も抑えられたため、低収入の人びとも安い値段でそこそこの品質の食品が買えるようになった。メイポール・デイリー、ホーム・アンド・コロニアル・ストア、トマス・リプトンなどがとくに有名なチェーンストアだった。グラスゴー出身の個性的な人物だったリプトンは一八七〇年代に、いまでは古典的となったビジネス手法でキャリアを築いた——卸問屋を通さずに、生産者から直接大量の商品を買いつけることでライバルに差をつけ、店舗をすべて同じシンプルなデザインで統一し、派手なディスプレイや風変わりなアイデアで世間の注目を引いたのである（工夫の一つは、すべての店の出入り口に歪んだ鏡を設置することだった。入口の鏡に映った体はほっそりしていたが、出口の鏡ではぽっちゃりして栄養たっぷりに見えた）。一八九〇年、彼はすでにロンドンに数軒の店をかまえていたが、セイロンの紅茶プランテーションを買いとるという斬新なアイデアが閃いた。「庭から直接ティーポットへ」というスローガンのもと、彼は自社の紅茶葉を輸入してブレンドし、一ポンド、半ポンド、四分の一ポンドのパッケージで売りだした。こうして、消費者は一定の品質を保った紅茶を安値で買えるようになった。このやり方は多くの会社に踏襲され、今日のチェーンストアの基盤を作ることになった。

第一次大戦後のイギリスの製造業者と小売業者がビジュアル・マーケティングの重要さに気づいたのは、このリプトンのせいだったかもしれない。面白い派手な広告と目立つパッケージ――アメリカでは見慣れたものだった――に引かれて、消費者は特定のブランドを選ぶようになった。その一例はバード社のカスタードである。カスタードが好物なのに卵アレルギーのある妻のためにアルフレッド・バードが一八三〇年代に考案したものだったが、大きな人気を博したため類似品や競合商品が続々と生まれた。だが、およそ一世紀も続いたカラフルなデザインと斬新なパッケージ、それに攻撃的な宣伝キャンペーンのおかげで、イギリスのほぼすべての家庭のキッチンキャビネットにバードの製品が見られるようになった。こうして、一九一八年から一九三九年までのあいだに、広告用の看板が立てられ、バスの車体に華々しい宣伝が描かれ、地下鉄の駅は色彩であふれるようになった。いたるところで、ボブリル（牛肉エキス）は「沈んだ気分」を防ぎ、ビストキッズは乾燥グレービー粉末の香りで家庭の雰囲気をなごやかにし、オバルティン・メイドは麦の束を抱えて健康を約束していた。しかし、なかには眉唾ものの広告もあった。「クックズ・ファーム・エッグズは全家庭にとっての恩恵であり祝福です。これは卵そのものです（水分と殻だけを除去しました）。小さじ山盛り一杯で、卵二個分に相当し、しかも値段はずっと安いのです」

イギリスの家庭の多くがいまもしつこく悩まされている不愉快な問題は、次のような疑問である。両大戦間の時代にイギリス料理の質がひどく落ちたのはなぜだろう？　質は落ちていない、というのがたぶん答えである――矛盾しているように思えるだろうが、乾燥卵、粉末カスタード、即席グレービーなどは、ある意味でイギリス料理が進歩したことのしるしなのだ。つまり、私たちがある国の料理について論じるとき、伝統的に自分の好きな食べ物を選んで食べられる国民の一部について考えるのが普通だ。すなわち、十八世紀および十九世紀のイギリス料理というとき、中流および上流階級に加えて、食べたいものが食べられる田舎の郷士階級の食事をさしていた。このとき、貧しい労働者階級は除外されていた。彼らは最低生活水準で暮らしていて、選択の余地がなかったからだ。ところが、二十世紀イギリスの食生活について論じるとき、私たちは労働者階級もそこに含める。二十世紀になると労働者の生活水準が上がり、食生活もバラエティに富み、好きな食品が買えるようになったからである。H・G・ウェルズ『ポリー氏の経歴』に出てくるポリーがいい例である。一九一〇年、ケント州のどこかで畑の踏み越え段に腰をかけたポリーは、食べ過ぎで苦しんでいる。

日曜日の残りのコールドポーク、上出来の冷製ポテトが少々、それにラッシュドールズのミックスピクルス、これは彼の大好物だった。ガーキンを三個、たまねぎを二個、小ぶりのカリフラワーを一個、ケーパーをいくつか、どれほど満腹でも、彼はこれくらい食べた。むしろ、がつがつと食った。続いて、冷えたスエットプディング、トリークル(蜜糖)、そしてチーズを少し。色が薄くて固いタイプのチーズが好みだった。赤っぽいチーズは消化に悪いというのが彼の持論だった。加えて、彼はパン屋の焼いた灰色がかった大きなパンを三個とジョッキ一杯のビールをたいらげたのだった。

(H・G・ウェルズ『ポリー氏の経歴』一九一〇年)

大量死とひどい飢餓を経験してきた都市の家族は、何世代もかけて上等な食べ物をふんだんに味わって初めて、それらを好きだといえるようになるのかもしれない。一九一〇年のポリー氏がガーキンのピクルスと冷えたスエットプディングを欲し、一九二〇年代のメイヒューに住むクレソン売りの子孫がベークドビーンズや加工済みの豆を味わえるとしたら、はたして「イギリス料理」の質が落ちたなどといえるだろうか？

このような美食の民主化という流れは、興味深い結果をもたらした。いまや、日刊新聞が紙面にレシピを載せ、それどころか料理書まで出すようになったのだ。『デイリーメール・クックブック』（一九二七年）――先に引用した広告の文章はすべてこの本からとった――は、あまり料理が得意ではない新米主婦に料理のこつを教えるものだった。書き方はとてもシンプルで、書き出しは未来の理想のキッチンについての説明だった（キャスター付の調理台とキャビネット、調理はすべてガスと電気、高すぎる棚は掃除しにくいので排除）が、たちまち現実に立ち戻る――「一方、平均的なキッチンはといえば、壁と天井は漆喰、床は板張りで、作りつけの扉のない食器戸棚と石炭コンロ」である。自分でキッチンの設計ができる運のよい主婦に、『デイリーメール』はこんな助言をしている。「次のことを心に銘記しておこう。このキッチンにあるすべてのものは清潔でなければならない」。こうした実用的でありながら親切な態度は全体に一貫しており、ごく簡単なレシピのほかに、「失敗の原因」という短い章まであった。

『デイリーメール・クックブック』の想定する読者はどんな人たちだったのだろう？　第一に、未経験ないし経験のごく少ない女性たちのようだ。この本では料理の基本がていねいに、わかりやすく解説されている。簡単なレシピはストックの作り方から、蒸した魚、茹で野菜、スフレ、ムース、キャセロールまであり、外国の料理もわずかながらあった。ソール・ア・リタリエンヌ、リゾット（どちらかといえば風変わりな料理だ）、ブランケット・ド・ボーなどである。おおまかな説明を別にすれば、猟鳥獣肉のレシピはたった一つで、雉または山鶉のショーフロワだった。この本の最も奇妙な――あるいは最も賢明な――点は、本格的な料理と手抜き料理を混在させているところだ。平日の切り身のマヨネーズ和えは、平目と詰め物にするロブスターとグリーンピースと自家製のマヨネーズで作る。一方、アンタント・プディング（アンタントは協約の意）なるものに必要な材料は、タンジェリン・オレンジ・ゼリーの素が一箱、粉末カスタード六百ミリリットル、ゼラチン、スポンジケーキ、砂糖、無糖コンデンスミルクまたはクリーム、アンジェリカ、チェリーの砂糖漬け、バニラエッセンスだった。

数年後に刊行された『デイリーエクスプレスの家事読本』はまた別のアプローチをとっていて、明らかにミセス・ビートンの向こうをはろうとしているようだ。四点のカラー図版には、きれいにできあがった料理がセンスのよい盛りつけで並んでいる。モノクロ図版のほうは、テーブルセッティングやケーキデコレーションの「お手本」、子供の育て方、居間の装飾などだった。料理に関する章は、本の半分を占めていた。

この本が『デイリーメール・クックブック』よりもやや上の階層に向けたものであることは、最初から明らかだった。この本によると、キッチンはよい設備でなければならず、「召使の居間としても使うつもりなら、仕事の合間に召使たちが居心地よく過ごせるようにしなければいけない」。たとえば二脚の籐椅子を置き、暖炉の前には敷物、窓にはきれいなカーテン、そして使っていないときにはテーブルにクロースをかけるといった具合だ。厨房設備に関しては、旧式のコンロを取り外して、ガスまたは電気のコンロに代えることを勧めている。冷蔵庫についての記述はない（この本には広告がなかった）が、ミートセーフはキッチンの窓辺に設置するとよいというアドバイスがある。レシピはどうだろう。

意外なことに、この本のレシピはどちらかといえば古風なものが多かった。この本の著者ミセス・ガースはどうやら、ミセス・グラッセを端緒としてミス・アクトンやミセス・ビートンの流れをくんでいるようだ。古典的なイギリス料理――アーモンド・スープ、トード・イン・ザ・ホール（衣をつけて焼いたソーセージ）、シープスヘッド・パイ、それに蒸したのと焼いたのとで五十六種類もあるといわれるプディング――が、この本の基盤になっていた。それは欠点ではない。知的なアプローチで伝統料理を再生させることはむしろ誇りにすべきで、けっして恥ずかしいことではない。しかし、この本には現代的な要素をとりいれたいという気もあったらしく、伝統的なレシピの合間に、さまざまなテーマのコラムが居心地悪そうに挟まっている。最初のコラムは最新流行のカクテル――ブロンクス、メイデンズ・ブラッシュ、サイドカーなど――の作り方で、オードブルとして出せるカクテルのレシピもあった。おもにシュリンプカクテルなど魚介類のカクテルだったが、なかにはグレープフルーツ、砂糖、チリビネガー、パプリカ、トマトケチャップのミックスというぞっとしないものもあった。二番目のコラムでは外国のスープ四種――「いまでは私たちにもなじみがある」――が紹介されている。ブイヤベース（本物とは違うが、牡蠣、海老、ロブスターなどを使っているからたぶん味はよかったはずだ）、ミネストローネ、ボルシチ（スペルが間違っている）、バスクのチェリースープである。最後のコラム「アントレと取り合わせ料理」は「手間なしでできる軽くて繊細で見栄えのよい料理」だった。「昨今では、各種のすぐれた食材が缶詰で手に入ります」とミセス・ガースは書いている。「ときには、缶詰の食材を使ってアントレを作るほうが簡単なときもありますが、一般には生の魚や肉を使います」。これらのレシピは手がこんでいて、ときには――つねにというわけではないが――高くついた。たとえばオイスター・クロムスキー、鶉のビアリッツ風、牛フィレ肉のベアルネーズソース添え、ラムのカツレツ・マザラン風などである。

『デイリーエクスプレスの家事読本』を簡潔に要約するなら、レストランオーナーのマルセル・ブールスタンの言葉を引くのがいいだろう。彼はイギリスで出した最初の著作にこう書いている。「私はあらゆる場所で食事をしてみた、ホテル、レストラン、タヴァーンなど。どこでもイギリス料理はかなりおいしかった。しかし、フランス料理と銘打ったものはいまひとつだった」

ブールスタンの店は両大戦間のロンドンでもベストに数えられるレストランだった。ヴァージニア・ウルフがその店の創設に一役買ったのは――彼女はレストランが嫌いだったから――皮肉な話である。第一次世界大戦の前にイギリスに来たブールスタンは、フランス語と英語の二か国語に堪能で、文学にも通じており、演劇評論家などの仕事をへて、やがてイギリス軍の通訳になった。戦後の暮らしは不安定で、フランス語の個人教授、記事や評論の執筆、ワインや蒸留酒のアドバイザーといった仕事のかたわら、ディナーパーティの雇われシェフをすることもあった。また『英国家庭のためのシンプル・フレンチ・クッキング』という料理書も書いた。一九二五年のあるとき、『ヴォーグ』誌がヴァージニア・ウルフに原稿を依頼したいと思った。本人とその住まい、友人たちと一緒の写真も載せたいという。当時、そのような企画は著者をランチに招待して、その席で打ち合わせをするのが普通だった。しかし、『ヴォーグ』の編集長ドロシー・トッドには、ヴァージニアがレストランでの会食を好まないことはよくわかっていた。ブールスタンにそのことを話すと、彼は自分が料理を作るから、彼の家でランチョンパーティを開けばいいと提案した。ドロシー・トッドも賛成した。あと二人の客を招待し、ブールスタンは友人のロビン・アデアに手伝ってもらって、すばらしい食事を用意した。パーティは大成功だった。食事のあとで、誰かがいった。ブールスタンが小さなレストランを開いて、友人たちがいつでも彼のすばらしい料理を味わえたらどんなにいいだろう、と。これがすぐに実現した。同席した客の一人――富豪だった――が資金を出し、レスター・スクエアに場所も見つかった。内装は同席したもう一人の客――画家だった――が手がけた。ロビン・アデアには経営の才があることがわかった。ビゴールという名の腕のいいベテランシェフが雇われた。この店の評判はすぐに広まった。当時のロンドンで、本格的なフランス料理が食べられ、フランスらしい雰囲気のあるレストランはここだけだったからである。このエピソードを記録した当時の『ヴォーグ』のファッションエディター、マッジ・ガーランドはこう書いている。ブールスタンの店は「フランス料理だけしか出さず、とても小さかったので、ほとんどクラブのようだった。ここに来るお客はみな知りあいばかりで、それもこの店の大きな魅力の一つだった」。だが、この店には営業許可がなく、規模が小さくて経営が不安定だったため、一九二六年十月、ロイヤルオペラハウスのあるコベントガーデンにほど近いサウサンプトン・ストリートにレストラン・ブールスタンとして再オープンした。席数は八十人分になったが、ブールスタンは料理の水準を下げなかったので、この店は大繁盛した。彼は目新しいことを嫌ったが、一度だけ例外があった。コベントガーデンでワーグナーの『ニーベルングの指輪』が上演されたとき、トランペット奏者を雇って、ディナーのための幕間が終わる十分前にジークフリートのファンファーレを演奏させたのである。これを合図にして、客は時間までにちゃんと劇場の席に戻ることができた。

ブールスタンは食材の選び方にこだわった。ビーフ、マトン、クリーム、バターなどはイギリスのものを用いたが、野菜と果物とチーズとコーヒーはフランスから取り寄せた。料理に対する考え方はシンプルで飾り気がなかった。

よい料理には原則があり、けっして例外はない。
フランス料理の原則は倹約である。突飛なものはめったにない。
贅沢な料理とシンプルな料理のバランスをとること。
調理をするときは、たえず味をみながら進めること。

すぐれた料理書は「自分の家でおいしい料理が食べられない」わけを明らかにしなければいけない。

彼は石炭の火と炭火のグリルにこだわった。肉や鳥肉をローストするには、オーブンよりも直火のほうがいいと信じていたからだ（これに賛同する人は多かった）。こうした態度に加えて、伝統的なフランス料理に執着したことが彼の成功の一因だったことは間違いない。彼の料理書には、オムレット、ポーレ・オー・ポー、カルボナード、ラグーなどが飾り気なく、だが堂々と並んでいる。さらに彼はこうも書いている。「ほとんどのフランス料理がシンプルだと知って失望した人びとは多いが、そんな人びとはわざと複雑にしようと考え、たぶんほかの調味料を加えるなどして、せっかくの味を損なってしまうのだ」

明らかにブールスタンは両大戦間のイギリスの料理界に計りしれないほどの影響を与えた。レストランだけでなく、彼の著作も有名だった。また彼は初めてテレビで料理をしてみせた人物でもあった。ブールスタンの店はいかにもウルフ夫妻が好みそうな小ぢんまりしたレストランで、料理はおいしく、雰囲気は家庭的で、なごやかな会話が楽しめた。ステージのアトラクションが売り物だったり、「ロンドン市民の全員」が押しかけたりする店ではなかった。そのような場所でも、ものごとはつねにうまくいくわけではなかった。レナード・ウルフは『ビギニング・アゲイン』に愉快なエピソードを書いている。一九二〇年代末のある日、彼とヴァージニアはローズ・マコーレーの招待を受けた。ごく内輪の集まりだと思った二人は、昼間ずっと印刷の仕事をしていて、遅刻しそうになっているのに気づいた。着替えもせずに大急ぎで——たぶん印刷インキのしみなどつけたままの普段着で——駆けつけると、一分のすきもない正装に身を包んだ十人から十二人の客が通りの向こうのレストランに入っていくところだった。自分たちの身なりのひどさと、みんなを待たせたという後ろめたさで、レナードは動転してしまった。彼の手はふだんから震えがちだったが、いまや大揺れに揺れて、スプーンは皿にあたってかちゃかちゃ音をたて、スープがテーブルクロスの上にふりそそぐ始末だった。文学者のディナーでもときとして完全な沈黙に包まれることがたまにあるが、そんな沈黙を破って、ヴァージニアのよく通る声が聞こえた。「聖霊《ホーリー・ゴースト》ですって？　なんのこと？」すると隣の席に坐った人は腹立たしげに答えた。「ホーリーゴーストじゃなくて、沿岸全体《ホールコースト》ですよ」レナードはヴァージニアがわざと道化を演じて隣人の注意をひきつけ、彼の動揺を隠そうとしてくれたのだと思った。そして、ふと下を見ると、彼女が白いナプキン――だと彼は思った――を床に落としていることに気づいた。彼は身をかがめてそれを拾いあげ、彼女に渡そうとした。ところが、それはスカートの下から出ている彼女のペチコートだった。「彼女は不機嫌になり、食事が終わるやいなや、われわれはこそこそと退出した」

　両大戦間の時代に、ロンドンのあるサークルにおいてブールスタンの店がこれほど愛されたわけを理解するには、行儀の悪い九〇年代《ノーティ・ナインティ》の末に戻ってレストラン業界事情を見直さなければならない。その時期の特徴はサヴォイのような大規模で高価な店と、それより規模は小さいが客を選ぶウィリスのような店だった。生きることに貪欲で享楽的なエドワード七世国王の即位によって、それまで以上に幅の広がった快感追求が社会でも容認されるようになった。いまや「育ちのよい」女性たちがレストランで食事するのも珍しくなくなり、その結果、娯楽のあり方も変わって、人びとはディナーパーティという狭い世界から解放された。こうして、時機は熟した。起業家はファッショナブルな人びとにサヴォイよりも大掛かりな集会所を提供した――ホテルではなく、大小とりそろえた複数のレストランとさまざまな年齢層と嗜好に応じた外食産業を一か所に集めた施設である。こうしたアイデアを胸に、ジョゼフ・ライアンズ――このときすでにロンドンのティールーム・チェーンのオーナーだった――は一九〇三年、シャフツベリ・アヴェニューにトロカデロをオープンした。「トロク」と呼ばれたこの店は女性客を念頭におき、これまでにない豊かさと楽しみを規準に設計されていた。エッセイストで演劇評論家のクレメント・スコットが「一八六〇年の外食産業と今日の外食産業を比較する」という記事で書いたように、室内のデザインと装飾には細心の注意が払われていた。

どんちゃん騒ぎ、電灯、花を飾ったテーブル、弦楽楽団の入った金箔張りのオーケストラボックスが到来する以前、われわれはいわゆる快楽なるものを単独で、むっつりしながら味わった。われわれは女性との交わりという金で買えないほど貴重な楽しみを断固拒否し、女性の声やきらめく目、ドレスの美しさ、チャーミングでエレガントなすべてのものとの接触を拒んでいた。一八六〇年のわれわれなら、大理石のホールやフレスコ画、柔らかなカーペットを敷きつめた階段、制服姿の接客係の慇懃さ、花の香りと手厚いもてなしをどう思っただろう。これらはすべて、トロカデロを舞台にした新しいロンドンライフの豊かさを特徴づけるものである。

まさしく「トロク」は驚きだった。女性のロングドレスを最高に引き立てるよう設計された金色の階段を上がると、九室のダイニングルームがあり、そのうちの三室は食事だけでなくダンスも楽しめるようにできていた。大ホールでは、キューピッドが描かれたフレスコ画の下の金箔張りのギャラリーでオーケストラが演奏した。もっと地味なグリルルーム（灰色の大理石と金となめし革の内装）ではメインレストランよりもシンプルな食事をとることができた。ここでは正装する必要がなく、アメリカ人の客にはそれが好評だった。二十人以下のパーティは個室を貸切にできた。「トロク」には七千人のスタッフが雇われていて、毎週の仕入れリストは目もくらむほどだった――牛の腰肉が百八十、骨付き肉が四百、鶏は千五百羽、鶉が六百羽、ホワイティングが八百尾、牡蠣は一万四千個、酢が六十ガロン（二百七十リットル）、ミルクが四百ガロン（千八百リットル）……

「宮殿のごときレストランのきらびやかな安楽」――『ケータラー』一九〇二年八月号より――は一般人の財布には荷が重かった。ささやかな稼ぎしかない人びとは、有名人や金持ちの流行をやや距離をおいて追いかけるのが常だから、たまにちょっとした贅沢を自分に許すのがせいぜいだった。ジョゼフ・ライアンズはここに大きな、ほとんど手付かずのマーケットがあると見てとった。そこで彼はピカデリーにポピュラー・カフェをオープンした。トロカデロ開店の一年後、一九〇四年のことだった。この店ではミックス・グリル、シンプルなセットメニュー（スープ、魚料理、ハムの蒸し煮かマトン、ムース）、またはアラカルトから料理を選ぶことができた。気取らない雰囲気を出すため、オーケストラは夜だけ演奏した。これはトロカデロも同じだった。

　もう一つ、未開拓のマーケットは昼のランチだった。ディケンズ風のチョップハウスとパイショップはたいてい経営がずさんで、とても清潔とはいえず、食べ物の質も悪かったので、いまや買い物客やシティで働く人びとも近寄らなくなっていた。値段が安くてほどほどの料理はなかなか見つけにくかった。やがて一八九二年、もと路上の物売りだったジョン・ピアースがファーリンドン・ストリートに彼のレストランの第一号店をオープンした。ランチはありきたりのものだった。ステーキ・プディング、アイリッシュ・シチュー、ビーフかマトンかポークのロースト、ポテト添えのポークチョップ。だが、どれも味がよくて値段が安く、店は清潔で居心地がよかった。とくにシティで働く若い事務員たちにとって、このピアース・アンド・プレンティはありがたかった。スープから始めてペストリーか紅茶、コーヒー、ココアで終わる簡単な三コースのランチが安く食べられるのだ。これなら、夜になって家に帰ったあとは軽い夜食をとるだけですむ。一九〇五年には、このレストランとティールームのチェーンがロンドン中にできていた。やがてほかの会社もこの方式を見習った。

戦前の一時期に見られた外食産業のもう一つの変化についても書いておくべきだろう。なぜなら、それは今世紀のロンドンにおける最も重要な美食文化の発展を予兆していたからだ。それは外国の料理を出すレストランの数が増えたことである。すでに見たように、最初に到来したのはフランス料理で、ほかの国の料理より二百年も先んじていた。だが、一八九〇年から一九一〇年までのあいだに、イタリア、スペイン、ドイツ、ユダヤ、そして中国料理のレストランがいっぺんにできた。そのためニューナム＝デイヴィスは一九一三年にロンドンのレストランガイドを改訂したとき、味覚の幅を広げたいと思うイギリス人はもはや外国旅行をする必要はないと判断したのだった。

こうした幸せな状況は一九一四年から一九一八年の第一次世界大戦によって一気に崩壊へとなだれこんだ。戦争前、イギリスで焼かれるパンの五分の四は外国産の小麦粉で作られていた。そのパンに塗るバターの五分の三は輸入ものだった。消費されるチーズの四分の三はヨーロッパ大陸から来ていた。そんな食料供給が急に途絶えた。砂糖は大部分をドイツから輸入していたので、チューダー朝の時代と同じくらい貴重品になった。ロシアからの卵も来なくなり、オーストラリアやアルゼンチンからの牛肉もなくなった。魚さえ、手に入らなくなった。北海の漁場が閉鎖されたからである。

レストラン業界にとって致命的な打撃はスタッフを確保できなくなったことだった。男たちの多くは志願し、または徴兵されて戦場にかりだされた。さらに大勢の男たちがドイツ国籍のせいで収容所に入れられた。お客も減った。ロンドンに残った人びとも外食する気になれなかった。いまやサヴォイやトロカデロで浮かれ騒ぐ気分でもなかった。やがて空襲が始まると、金箔貼りの女神像や大理石の壁はむしろ身の危険になった。一九一六年には、レストランよりも紅茶とパンを出す店のほうが儲けになった。だが、それでも会社で働く人やビジネスマンはいたので、彼らには外で食事をする場所が必要だった。そのため、ジョゼフ・ライアンズは思いきって、一九一五年に一千の客席を備えたストランド・コーナーハウスをオープンした。

絶妙なタイミングだった――これが一年後だったら、労働力も食料も不足して、とてもオープンできなかっただろう。このとき、店はなんとか食材を確保し、人びとの心情的な求めにも応えたのだった。ロンドンの真ん中で食事ができる店――ここでは、同じ欲求をもってやってきた九百九十九人の客と同じ屋根の下で一杯の紅茶とパンで腹を満たせるのだ。こうしてコーナーハウスはロンドンのランドマークになった。

食料不足に対して政府がとった最初の防衛策は、レストランの営業を夜十時までと規制することだった。第二の手段として、食事の品数が制限された。やがて一九一六年の末には未精製の小麦粉で作った「戦争パン」が導入された（少なくともレストラン業界の一人はこれを回避する方法を見つけた――カフェ・ロワイヤルはこの後もしばらくのあいだ白パンを出したので、ほかの店のオーナーは憤慨した。やがて調査の手が入ってその秘密が暴かれた。小麦粉にマッシュポテトを混ぜていたのだった）。備蓄食料が減るにつれて、自主的な配給の動きもあったが、一九一七年の暮れにはついに配給制度が飲食店に適用され、政府先導の肉なしデー――ロンドンでは火曜日――も制定された。一九一八年には、サヴォイでさえ、肉の代わりに野菜、小麦粉の代わりにとうもろこしの粉、バターの代わりにマーガリン、砂糖の代わりにサッカリンを使っていた。

戦争がやっと終わっても、ロンドンの暮らしが回復するには長い時間がかかった。とくに、こと食べ物に関してはなかなか元通りにならなかった。燃料不足は深刻だった。目に見える直接的な影響は、コーヒー売りの屋台や路上の物売り――焼きじゃがいも、鰻のパイ、焼き栗、ザルガイやタマビキガイを売る――が消えたことだった。政府は無料給食所《ナショナルキッチン》を設置して、家で食事ができない人びとに調理済みの食べ物を配った。営業できなくなった個人レストランがこの仕事を引き受けた。だが、一九一九年に配給が廃止されると、ナショナルキッチンもしだいに姿を消していった。通りにはようやく物売りも現れはじめたが、その数はだいぶ減っていた。

飲食店は規模が大きくなり、値段も安くなった。ライアンズのコーナーハウスは拡張され、午前七時から朝食を出すようになった。家へもって帰れる出来合いの料理も売りだされた（宣伝コピーは「ライアンズのシェフをすべての家庭にお持ち帰り」だった）。ライアンズのティーショップはすべて白と金色の内装で、紅茶かセレスコという飲み物、それにバター付ロールパン、バースバンズ（レーズンやドライフルーツ入りの丸いパン）、オートケーキ（オート麦のケーキ）、焼きマフィン、ファンシーケーキ（デコレーションケーキ）を出した。黒い服に白いエプロン姿のウェイトレスは「ニッピー」（すばしこいの意）という愛称で親しまれ、サービスの早さと手際のよさで有名だった。

もともとタヴァーンから派生したスナックバーの習慣は、かつてはシティの株ブローカーだけに限られていたが、いまや急速に広まって、一九三七年にはロンドン中心部のほとんどすべてのレストランでメインダイニングとは別にスナックバーが設置されるようになっていた。ロンドン初のオールナイトのスナックバー、ボギーズ・バーは――ほかでもないブルームズベリの――ウーバーン・プレースにオープンした。サンドイッチバーも登場した。一九一九年という早い時期から、旅行者兼作家のバセット・ディグビーという人物が、グレート・クイーン・ストリートの『ニュー・ステーツマン』の社屋の向かい側で、トナカイの舌、山羊の乳で作ったチーズ、ツナなどの珍味をはさんだサンドイッチを売っていた。そして一九二一年にはセルフサービス・レストランの第一号がオープンした。

もとウェイターの経営するこの店では、客はまず皿を選んでチケットを買い、サービスカウンターでチケットと引き換えに料理を受けとるのだった。

もっとフォーマルなレストランが再オープンしたとき、状況の変化は一目瞭然だった。エドワード王朝風の品数の多い贅沢な食事はいまや場違いだった。食べる量も減り、ずるずると長引くディナーは好まれなくなっていた。カクテルは食欲を減退させると批判されたが、本当のところは、いまや夜の時間をただ食べるだけで費やす気にはなれないということだった。男の助けなしで暮らすことに慣れた上流階級の女性たちは、せっかく手に入れた自由を捨てたくなかった。それに何より、もう退屈なのはうんざりだった。誰もが陽気さを求め、勝手気ままに浮かれ騒ぐ機会を待っていた。レストランの多くはこれに応えるため音楽とダンスをとりいれた。バークリー――P・G・ウッドハウスの読者なら誰でも知っている――は、なかでもとくに人気のある店だった。ウッドハウスの小説の主人公、イギリス貴族のバーティー・ウースターは、叔母から隠れてドローンズ・クラブに潜んでいないときは、きっとここで見つかるはずだ。たぶんスフレを食べるか、さもなければ美人とダンスをしているだろう。バークリーの料理はとびきり美味で、アイデアにあふれていた。二つだけ例をあげるとしたら、プローンズ・メアリー・ローズ（マヨネーズとケチャップ主体のソースであえたシュリンプカクテル）やフレーズ・ミモザを考案したのもこの店だった。

キャバレー風のショーを導入する店もあった。サヴォイはここでも真っ先に新機軸をとりいれた。水圧ジャッキで必要なときにいつでもダンスフロアを上昇させ、ステージとして使えるようにしたのだった。一九三七年までに、トマス・バークは彼の著作であるロンドンのレストランガイド『ディナー・イズ・サーブド』で、ロンドン中心部のレストランの八割にはバンドかキャバレーショーが入っていると書いた。とても繁盛しているある店では、客が食事をしている傍らで、ローラースケートをはいた男がテーブルすれすれに走りまわり、それでもテーブルの上のものを一つも倒さないというのを売り物にしていた。バークは嘆かわしいといった口調でこう書いている。「最初はレストラン経営者としてスタートしたのに、時代の趨勢に流されて、いつしかパートタイムのミュージックホール支配人になってしまう」

ミュージックホールの真の後継者といえばもちろん映画館である。戦後に映画館を建てた人びとはファッショナブルなレストランを参考に、娯楽と食事を結びつけようとした。遊びの部分は別として、二時間の映画の前後に何か食べられる場所を設けるというのは筋が通っていた。一九二〇年代末になると、大きな映画館には必ずレストランかティールームが付属していたが、それ以上のところもあった。リーガルにはダンスフロアもあった。内装はかつてのサヴォイやリッツを思わせ、アンピール様式とリージェンシー様式が混在したフォワイエや、ローマ様式のオーディトリアムなどを備えていて、従業員はヴィクトリア朝風の衣装を着ていた。レストランでは、ターコイズブルーのランプのもとに漆塗りのテーブルと珊瑚色のイスが配置され、窓には赤い芥子の花をプリントした金色の絹のカーテンがかかっていた。ダンスはいまや大流行だった。ぺちゃんこの胸に、髪をマルセル式ウェーブで縮らせた若い娘たちは、きれいに髭を剃って髪をポマードで固めた男たちとフォックストロットやチャールストンを踊った。さもなければ女同士で最新流行のティーダンスに興じるのだった。

だが、そんな「時代の趨勢」にもかかわらず、昔ながらのレストランは生きのび、第二次世界大戦が勃発するまで大いに繁盛した。戦前と変わらない姿で甦ったプルニエ（魚料理が売り物だった）、ケットナーズ（一九一四年に閉店したが、戦後になって堂々と復活し、規模を拡大した）、クラリッジズ、フラスカーティズ、ガッティズ、ジ・アイヴィ、カリーノズなどは、ほとんど伝説的な権威をもつようになった。なかでもとくにウッドハウス的な雰囲気をもつシンプソンズ・イン・ザ・ストランドについて、『サムシング・フレッシュ』は「静けさにあふれた料理の神殿」と評した。ここには「やかましいオーケストラもないので、食事客がラグタイムとともに牛肉を喉に詰めこむようなことはせずに」すんだ。この神殿に参拝する人びとは「目に一途な表情を湛えて」坐っていた。彼らは「牛さえも食べるというピラニア――ローズヴェルト大統領は人喰い魚と呼んだ――や芝生を食いつくす害虫アーミーワームのように、がつがつとただひたすら食べた」。

　ロンドンのレストランには世界各地の料理があったが、フランス料理店だけが不在だった。カフェ・ロワイヤルのマダム・ニコルスが死んで以来、フランスの雰囲気は失われた。ウィリスも同様だった。この空白を埋めたのが意気軒昂たるブールスタンだった。彼がイギリスの料理文献に多大な影響を及ぼしたことはよく知られている。しかし、彼がイギリス文学そのものにささやかながら重要な貢献をはたしたことはあまり知られていない。ミセス・ラムゼーのディナーに出されたメインディッシュがローストビーフやラムの腿肉ではなくて牛肉の煮込み《ブーフ・アン・ドーブ》になったのは、まず間違いなく彼のおかげだった。彼の店のメニューにも、当時のイギリスの料理書にも、この料理は見かけないが、彼の本にはこの料理のレシピが少なくとも二つは載っていたのである。

第八章　変貌するロンドン食料事情

一九三九年から現在まで

ロンドンでの飲み食いは、いまだにつづく長年の悪評とは裏腹に、かなり満足のいくものだ。

デイヴィッド・パイパー『ロンドン・ガイドブック』一九六四年

五月十三日土曜日、シャロンとジュードが……M&Sでちょっとしたものを買ってきてくれた。だから、これで三コースの食事になったわけだ……私もそれとは別にM&Sで買ってきたから（自分で作るとしたら熱いオーブンの前で一日がかりの奴隷労働になるところ）、メニューはこんな感じ。

ボウル一杯のホムスと袋入りのミニピタ
スモークサーモン十二切れとクリームチーズ
ラズベリー・パブロバ一個
ティラミス（パーティ・サイズ）一個
スイス・マウンテン・バー二本

ヘレン・フィールディング『ブリジット・ジョーンズの日記』一九九六年

両大戦間の時代に、食習慣と料理、キッチンデザインと食品マーケティングは大きく変化した。

それほど変わらなかったのは、金持ちと貧乏人が食べていたものの中身である。裕福な人びとはエドワード朝の時代よりも軽い食事をとるようになったかもしれない（必ずしもそうとはかぎらない）が、それでも上等なものをたくさん食べていた。一方、貧しい人びとはバラエティにとんだ食材を得られるようになったかもしれない（これもまた必ずしもそうとはいえない）が、彼らの食生活は一般に栄養という面では貧しく、健康を維持するのに必要な栄養素が不足していた。一九〇一年、ボーア戦争のための徴兵検査のとき、イギリスの成人男性の三分の二が不適格だとわかった。一九一七年にも、兵役検査を受けた男たちのうち、健康体といえるのは三分の一しかいないことがわかった。戦中と戦後の調査によれば、イギリスの都市住民の大多数は貧しい食生活を送っていた。たんぱく質の摂取量が十分とはいえず、ビタミンとミネラルは不足し、食物繊維も少なすぎた。都会に住む貧民層（当然、教育を受けていない）は貧しさだけでなく無知のせいで体をこわし、大恐慌の時代（一九二七年から三〇年）には働き口もなくなったため、食生活のレベルはヴィクトリア朝と同じくらいにまで落ちた——白パン、マーガリン、ジャム、紅茶、魚のフライなどで生きていたのだった。政府にガイドラインを与えるために一九三一年に任命された栄養諮問委員会は明確な目的をもっていた。

一人あたりの食生活において、一日につき六百ミリ・リットルのミルクを摂り、チーズが好きなだけ食べられ、オレンジ一個かトマト一個、または生野菜のサラダを毎日、六十グラムのバター（あるいはビタミン強化したマーガリン）を摂取し、冬には週に一度、鰊のような脂肪分の多い魚（魚が手に入らなければ、鱈の肝油を毎日小さじ一杯）を献立に加えれば、ミネラルとビタミンに関するかぎり十分といえよう。

無料給食の列に並んでいたロンドン子がそんなアドバイス——善意からだろうが——に従うのはとても無理な話だった。だが、やがて経済が回復するにつれ、食べ物を選べるようになっても、何を選ぶべきか、そしてなぜかという知識に欠けていることがわかってきた。

国民の健康を促進するため、政府は全国牛乳広報委員会のような団体を設立した。公的補助金を得ている小学校の児童全員に毎日半パイントのミルクを——両親の収入に応じて——割安ないし無料で提供し、牛乳の普及を図ったのである。一九三九年には、小学校の児童の半数以上が給食のミルクを飲むようになっており、その年、ロンドン在住の十二歳の男児を調査したところ、父親が同年齢のときと比べて身長で九センチ、体重で五キロ上回っていることがわかった。

イギリス全体の食生活が改善されはじめた。ロンドンやその他の都市ではまだ厳しい貧困が残ってはいたが、大恐慌が終わって、じょじょに失業率も下がり、缶詰および冷凍食品産業が大きく進歩した結果、食品の値段が下がり、大多数の人が十分な食事をとれるようになった。とはいえ、必ずしも健康的な食べ方ばかりではなかった。調査員が採取したサンプルのなかには首を傾げたくなるものもあった。たとえば、一九三〇年代後半にロンドン・スクール・オブ・エコノミーの研究チームが家庭の食生活について調査したとき、それに答えたバーモンジーの主婦の例がそうだ。朝食には、夫（港湾労働者）は一杯の紅茶とパンとバターないしドリッピング（肉から出る油脂）、子供たちは一日おきに茹で卵かポリッジ。夫の弁当の内容については詳細はわからないが、子供たちは学校から帰ってくると、月曜は挽肉料理、火曜はグレービー、水曜は小さなミートプディング、木曜はベークド・ラムチョップ、ポテト、キャベツにヨークシャープディング、金曜は魚料理で迎えられた。土曜の夕食は蒸し焼きのステーキにポテトとキャベツ、またはレバーとベーコン、日曜日にはビーフの小さな塊かラムのハーフショルダーに付け合せのベークドポテト、ヨークシャープディングまたはスエットプディング、それに野菜を食べた。毎日のディナーの最後には小さなミルクプディングが出たので、子供たちの「お茶」はほんの少量ですみ、ランチのプディングが残っていれば子供たちはベッドへ行く前にそれを食べた。夫は「お茶」のために毎日五時に帰宅した。月曜はベーコンエッグ、火曜はラムチョップ、水曜はステーキとたまねぎ、木曜日はハムか残り物の肉、金曜は魚か卵とチーズだった。高たんぱく質の食事で、果物は一度も登場せず、野菜はめったに出てこない。重要なのは、主婦自身の食事についてなにも語られていないことだ。おそらく、むだを省くという精神から、家族の残り物や「余り」ですませていたのだろう。しかし、不備な点は多いとはいえ、この家族の食生活はそれほど不健康ではない。

こうして一九三九年九月に宣戦布告がなされたとき、実際のところ、ロンドン市民の栄養状態は昔とくらべてかなり改善されていた。新任の食料大臣ウールトン卿とその顧問のサー・ジャック・ドラモンド――生化学者で、古典的な名著『イギリス人の食事』の共著者――は、それでも栄養不良とその影響が心配だった。さらに二人は、戦争そのものと、戦後の厳しい状況下で労働者階級の食生活がふたたびヴィクトリア朝時代に戻りかねないことも十分承知していた。先を見る目のあった彼らは、戦争に勝てるのは健康な国民だけであること、また和平交渉をするにも健康な国民が必要なことを理解していた。皮肉なことに、戦争という非常事態がきっかけで、国民の食生活を改善する理想的なチャンスが訪れたのだった。

第一次世界大戦で得た教訓はまだ記憶に新しかった。食料関連の組織に対する政府のアプローチはこみいっていた。一九三七年、ヒトラーの野望が戦争につながる恐れありと見きわめた食料（防衛策）局はすぐさま配給帳の印刷に着手した。一九三九年八月にはこの配給帳が各地の倉庫に保管され、一九四〇年の初めにはその包みの封が解かれた。イギリスが封鎖されることは避けられず、ウールトン卿の第一の目的は、国民が健康に生きのびられるよう、農家にできるだけたくさんの基本食料を生産させることだった。輸入食品への依存は最小限にしなければいけなかった。しかし、なんとかしてパンだけは配給にしないですまそうと彼は決意していた。ミルクも基本食料と見なされていた。ミルクの配給計画によれば、妊婦、児童、思春期の子供には毎日必要な分量を与えることになっていた。輸入物の乾燥ミルク――オランダミルクと呼ばれた――が、生乳の補いとなった（驚くべきことに、家畜の餌が乏しかったにもかかわらず、ミルクの生産および消費量の総計は戦争中にかえって上がった）。

一九四三年、配給と食料供給のプランは万全だった。アメリカや植民地から食料――おもに乾燥食品や缶詰――がイギリス向けに送られてきたが、到着は不定期で、しかも間があいていた。パンとじゃがいもは食事のたびに欠かせなかった。魚は量こそ減ったが配給は免れ、猟鳥獣肉も配給にはならなかった。それ以外で成人が一週間にとれる食品は、肉が五百グラム（正確には不明である。というのも肉は特別で、重さよりも値段で配給量が決められていたからだ。しかも、骨や内臓やソーセージも――中身に含まれるどれほどパンが混じっていようと――肉と見なされた）、バター六十グラム、調理用の油脂六十グラム、ビタミン増強マーガリン百二十五グラム、チーズ九十グラム――ベジタリアンには割増の配給があった。卵（週に一個）、紅茶、砂糖、菓子類なども配給になった。妊婦および授乳中の女性と五歳以下の子供にはビタミン不足を補うために鱈の肝油と濃縮オレンジジュースが与えられた。新鮮な卵が手に入らないのはとくに辛かった。郊外に菜園をもつ人びとは雌鶏を飼おうとしたが、餌を入手するのがむずかしく、キッチンから出る野菜屑は人間が食べてしまうので、闇市では生みたての卵が貴重な商品となった。理論的には、不足分はアメリカから輸入される乾燥卵で補えるはずだった。しかし、乾燥卵で作った料理はおせじにもご馳走とはいえなかった。乾燥卵をもどすには忍耐と技術が必要だった。当時のストレスだらけの日々ではそんな忍耐と技術をあわせもつ人などほとんどいなかった。料理人のなかにさえ、乾燥卵はたくさん使うほど料理の味がよくなると誤解している者が多かった。しかし、当時の記述を信じるなら、たくさん使うと卵の味が強まるどころか、かえって不快な味になるのだという。

配給チケットとは別に、缶詰と輸入食品用の「ポイント」も配布され、これらは好きなように使うことができた――たとえば、サーディンの缶詰に六ポイント使ってもいいし、三ポイント分の果物の缶詰二つと交換してもよかった。これで買い溜めが防げるし、時間のかかるお役所仕事も避けられた。人間心理からしても、制限付とはいえ選択の自由があることは大事で、なにもかも決められた生活の単調さから解放されることには意味があった。

これらと並行して、政府は家庭菜園を奨励する大キャンペーンをくりひろげた。「勝利のために掘れ《ディグ・フォー・ヴィクトリー》」という卓越したスローガンのもと、空き地はすべて耕地に転用するよう勧められた。市民の反応は期待以上だった。公園、家の前庭、空襲にあったばかりの土地まで、掘り返されて畑になった。ロンドン子は自分たちのなかに眠っていた思いがけない才能に気づき、エリザベス朝の先人たちのように嬉々として畑仕事に励んだ。そしてキャベツ、リーキ、にんじん、グリンピースなどを栽培した。

戦争中の食生活では、物資の不足よりも、むしろ単調さが敵となる。幸いにもウールトンとドラモンドはわかりやすい言葉でストレートに説明することの重要さを理解していた。広告や放送、ミュージックホールの寸劇などで伝えられた彼らのメッセージは、共感あふれる言葉のなかにユーモアがちりばめられ、暗黙のうちに人びとの愛国心を刺激した。そのおかげで国民は配給や物資の不足、ひいては国民パン《ナショナルローフ》まで、なんとか笑いながら耐えることができた――これこそ過去の政府にはできなかった大きな業績である（ウールトンによれば、彼がわざと人目に立つことを心がけたせいで、ときには混乱も起こったという。たとえば、就寝前のお祈りをしていた幼い少女が「日々の糧を与えたまえ」という一節のあとで母にこう訊ねた。「ママ、神様といっしょにウールトン卿の名前をいわなくていいの？」）

ミルクと乾燥卵と自家製の野菜、それにナショナルローフという食生活で、イギリス人はかえって健康になり、栄養不良に起因する小児科の病気はほとんど根絶された。だが、とくに都市部では、食事の単調さを打開するすべがなかった。食べ物のことが頭から離れなくなり、白昼夢にまで出てきた。運がよければ海外からの小包が届くこともあった。たいていは友人や隣人におすそ分けしたが、一つか二つ——フルーツやハムの缶詰、乾燥アンズなど——は取っておき、クリスマスや誰かの誕生日に華々しく登場させるのだった。田舎にいれば、ときたま野兎や雉、鱒などが手に入った。ナナカマドやブラックベリー、マッシュルーム、ローズヒップなどを採集することもできた。また、ありきたりの野菜だけでなく、アーティチョークやアスパラガスのような変わった品種を栽培する余裕もあった。しかし、ロンドンの食生活にはそんなゆとりはまるでなかった。小さな畑でとれるものは限られていたし、とくに自分の仕事のほかに消火訓練や病院の雑役、空襲への備えといった務めに追われていたらなおさらだった。『パンチ』にはこんなジョークが載った。帽子にハイヒールという姿の上流階級のご婦人が夫とつれだって自分たちの畑を見回りながらこういう。「勝利の日が来たら、お祝いにここをアスパラガス畑に代えることにするわ」（実際に、戦争が終わったあとも畑を維持する人は大勢いた。だが、やがてほとんどの畑は見捨てられ、ノイバラやツツジやアカバナが繁り放題になった。しかし、近年、自治区議会はこれらが貴重な緑の資源になると気づきはじめた。二〇〇四年、ロンドンの二十一の自治区はレジャーガーデンと呼び名を変えて市民のための貸し菜園を始めた。年に十二ポンドから二十ポンドで畑を借りた市民には、土地だけでなく、ボランティアの指導員がついて、植付けのヒントや殺虫剤や肥料の使い方、自然をコントロールする方法、土地や資源の有効な再利用法などを教えてくれた）。

戦時食のための料理ガイドは、たいては粗悪な紙に印刷された小冊子で、日付のないものも多かったが、内容を見ればおよその出版時期はわかる。『ストーク戦時食ガイド』はごく初期のものにちがいない。最も目につく特徴は、アイシングをかけた三個のきれいなデコレーションケーキの写真で、これを手作りして前線にいる友人や親類に送るよう勧めている。レシピによると、ドライフルーツ七百五十グラムと卵四個、マーガリン二百五十グラム、砂糖二百五十グラムが必要だというから、この本が「奇妙な戦争（表面的には平和だった大戦前夜の一時期）」のあいだに書かれたものであることはまずまちがいない。歴史的に見て興味深いのは、田舎に疎開したロンドンの子供たちの食生活について書かれた短いコラムである。子供たちを受け入れた家庭の多くに共通する不満は、子供たちが「ちゃんとした」食事をしないことだった。「野菜も嫌いだし、スープも食べようとしない。はっきりいって、あの子たちはフィッシュ・アンド・チップスとジャム付パンしか食べないようだ」。全国の婦人会による報告でも同じことがいわれた。子供たちのなかにはナイフとフォークを使った食べ方を知らない者もいた——小遣いを与えられてフィッシュ・アンド・チップスやビスケットを買い食いし、いつも路上で食べていたのだ。だから、ちゃんとテーブルについて食事をするより、戸口に坐りこんで食べるほうが好きだった。ほとんど全員が生野菜とフルーツを嫌った。五歳の女の子は夕食にビールとチーズを要求した。『ストーク戦時食ガイド』の著者はこんなアドバイスをしている。「子供たちにはグレービーがたっぷりの温かい料理と分厚く切ったパンを与え、そのパンにはぜひストーク・マーガリンを」

『戦うキッチン』というカバー付きの料理書も初期のものだが、日付（一九四〇年刊）が入っている。この本には、各界の有名人——政治家、ミュージックホールのスター、ラジオ番組の人気者——

がレシピを寄せている。トーンは楽天的で、バランスのとれた食生活を推奨し、いくつかのパーティ料理が目玉になっている。「なぜなら、たとえ戦時中であろうと、どこの家庭もたまにはお祭り気分が必要」だからである。砂糖やドライフルーツ、肉や卵がふんだんに使われていることからして、この本は配給が開始された一九四〇年一月にはすでに印刷に回っていたにちがいない。最初のレシピ――兵隊さんへの差し入れにぴったりのすばらしいケーキ――は、前線に送られてフランスを一周し、そこからイギリスへ戻ってくるのにたとえ十週間かかっても、まだ良好な状態を保っているという。ようやく受取人のもとに届いたとき、ケーキは「たいへん喜ばれた」。もっと実際の役に立つ情報は先の大戦の経験だった。ハンブルドン子爵夫人は卵を使わず砂糖もほんの少量ですむ籠城ケーキなるもののレシピを寄せた。戦争初期に出版されたもう一つの小冊子は、一九四〇年にノースミドルセックス・ガス会社が出したものだが、これには配給からはずされた内臓、兎、魚、鶏、卵、野菜、シロップ、シリアル、ドライフルーツなどの物資は供給が不安定になるだろうと警告している。また、脂肪やスエットの溶かし方（「溶かした油脂をケーキ作りに使うつもりなら、油脂を溶かすのに使う鍋にはたまねぎや内臓を入れないこと」）やパン粉の作り方、卵をピクルスにする方法、燃料節約のためにヘイボックス（保温箱）を使って料理をするやり方（普通のやり方で食材をぐつぐつ茹でるか、またはいったん煮立たせたあと、保温箱に入れる。この箱は干草で包んで、その上からフェルトのパッドまたは古いクッションでくるんである。一晩またはまる一日置いておくと、余熱でじっくり煮込まれ、ポリッジやスープやシチューなどができあがる）なども教えていた。ガス会社はこのほかにも、おもなショールームで戦時食のデモンストレーションもくりひろげていた。

一九四一年には、食料不足が身近に感じられるようになっていた。家庭の主婦に銃後の戦いも大事だと知らしめるために「キッチンも戦場《キッチンフロント》だ」というスローガンが広められた。戦前の人気作家でラジオ番組にも出ていたアンブローズ・ヒースは『キッチンフロント・レシピ』にこう書いている。

夫や親戚の男たちが戦っているのと同じように、キッチンでがんばっているのは、私たちの家庭やキッチンをもう一度平常に戻すことだけが目的ではありません……あなたがたが自分たちの家で、文句もいわずに辛抱しているのは、それと同じくらい——あるいは、それ以上に——未来に待っているであろうよりよい時代のためなのです。

『キッチンフロント』というラジオ番組は、家庭の主婦と家政学者とフードライターが一丸となって、食料省が推奨するレシピを放送で広めていた。大勢の聴取者がぜひ本にしてほしいといったので、一九四二年八月に第一版が出た。一年後に出た第二版は、食料事情が悪化していることを実感させる。メインミール・サラダには、油を塗ったエッグカップに水で戻した乾燥卵を入れて蒸し固めた「固茹で卵二個」が使われていた。

いまや、ウールトン・パイ（調理したミックスベジタブルにペストリーで蓋をしたもの）、レンズ豆のロースト、キャロットプディングといった料理が紹介されるようになっていた。だが、これで栄養が足りるとはとても思えず、そっぽを向く人も大勢いた。一九三九年から四五年のあいだにベジタリアンになった人は少なかったが、政府の命により各地の工場に設置された簡易食堂で出されるのはもっぱら野菜料理だった。工場の簡易食堂で大勢の労働者にまとめて食事をとらせれば、時間と食料と燃料の節約になった。それに、少なくとも一日に一度は、人が作ってくれた温かい料理を腹いっぱい食べることができた。同じ考え方で生まれたのがブリティッシュ・レストランだった。政府が地方議会に働きかけて設立した地域の給食センターである。ブリティッシュ・レストランという名前はチャーチルがみずからつけた。「『レストラン』という言葉からは誰もが旨い食事を連想する。何はなくとも、名前だけはちゃんとしておこう」。ここでは、オフィスワーカーや疎開者、空襲で家をなくした人たちが変化にとんだメニューの温かい食事にありつけた。このレストランで働く人はほとんどがボランティアだった。彼らのために『デイリー・テレグラフ』は『グッドフェア』というレシピ本を作った。そのなかには、海亀もどきスープ（骨、ミックスベジタブル、ベーコンの皮、ハーブ、粉末グレービー、水で作る）、卵なしのトード・イン・ザ・ホール、ステーキ・キドニー・アンド・ベジタブル・パイなどがあった。最後のものは、驚くなかれ、約一キロのステーキとキドニーで二十人分を作るのだった。

家庭のキッチンでも苦労は多かったが、外食産業もわびしい状態が続いていた。ロンドンのレストランの多くは大変な努力をしてなんとか商売を続けていたが、店の雰囲気やイメージが変わるのはしかたがなかった。戦争が始まったばかりのころ、ある人が日記にこんなことを書いている。ある晩、消防訓練のあと、妻とともにフリス・ストリートへ食事に出かけた。二人は歓迎されなかったが――支配人は彼が消防士の制服のままだったのが気に入らなかった――なんとか頼みこんで料理と一本のワインで食事をすませることができた。一年後、空襲が最も激しかったころに、二人は同じレストランに出かけた。今度はいちばんいい席に案内され、支配人みずから給仕に来て、食事代も無料でいいといわれた。ロンドンの消防士にはいくら親切にしてもし足りないというのだ。どういうわけか、第一次大戦のときとは世間の気分も違った。たえまのない空襲にうんざりしながらも、人びとはランチや夕食を食べに出かけ、レストランはワインセラーを防空壕に代え、最小限のスタッフで切り盛りした。やがて、一九一四年には敵性外国人が国外追放になり、しかもイタリアが参戦したため、ロンドンの外食産業の労働力は大幅にダウンした。痛ましいことに、有名なシェフやレストランオーナーの何人かは、アランドラ・スター号でカナダへ向かう途中、魚雷攻撃を受けて命を落とした。

レストランは状況に順応せざるをえなかったが、客のほうも同じだった。開戦間近、『ヴォーグ』のファッションページに載った写真では、イブニングドレス姿のカップルがテーブルに向かい、すぐそばには天井まで土嚢が積んである。そして、こんなキャプションがついていた。「休暇で帰ってきた彼は、しゃれた内装のラ・ポポテ・デュ・リッツで食事をしたいでしょう。あなたは彼のお気に入りの黒いドレス、彼の好きなレースで、縁飾りの最後の一つまで女らしく」。だが、戦争が続くにつれ、客の関心は、しゃれた衣装やインテリアよりも、まともな食事ができるかどうかに移っていった。料理は三コースまで、料金は五シリング以内と決められた（パンが出ればそれが一コースに数えられた）ので客は増えたが、美食の楽しみは制限された。早起きしてマーケットが開くと同時に仕入れをするシェフはときたま配給品以外の珍しい食材を手に入れることができた。魚、海老、蟹、たまねぎ（戦争中はずっと品薄だった）、猟鳥獣肉などである。ワインは貯蔵庫の奥から秘蔵のものが出てくるので、戦前よりもむしろ上等なくらいだった。有名レストランのアイヴィーでさえ、メニューにトリップとたまねぎとスパムしかないこともあった。

戦時中のロンドンの食生活について語るとき、婦人協力隊（WVS）の移動キッチンにふれないわけにはいかない。WVSは開戦の少し前に、ARP（空襲警報協力隊）を支援するために設立された。だが一九三九年には、その主たる任務は地域のトップと協力して住む家をなくした人から学童の疎開まであらゆる社会問題の解決をはかることへと転じていた。爆撃で破壊された地域——ロンドンだけでも三百か所以上にのぼった——に送りこまれた移動キッチンは国内外の労働組合や実業家のクラブなどさまざまな組織からの支援を受けていた。ロンドンの移動キッチンの多くを設立したのは、イージーワーク・キッチンのウィルソン・クロウだった。いまやキッチンを売るどころではなくなっ給できるようになった。

たクロウだが、それまでの経験から、圧力鍋をはじめとするコンパクトな調理器具を備えた移動キッチンをデザインするのには適任だった。こうして空襲の被害者やその救援隊に温かい食事を手早く供給できるようになった。

一九四五年に平和が戻ってきた。祝賀のようすや路上のパーティの写真を見ると、晴れ晴れとした表情の人びと——おもに女性や子供——がリボンや旗で飾られたテーブルのまわりに群がっているが、そのテーブルの上には食べ物がほとんどない。人びとの期待に反して、配給はまだしばらく続いた。一九四九年になっても、ロンドンの子供のなかにはオレンジやバナナや本物の卵、それにパンやお菓子でいっぱいになった店のウィンドウを見たことがない子もいた。しかし、復旧の遅さにいちばん落胆したのは、それまでがんばって長蛇の列や物資不足や代用食に耐えてきた大人たちだった。緊縮生活はさらに数年間続いた。戦争中でさえ避けられたことが、平和になってから起こった。一九四六年にはパンまで配給になったのだ。イギリスの小麦を飢餓状態のヨーロッパ大陸に送ったせいである。一九四八年、記録に残るとりわけ厳しい冬のあと、洪水の春と酷暑の夏が続いたため、肉とチーズの配給量が終戦時の一九四五年よりも削られる始末だった。復員兵が戻ってきたために都市住民の数が膨らみ、戦争のさなかよりもむしろ入手できる食品の総量は少なくなった。なぜこれほど復旧が遅れたのだろう？　一つには、工業化の遅れた未開発の国家にくらべて、イギリスは平和に順応しにくかったせいだ。穀物とミルクと野菜を専門に作っていた農家は、畜牛を繁殖させて育てることをゼロから始めなければならなかった。政府に接収されて工場になった土地は、農家に返されなかった。そして、戦後は自国の国民だけでなくヨーロッパ大陸も養わなければならなくなったので、イギリス政府の仕事は戦時中よりもずっと困難になった。

フランスに移り住んでいたP・G・ウッドハウスの最新作は、食事の描写にクレームがついた。友人宛ての手紙によると、事情はこうだった。

『朝の歓び』には、ステーキを食べたというパーティのせりふがあり、ボコのほうは朝食に目玉焼きを食べている。ところが、ジェンキンズ［出版社］のグリムスディックはこれに頭を抱えている。彼がいうには、イギリスの大衆は食べ物の記述に敏感になっていて、こんなことを活字にしたらひんしゅくを買うという。そこで、文脈は変えないようにして、目玉焼きをサーディンに変え、ステーキは削除した。

魚さえ不足していた。タンパク質不足を補ったのはまず第一に鯨肉（捕鯨業者は脂肪をとったあとの肉を売った）、第二に南アフリカの水域で獲れる細長くて味のないスヌーク（snoek）と呼ばれる魚だった。これは缶詰として輸入されたが、これといって特徴のない味にもかかわらず、予想外の激しい反発を招いた。クリストファー・ドライヴァーが『百年間の食事』で書いているように、「SN」で始まる英単語は嫌悪や非難の意味をもつことが多く、スヌークは漫画家や風刺作家の恰好の標的になった。政府が熱心に勧めたにもかかわらず、人びとはこれを拒否し、結局は猫の餌にされるのが関の山だった。

一九四五年から一九四九年の『パンチ』、それに『ヴォーグ』の料理記事を見ていくと、実際に復旧がどれほど遅々としていたかがよくわかる。砂糖菓子の配給が廃止されたのは一九四九年だった。そのとたんに客が殺到し、どこの店でもたった二日で棚が空っぽになったため、政府はふたたび配給に戻さざるをえなかった（『パンチ』の漫画では、看板職人が「申し訳ありませんが、砂糖菓子は売り切れました」という札を何枚も書きながら、友人にこういっている。「砂糖菓子の配給が廃止されて以来、儲けが二倍になったんだ」)。『パンチ』が初めてブルターニュ人のたまねぎ売りを見かけたのは一九四九年だった。その後、たまねぎはじょじょに『ヴォーグ』のレシピにも登場するようになった。やがて、海老や蟹、ハドック、ドーバーソールなどを獲る漁船団が出漁するようになって、魚料理も充実しはじめた。一九五〇年には輸入物のフランスチーズ——ロックフォール、ブリー、カマンベール——のような嗜好品が店の棚やメニューに出るようになった。店員のなかには、それらを初めて目にする者も多かった。たとえば『パンチ』にはこんな短詩が掲載された。

雑食性のイギリス人

カマンベールのスペルがどうか、
そんなことはどうでもいい。
お上品に彼らは訊ねる。
カメル・ベアはあるかしら?

かつてバターを使ったところにまだマーガリンが代用され、新鮮な卵のかわりはまだ乾燥卵だったが、いまやロンドン子の食卓には、少なくともときたま、オリーブやトマトやワインがのるようになった。『ヴォーグ』の料理ページには、コンビーフハッシュの隣にシナモンとクローブと生姜、それに「できれば赤ワイン少々」で作るブフ・アン・ゼレーが並んでいた。『パンチ』に載ったカマンベールの詩は一九五〇年の一年間でこの雑誌にとりあげられた唯一の食べ物ねたのジョークだった。また『パンチ』三月二十九日号には興味深い記事がある。ウェストミンスター工科大学の調査で、学生は「いちどきに百グラム以上の塊の肉をほとんど見たことがなく、肉の解体を黒板の図解で学ぶしかないのだが、その一方で、大学付属の公共レストランではグリルしたステーキ肉とカルボナード・ド・ブフ・ア・ラ・フラマンドがメニューにある――しかも、まだ五シリング・ルールが適用されていた（前年の『パンチ』に載ったもう一つのジョークは、大きな窓のあるレストランのシーンが描かれ、通行人が窓に近々と顔を寄せてなかを覗きこんでいる。テーブルでは一人の男が同席した相手にこういっている。「窓際の席が落ち着かないってことはわかってるよ。でも、ここだと盛《も》りがよくなるんでね」）

一九五一年、配給はまだ残っていたが（完全に廃止されたのは一九五四年で、最後の品物は再配給になった砂糖菓子だった）、事態はかなりよくなっていた。ニューヨークから来た二人の人物がアメリカ版『ヴォーグ』にリポートしている。「飢えに苦しんだイギリス人はトラファルガー・スクエアで失神はしていない。いまやほとんどの物資が豊富に出回っている。ナプキンはまだ十分とはいえず、肉と卵はまだ不足とはいえ」。一九五一年一月の『パンチ』に載った詩は、肉の供給状態と人びとの気持を簡潔にあらわしている。

肉屋のレジ係との会話

東屋《あずまや》のレディ
くすんだ緑色に全身を包み
どんな過去の栄光に浸っているの？
このモダンな、肉のない世界で。

「いつだったか、冬の夕暮れ
明かりがしだいに薄れてゆくと
でっぷり肥えた青白い豚が
私の前に次から次へとあらわれては踊る。

ラムの脚が空中に浮かび
異国の兎が吊るされて
牛肉の塊があとからあとから押し寄せる
まるで幻影の群れのように。

エクトプラズムのようなステーキ肉やサーロインが
空中を満たした、そのとき電話が鳴って
ひそやかな声がいう。『なにかいいものお願いね
日曜日のためのご馳走を——骨はそんなにいらないわ』

丸々としたブリスケ肉が山のように積み上げられ
キドニーはボウルにあふれんばかり
お抱え運転手の幽霊がひっそりと通りすぎ
カツレツをロールスロイスに積み込む」

ガラスの東屋にいるレディ
どうかこの世に戻ってきて。
チップをおくれ。そして、大事な十ペニーとともに
私をさっさと家に帰してください。

国民の士気を高めるため、政府は一九五一年にイギリス祭りを開くことにした。失敗に終わった数年前の「イギリスはやりとげる《ブリテン・キャン・メイク・イット》」博覧会とはちがって、今度の大イベントはイギリスが本当に復興したことを示す証拠だった。イギリス版『ヴォーグ』はこの意気に感じて、「豊かなイギリス」という記事で後押しした。この記事では、「外国からの客には、われわれの祖先たちが舌鼓を打ち、いまでも田舎の住民がよろこんで賞味している正真正銘のイギリス料理だけ」を出すよう勧めている。たとえば、ワイト島の蟹、スコットランド産大麦のスープ、サセックスの猟鳥獣肉のプディング、オックスフォード・ヘア（じつは詰め物をしたマトンの肩肉）、ランカシャー・ホット・ポットなどである。

悲しいかな、実状はといえば、お年寄りや田舎の住民をのぞいて、イギリス人のほとんど――ロンドンのような大都会の住民はとくに――は、ちゃんとした料理に関する知識も興味も失ってしまったようだった。そこで、作家兼歴史家のレイモンド・ポストゲートは一九四九年に、いまや食品虐待防止協会のようなものが必要だといった。『リーダー』誌の記事で、彼はロンドンの平均的なレストランで供される料理のレベルについて考察した。

湿っぽい、酸っぱくなっている、どろどろ、大ざっぱ、黴臭い、サッカリン味——これら六つの条件のうち一つ（またはすべて）が避けられない。魚、肉、野菜、菓子——なんでもだ。しかも、すべてが煮すぎ、焼きすぎである。温めなおしは当たり前。店がイギリス料理なら、ティーショップまたはカフィ（caffy）と呼ばれる。外国料理なら、レストランまたはカフィと呼ばれる。後者のほうが清潔度では劣るが、料理にはときたま味らしきものがある。

この記事がきっかけで、やがて『美食ガイド』が作られ、最初の巻は一九五一年に刊行された。これが五千部も売れたのは、たとえプロの料理人が戦争とその後遺症でやる気を失っていたとしても、消費者のほうは美食を復活させたいという願望を取り戻していたことの証拠である。ワインおよび料理協会（フランス人のアンドレ・シモンが戦前に設立した）もホテルやレストラン、それに一般家庭の料理の水準を上げることに熱心だった。

だが、イギリス料理はけっして昔と同じものには戻らなかった。第一次大戦後のときもそうだったが、戦争中のリサーチのおかげで、テクノロジーが急速に進歩した。最初のうち、食べ物を何か月も、ときには何年も保存できる急速冷凍の手法はそれほど評判にならなかった。しかし一九四八年の『ヴォーグ』の記事はこれに注目していた。「この新しい手法は食料保存の分野に広まっている。クイックフリーズ法がもっと普及したら、私たちの冬の食卓はがらりと変わるだろう」。家庭用の冷凍庫がまだなかったので、冷凍フルーツや冷凍野菜は買ってきたらすぐに使わなければいけなかった。それらは剝きだしのまま大きな容器に入っていて、それを店員がスクープですくって量り売りするのだった。ドリス・リットン・トーイの記事では時間の節約と無駄のなさが強調されていたが、値段が高いという欠点もあった。数年のあいだ、冷凍技術はかなり原始的な段階にとどまっていた。家庭での保存状態の悪さと、とくにレストランでの手抜き調理のせいで、冷凍食品への反発はより大きくなった。しかし、外で働く女性が増えるにつれ、冷凍食品もしだいに定着していった。パッケージや宣伝も改良され、一九七〇年代に家庭用冷凍庫が市場に登場すると、戦後の食の社会学における最大の進歩がはずみをつけた。それは、最も先見の明にとんだスーパーの店長でさえ予想できない発展をもたらした。

一方、一九二〇年代と同じく、一九五〇年代は順応の時期でもあった。召使や料理人はますます見つけにくくなり、店頭にも少しずつ食品が出てくると、これまでせいぜいスパム・ホットポットか乾燥卵のマヨネーズ和えくらいしか料理を作ったことのない女性たちは、本物の食材を前にして立ち往生してしまった。戦前は料理人にいっさいまかせていたという奥様から学校を出たての娘まで、女性たちの多くはシチューやスポンジケーキの作り方を一から教わらなければならなかった。このような初歩的なレベルで、いちばん役に立ったのはビー・ニルソンのアドバイスだった。彼女の『ペンギン・クックブック』は一九五二年に出た。正式な資格こそなかったが、彼女はホイップクリームの泡立て方（そして、どんな種類のクリームが泡立つか）や簡単なペストリーの作り方をていねいに教えてくれた。派手なところはなく、レシピは乾燥ミルクや乾燥卵、コーンビーフにも応用でき、もちろん「まともな」食材でも大丈夫だった。なかには、シンプルながら、どんなディナーパーティに出しても恥ずかしくないレシピがあった。それに、何より失敗が少なかった。

新米の料理人がある程度まで腕をあげると、より上級のテクニックや凝ったレシピを載せた本が求められた。これには出版されたばかりの二冊が適任だった。旧世代からは「豊富な知識による助言で、古き良き時代の復活に役立つ」（『パンチ』からの引用）と好評だった。二冊とも著者はエリザベス・デイヴィッドである。一冊目は一九五〇年刊の『地中海料理の本』で、翌一九五一年には『フランス田舎料理』が出た。三十年前のブールスタン、百年前のイライザ・アクトンと同じように、デイヴィッドの二冊の本が意図したのは、イギリス国民に向けて料理に対する想像力の窓を開かせ、料理を中心とした文化をふたたび栄光の座に就かせることだった。この二冊を初めとして、デイヴィッドの後年の料理書によってイギリスの料理の方向や食生活のあり方が変わったといっても過言ではない。デイヴィッドの影響がアクトンやブールスタン以上に強く、また広く波及したのには四つの理由がある。第一に、彼女の本では、レシピそのものよりも、根底に流れる料理への態度のほうが重視されている。忘れていたこと、これまで経験したことがないもの――すぐれた料理や旨い食事には視覚、嗅覚、触感、さらには聴覚さえも重要だということ――を読者に気づかせたのだ。高級レストラン料理《オートキュイジーヌ》とカフ（caff）の冴えない料理（「caffy」という呼び名は不評のためすぐに消えた）のあいだには、想像力にとんだシンプルな料理の世界が広がっていて、その世界は陸と海を合わせたくらい広いことを思いださせたのだった。第二に、彼女はフランス料理だけにこだわらなかった。イタリア、スペイン、ギリシャ、エジプトなども視野に入っていた。彼女の本を買った中流階級の家庭では、戦争中に大陸へ出征した者が少なくとも一人はいた。デイヴィッドは、各国の伝統の軸となる料理を見つけ、それを再現する能力をもっていた。そして第三には、気安い雰囲気とイメージにあふれた文章のおかげで、読者はレシピとともに歴史や文学にまつわる豊富なエピソードや彼女自身の思い出話などを楽しむことができた。第四に、シンプルなことにまで完璧を期した彼女の指示は――ブールスタンの本と同じく――信頼できるものであり、そのとおりに正しく作れば必ずおいしい料理ができあがるのだった。戦後になってようやく欠乏と単調という悪夢から目覚めた読者にとって、彼女の本は長い日照りのあとの慈雨にも等しかった。さらにいいのは、この本の料理がすべて安上がりだったことである。イギリスのディナーパーティは突然、ほとんど一夜にして、ローストやグリルや複雑なソースを捨て、そのかわりぐつぐつと煮込んだシチューが食卓に上るようになった。ブフ・アン・ドーブがふたたび流行の料理となり、洗練された女主人のレパートリーにはラムのナヴァランが欠かせなくなった。

戦争のせいでイギリス人がまとっていた外国人嫌いという強固な鎧が少しへこんだことはまちがいない。通貨規制が緩和されたとたん、イギリス人はどっと海外に出かけた――はっきりいって、最初のうちは海外での食事が目当てだった。アイルランド、ノルウェイ、オランダ、フランス――食べ物が豊富で安い国ならどこでもよかった。持ちだし限度額が五十ポンドではとても贅沢はできなかったのだ。『パンチ』や『ヴォーグ』の記者は、料理が山盛りになったテーブルに度肝を抜かれたらしく、アイリッシュ・ステーキ、オランダのバター、ノルウェイのロブスターなどについて、ほとんどヒステリックなほど熱烈なレポートを送った。旅行した人びとは戦利品を持ち帰った。チーズとバター、にんにくとオリーブオイル、アンチョビの缶詰、フォワグラのパテ。やがて五十ポンドの制限が撤廃されると、人びとはもっと遠くへ旅に出た。戦場の煙と土埃のかげにぼんやりとたたずんでいた平和な土地を自分の目ではっきり見たいという欲求に突き動かされたのだ。

やがて産業が復興し、完全雇用が戻ってきて、航空運賃が安くなると、ますます人は海外に向かい、休暇をギリシャやスペインやイタリアで過ごすようになった。いまや、求めるのは食べ物よりもビーチと輝く太陽だった。皮肉なことに、イギリス人の多くはまた旧来の型に戻って、外国の食事にあれこれ不満をもらすようになった。

だが、この道は一方通行ではなかった。一九五〇年代のロンドンが元の地位を取り戻すと、世界一インターナショナルなこの街で勉強や仕事をするためにふたたび大勢の外国人がやってきた。イタリアからは新たに、ウェイター、シェフ、カフェの従業員の一団が到着した。彼らがもたらしたもの

――ガッジャのエスプレッソマシン――は、一九五〇年代末から六〇年代初頭にかけてロンドンでよく見かけるシンボルの一つとなった。エスプレッソ・コーヒーバーがなぜこれほどの人気をかちえたのか、はっきりした理由はわからない。イタリア文化全般への熱狂の一部だったことはたしかだが、同時にイタリア映画やそのスター、イタリア料理、ヘアスタイルなどの人気の高さをあらわしていた。一つにはアルコールがまだ高かったせいかもしれない。週給に占める金額からして、一杯のビールよりもコーヒーのほうがまだ安くついたのだ。しかし、たぶん何よりも大きな理由は、パブの顧客がいまだに旧世代の男たちで占められていたことだろう――女性客お断りという店まであった。世間では男女の入り混じったつきあいに慣れた若い世代が台頭し、彼らにとってコーヒーバーは理想的な溜まり場となった。はやりの店には、それぞれ特徴があった。ブロンプトン・ロードにあったエル・キューバノはややがさつだが活気があってにぎやかだった。カーライル・ストリートのパルチザンは、ニューレフトレビューのオフィスがあるビルの一階で、お客はおもに左翼のインテリ青年だった。実存主義の学生や不良少年《テディボーイ》、芸術家や洒落者のチンピラなど、それぞれの集まる店があった。内装はさまざまだが、たいていはペンキ塗りで明るい照明を備え、飾りのトレリスから人工の植物が吊られていることも多かった。さもなければ（または、それに加えて）ゴンドラの絵やイタリアらしい風景画がよく見られた。

　一九五〇年代の実存主義がとんでいる六〇年代《スウィンギング・シクスティーズ》にとってかわられるとともに、コーヒーバーはカルトの座を明け渡した。繁栄の時代には、食べ物や飲み物よりも、音楽や服のほうが最先端の文化を象徴するものとなった。こうして、まずビートルズが、そしてカーナビー・ストリートとマリー・クァントが新しいイコンになった。近所のカフェでは缶詰のスパゲッティや固い目玉焼きが食べられた。通りのすぐそこにはゴールデン・エッグやクオリティ・インがあり、アンガス・ステーキハウスもあったはずだ（ステーキはいまや配給ではなくなり、どこか――たぶんアンガスではない――から送られてきた）。生産地を明記すべしという法律はまだ生まれていなかった）。ライアンズ・コーナーハウスと古いABCチェーンは疲れた買い物客と時間のない人びとに食事を提供した。それらの店ではテーブルにトマトケチャップとHPソースの罎が置いてあった。ロンドンの若者たちを引きつけたのはケチャップとソースだったのかもしれない。十五年前、ポストゲートに厳しく批判されたカフだが、多少は向上したというべきだろう。だが、本当に向上したのは、より洗練された顧客を対象にしたレストランの水準だった。デイヴィッド・パイパーによる一九六四年版『ロンドン・ガイドブック』の「飲食」の章は役に立つ。チェーンレストランとロンドンのパブの概略について述べ、なかにはシンプルでストレートな料理を出す店があり、たまに逸品にもぶつかると書いたあと、話題は高級レストランに移る。「ヨーロッパおよびオリエンタル料理全般に洗練された味を求めるすぐれた味覚の持ち主」に、ロンドンは必ずや満足を与えてくれるだろう、と彼はいっている。ロンドンの一流レストランならどこでもフランスの高級ワインが飲めるし、本国よりもむしろ質がよく、安いことが多いという。この本では『美食ガイド』のほかに、エゴン・ロナイの新版『イギリスの飲食店1000』も推薦されているが、著者自身もツーリストにお薦めのレストラン百四軒を選んで、格安から高級まで値段別に分けている。ここには見慣れた名前も多い。ベルトレッリ、ブールスタン（マルセル・ブールスタンは一九四三年にパリで死んだが、レストランの名前は変わらなかった）、コンノート・ホテル、イソラ・ベッラ（「高価、戦前のソーホー・スタイル」と書かれている）、ルールズ（「エドワード朝風の内装」）、サヴォイ・グリル、シンプソンズ・イン・ザ・ストランド、トロカデロ。深夜のダンスとキャバレーなら、あいかわらずサヴォイかカリーノズだった。格安のほうでのお奨めは、マンジーズ・ハウス・オブ・ハンバーガー（実際には魚料理が得意だった）、ピカデリー・

ライアンズ・コーナーハウス（「アメリカン・スタイルのスナック」）、それにモダンなインテリアとイギリス料理が好評のイギリス国際空港ターミナルなどがあった。この本には載っていないが、風変わりな料理と値段の高さで論議を呼んだのがクランクスだった。このイギリス初のベジタリアン・レストランがカーナビー・ストリートにオープンしたのは一九六一年だった。

オリエンタル料理の人気が高まったことはパイパーのリストにも反映されていた。『ヴォーグ』もロンドンで中国料理とインド料理がかつてなく繁盛していることに気づいた。ジャムシード、ヴィーラスワミー（実際の開業は一九二五年で、それ以来じわじわと人気が高まった）、チョイズ、シャングリラ、スター・オブ・インディア、カントン、チャイナ・ガーデンなどは、質の高さで名前を挙げられたほかのレストランと肩を並べていた。だが、パイパーも『ヴォーグ』の記者も、その後三十年で外国料理店がこれほど増えるとは予想できなかった。二十一世紀のロンドンはわずか五十年前のロンドンとくらべて大きく変化しており、そのギャップはエリザベス朝のロンドンと中世のロンドン以上に大きい。そんな変化の原因の一つが外国料理店の増加だった。

料理評論の分野で卓越した新しいライターの二人――少なくとも十年前のエリザベス・デイヴィッドに並ぶくらいの影響力をもっていた――が本を出しはじめたのは一九六〇年代後半から七〇年代の初めにかけてだった。ジェーン・グリグソンとクローディア・ローデンである。二人は興味のもち方もアプローチも異なっていて、グリグソンが熱意をもってイギリス（おもにイングランド）と北フランスの伝統料理にとりくんだのに対して、ローデンはまず北アフリカの料理に注目し、次いでイタリアを初めとする地中海沿岸をも視野に入れるようになった。グリグソンは歴史・文学・芸術に通じていて、その知識が文章にも散りばめられている――彼女のレシピはヨーロッパ文化の地図にピンで留められた色とりどりの小さな旗のようだった。文体は率直で親しみやすく、気取りがなかった。博学なのに重さを感じさせず、読んでいると自分まで物知りになったような気がするのだった。

クローディア・ローデンの最初の本『中東料理の本』は一九六八年にハードカバーで出版された。二年後、ペンギンブックスの一冊として再刊され、このシリーズでもとくに人気の作品になった。それも当然である。この本にとりあげられた料理はおいしく、作り方は簡単で、いかにも本物らしかったのだ。本文中には、物語やエピソード、ことわざなどが散りばめられていた。何よりも、グリグソンと同様、文章に飾りがなく、まじめだった。浮わついたところがなく、質にこだわる態度が読者にも伝わってきた。

ローデンのウェブサイトで、彼女自身が一九五〇年代にくだしたロンドンのレストラン評価を見るのは興味深い。彼女によれば、当時はひどかった。彼女が食べなれていたおいしい中東料理を食べさせる店はほとんどなく、自分で作るにも食材がなかったのだ。『中東料理』の初版では、食材のすべてに解説を加え、何で代用できるかをくわしく書かなければならなかった。

ここに、ロンドンの食生活を劇的に変えた第一の要因がある。ローデンによれば、今日のロンドンは世界中の食材が集まる場所だという。「ストーク・ニューイントンやグリーンレーンに行くと、まさにトルコやキプロスへ足を踏み入れたような気がする。イーストエンドやサウソールや北ロンドンのウェンブリーはまるでリトルインディアかリトルパキスタンである」。たしかに、ロンドンの発展に最も寄与したといえるのは「エスニック」フードの成長だった。本書全体を通じて、ロンドンはつねに移民たちの働く場所を提供し、第二の故郷としての役割を果たしてきた。宗教の自由、より高い教育、政治的な避難所を求め、また仕事や、ただ単純にもっと金が欲しくてやってきた人びとだった。故国を捨てた人と故郷の土地をつなぐ強い絆の一つは、生まれてからずっと食べてきた料理である。そして、共通のバックグラウンドや伝統をもつコミュニティには必ずレストランがオープンした。しかし、ロンドンにこれほど多様な人種が集まったことはかつてなく、これほど多くの「エスニック」レストランができたのも以前にはないことだった。一九九九年、外食におけるエスニック料理の消費量はロンドンの場合、一人あたり週に九十グラムで、イギリスの他の土地を押さえてトップだった。『美食ガイド』二〇〇五年版に載ったジャンル別のお奨めレストランのリストによれば、オーストラリア料理が一軒、イギリス料理が七軒、中国料理が十二軒、デンマーク料理が一軒、東欧／ユーラシア料理が三軒、フランス料理が四十八軒、フュージョン／アジア料理全般が五軒、ギリシャ料理が二軒、インド／パキスタン／バングラデシュ料理が二十一軒、ベジタリアンのインド料理が三軒、インドネシア／マラッカ海峡／マレーシア料理が三軒、イタリア料理が二十九軒、日本料理が十四軒、北アフリカ／中東料理が五軒、南アメリカ料理が三軒、スペイン料理が四軒、タイ料理が二軒、トルコ料理が二軒、ベジタリアン料理が一軒、ベトナム料理が一軒だった。しかも、これは精選された店だけなのだ。このほかにも『美食ガイド』には載らないが、ホームシックの移民たちにシンプルで気取らない料理を出す「エスニック」レストランがたくさんある。

だが、客は移民ばかりではなかった――そして、料理は必ずしもシンプルではなく、それどころか本物とは似ても似つかないものになっていることもあった。イギリス人は東インド会社の時代から、さまざまな形のインド料理になじんできた。マリガトーニー・スープやキチュリーやカレーなどは、オリジナルから大きくずれつつも、一世紀以上のあいだイギリスの料理書ではおなじみのものだった。また、すでに見たように、ロンドンには第一次大戦の前からインド料理店があった。しかし、一九七〇年代に何千というアジア人――おもに内戦の殺戮から逃れてきたバングラデシュ人たち――がイギリスにやってきて、小さな食堂やテイクアウトの店を作るにつれて一大ブームが巻き起こるとは、誰にも予測できなかった。故国でプロの料理人だった人は少なかったが、彼らは自分たちと客のために、なじんでいた料理をできるだけ忠実に再現した。とはいえ、スパイスを初めとして、食材を手に入れるのはむずかしかった。彼らがよくやったのは、基本的な食材にできあいのカレー粉や普通のソースを加えて味に変化をつけ、オリジナルとはほど遠いとはいえ、なんとかスパイシーで辛い料理を作りだすことだった。伝統をごたまぜにして新しく考案されたのが歴史の古いブリティッシュ・カレーである。コストと値段はなるべく安く抑えられた。アミタヴ・ゴーシュの小説『シャドウ・ラインズ――語られなかったインド』(一九八八年)には、カルカッタから一九七〇年代のロンドンにやってきた登場人物が「インド」レストランで食事をするシーンがある。

「チキン・シンガポール?」彼は押し殺すような声でいった。

「海老のボンベイ風?」と応じたのは……イラだった。

……イラは……私たちのほうにかがみこんで囁いた。「エキゾチックな料理だと思って食べてごらんなさい――たとえば、エスキモー料理だと思って――そうすればおいしいと思えますよ」

……やってきた料理はどれも見慣れたものとは大違いだった――いつものスパイスがストックとクリームとウスターソースでまったく別物になっていた。だが、料理はそれなりにおいしかった。

このタイプのインド料理店はまだイギリス各地にある。だが、ロンドンでは(またほかのどこでも)ここ数年、メニュー、料理の質、サービス、内装などすべての点で、ゴーシュが書いているような店とは大違いの、洗練されたレストランが誕生している。特定の地域の料理を専門にする店もあれば、地域のスタイルや食材を使って新しい上品な味の料理——いわゆるフュージョン料理ではなく——を作りだす店もあり、またシェフに西洋の食材を自由に使わせると宣言している店もあった。これらの店が目指しているのは、インド料理店のなかで一流と認められることではなく、ロンドンの数あるレストランのなかで第一級の店と評価され——そして成功を収めることだった。

ロンドンの中国人コミュニティはジェラード・ストリート／シャフツベリー・アヴェニュー／レスタースクエアに囲まれた一帯にあり、歴史はさらに古かった。中国人はもともと十九世紀末に船員や港湾労働者としてやってきたが、やがてライムハウス周辺に住みついた少数の人びとが同胞のために食堂と洗濯屋をオープンした。二十世紀の初めにはイギリス全体に中国人がたった五百四十五人——おもに男性——しか住んでいなかったというのは驚きである。当時の娯楽小説やアクション映画に描かれた中国人は、たいがい密輸業者かアヘン中毒、賭博師か悪事に手を染める連中であり、しかも言葉の壁があったため、コミュニティは外の世界から孤立していた。やっと第二次大戦後になってコミュニティは成長しはじめたが、その進み方は遅々としていた。やがて、いくつかの出来事があった。ライムハウスが第二次大戦の空襲で焼け野原になったこと。船員組合の規則により、外国人がイギリスの船で働きにくくなったこと。コインランドリーの導入、そしてのちには家庭用洗濯機の普及によって、洗濯屋の商売が立ち行かなくなったこと。そして、極東から帰ってきた兵隊たちが中国料理の食べられるレストランを探しはじめたこと。周囲を見回した中国人コミュニティは、さびれてみすぼらしいソーホーのジェラード・ストリート一帯では短期の店舗賃貸がただ同然だということに気づいた。同時に、米の値段の暴落で仕事を失った何千という小作農民が香港からイギリスにやってきて外食産業で働きはじめた。その結果、ソーホーの南はロンドンにおける中国人コミュニティのセンターとなり、現在まで続いている。労働者の多くはいまも寮住まいで、日に十七時間働いているため、イギリス社会に溶けこむどころか、英語の勉強さえままならない。そのため、ソーホーには中国人向けのスーパー、歯医者、法律事務所、診療所があり、不動産屋までが中国人専門である。一九八四年、ウェストミンスター市議会は正式にここを「チャイナタウン」と認めた。ソーホーの外では、「中国料理を扱う」レストランやテイクアウトの店が少なくとも一万二千軒あり、ロンドンの五つの自治区には中国系のスーパーマーケットがある。その他のコミュニティはイギリス料理に影響を及ぼしているだろうか？　いまのところほとんど皆無といっていい。中国料理を食べる人は多いが、自分で作る人はごくわずかだ。

もちろんレストランの食事と普通の人びとの日々の食卓との絆はごく細いものでしかない。だが、移民によってまた別の興味深い変化が生じた。一九五〇年代と六〇年代に西インド諸島からの移民がイギリスに殺到したことを考えてみよう。レストラン業界にはほとんど影響はなかった（二〇〇四年版の電話帳ではカリブ海料理を出すという食堂はたった十二軒しか発見できなかった）が、ジェレミー・ラウンドが一九八八年の『インディペンデント』に書いたことがいまや事実になっている。冬の日の午後、ブリクストン・マーケットを訪ねると、ロンドン一の安っぽい通りが突然、熱帯に早変わりする。エレクトリック・アヴェニューを出たところのグランヴィル・アーケード――マーケットには屋根のある部分が二つあるが、その一つ――で情景は一変する。みずみずしい色彩と不思議な臭い、奇妙な形とテクスチャーがどっと押し寄せるのだ。プランテーン、マンゴー、ヤム芋、オクラ、かぼちゃ、ひょうたん、砂糖きび、パンの実が露台に山と積まれ、魚屋と肉屋の屋台では、ブルークラブやトリニダード・シュリンプ、鰹、牛の蹄や豚足が売られている（最後の二つは二世紀前に食材としてイギリスから西インド諸島に渡ったが、いまや本国ではその存在がほとんど忘れられている）。いまこのようなマーケットで店を出しているのは移民一世の孫や曾孫たちである。彼らのおかげで市場は活況を呈している。

このような国際化に対して、ロンドン子の反応はまちまちだった。クローディア・ローデンは心から歓迎し、これはロンドンにとって有利であり、この街がふたたび世界中の食材が集まる首都になることを期待している。フードライターでテレビジャーナリストでもあるジョナサン・ミーズはあまり喜ばない。バラエティが増えるのはいいが、ロンドンは手軽なエキゾチック趣味に縛られすぎて、地元の産品をないがしろにしているというのだ。「ロンドンは本来みずからが首都であるはずの国（イギリス）から事実上、脱退したようなものだ」。近年ジョージ、ヴァルチャー、シンプソンズ・イン・ザ・ストランドといった伝統的なイギリス料理店の数がどんどん減っていることを思えば、これは当たっているかもしれない。もっと悪いことに、鰻の煮こごりやパイ・アンド・マッシュといった本物のコックニー料理を食べたいと思うなら、いまやセントラルロンドンを出て、グリニッジかイーストエンドまで行かなければならないのだ。

ミーズがあげているその他の不満――ロンドンにはドイツ料理店や中欧料理の店、スカンジナビア・レストランが少なすぎる――は、豊かな国のレストランは故国で十分やっていけるので、移民する必要がないということを見逃しているようだ。むしろ、共産主義の崩壊とEUの発展につれて、ロンドンにはこの先、中欧料理のレストランが増えるかもしれない。別のロンドン子にいわせると「東欧のさまざまな国から人びとがやってきたせいで、エスニック料理はいままさに刺激的に変化しつつある」のだった。

ロンドンの食生活に同じくドラマチックな変貌をもたらした第二の要素はスーパーマーケットの隆盛と小規模な個人商店の衰退である。ロンドン経済大学が電話帳をもとに作成して、二〇〇四年の暮れに発行した『ジ・アトランティック・センサス』は、この十年間におけるイギリス全体の変化を記録したものである。残念ながら、ロンドンだけを抜きだした調査結果はない。

リスト上のスーパーマーケットの数は八パーセント増。
同じく、個人経営の精肉加工業者はほぼ四〇パーセント減。
同じく、青果店と果物店は五九パーセント減。
同じく、製パン店と製菓店はおよそ二〇パーセント減。
二〇〇三年には、パンの七六パーセントはスーパーで買われている。

流れは一目瞭然だが、因果関係については明言できない。スーパーはまず第一に便利である。次に価格が安い。この二つだけでも、たとえばパンに関する数字の説明にはなるだろう。また、八百屋と果物屋は貯蔵スペースや、野菜の新鮮さを保ったり安く売ったりするためのシステムに限界があるため、大きな倉庫を確保し、世界各地の野菜や果物を安く仕入れてすばやく運搬できるシステムをもった大手スーパーとの競争にはとても勝てなかった。

だが、肉の場合は少し違う。一九六〇年代と七〇年代にもクランクス（イギリス初のベジタリアン・レストラン）の料理はおいしかったかもしれないが、ベジタリアンやソイル・アソシエーション（英国土壌協会）（オーガニック認定機関）のメンバーに対する世間の目は冷たく、あいかわらず変人《クランクス》を見るようだった。しかし、一九八〇年代末のBSE騒ぎで何千頭もの牛が処分され、人間にも感染する忌まわしい病気（新型クロイツフェルト＝ヤコブ病）が出現して以来、ベジタリアン志向が急速に勢いを伸ばしはじめた。一九九四年、BBCのラジオ4は週に二千人がベジタリアンに転向していると報じた。やがて二〇〇一年には深刻な口蹄疫の流行が起こり、人間には感染しなかったにもかかわらず、これが精肉加工業者にとってはさらに大きな打撃となった。この出来事だけでもまちがいなく危機的だったが、その副作用として人びとの好みが変わったことも追い撃ちになった。いまでは、内臓を食べる人が減り、肉が好きな人びとでも、若い人は切り身のパックを好んだ。骨をはずしたり巻いたりという下ごしらえができていれば、なるべく手で触らずにすむ。スーパーはこのことをよく理解していた――プラスチックのトレイに載せてラップで包んだ肉の切り身をそのままフライパンに入れればいいだけにしたのだ。スーパーのテスコが出した二〇〇三年のプレスリリースによれば、二十一歳から三十五歳までの顧客のうち、ブリスケやフォアリブやロインといった肉の部位を聞いたことがあるのはたった一七パーセントだという。

そんななかで生きのびてきた小規模小売店――肉屋など――にはさまざまな理由があった。ロンドンのような大都会では、たえず人口が変動し、無力な個人はびくびくして暮らさなければいけない。そんなとき、地元の八百屋や肉屋の親身なサービスは付加価値になり、とくに移民のコミュニティで育った人には貴重だった。やがて、オーナーのなかには営業方針を変えて、特殊なニッチに目を向ける人も出てきた。こうして生まれた専門店には中世を思わせるところがあった――デリカテッセン、中東やイタリアのものだけを売る店、ジャム専門店、コーヒー専門店、チーズ専門店などである。

狂牛病騒動は健康を脅かす最大の危機だったが、一九七〇年代にはそのほかにもトラブルが多かった。卵のサルモネラ菌、発癌性のある殺虫剤や除草剤、高コレステロールの動物性脂肪の摂りすぎ、塩や砂糖、大量生産の食品などについて、さまざまな情報が行きわたった。その結果として、「自然」食品への欲求が高まった。ソイル・アソシエーションの最近の数字によれば、二〇〇三年から二〇〇四年にかけてオーガニック食品の売上は一〇パーセント増だという。これはささやかな数字であり、とりわけ大英帝国で売られる食品全体からすればわずか二パーセントなのだから画期的とはいいがたい。にもかかわらず、かつてたんなる気まぐれと思われていたことが、いまではトレンドになっている。その重要さは、他の都市と同様、ロンドンにもファーマーズ・マーケットができて、人気をかちえていることからもわかるだろう。ファーマーズ・マーケットとは、近郊の農家（ロンドンの場合、半径百マイル以内）が農作物をじかに消費者に売るシステムである。

ファーマーズ・マーケットに参加する農家の多く（すべてではない）はオーガニック農業に興味をもっている。新鮮さと質の高さを重んじ、とくに農家と消費者の結びつきを大切にするやり方はアメリカから導入されたものである。ロンドンのファーマーズ・マーケット——開催は週に一度——は一九九九年にイズリントンで始まった。それ以後、十二のマーケットが加わった——ロンドンに農作物をもちこむ生産農家の数が限られていることと、適当な場所が見つからなかったこともあって、それ以上は増えなかった。だが、ジョナサン・ミーズはこのいわゆる「美食革命」が住民のごく一部にしか波及していないと指摘しており、それは当たっている。たしかにマーケットの置かれた場所と農産物の値段は社会的な階層の違いを示していた。顧客の四分の三以上にあたる七六パーセントが社会経済のグループA、B、Cに属し、四〇パーセントが五十五歳以上だったのだ。

それでもオーガニック食品の人気と小規模な専門店へのシフトはとどまらず、これがきっかけでスーパーも対応策をとらざるをえなくなった。いまスーパーには必ずオーガニック食品の棚がある。それどころか一九九九年初めのソイル・アソシエーションの調査によると、イギリスのオーガニック食品の六九パーセントはスーパーで売られているという。さらにスーパーにはデリカテッセンのカウンターも設けられ、外国産のチーズや生きた魚まであり、ほとんどの店にはベーカリーも付属している。これがたんに流行に乗った付和雷同なのか、それとも国民の健康と美食への欲求を満たそうという真剣な動きなのかは、いまのところ明言できない。商売を続けたいと思ったら、店の経営者は客の要求に応えなければならないのだ。

外国の味覚のインパクトとスーパーの台頭に負けないくらいドラマチックだったのは、過去三十年間における調理の分野および食生活の変化である。家庭用の冷蔵庫、急速冷凍、電子レンジは調理法をがらりと変えてしまったので、それらがなかったころの生活を思いだすことさえむずかしい。一九七七年、ロンドンの冷蔵庫市場はほとんど飽和状態に近づいていたが、冷凍庫はイギリスの家庭の一四パーセントにしかなく、電子レンジについては統計さえなかった。ところが二〇〇二年には八七パーセントの家庭が電子レンジを保有している一方で、冷蔵庫と冷凍庫に関する数字はなく、ほとんどの家にあるという漠然とした記述しかなされていない。要するに、あまりにも身近なため、調査員はそれについて訊こうとも思わなかったのだろう。

結果として、冷凍野菜の消費量が急速に増え、さらに近年では電子レンジかオーブンで温めればいいだけという調理済みの食品が出回るようになった（ほとんどの製品では、食べ方の指示に、まず電子レンジが出てきて次にオーブンという順番なのも注目すべき点である）。料理の種類は、イタリア料理、フランス料理、中東料理、中国料理、カリブ海料理、インド料理などがあり、イギリス料理はごくわずかだった。これと並行して開発されたのが大量生産のフリーズドライ食品である。調理済みの米やクスクスには、ハーブや細かく刻んだ野菜、魚介類や鶏肉などが入っていた。これだとスパイスを計ったり、たまねぎを刻んだりする手間はいらなかったが、もっと高級なものだとトマトのみじん切りや卵などを加えれば味がよくなるという但し書きがあり、消費者にいかにも料理をしたような気分を与えた。

さらに、イージーミールなるものもあり、仕事で多忙な人や小さなキッチンしかない狭いアパートの住人にはありがたかった。リビングのソファに坐り、テレビと向きあって食べることも多く、テレビのなかではカリスマ・シェフが洗練されたエキゾチックな料理を作っている。この章の冒頭にも引用したヘレン・フィールディングの『ブリジット・ジョーンズの日記』では、三コースの食事を料理するのはブリジットではなく、マークス・アンドスペンサーなのだ。とはいえブリジットにも多少は料理の知識はあるらしく「自然保護派《グリーン》」の友人と話しているあいだに、彼女は自分の誕生パーティのプランを思いついた。

三月十九日日曜日……あの十九人は私の友達なのよ。みんなの望みは私の家で歓迎されること……シンプルで家庭的なもてなしでお祝いしよう……みんなのために羊飼い《シェパード》のパイを焼くわ――イギリスの家庭料理づくしにしようっと。

だが、次の日になると気が変わった。

三月二十日土曜日　シェパード・パイのほかに網焼きエンダイブ・サラダを出すことにした。ロックフォール・チーズのベーコン巻きにかりっと焼いたチョリソ・ソーセージを添えればファッショナブルな感じになる（やったことはないけど、きっと簡単よ）。それからグランマルニエ・スフレ。誕生日がチョー楽しみ。すばらしい料理の腕とホステスぶりできっと評判が上がるわ。

いうまでもなく、ブリジットはこの不自然な、いかにもテレビ向きのメニューをうまくこなすことはできない。誕生パーティがなんとか無事にすんだのは、友人たちが急のために近所のレストランを予約しておいてくれたからだった。また別のもてなしの機会にも、ブリジットはテレビを参考にメニューをでっちあげる。だが、ブルーの染料でスープに色がついてしまい、ツナのステーキを買い忘れ、オレンジのコンフィはマーマレードになってしまう。

こうして、今日のロンドンを描きだすとすれば、それはマルチカルチャーのメガロポリスそのものとなり、そこでは生産者と消費者の絆は――たとえ残っていたとしても――か細いものになっている。また、イギリスのほかの場所にくらべて、ロンドンでは外食の機会がとても多い。テクノロジーのおかげで、人びとはバラエティ豊かな食事を低コストで、しかも最小の努力で味わえるようになった。しかし、その一方で、料理はむしろ神秘的なアートになってしまい、実際に料理を手がける人の数はどんどん減っている。『ブリジット・ジョーンズの日記』には、仕事をもつ若くて独身のロンドン子のリアルな肖像が描かれている。サンドイッチやブリトーやタコスを食べ、テイクアウトを利用し、人をもてなすときにはレストランとスーパーをあてにする。それは奇妙にも中世の日々を思いおこさせる。食べ物の種類や衛生状態は『カンタベリー物語』の「ウェアのホッジ」や「ロンドン・リックペニー」の主人公を驚かせるかもしれない。だが、それでも彼らはきっと、現代の食生活にそれほど違和感をもたないだろう。

現代ロンドンの食生活――三つのアプローチ

その一　ブリジット・ジョーンズのある日の食事

朝食　ホットクロス・バン（スカースデール・ダイエットでは全粒粉のパンのトーストなんだけど、そのバリエーションということで）、マースバー（スカースデール・ダイエットではグレープフルーツ半分だけど、これもバリエーション）。

おやつ　バナナ二本、洋梨二個（おなかがぺこぺこだったのでFプラン――高繊維ダイエット――に変更、それにスカースデール・ダイエットのにんじんスナックにはとても耐えられない）。オレンジジュース一パック（アンチ・セルライト生食ダイエット）。

昼食　ジャケット・ポテト（スカースデール・ベジタリアン・ダイエット）とホムス（ヘイ・ダイエット――ジャケット・ポテトは澱粉質のみだし、朝食とおやつはすべてアルカリ性食品だからいいだろう。ホットクロス・バンとマースバーは別だけど、これくらい数に入らない）。

夕食　ワイン四杯、フィッシュ・アンド・チップス（スカースデール・ダイエットとヘイ・ダイエット――タンパク質主体）、ティラミス一個、気泡入りペパーミント・チョコ（うんざり）。

その二　イーストエンドのイール・アンド・マッシュ店主ロバート・クックへのインタビュー。一九八九年十一月二日、ハックニー、ブロードウェイ・マーケット九番地にて

［このインタビューは十数年前になされたものであり、遺憾ながら、私たちの目の前で食の伝統が消えつつあることの証拠となった］

私の曾祖父がイール・アンド・パイ（鰻のパイ）の商売を始めたのは一八六二年でした。祖父

はこの店を一九〇〇年に買い、その後一九一〇年にキングズランド・ロードに二軒目の店をオープンしました。キングズランド・ロードの店の外観と内装はいまも昔のまんまです。建築の本に何度も載ったんですよ。ダイニングルームにはヴィクトリア朝様式の大きなドームがあります――ちょっとしたものです。いまはいとこが経営しています。こっちの店は一九三〇年に改修しました――タイルの壁とテラゾ（モザイク仕上げ）の床と大理石のテーブルですね。それ以前は地下にももう一つダイニングルームがありましたが、いまはそこはセラーになっています。そこは一九三〇年代のままです。照明だけ蛍光灯に変えましたが、いずれまた元に戻すつもりです――クラシックな白熱灯のほうがいいと思うので。

　私は子供のころからここで父を手伝いました。やがて学校を出ると、自然にここで働くようになったんです――ほかのことをしようとは思いませんでしたね。なんとか食べてはいけますが、いまは五〇年代のような具合にはいきません。当時、鰻の商売は最盛期でした。あのころはマクドナルドもウィンピーもなかったしね。ロンドンにできたウィンピーの一号店を覚えてますよ。ライアンズ・コーナーハウスのなかでした。父は毎年クリスマスには子供たちをおとぎ芝居につれていってくれました。ある年――一九六〇年だったか――パラディアムの『ハンプティ・ダンプティ』でハリー・シーコムを観たあと、特別の機会だからというのでコーナーハウスのウィンピーバーへ行ったんです。いまでは、そこらじゅうにあるからね――ウィンピーもマクドナルドも。グリーク・パレスやインディアン・パレスもね――大変な競争だ。まあ、私たちもなんとか暮らしていけます。

　最近では、この店の売れ筋になっているのは牛挽肉で作るミートパイです。底には脂肪なしのパイ生地を使い、マーガリンと牛脂を混ぜたうまいペストリーで蓋をする。全部手作りですよ。

裏手にパン工場があります。そこも全部テラゾの床とタイルの壁です。

しかし、鰻もかなり出ます。最近では高くなってしまってね。ビリングズゲートで生きたやつを仕入れてくるんです。イギリスの鰻は十月に終わるので、そのあとはニュージーランド、それからカナダとアメリカのやつで四月までもたせます。ここでは鰻の煮込みと鰻の煮こごりを売っています。イール・アンド・マッシュはとても伝統的な料理です。少量の塩を入れた水で、鰻とピメントを煮込み、それから皮をはいで、切り分けるんです。一皿分は五切れ。これのために特別製のグレービーも作ります。パセリをたくさん使ってね。パセリソースはグリーンでなければいけません。白のなかに緑の点々がぽつぽつなんてのじゃだめです。冬にはフランスから輸入した生パセリにドライパセリを少しばかり混ぜることになります。店の表に屋台を出して、生きた鰻も売っています。夏には通りに面した窓を開けて、そこから商いができます。調理済みの鰻が流通するようになっていますが、古い世代はまだ自分で料理したがるんです。若い人たちは料理の仕方も知らないですね。お客さんが鰻を選ぶと、私たちが頭と尾を落とし、内臓を抜いてから、グレービー用のパセリを添えて家まで配達します。

祖父は一九五九年に八十歳で死にました。鰻の煮こごりを通りで売ろうと考えたのはこの祖父でした。それまで、屋台では魚介類しか売っていなかったんです。いまでは、イール・アンド・パイの店もたくさんできて、大勢の人が商売をしています。ほとんどが親戚ですよ。マンジーズ・ハウス・オブ・ハンバーガーとも遠い姻戚関係なんです。

家族関係をうまくやっていけば大丈夫だと思います。いずれまた鰻の人気も戻ってくるでしょう。地元のお客さんがおもですが、ロンドンの反対側からわざわざ来る人もいます。リージェント運河のすぐそばなので、シティのオフィス街で働く人たちが大勢ランチを食べにきます。開発中の高級マンションが完成したら、ヤッピーもお客になるでしょう。シャブリをメニューに加えることになるかもね！　鰻は高級な食品ですし、みんなそれを知っています。ファーストフードが発明される前は、鰻はファーストフードだったんですよ。店に入って注文すれば、十秒でテーブルに料理が出てくる。でも、商売はきちんとしなければね。ケチってはいけません。たとえば、私は日本の冷凍鰻を使いません。まっとうな仕事をしていれば、商売は長続きするはずです。私には娘が二人いて、妻はまた妊娠中です。男の子だといいなと思います。強要するつもりはないですが、息子が商売を継いでくれたらいいな、と……

二〇〇四年十二月の追記。キングズランド・ロードの店は一九九七年に中国料理店になったが、建物はグレード２（重要文化財級）の保存リストに載っているので、外観は変わっていない。

ミスター・クックのおもな売り物はいまではパイ・アンド・マッシュになっている。いまでも手作りで、シティで働く人びとや、予想どおり高級マンションの住人のあいだで人気を得ている。生きた鰻を買いにくる人はほとんどいなくなったが、注文があれば二十四時間以内に入手できるという。鰻の煮込みと鰻の煮こごりはいまではデンマークの工場から送られてくる鰻で作っている。この鰻は通年で輸出されている。

彼の妻は男児を出産した。この息子はいま十五歳で、土曜日には店を手伝っている。

その三　ロンドン最古のレストラン、ルールズ

一七九八年の創業以来、ルールズの所有権はわずか三家族によって引き継がれてきた。経営方針は一貫しており、伝統的なイギリス料理を手ごろな価格で提供するというものである。開業以来、ロンドンの文学界や演劇界と強い絆を保ちつづけている。ディケンズ、サッカリー、グレアム・グリーン、ディック・フランシス、ペネロピ・ライヴリといった多岐にわたる作家たちがこの料理を楽しんできた。一九七一年、コベントガーデン地区再開発のために解体命令が出されたが、当時の桂冠詩人ジョン・ベッチマンを先頭に保存運動がくりひろげられて解体は免れた。昔と同じくいまもこの店は作家や俳優、法律家やジャーナリスト、それにビジネスマンに愛されて、年間十万人に食事を提供している。

ルールズの営業部長ジュリアン・ペインへのインタビュー
二〇〇四年十二月七日、ロンドン、メイデン・ストリート三十五番地にて

ランチタイムには常連さんが大勢いらっしゃいます。夜は、海外からのお客様が多いようです。いつもいっているのですが、ルールズは世界のクラブですから。それこそ世界中からですよ――最近はロシアと東欧圏からのお客様が増えています。ルールズこそ、ロンドンのイメージそのものと思われているようです。ディケンズの描く世界ですね。メイン・レストランのほかに貸切用の個室が四つあります。ジョン・ベッチマン・ルーム、ディケンズ・ルーム、エドワード七世ルーム（ここで彼はよくリリー・ラングトリーをもてなしたそうです）、グレアム・グリーン・ルームの四室です。個室は誰でも予約できます。両親にご馳走したい子供たち（またはその逆）から、会社の会合、文学関係の集まりまでなんでも。ノエル・カワード協会の会合は土曜日にグレアム・

グリーン・ルームと決まっています。お子様がたのパーティもやります。子供のころからルールズに馴染んでいれば、将来お得意様になってくれるでしょうからね。人はおいしいものを食べた記憶に幸せを感じるものです。いうなれば、大好きな叔母さんや叔父さんのようなものです。いつでもそこにいて、いつでも頼りになる。

この五十年間、メニューは大きく変わっていません。ただし、去年の夏に就任したシェフのリチャード・ソイヤーが腕のよいペストリー・シェフをつれてきたので、プディングの種類はやや増えました。猟鳥獣肉――鹿や野鳥など――もかなり出ますが、主体はなんといってもステーキ・アンド・キドニー（パイまたはプディング）です。ポッテッド・シュリンプ、スモークサーモン、スティルトン・チーズとクレソンのスープなど、この手のイギリス料理が人気です。メニューは季節によって年に四回変更されます――プディングもね。いまはベークド・ライス・プディングのダムソンスモモ・ジャム添えです。

オーナーのジョン・メイヒューはペニンアルプスに土地をもっていて、そこでたまにささやかな狩猟の会が開かれます。自慢できるほど立派な領地ではありませんが。そこで獲れた猟鳥獣肉を店で出すことはほとんどありません。供給にむらがあるし、食材を北から南へ運ぶのは大変な苦労ですからね。ただし店のスタッフの訓練にはそこを使います。狩猟の会にスタッフをつれてゆき、野生の鳥や獣をどのように扱うかを教えるわけです。そっと忍び寄って銃で仕留めることも教えます。自分たちが供する食べ物のことは、よく知っておくべきですからね。

隣接する放牧地ではポール・コッペンという人がおよそ九十頭のベルテッド・ギャロウェイ種の牛を飼っていて、私たちは毎年そこから三頭か四頭の牛を買います。この牛はダーリントンで屠られ、そこからうちと契約しているロンドンの精肉加工業者に送られ、そこでさらに加工と下ごしらえをしてもらいます。そのほか、サセックス・ラムも用い、コーンウォールからも肉を仕入れています。

野菜はできるだけ旬のものにして、なるべくイギリス産を使おうと思っています。しかし、冬には供給源をほかの土地に広げざるをえないこともあります。イギリスの冬の野菜はやや単調ですからね。それでも促成栽培の野菜や果物は買いません。私のモットーはこうです。「目をつぶって食べれば、料理の中身も味もよくわかる」。だから、冬に苺を使うようなことはまずありえません。

ワインリストはつねに変更されます。シャンパンも時に応じて変えたほうがいいと思います。いまはヴーヴクリコですが、お客様の目の前で栓を開けてから注ぐので、何を飲んでいるか一目でわかります。ワインはいま、かつてない上物がそろっています。もちろん、肉がメインのレストランですから、赤ワインが多くなります。生産地も種類もとてもバラエティに富んでいます。ローヌ川南域の小規模ワイナリーが生産する上等な赤もあります。ボトルだけでなく、白の六、七種類、赤の十種類ばかりはカラフでもお出しします。ボトル一本は多いというかたも多いので。生ビールもありますよ。上等な銀のゴブレットでお飲みいただけます。

店のいまの美点を保ちつづけることが大事だと思っています。よいDNAを受け継ぐといえばいいのでしょうか。DNAをいじくりまわして自分らしさを失ったら、けっして元には戻れません。そうはいっても、それには努力が必要です。つねに自己検証して、たえず磨きをかけなければいけません。この商売では過去の業績にあぐらをかいてはいられないのです。一点だけ変えたことがあります。二〇〇〇年以来、レストランは禁煙になりました。スタッフと非喫煙のお客様に対して公正を期すためです。多少の抗議はありましたが。それでもお客様は来てくださいます。

訳者あとがき

『イギリスはおいしい』がベストセラーになったのは一九九一年のことだった。このタイトルにはもちろん皮肉な意味合いがあり、それまでイギリス料理はまずいという定評がまかりとおっていたのである。たしかに、イギリス料理の評判は悪かった。質実剛健のジョン・ブル、貴族的なマナーのかげに隠された形式主義といったイメージで、享楽的な美食文化とはほど遠かった。

だが、ロンドンという街は昔から特別な存在だったし、いまもそうである。中世の時代からメトロポリスとして栄え、しかも、海と川を連結する商業都市だったから、世界中の文化が入ってきた。イギリス海軍と商船が世界の海を制覇し、さまざまな植民地と通商をしていたことは有名だ。このおかげで、ロンドンは世界中の食材が集まる都市になった。現在のグローバル化した社会の縮図が、早くからロンドンにはあったといえるだろう。

この本は、そんなメトロポリスに住んでいたロンドン子たち――貧富の差や年齢、性別を問わず――が毎日どんなものを食べていたかを、文献と史料にもとづいて再現し、生き生きと描きだしている。パン、肉、魚といった基本食材だけでなく、どんな酒の人気が高かったか、飲料水はどのようにして安全になったか、野菜とハーブの位置付けは、どんなスパイスがどんなふうに使われていたか、といったテーマがとりあげられている。

さらに興味深いのは、現代社会にも通じるファーストフードと外食産業の歴史が描かれていることだ。路上の物売り（ロンドン子は買い食いが好きだった！）や料理の宅配、惣菜を売る店（デリカテッセンの元祖）、高級フレンチ・レストランから庶民的なパブ、コーヒーハウスやティーハウスまで、ロンドンの暮らしにとけこんださまざまな食の風景が見られる。

各章の案内人となるのは、その時代にロンドンで暮らした作家たちである。『カンタベリー物語』のチョーサー、有名なシェイクスピア、日記を書き続けたピープスとイーヴリン、辞書編纂家の博学なサミュエル・ジョンソン博士、『オリヴァー・ツイスト』などロンドンを舞台にしたベストセラーを何作も書いたディケンズ、才気煥発にしてスキャンダラスなオスカー・ワイルド（アイルランド生まれだが）、繊細な感受性のかげにユーモアを隠しもった女流作家ヴァージニア・ウルフが、彼らの愛したロンドンの街とその食卓をガイドしてくれる。

各章の冒頭には、作家たちの生涯がざっと紹介され、著作からの引用も多い。彼らが何を食べ、何を飲んでいたか、そしてどんな店に出かけたかを見るのは――彼らの作品のファンならなおさら――とくに文芸愛好家ではなくても、十分に楽しいはずだ。

本文中から、いくつかトリビアを紹介してみよう。

・中世のロンドンには、革の半ズボンをはいたエール鑑定人がいた。
・エリザベス朝（シェイクスピアの時代）に食後のデザートの習慣が確立された。
・ピープスの時代には、牡蠣は安かったので貧乏人の食べるものだった。
・イーヴリンが推奨するサラダ・ドレッシングはあまりおいしそうではない。
・ジョンソン博士は紅茶中毒だった。
・ディケンズは前の日の残りのラム肉を温めなおして食べるのが好きだった。
・オスカー・ワイルドの行きつけの店は現在もリージェント・ストリートにあるカフェ・ロワイヤルだった。そして、彼は白ワインを「イエローワイン」と呼んでいた。
・ヴァージニア・ウルフは自家製ジャム（とくにグズベリー・ジャム）が得意だった。

現代の章には、ブリジット・ジョーンズの食生活（マークス・アンド・スペンサーのデリと各種ダイエット）もちょっとだけ登場する。

さらに付録として、伝統的なイギリス料理の一つである鰻のパイを商っている店の主人と、肉料理を得意とする高級レストラン、ルールズの営業部長へのインタビューが掲載されている。

著者のアネット・ホープはスペインのバルセロナに生まれ、子供時代をフランスと南アフリカで過ごした。エジンバラ大学で学び、それ以来スコットランドの土地と人間の魅力にとりつかれた。結婚して三女をもうけ、現在は南フランスとエジンバラの二か所で暮らしている。その他の著作に、スコットランド料理の本『A Caledonian Feast』もある。図書館に司書として勤務した経験もあり、文献学に通じていることから、本書でも歴史的・文化的な文献が多数引用されている。とくに興味深いのは、昔のレシピ集や飲食店のガイドブックだろう。昔から外食ガイドのような本が出ているのは、大都会ロンドンならではである。

巻末には、その時代に作られていた料理のレシピが載っている。これらは著者が数ある昔の料理書のなかから、とくにその時代らしい料理を選んで、再録したものである。読者が実際に作れるよう現代風にアレンジしてあるので、チョーサーやシェイクスピアが食べたであろう料理がどんなものか、ぜひ試してみてほしい。

ちなみに、いまでは「イギリスはおいしい」という言葉は皮肉でもなんでもなく、実際にそのとおりになっているようだ。雑誌『レストラン』による二〇〇五年版・世界のレストラン・ランキングで、ロンドン郊外の「ファット・ダック」という店が見事、第一位に輝いている。このほかにも、五十位までに十四軒がランクインするという好成績である。私が二〇〇四年にロンドンへ行ったときも、黒服のウェイターやホステスがいるおしゃれなレストランが増えていて、これがロンドンか、と驚いたものだった。もちろん、あいかわらずインド料理やイギリスお得意の肉料理はとてもおいしかった。二〇一二年オリンピックの招致に成功したこともあり、これからのロンドンはますます外食産業の花が咲くのではないだろうか。

いまやすっかり近代化されてスタイリッシュになったロンドンだが、この本を読んだあとで訪ねる機会があったら、ピカデリーやニュー・オックスフォード・ストリートあたりでふと立ち止まり、中世のロンドンに思いをはせて猟犬の吼える声や狩のラッパの音に耳をすませてみるのも一興ではないだろうか。

翻訳の機会を与えてくれた白水社に感謝し、企画から本ができあがるまで手をかしてくれた編集部の藤波健さんに心からお礼を申し上げます。

二〇〇六年一月

野中邦子

追記

本書に登場する作品および作家について、さらに興味をもたれた読者のために簡単なリストをあげておきます。シェイクスピア、ディケンズ、ワイルドなどは、各社から出ていますが、比較的手に入りやすいものをあげておきました。(訳者)

『完訳カンタベリー物語』上中下、J・チョーサー著、桝井迪夫訳、岩波書店
『シェイクスピア全集』全三十七冊、小田島雄志訳、白水社
『サミュエル・ピープスの日記』全十巻、臼田昭他訳、国文社
『ピープス氏の秘められた日記——十七世紀イギリス紳士の生活』臼田昭著、岩波書店
『サミュエル・ジョンソン伝』全三巻、J・ボズウェル著、中野好之訳、みすず書房

『ピクウィック・クラブ』全三巻、C・ディケンズ著、北川悌二訳、筑摩書房、
『オリヴァー・ツイスト』上下、C・ディケンズ著、中村能三訳、新潮社
『デイヴィッド・コパフィールド』全五巻、C・ディケンズ著、石塚裕子訳、岩波書店
『大いなる遺産』上下、C・ディケンズ著、山西英一訳、新潮社
『ドリアン・グレイの肖像』O・ワイルド著、福田恒存訳、新潮社
『獄中記』O・ワイルド著、田部重治訳、角川書店
『サロメ・ウィンダミア卿夫人の扇』O・ワイルド著、西村孝次訳、新潮社
『オスカー・ワイルド全集』西村孝次訳、青土社
『ダロウェイ夫人』V・ウルフ著、丹治愛訳、集英社
『自分だけの部屋』V・ウルフ著、川本静子訳、みすず書房
『燈台へ』V・ウルフ著、御輿哲也訳、岩波書店
『ヴァージニア・ウルフ著作集』みすず書房

『ロンドン　食の歴史物語』レシピ

第一章

オニオンスープ

このスープの本当の名前はソーピス・ドリーといいます。フランス語で「金色」を意味するドレからきたのかもしれません。レシピによってはサフランを使って金色に仕上げた場合もあるからです。ここにあげたレシピではサフランは使っていませんが、それでもぜいたくな風味は味わえます。

たまねぎ　500g
オリーブオイル　大さじ2
スペイン産のドライタイプの白ワイン 300ml（またはワイングラス1杯のドライシェリーをスープストックで薄めたもの）
チキンストック　300ml
粉末アーモンド　60g
ライ麦パン　1人につき1枚
塩

たまねぎを細かいみじん切りまたは薄切りにする。オイルを敷いた厚底鍋に入れ、蓋をして、ときどき鍋を揺すりながら弱火で10分ほど煮る。ワインとストックを混ぜあわせる。このうち1カップをとっておき、残りをたまねぎの鍋に加えて煮立たせる。弱火にして45分ほどじっくり煮込む。この間に、とっておいたワインとストックのミックスにアーモンドを加え、パンをトーストする。煮込んだたまねぎスープをアーモンド・ミックスに混ぜ、2、3分煮る。それぞれのスープ皿にトーストしたパンを入れておく。スープの味をととのえ、トーストの上から注ぐ。（ワーナー『昔の料理の本』より。『カリー家のレシピ』の初期の版に転載されたもの）

魚のブラマンジェ

チョーサーの『カンタベリー物語』「総序の歌」によれば、この本に登場する料理人は魚のブラマンジェをなにより得意にしていたようです。チョーサーの時代に人気があったこの料理には２種類のバージョンがあり、１つは魚、もう１つはチキンで作ります。現代人の味覚からするとぴんとこないレシピかもしれませんが、意外においしくて、リバイバルするだけの価値はあります。

白身の魚（鱈、メバル、マトウダイ、メルルーサなど） 250*g*
米 1カップ
粉末アーモンド 120*g*
砂糖 小さじ1
おろし生姜 小さじ半分
塩・胡椒
アニスシード 小さじ半分（地元で手に入らなければ通販で買えます）

鍋に魚を入れ、ひたひたになるくらいの水で煮立たせる。火を弱めて５分から10分煮る。魚はとりだしておく。煮汁のうち１カップをとっておく。残りの煮汁は水を加えてカップ２に増やしてから塩で味をつける。とっておいた煮汁１カップが冷めたら、アーモンドの粉末を入れたボールにかき混ぜながら加える。別の鍋に残りの煮汁２カップを入れ、米を加えて煮立たせる。火を弱め、蓋をして、米が煮汁をすっかり吸いこむまで炊く。火をとめたあとも蓋をとらずに蒸らしておく。砂糖、おろし生姜、アニスシードをアーモンドと煮汁のミックスに加え、それを米の上から注ぎ、フォークでそっと混ぜあわせる。魚を薄切りにして、そこに加える。塩・胡椒で味付けする。リング型（どんな形状の型でもよい）の内側にオイルを薄く塗り、このミックスを注ぎいれる。油を塗ったアルミフォイルで蓋をして、大きな鍋に水を張ったなかに入れて湯煎にするか、あるいは中火のオーブンで20分焼く。完全に火が通ったら型からはずして、生のフェンネルかコリアンダーを飾る。

チキンのブラマンジェもほぼ同じ作り方でできる。魚のかわりに胸肉２枚を茹でて薄切りにしておく。効果的な盛りつけをするなら、濃緑色の皿に盛るか、ほうれん草のピュレを敷きつめた上に載せるとよい。（トマス・オースティン『15世紀の２冊の料理』に

転載された『リバー・キュア・ココルム』より）

カボッシュ・イン・ポタージュ（キャベツのシチュー）

キャベツ（サマーキャベツまたはウィンターホワイト） 1個
たまねぎ　中1個
リーキ　大1本
ビーフストック　300*ml*
サフラン少々
砂糖　小さじ半分
おろし生姜　小さじ半分
塩・胡椒

キャベツを4等分ないし8等分に割り、鍋に入れる。たまねぎをみじん切りにし、リーキの白い部分も細かく刻んで、この鍋に加える。ビーフストックを加えて弱火で野菜がやわらかくなるまで煮込んだあと、水気をきる。キャベツを一口大に切り、スパイスと砂糖を加える。味見をしながら塩・胡椒で味をととのえる。（『カリー家のレシピ』より）

炒めほうれん草

ピレネー地方ではほうれん草をこのように料理していました。そこではお湯でふやかしたレーズンをてのひら一杯ほど加え、食卓に出す直前に松の実を散らしました。ここにあげたレシピにはそんな飾りはありませんが、レーズンや松の実は中世にはよく使われた食材なので、それらを使ったとしても本物らしさを損なうことはありません。

生のほうれん草　1*kg*（冷凍なら500*g*）
オリーブオイル　大さじ3
塩・胡椒
レーズンと松の実（好みで）

生のほうれん草を使うときは、よく洗ってざっと切っておく。厚手の鍋に入れ、水を加えずに弱火にかける。蓋をして、ときどき鍋を揺すりながら10分ほど蒸し煮にする。冷凍ほうれん草の場合、ここまでの下ごしらえは不要。厚手の鍋にオイルを加えて温める。そこへほうれん草を加え、塩・胡椒をする。全体にオイルが行きわたって、色が濃いグリーンになるまで何度もひっくりかえしながら炒める。レーズンと松の実を加え、よくかき混ぜてから供する。(『カリー家のレシピ』より)

ピッグス・イン・ソース・ソージ
(ポークのセージソース)

この料理は冷たいまま食卓に出します。温かくして、ホットソースを添えても同じようにおいしくいただけるでしょう。温める場合は、お酢の量を加減すること。酸味が強すぎると思ったら、お酢を薄め、砂糖少々を加えてください。

骨なしのポーク（ロインまたはフィレ） 500*g*
刻みパセリ　大さじ1
フレッシュ・セージの葉　6～7枚（またはドライ・セージ　小さじ1）
固茹で卵の黄身　2個
食パン　1枚
酢または酢を水で薄めたもの　大さじ4～5
塩・胡椒

鍋に豚肉とたっぷりの塩水を入れる。いったん煮立たせてから、さらに20分ほど煮る。肉をとりだし、冷ましておく。その間に、卵の黄身と耳をとった食パン、刻んだハーブをブレンダー（フードプロセッサーまたはミキサー）にかける。酢を薄めるときは、ポークの茹で汁を使うと風味が増す。ブレンダーのなかの食材に、酢または茹で汁で薄めた酢を加えて混ぜあわせ、塩と胡椒で味をととのえる。ポークが冷めたら、皿に盛りつけ、上からソースをかけまわす。このソースは「ある程度の濃さ」がなければならない。じゃがいもとビーツを角切りにし、茹でて冷ましたものをつけあわせにす

るとよい。(『カリー家のレシピ』より)

ローストチキンのブラックソース添え

このソースは黒というより、むしろ濃い灰色というべきかもしれません。それはさておき、味はとてもよく、チキンの味を最大限に生かした１皿といえるでしょう。ポークに添えるソースと同様、お酢は好みに合わせていくらでも薄めてかまいません。

ローストチキン　１羽
チキンレバー　125*g*
アニスシード　小さじ１
おろし生姜　小さじ４分の１
シナモン　小さじ４分の１
カルダモンシード　３〜４粒
耳をとったライ麦パン　１枚（食パンでもかまわないが、ソースの色は白っぽくなる）
酢　大さじ１〜２
チキンストック　カップ４分の１
ローストチキンから出た肉汁

好きなやり方でチキンをローストする。バターを敷いた鍋でレバーを焼き、十分に火が通ってから、冷ましておく。カルダモンシードとその他のスパイスを挽いて粉末にし、パンは擦りおろすかフードプロセッサーにかけてパン粉にしておく。チキンレバーもフードプロセッサーにかけ、このすべてをボウルで混ぜあわせる。ここに酢を加え、さらにチキンストックで薄める。チキンを切りわける準備ができたら、チキンをローストしたときに出た肉汁をとりわけてソースに加える。チキンを切りわけているあいだ、弱火でソースを温めなおしておく。(『カリー家のレシピ』より)

第二章

イングランド風ポタージュ

この1品はサー・ケネルム・ディグビーのレシピ集にあったものです。ベン・ジョンソンの友人にしてパトロンだったサー・ケネルムは、外交官で旅行家、作家でもあり、「イングランドの誉れ」と称された人です。1665年に死去したあと、息子たちの手でレシピ集がまとめられ、1669年に出版されました。

ビーフまたはマトンの濃厚なストック（ブロス）　575*ml*
下茹でしたチキン　1羽分
耳をとった食パンで作った生パン粉　半カップ
ブーケガルニ（パセリ、タイム、タラゴン、マジョラム）
たまねぎ　1個
粉末メース　ひとつまみ
卵　3個
白ワイン　大さじ3
食パン　1人につき1枚
塩・胡椒

ブロスを入れた鍋でチキンを茹でる。ディグビーは、肥えた鶏の場合「脂分をとるため」に先に下茹でしておくほうがよいといっている。ブロスをいったん煮立たせてから、弱火にする。1時間ほど弱火で煮込んだあと、鍋にブーケガルニ、たまねぎ、メース、パン粉を加え、さらに30分煮る。卵の黄身3個にワインを混ぜて泡立てる。鍋からチキンをとりだし、蓋付の容器に入れて温かい場所に置いておく。卵の黄身とワインをたえず泡立てながら、そこにおたま1杯分のブロスを少しずつ加えてゆく。このミックスを厚手の小型ソースパンに移し、弱火で温める。薄めのベシャメルソースくらいの濃度にする。濃すぎるようなら、ブロスで薄める。塩・胡椒で味をととのえる。パンをトーストする。皿にチキンを盛りつけ、まわりにトーストを並べて、上からソースをかけまわす。

ディグビーによれば、この料理はボーンマロウ（牛の骨髄）の煮込みとやわらかくなるまで茹でたエンダイブを添えるとさらにおいしいとのこと。（『学識あふれるサー・ケネルム・ディグビー卿の知

られざる素顔』1669年より）

マトン腿肉のハッシュ・フランス風

これは安上がりなレシピで、ブロス用のストックと肉の両方がいっぺんにできます。エリナー・フェティプレースはこれと似た、もっと贅沢なバージョンを記載していますが、そちらではソースにワインとスパイス、オレンジの絞り汁と皮を使っています。このハッシュをディケンズの時代のハッシュ（第五章）とくらべてみてください。

ラムまたはマトンの腿肉　1*kg*
ハーブ（パセリ、タイム、マジョラム、ローズマリー、ラビッジ、
少量のミント、チャービルなど好みで）　適量
バター　30*g*
レモンの絞り汁またはりんご酢　大さじ１〜２
塩・胡椒

鍋に肉を入れ、たっぷりの水で茹でる。あくをとり、ごく弱火にして蓋をしたあと１時間ほど煮込む。肉をとりだし、スープ皿のような容器の上で人数分の切り身をスライスする。流れでた肉汁は捨てずにとっておく。残りの肉にフォークを突き刺し、しみでた肉汁も、とっておいた肉汁に加える。ハーブを細かく刻み、バターに混ぜ込む。おたま１杯のブロス（肉の煮汁）、肉汁、塩、胡椒、レモン汁または酢を混ぜて味をみる。このソースを鍋に入れ、強火で半分の量になるまで煮詰める。火を弱め、スライスした肉を入れて、弱火で温める。温かい皿に盛りつけて、上からソースをかける。（ジョン・ミュレル『新しい料理の本』1638年より）

ポーチド・トラウト

このシンプルな料理は見た目がよく、味もよい一品です。バークシャーの川でとれたトラウト（鱒）はすばやくロンドンまで運ば

れ、とても人気がありました。

トラウト（風味を増すために内臓はとり、頭は残しておく）4尾
バター　60*g*
辛口の白ワイン　およそ300*ml*
ハーブ（パセリを主体にセイバリー、タイムなど）適量
粉末メース　小さじ半分
固茹で卵の黄身　2個

トラウトをよく洗って水気をとっておく。ハーブを刻み、メース、バターと一緒にしてよく混ぜ、内臓をとった魚の腹のなかに詰める。魚がちょうど収まるくらいの大きさの楕円形のソースパンにトラウトを隙間なく並べる。適当な鍋がないときは深めのフライパンを用いるとよい。この鍋にワインを注ぎいれる。中火でいったん煮立たせたあと、すぐに火を弱め、蓋をする。スープがかすかに動く程度の弱火で10分から15分間煮る。皿に魚をとりわけ、みじん切りにした卵の黄身を飾り、パセリを散らす。正真正銘のエリザベス朝風にしたいなら、グラニュー糖ひとつまみを全体にかける。この料理は温かくても冷たくてもおいしい。（ジャーヴェイス・マーカム『イングランドの主婦』1675年版より）

ボイルド・チキンまたはピジョン、グズベリーまたはグレープ添え

この章にとりあげたほかの料理と同じように、これもこの時期のレシピ集にはよく登場します。マーカムの本にも見られ、フェティプレースの本には固茹で卵を使わない別のバージョンが載っています。イングランドのグズベリー――葡萄も同じく――は大陸のものとくらべて、熟す季節が遅く、甘みの度合いもちがいます。したがって、中世やチューダー朝の料理の特徴である酸味を加えるのにはうってつけでした。

ボイルド・チキン　1羽
マトンまたはビーフのストック　300*ml*

白ワイン　300*ml*
ハーブ（タイム、タラゴン、セージ、マジョラム、大量のパセリ）
粉末メース　小さじ半分
塩・胡椒
固茹で卵の黄身　2個
耳をとった食パン　2枚
酢またはレモン汁　大さじ1
バター　30*g*
砂糖　大さじ1
グズベリー　125*g*

チキンにハーブを詰め、マトンのブロスと白ワインでじっくりと煮込む。火が通ったら、鍋に蓋をして置いておく。ブロスを少しとってそこにパンを浸し、柔らかくする。さらにへたや軸をとったグズベリーをおよそカップ1杯分のブロスでどろどろになるまで煮る。このソースに砂糖、メース、酢、塩1つまみと胡椒、卵の黄身を混ぜて味をととのえ、ミキサーかフードプロセッサーにかけるか、または漉し器に通しておく。チキンを切りわけるあいだにソースを温めなおす。皿にシペット（パンの小さな1切れをトーストしたもの）またはライスを敷いた上にチキンを盛りつけ、上からソースをかける。（ジョン・ミュレル『新しい料理の本』1638年より）

ほうれん草のタルト

この料理にもさまざまなバージョンがあります。ジャーヴェイス・マーカムによるこのレシピは鮮やかなグリーンの色彩を強調しています（グリーンだけでなく、黒いタルトを作りたければプルーンを、赤はサンダルウッドで染めたりんご、黄色は卵のカスタード、白は卵の白身にローズウォーターと生クリームを混ぜて泡立てればいいとマーカムはいっています）。エリナー・フェティプレースのバージョンは卵の黄身にカラントと生姜を加えています。味はよさそうですが、色の鮮やかさは劣るかもしれません。サー・ケネルム・ディグビーが勧めるのは、同じようなほうれん草のミックスをパイ皮で包んでバターで焼くというやり方です。

ほうれん草　1*kg*
白ワイン　大さじ2
ローズウォーター（バラ水）　小さじ1
砂糖　大さじ3
シナモン　小さじ半分
さっくりしたパイ皮　175～225*g*

ほうれん草をよく洗ってから完全に水気をとり、厚手の鍋に入れて白ワインを加え、弱火でやわらかくなるまで蒸し煮にする。水を切って、フードプロセッサーかミキサーにかけてピュレにする。砂糖、ローズウォーター、シナモンを加え、ソースパンに入れていったん煮立たせたあと「マーマレードくらいの濃さ」になるまで煮詰める。そのまま冷ましておく。

パイ皮をのし棒で広げて直径28センチのタルト型に敷き、重石かくしゃくしゃに丸めたアルミフォイルを詰めてオーブンに入れ、200度の温度で10分間空焼きにする。重石またはフォイルをとりのぞき、温度を175度に下げてさらに10分焼く。パイ皮がさめたら、ほうれん草のピュレを詰め、飾りをつける――炒ったアーモンド・スライスやその他のナッツ類がお奨め。（ジャーヴェイス・マーカム『イングランドの主婦』1675年版より）

「大宴会で供された」エリザベス朝のサラダ

アーモンド
レーズン
乾燥いちじく
ケーパー
種抜きオリーブ
カラント
フレッシュ・セージの葉
ほうれん草　洗って水気を切ったもの
砂糖
オイルと酢
オレンジとレモン
レッド・レタス（ラディッキオ）【赤チコリ】

きゅうりまたはガーキンのピクルス
巻きの硬いレタス（ウェッブスワンダフルかアイスバーグなどの品種）

皮やへたをのぞいたアーモンド、レーズン、刻んだ乾燥いちじく、ケーパーを同量（重さではなく嵩で）ずつにしておく。倍量のオリーブとカラント、てのひらに軽く１杯分の生のセージの葉とほうれん草を加え、このすべてに「大量の砂糖」を混ぜあわせて、大皿の底に入れる。オイル、酢、さらに砂糖をふりかける。この上にオレンジとレモンの薄いスライスを敷き詰め、その上から「赤いコールフラワーの薄い葉」を散らし（ラディッキオで代用できる）、さらにその上にオリーブときゅうりまたはガーキンのピクルスの層を重ね、最後に「レタスの内側のやわらかい部分を薄くスライスしたもの」を並べる。縁に沿ってオレンジとレモンのスライスを飾ればできあがり。（ジャーヴェイス・マーカム『イングランドの主婦』1675年版より）

第三章

スキンクという名のポタージュ

ピープス夫妻がかつら職人の定食屋で食事をしたとき、最初の１皿は「ポタージュ」でした。それはこんなポタージュだったかもしれません。「スキンク」という言葉は、ある種の濃厚なスープを呼ぶのにいまでもスコットランドで使われています。

茹でた牛肉　500*g*
クローブ　３粒
メース　小さじ半分
粒胡椒　６個
ハーブ（マジョラム、ローズマリー、タイム、ウィンター・セーボリー、セージ、パセリ）粉末ハーブを使うときは、それぞれ小さじ４分の１で十分だが、パセリだけはそれより多めに用意すること。
たまねぎ　２～３個
ボーンマロウ（牛の骨髄）　手に入れば

細粒または中くらいの粒のオートミール　大さじ2
塩
サフラン　小さじ半分
パン　1人につき1枚

鍋に牛肉とたっぷりの水を入れ、クローブ、メース、胡椒を加える。煮立たせてあくをとる。そこにハーブ、たまねぎ、塩（小さじ1杯半ほど）を加える。ディナーの1時間ほど前に、オートミールに少々の冷水を混ぜて、薄いペースト状にする。それをカップ1杯のブロスで薄め、このミックスを鍋に加える。ボーンマロウも――手に入れば――ここに加える。これを1時間ほど煮込む。食卓に出す直前にサフランを加え、よくかきまぜる。ビーフとボーンマロウをとりだし、冷めないようにしておく。スープを皿に注ぎ、食べる直前に1人につき1枚ずつ、パンをトーストする。ビーフとボーンマロウを皿に盛り、その周囲に三角形に切ったトーストを並べる。ターニップかにんじんのピュレを添えてもよい。(『エリザベス・クロムウェル、通称ジョーンの中庭と厨房』1664年より)

シュガーピース添えの茹で鶏

このレシピで注目すべきはシュガーピース【グリーンピースの一種、さとうざや】です。これもイギリスにもたらされた新しい食材でした。この品種を開発したのはオランダの偉大な庭師たちのようです。登場したのは1651年で、そのわずか13年後にはこのレシピが出版されています。ニコラ・ド・ボンフォンは『ル・ジャルディニエール・フランセ（フランス風温野菜)』でこう書いています。「まだ緑のうちに食べられる豆の種類があり、これらはオランダ豆（ダッチピー）と呼ばれている。昔はめったに手に入らないものだった」。この豆を使って、プレーンな茹で鶏にうってつけのおいしいソースを作ってみましょう。

鶏（内臓含む）1羽
クローブを挿したたまねぎ　2個
大きめのにんじん（スライスしておく）1本
セロリ　2本

ハーブ（パセリ、タイム、マジョラム、ベイリーフ1枚、乾燥ハーブでもよい）
塩・胡椒

ソース
シュガーピース　250g
バター　30g
上等なサラダオイル（オリーブオイルは風味が強すぎて味を損なうので、それ以外のもの）　小さじ1
卵の黄身　2個
シェリー酒または辛口の白ワイン　1カップ
メース　1つまみ
塩・胡椒

できるだけ上等な鶏を手に入れ、厚手の鍋に内臓、野菜、ハーブ、調味料とともに入れる。鍋の半分まで水を入れていったん煮立たせ、蓋をして弱火で1時間から1時間半ほど煮込む。途中、ときどき鶏肉をひっくりかえす。食事のおよそ30分前に、豆を冷水で洗う。別の厚手の鍋にバターとサラダオイルを入れて火にかける。バターが溶けたら、豆を加え、蓋をして弱火で数分蒸し煮にする。そこへ水大さじ2、メース、塩、胡椒を加えて蓋をし、弱火で20～30分煮る。温めておいた皿にチキンを盛りつける。豆を火からおろす。卵の黄身にワインを加えて泡立て、このミックスを豆に加えてよく混ぜあわせる。もう一度弱火にかけてよくかきまぜながら数分温め、このソースをチキンの上にかけて供する。（ロバート・メイ『有能な料理人』第2版、1664年より）

プレーンだが味のよいスペイン風オグリア

ピープスもイーヴリンも「オグリア」ないし「オレオ」を賞味しています。この料理はいまでもスペインで「オリャ・ポドリーダ」と呼ばれており、普通は大人数の宴会向けとされています。ここにあげたレシピは、牛のランプ肉、マトンの腰肉、子牛のすね肉、「鶏1～2羽または飼育鳩の大きいものなら3羽」で作るレシピを応用したものです。この分量でおよそ6～8人分。

ショルダー・ステーキ　500*g*
脂肪の多いベーコン（サイコロ状に切ったもの）175*g*
豚足　1本
乾燥ひよこ豆（少なくとも24時間水に漬けたあと、2時間茹でておく）225～275*g*
水またはストック　およそ850*ml*
ラムチョップ（脂肪を切り落とす）4枚
鶏手羽　3本
鳩　1羽
たまねぎ　3個
リーキのスライス　2本分
にんじんのスライス　2本分
ホワイトキャベツのスライス　半個分
食パンの耳　2切れ
ハーブ（パセリは多めに、タイム、タラゴン、ベイリーフ、ローズマリーはそれぞれ適宜）
粉末クローブ　小さじ4分の1
ナツメグ　小さじ4分の1
サフラン　小さじ1
塩・胡椒

ショルダーステーキ、ベーコン、豚足、パン、ひよこ豆を厚手のキャセロールに入れ、水またはストックをたっぷり注ぐ。弱火でいったん煮立たせ、あくをとり、1時間ほどぐつぐつと煮込む。よくかき混ぜたところにラム、チキン、鳩肉、たまねぎを入れる。肉がブロスより出て空気に触れていないかどうか注意しながら、さらに30分煮込む。残りの野菜とハーブをすべて加える。カップ1杯分のブロスを別にして、そこにスパイスと塩・胡椒で味をつけ、よく混ぜあわせてから鍋に戻し、かきまぜる。さらに30分ほど煮込む。種類の異なる肉が必ず入るようにして深皿によそう。（『学識あふれるサー・ケネルム・ディグビー卿の知られざる素顔』1669年より）

ジョン・イーヴリンによる
アーティチョークのおいしい食べ方

アーティチョークはまず生のまま、花冠を４つ割りにしてオイルと酢を少々、塩・胡椒で食べる。グラス１杯のワインがあるとなおよい……柔らかくて小さなものは、新鮮なバターでからっと揚げてパセリを散らせばとてもおいしく食べられ、すぐれた強壮剤にもなる。

軸のほうは、マロウ（骨髄）やデーツ、その他、濃厚な食材と混ぜてパイの中身にするとよい。

イタリアでは、アーティチョークを直火で焼くこともある。鱗状の葉が開いたら、そこに新鮮な甘いオイルを垂らす。だが、このとき十分に気をつけること。オイルが石炭の上に垂れると、すべてが台無しになってしまう。その危険が回避できたなら、オレンジジュースと砂糖を添えて食べること。（ジョン・イーヴリン『アセタリア、サレットについて』1699年より）

サラダのコツ

サラダの構成において、どの植物もそれなりの役割をになうが、ときとしてハーブのなかには強烈すぎたり、味が濃すぎたりして、他の野菜の自然な味わいや美点を殺してしまうものがある。だが、すべてがところを得て――音楽の音符のように――配置されれば、口ざわりもよく、風味も舌に快いものとなる。それでも、多少の不協和音が残るなら（以下に示したように）、より刺激を増やしたり、マイルドにしたりして、あらゆる不調和を排除し、すべてを溶け合わせて、納得のゆく作品を作りあげること。

イーヴリンはさらに以下のような具体的な提案をしている。

オイルは清潔第一で、派手な色や黄色っぽいものは避け、むしろ薄いオリーブグリーンに見えるものがよい。
お酢は最高級のワインビネガー
塩は褐色がかった明るいグレーのもの
マスタードは上等なチュークスベリ・マスタードまたは信頼のお

けるどっしりしたヨークシャーのもの
胡椒は、塵のように細かく挽きすぎないこと
オレンジ・ピールとレモン・ピール
生みたての新鮮な卵をほどほどの固さに茹で、その黄身にマスタードとオイルと酢を混ぜ、これをハーブとともに食す。
ナイフは銀器にして、けっして鋼のものを使わないこと。鋼は酸に弱く、腐食しやすい。
サラダボールは陶磁器、できればオランダのデルフト焼きが好ましい。

ア・グッド・ディッシュ・オブ・クリーム

このレシピはサー・ケネルム・ディグビーによるものです。これを見るとピープスの好物だった「クリーム」がどんなものだったか想像がつきます。

ダブルクリーム　1.1 リットル
シナモン・スティック　1本
粉末ナツメグ　小さじ半分
砂糖　60*g*
卵の白身　4個

カップ半分のクリームを分けておく。残りのクリームにスパイスと砂糖を加えて弱火で 30 分煮る。卵の白身を角が立つまで泡立て、とっておいたクリームを混ぜて、さらに少しだけ泡立てる。このミックスを煮立ったクリームに加え、ふたたび煮立たせる。これをモスリンの袋に入れ、数時間放置して水気を絞りとる。水気をとったクリームのミックスをボウルに移し、香りづけのオレンジフラワーウォーター（橙花水）またはローズウォーター（バラ水）少々を加える。ブラウンブレッドのスライスに添えて食べる。

第四章

スープ・ア・ラ・レーヌ（王妃のスープ）

このスープ・ア・ラ・レーヌは18世紀にとても人気のあったスープです。18世紀イギリスの哲学者デイヴィッド・ヒュームでさえ、スープ・ア・ラ・レーヌをうまく作れると自慢したほどでした。このスープは1589年から1610年までフランス王妃の座にあったマルグリット・ド・ヴァロワ（王妃マルゴ）の宮廷で供されたもののようです。

子牛の骨付すね肉　１本
ボイルした牛肉の塊　1*kg*
大きめのたまねぎ　３個
大きめのにんじん　１本
セロリの葉　１本分
パースニップ　１個
リーキ　１本
生のタイム　３本（または粉末タイム　小さじ１）
シングルクリーム　150*ml*
耳をとった食パン　５枚
粉末アーモンド　125*g*
固茹で卵の黄身　３個
塩・胡椒

子牛の肉と牛肉を大きな鍋に入れ、たっぷりの水で茹でる。煮立ったら、あくをていねいに取りのぞき、野菜とタイムを加える。塩大さじ１と挽いた胡椒を多めに加え、弱火で２～３時間煮る。漉し器を通したあと、鍋のスープはそのまま静かに１時間置く。それから、表面に浮いた油分やあくをていねいに、できるかぎり取りのぞき、沈殿したものを濁らせないようにしながら、別のきれいな鍋に移す。小さな鍋でクリームの半分を煮立たせる。ボウルに食パン３枚を入れ、煮立せたクリームを上から注ぐ。全体にクリームがしみたら、木のへらでよくかきまぜてマッシュ状にし、そこに粉末アーモンドと卵の黄身を加える。大さじ１のクリームを加えながら、これをよくかきまぜる。次に、鍋のブロスを温め、アーモン

ドのミックスに少しずつ注ぎながら、よくかきまぜる。これをフードプロセッサーにかけるか、あるいは細かなふるいで漉す。残りのクリームを加え、また鍋に戻す。温めなおすあいだに、残りのパンを小さな四角に切って溶かしバターで揚げ、クルトンを作る。熱々のところを供する。(ラファルド『イングランドのベテラン家政婦』1789年版より)

野兎の煮込み

猟鳥獣肉の料理法としてとても古く、また人気があったのは「ジャグ」、つまり煮込みです。これは、壺のような深めの土鍋(ジャグ)にぴったり蓋をして、鍋に入れたたっぷりの水で湯煎にするものでした。厚手のキャセロールを使ってオーブンで焼けば同じような結果が得られます。

野兎 1羽(血液とレバーも含む)
酢 小さじ1
塩 小さじ1
挽きたての粒黒胡椒 適量
粉末メース 小さじ4分の1
粉末ナツメグ 小さじ4分の1
小麦粉 大さじ3
フライ用の油
たまねぎ 1個
香味づけのハーブまたはブーケガルニ
ビーフストックまたはチキンストック およそ600*ml*
赤ワイン カップ1
アンチョビフィレ 1切れ
カイエンヌペッパー

オーブンを150度に予熱しておく。野兎をていねいに切りわける。レバーはフォースミートボール(次のレシピ参照)用にとりわけておき、血はボウルにとって凝固を防ぐために酢を加えておく。小麦粉に塩・胡椒、メースとナツメグを加え、野兎の肉によくまぶす。フライパンで油を熱し、肉を入れて薄い焼き色がつくまで焼

く。これをキャセロールに移し、たまねぎとハーブを加え、煮立てたストックを注ぎいれる。キャセロールをオーブンに入れて3時間煮込む。その間にフォースミートボールを作る。3時間後にキャセロールをオーブンから出して、肉を皿に盛りつけ、冷めないようにして置いておく。肉を煮込んだあとのスープを漉し器で漉して鍋に移し、赤ワインとアンチョビ、少量のカイエンヌペッパーを加える。これを煮立たせ、ごくわずかな血液を加え、よくかき混ぜる。このミックスを鍋に戻して温めるが、煮立たせると凝固してしまうので、強火にしないよう注意すること。肉のまわりにフォースミートボールを飾り、グレービーソースを上からかける。ソースは別の容器に入れて出してもよい。(ラファルド『イングランドのベテラン家政婦』1789年版より)

フォースミートボール

ベーコン　60*g*
レモンの皮のすりおろし　小さじ2
野兎のレバー
細切れにしたスエット(牛脂)　125*g*
刻みパセリ　大さじ1
香味づけのミックスハーブ　大さじ1(または粉末ハーブ　小さじ1)
粉末ナツメグ　少々
生パン粉　175*g*
塩・胡椒
卵　1個

小さなソースパンで水を沸騰させ、そこに野兎のレバーを入れる。5分ほど湯がいて火からおろし、わきに置いておく。ベーコンを刻み、レモンの皮のすりおろし、スエット、ハーブを混ぜる。レバーを潰してマッシュ状にし、このミックスに加える。生パン粉と調味料も加えてよく混ぜあわせ、さらに溶き卵を混ぜこむ。こうしてできたミックスはかなり固くなるが、乾燥していてはいけない。ボールの形に丸め、バターで焼く。あるいはバターかラードを敷いた耐熱容器に入れ、途中で何度かひっくりかえしながらオーブンで30分ほど焼いてもいい。(ラファルド『イングランドのベテラン家

政婦』1789年版より）

きゅうりと卵

このサラダ感覚のおいしい料理は、軽い食事にぴったりです。ポーチドエッグなしでも、鮭や鱒のグリルの付け合せにいいでしょう。ソースの濃さには注意が必要です——濃すぎても、水っぽくてもだめです。なめらかで口当たりのよいソースに仕上げましょう。きゅうりにどれだけ水気があるかが決め手です。

きゅうり　2本
クローブ1個を挿したたまねぎ　1個
脂の少ないベーコンの薄切り　4枚
バター　60*g*
小麦粉　大さじ1
濃いストック　大さじ1（または醤油と水、各大さじ1ずつでもよい）
卵　5個
シッククリーム【脂肪分の高いクリーム】　大さじ2
レモン汁　少々

きゅうりの皮をむき、さいのめに切る。これを沸騰したお湯に入れて2分間茹でる。茹であがったきゅうりは水気を切り、ベーコン、バター、たまねぎとともに厚手の鍋に入れる。蓋をし、ときどき揺すりながら、ごく弱火で15分間蒸し焼きにする。カップに小麦粉を入れ、ストックまたは水と醤油を加えて、だまがなくなるまでよくかき混ぜる。鍋から煮汁を少量とってこのミックスに混ぜて伸ばし、これを全部鍋に戻して、ゆっくりかきまぜながら弱火で数分間加熱する。卵のうち1個を黄身と白身に分け、黄身にクリームを混ぜてよくかき混ぜておく。残りの卵4個をポーチドエッグにする。黄身とクリームのミックスにきゅうりを混ぜて沸騰しないように注意しながら温め、レモン汁少々を加える。温めておいた皿にこれを盛りつける。4つの窪みを作って、そこにポーチドエッグを一つずつ載せる。（ラファルド『イングランドのベテラン家政婦』1789年版より）

スノウ・アンド・クリーム

子供のころ、よくこのデザートを食べましたが、その当時、私たちはこれをフローティング・アイランドと呼んでいました。食べる直前にチョコレートの粉末やハンドレッズ・アンド・サウザンズ【糖菓の一種。色とりどりの小さな粒】をふりかけるのも楽しみでした。そんな遊び心は、きっとジョン・ファーリーも気に入ったことでしょう。ミセス・ラファルドも別のバージョンを紹介しており、これはアップル・フローティング・アイランドと名づけられています。焼いたりんごをつぶし、砂糖を加えてよくかき混ぜてから、泡立てた卵白を混ぜこみ、さらにスプーン１杯のカスタードを添えたものです。

全乳　600*ml*（またはミルクとクリームを混ぜたもの同量でもよい）
卵　４個
バニラシュガー【バニラの風味の砂糖。砂糖の容器にバニラスティックをいっしょに入れておけば香りがつく】 60*g* と大さじ１
シナモン　小さじ４分の１（好みで）
オレンジフラワーウォーター（橙花水）　大さじ１
ローズウォーター（バラ水）　小さじ１

卵の黄身と白身をわけ、角が立つまで白身をよく泡立てる。砂糖大さじ１を加えながらさらに泡立てる。ローズウォーターをふりいれる。直径の大きなソースパンか深めのフライパンに全乳（またはミルクとクリームのミックス）を入れて弱火にかけ、ゆっくりと煮立たせたなかに、大きなサービングスプーンで卵白をすくって落とし、ポーチドエッグを作る。１〜２分加熱してから卵白をすくい、そっと大きなガラス皿のうえに並べておく。ミルクとクリームのミックスを火からおろし、砂糖を加えて完全に溶けるまでかき混ぜる。好みでシナモンを加えてもよい。卵黄にオレンジフラワーウォーター（クリームを分離させない働きがある）を加えて泡立てる。ミルクが冷めたら卵黄に加え、必要ならさらに泡立て、ふたたび火にかける。一方向へ静かにかき混ぜながら煮詰めてゆくが、その間、沸騰させないように気をつける。これを、先に取っておいた白身の皿の上に静かに流しこむと白身が「島」のように浮かびあがる。流しこむのはテーブルに出す直前にすること。（ファーリー

『ロンドンの料理術』1783年より）

ウィグス

18世紀の料理書のほとんどはウィグスのレシピを載せていますが、これは少なくとも300年前までさかのぼれる料理です。ここにあげるのは、アリスとフランク・プロチャスカの本に載っていたもので、マーガレッタ・アクワースによるレシピです。転載を許可してくれたプロチャスカ夫妻に感謝します。このレシピは、ミセス・ラファルドのレシピ――ジョン・ファーリーもこれに倣っていますが――よりもスパイシーで、興味深いと思われます。

全粒粉　375*g*
パン用の強力粉　125*g*
ドライイースト　小さじ1
水　250*ml*
砂糖　小さじ4分の1
バターまたはマーガリン　150*g*
塩、粉末メース、生姜、ナツメグ、クローブ　各小さじ1
キャラウェイシード　大さじ1
砂糖　大さじ1
卵　2個
ミルク　250*ml*

ミキシングボウルに小麦粉をふるって入れ、温かい場所に置いておく。その間にドライイーストを水に溶かし、砂糖小さじ4分の1を加えて、体温（37度）ほどの温かさに保っておく。パイ皮を作るときのように、粉のなかでバターかマーガリンをさいのめに切り、粉のなかにもみこんでいく。やがて、粉はパン粉のようにぽろぽろになる。残りのスパイスとキャラウェイシードと砂糖を粉に混ぜる。体温程度に温めたミルクと卵を混ぜて泡立て、泡立ったイーストも加えて全部を小麦粉のミックスといっしょにする。この塊を柔らかくなるまでこね、さらに必要なら温めたミルクまたは小麦粉を少量加えて弾力性のあるなめらかな生地にする。このボウルに布巾をかぶせ、温かい場所に30分ほど置いて膨らませる。この生地

を２つに分けて、平らな丸パンの形にし、表面にナイフの刃で楔形の刻み目を入れる。打ち粉をしたベーキングトレイに載せて200度のオーブンでおよそ30分焼く。

第五章

鰻のパイ

鰻　500*g*
刻みパセリ　適量
シャロット　１個
粉末ナツメグ
調味料として塩・胡椒
レモン汁　半個分
フォースミート　適量
ベシャメル・ソース【濃いホワイトソース】 450*ml*
パフペースト【軽く薄いパイ皮用の生地】

作り方：鰻の皮をはいでよく洗い、長さ５㎝程度に切る。パイ皿の底にフォースミートを敷きつめる。その上に鰻を並べ、パセリ、シャロット、ナツメグ、調味料、レモン汁をふりかけ、パフペーストで蓋をする。これを１時間かそれ以上焼く。ベシャメル・ソースを温め、パイのなかに流しいれる。
調理時間：１時間以上。費用のめやす：１シリング３ペンス。時期は８月から３月。（ミセス・ビートンの新版『家政読本』1869年）

メルテッドバター（溶かしバターのソース）

これはイメージを裏切るでしょう。18世紀ばかりか、19世紀の料理にもよく使われた「定番」のソースです。同じ材料でも分量を変えた何種類かのバリエーションがあります。重い料理か、軽い繊細な料理か、それとも乾いた肉か、魚かによっても違います。ここでは簡単なレシピを載せておきます。

バター 45*g*
小麦粉　小さじ山盛り 1 杯
塩　ひとつまみ
水またはミルク　450*ml*

ボウルに小さじ山盛り 1 杯の小麦粉と塩を入れ、水 150*ml* を少しずつ加えながら、だまにならないようにかき混ぜていく。これを清潔な小型のソースパンに入れて弱火にかけ、たえずかき混ぜながら、2 分ほど煮立たせる。これに小さく刻んだバター 45*g* を加え、完全に溶けるまでよくかき混ぜる。1 分間煮立たせてから、熱いうちに供する。（イライザ・アクトン『家庭のためのモダン・クッキング』1845 年）

スコッチ・ミンスド・コロップス（スコットランド風ミンチ）

牛フィレ肉　1*kg*
小麦粉　大さじ 1
濃いビーフストックまたはグレービー　300*ml*
マッシュルームケチャップ　大さじ 2
ハーヴィーズ・ソース（高級食材店で手に入る）　大さじ 2
クルトン

牛フィレ肉 1*kg* を細かく刻み、シチュー鍋に入れる。塩・胡椒、小麦粉、グレービー、マッシュルームケチャップ、ハーヴィーズ・ソースを加え、弱火で 20 分間煮る。熱いうちにクルトンを飾って出す。（レディ・マリア・クラッターバック『ディナーに何を食べるべきか』1865 年）

コールドビーフビーフまたはマトンのコモンハッシュ

このシンプルなレシピは慎重に作ればとてもおいしい一品になり

ます。残念ながら、これはイギリス料理がいかにまちがってきたかを証明するものでもあります。いいかげんに作ると、結果はひどいものになるのです。エリザベス朝の料理人ジョン・ミュレルのレシピ「マトン腿肉のハッシュ・フランス風」（第二章）とくらべてみてください。

冷えたロースト肉　約500*g*
たまねぎ　1個
にんじん　1本
タイムとパセリ　各1本
クローブ　4個
粒胡椒　数粒
塩
水またはビーフストック　850*ml*
コーンフラワーまたはくず粉　中さじおよそ1杯

肉を骨から外し、小さくスライスし、焦げ目のついた縁を切りとる。ばらばらになった肉を、細かく砕いた骨とたまねぎ、タイムとパセリ、厚切めの輪切りにしたにんじん、粒胡椒、クローブ4個、塩少々、水850*ml*といっしょに煮込む。分量が半分くらいに煮詰まったら、漉し器を通し、スープに浮かんだ油脂やあくをとりのぞく。大きめの中さじ1杯分のコーンフラワー、またはそれよりやや少ない量のくず粉でとろみをつけ、必要なら塩・胡椒で味をととのえる。数分間煮立たせ、肉を加えてよく温める。茹でたじゃがいもを熱いうちにスライスして加えることも多い。

注意：ハッシュまたはミンスにした肉を茹でるときは、すぐに固くなることを忘れないように。いったん固くなったら、食べられる程度まで柔らかくするには非常に長いあいだ煮込まなければいけない。すでに十分火が通っている肉をそれ以上煮込むのはむだなことである。（イライザ・アクトン『家庭のためのモダン・クッキング』1845年）

牡蠣を詰めたマトンの腿肉

このレシピは前世紀の名残を濃厚にとどめており、家庭料理の味

の好みが古いものと新しいもののあいだを入ったり来たりしているようすがよくわかります。牡蠣のかわりに、6～8個のムール貝を使ってもいいでしょう。ただし、ムール貝の身をぐるりととりまいている糸のような黒い皮膜はとても固いので、とりのぞいておくこと。

湯通しした牡蠣3～4個（またはムール貝　6～8個）
ラムの腿肉　1.5～2キロ
パセリ　1本
小さめのたまねぎ　1個（みじん切りにしておく）
香りづけのハーブ（タラゴン、マジョラム、タイム、ローズマリー）
固茹で卵の黄身　2個

身の肥えた上等な牡蠣を湯通しし、ひげや貝殻をとりのぞいておく。さっとゆがいてみじん切りにしたパセリとたまねぎとハーブ、固茹で卵の黄身2個か3個を加え、全部をよく混ぜる。マトンの腿肉の太い部分に5個か6個の穴をあけ、このミックスを詰める。この腿肉をガーゼか布巾でくるんで糸でしっかり縛り、肉の大きさによって2時間半～3時間ほど茹でるか、蒸し煮にする。香辛料のきいたソースを添えて供する。（レディ・マリア・クラッターバック『ディナーに何を食べるべきか』1865年）

ケールキャノン

ヴィクトリア朝の料理書ではほとんど例外なく、にんじんを最低1時間は茹でるようにと書いてあります。それなのに、ほかの野菜の加熱時間は、今日のレシピとそれほど差がありません。にんじんだけ、品種が違っていたのでしょうか？　このレシピでは青菜は色づけ用なので、ほかの野菜でも代用できます。

にんじん　3～4本
ブロッコリの小房3～6株（小さな春キャベツ1個、またはほうれん草500*g*でも可）
ターニップ　3～4個
じゃがいも　3～4個

バター　15*g*
塩・胡椒

にんじん3～4本を、新鮮な青菜（種類はなんでも）、ターニップ、じゃがいもといっしょにやわらかくなるまで茹でる。にんじんの皮をむき、細かいみじん切りにする。青菜も刻み、ターニップとじゃがいもはマッシュにする。野菜を色違いのストライプになるよう――スイカのように――型に並べ、まんなかにはすべての野菜のみじん切りに塩・胡椒で味付けしたものを詰める。上にバターを載せて30分間茹でる。

ブラック・キャップス

このレシピはまだ生きのびているので、ぜひ紹介したいと思います。料理人が刻んだり、すりおろしたり、洗ったり、へたを取ったりというのをすべて手でやらなければいけなかった時代に、その合間を縫ってプディングを焼く時間をひねりだしていたというのは驚くべきことです。ジョン・ファーリーがいうように、プディングを入れる前に布巾に粉をふるのを忘れないように。そして、しっかり縛ること。このレシピに砂糖がないことに注目してください。ブラック・キャップは甘いソース、または蜂蜜か糖蜜といっしょに食べます。

卵　3個
小麦粉　60*g*
粉末ナツメグ　小さじ半分
レモンピールの砂糖漬け　30*g*
粉生姜　小さじ4分の1
スエット　175*g*
干し葡萄　175*g*

ボウルで泡立てた3個分の卵に小麦粉と粉末ナツメグ小さじ半分、みじん切りにしたレモンピールの砂糖漬け30*g*、粉生姜小さじ4分の1を加えて、なめらかな生地になるまで木べらでよくかき混ぜ、細かく刻んだスエット（牛脂）175*g*とよく洗って軸をと

った干し葡萄175*g*を加える。これを布巾でくるむか、小さなカップに入れて（これも布巾で包む）45分ほど茹でる。白ワインか少量のラム酒で風味をつけた溶かしバターソースを添えて出す。（タバサ・ティックルトゥース『ディナー問題』1860年）

おかわり自由《ウエルカム・ゲスツ・オウン》のプディング

こんな名前の料理に誰が抵抗できるでしょう？　ラタフィア・ビスケットを除けば、どの材料も簡単に手に入ります。ラタフィア・ビスケットも高級デリカテッセンなら見つかるでしょう。それでも、このプディングを作るのは少々厄介です。それはこの料理の名前にも関係しています。ぴったり蓋のできる1リットル入りの容器と、それをさかさにして皿の上に載せたものを湯煎にできる大きな鍋が必要だからです。

白パンで作ったこまかい生パン粉　125*g*
乾燥パン粉　125*g*
シングルクリームまたは全乳ミルク　300*ml*
スエット（こまかく刻んだもの）　125*g*
塩　ひとつまみ
ラタフィア・ビスケット　90*g*
キャンディピール　90*g*
レモンの皮のすりおろし　大なら1個、小なら2個分
卵　4個
粉砂糖　125*g*

ソース
水　125*g*
レモンの皮のすりおろし（または細切り）　半個分
グラニュー糖　45*g*
コーンフラワー　小さじ1
ブランデー（またはリキュール）　半カップ

大きな鍋に新鮮なミルク（またはクリーム）300*ml*を正確に計り、生パン粉125*g*を加えて煮立たせる。この鍋に覆いをして、さ

めるまで置いておく。さめたらそこに乾燥パン粉125*g*とこまかく刻んだ牛キドニーのスエット、塩ひとつまみ、ざっと砕いたラタフィア・ビスケット90*g*、キャンディピール【柑橘類の皮の砂糖漬け】の刻んだもの90*g*、レモンの皮のすりおろしを混ぜこむ。卵4個をよく泡立て、そこに粉砂糖125*g*を少しずつふりいれながら、完全に溶けてふんわりするまで泡立てる。その他の材料を加えて、さらに泡立てる。ほぼ1リットルは入る厚手の型、または適当な容器にバターを塗り、このミックスを注ぎいれる。縁から1センチくらいまでくればよい。いちばん下にバターを塗ったクッキングペーパー、その上にたっぷり粉をふったプディングクロスを敷き、この布でプディング型をくるんで、緩まないようにしっかり四隅を止める。それから最長2時間まで茹でる。皿に出す前に1、2分間、置いておくこと。シンプルなワインソースとともに供する。あるいは、次に作り方を述べるソースでもよい。水125*g*に、薄切りにしたレモンの皮とグラニュー糖45*g*を加えて弱火にかけ、約10分間煮る。レモンの皮をとりだし、小さじ1杯のコーンフラワーをふりいれ、レモン汁を加えて（好みでオレンジの絞り汁を加えてもよい）、なめらかになるまでよくかき混ぜる。このソースを火からおろし、色の薄いフランス産ブランデー（またはマラスキーノか繊細な風味のリキュール）をカップ半分ほど注ぐ。（イライザ・アクトン『家庭のためのモダン・クッキング』1845年）

第六章

クレム・ピンクアン

このレシピはストランドのロマーノのものです。もちろん毎日の食卓にのるような料理ではありません。このレシピのインパクトを損ねないために、分量はオリジナルのままにしてあります。この分量だと8人から10人分になります。

丸麦　500*g*
コニャック　1カップ
ベイリーフ　2枚
タイム、パセリ、タラゴン、チャービル

バター　250*g*
オリーブオイル　小さじ2
にんじん　1本
たまねぎ　1個
ザリガニ　24尾
車海老　500*g*
トマト　6個
シャブリ（白ワイン）　ボトル半分
塩とカイエンヌペッパー
ストック　1リットル
シペット（トーストしたパン）

丸麦は一晩水に浸しておく。翌日、冷水またはストックを入れた鍋で3時間ぐつぐつと煮る。鍋を火からおろしておく。ブランデーにハーブを浸けておく。厚手の鍋でバター60*g*を溶かし、オリーブオイルを加える。にんじんとたまねぎは小さく切っておき、このバターとオリーブオイルのなかに加え、中火で五分ほど炒める。そこへザリガニ（オリジナルのレシピでは生きたものと指示されているが、冷凍技術が発達した現在では無視してかまわない）と車海老、湯むきしたトマトを加える。ワインを注ぎいれ、塩とカイエンヌペッパーで味つけする。鍋に蓋をして、20分ほど煮こむ。鍋から中身を出し、丸麦もいっしょにして、すり鉢でする（オリジナルではすり鉢だが、現在ではフードプロセッサーが使える）。ストックでゆるめ、目のこまかい濾し器を通す。このスープをふたたび加熱するが、煮立たせないように注意すること。これに、ベイリーフとハーブをとりのぞいたコニャックを加える。スープが完全に温まったら、175*g*のバターを小さく切って、スープに落とす。シペットを添えて供する。（ニューナム゠デイヴィス『ディナーとダイナー』1899年より）

ロブスタースフレ——冷製セイボリー

これはティリプロニーのレディ・クラークによるレシピ集からの一品です。レディ・クラークはイングランドの判事の娘で、スコットランドの地主と結婚しましたが、夫が外交関係の仕事についてい

たため、何年か海外暮らしをしたあと、夫妻はイギリスに落ちつき、ロンドン、バグショットパークのバークホールと、アバディーンシャーのディーの北にあるティリプロニーを行き来して暮らすようになりました。ロンドンの女主人としてとくに高名だったわけではありませんが、レディ・クラークは皇族も含めた幅広い交友関係に恵まれ、2か所の屋敷で大勢の人をもてなしたようです。食べ物に強い関心をもっていた彼女のレシピ集は、エドワード朝の料理や当時の家庭生活を理解するのに最適の史料となっています。

アスピックゼリーはデリカテッセンでパック入りのものが買えます。ロブスターの卵は一般にコーラルと呼ばれていますが、見つけるのはむずかしいかもしれません。小さな粒のキャビアでも代用できます。

マヨネーズソース（下記参照）
ロブスター、茹でて冷やしたもの
アスピックゼリー
ロブスターの卵（あれば）

必要なら、泡立てたアスピックゼリーでソースを固めておく。茹でてさましたロブスターを小さく刻み、ソースに混ぜ、氷の上で泡立つまでよくかきまぜる。手早くスフレカップに注ぐ。スフレカップの内側には前もって紙の帯を巻いておき、カップの縁から3センチほど高くなるようにセットしておくこと。皿の上にナプキンを敷き、カップ入りのロブスタースフレを盛りつける。紙の帯をとり、ロブスターの卵をてっぺんに散りばめ、小さく刻んだアスピックゼリーも飾りにする。パセリを飾ってもよい。

マヨネーズソース

卵黄1個をボウルに入れ、新鮮なオリーブオイルを一滴ずつ、そっと加えてゆく。泡立て器でつねにかき混ぜながら、少量の白胡椒で味付けをする。ねっとりしてきたら、お酢を数滴加える。さらにオイルを数滴、それを交互にくりかえして、好みの固さにする。ここに濃厚なクリーム150*ml*とフレンチマスタード小さじ半分を加えてできあがり。(『ティリプロニーのレディ・クラークの料理

書』1909年版より）

オムレット・アーノルド・ベネット

ワイルドと同様、小説「五つの町」シリーズの作者であるアーノルド・ベネットもグルメとして有名でした。このレシピは4人分ですが、オムレツは1人分ずつ別々に焼いたほうがいいでしょう。

燻製にしたハドック【鱈の仲間】の切り身　250*g*
粉チーズ　30*g*
卵　6個
塩・胡椒
バター　30*g*
ダブルクリーム　大さじ1

ハドックを水で茹でるかグリルしてから、身をほぐし、チーズを加え、塩・胡椒で味付けする。オムレツ用のフライパンに少量のバターを溶かし、軽くかき混ぜた卵を底が隠れるほど注ぎいれ、2〜3分そっとかき混ぜる。ほぐした魚の身をオムレツの上にのせ、少量のクリームをたらす。熱くしたオーブンかオーブントースターにフライパンごと入れ、上火で1分ほど焼く。折りたたまずにそのまま供する。このオムレツはできたてを食べることが肝心。

ビーフステーキ・アンド・オイスター・パイ

レディ・クラークはこれとよく似たレシピを紹介し、コーンウォール料理だといっています。スコットランドではムール貝がよく使われますが、その場合はマッセルバラ・パイと呼ばれます。エドワード朝の時代にくらべて、現代では牡蠣の値段がとても高くなっているため、このレシピでは牡蠣の数を半分にしました。さらに、現代のオーブンはとても効率よくできているので、肉はパイ皮に包む前に火を通すように変えています。たまねぎ1個、にんじん1本、ブーケガルニを肉といっしょに調理するようにしたのは私の工夫です。

ランプステーキ 500*g*（12 枚の薄切りにしておく）
牡蠣　12 個
ラフパフペストリー【折込式のパイ生地】 375*g*
塩・胡椒
水またはビーフストック　300*ml*
卵　1 個

オーブンを 175 度に予熱しておく。牡蠣の殻をあけ、貝から出た水気でさっと湯通ししておく。肉 1 切れにつき 1 個ずつの牡蠣をのせて包み、パイ皿に並べる。塩・胡椒で味付けし、水またはビーフストックを注ぎいれる。アルミフォイルで蓋をし、オーブンに入れておよそ 1 時間半焼く。オーブンから出して、さましておく。オーブンを 200 度に予熱しておく。ペストリーを麺棒でのして広げ、蓋にする。余ったペストリーで葉形などの飾りを作ってパイ皮の上に散りばめる。艶だしのため、よくかき混ぜた卵をパイ皮の表面に塗る。蒸気を逃がすためにパイ皮にいくつか穴をあけ、およそ 30 分間焼く。(『ティリプロニーのレディ・クラークの料理書』1909 年版より)

リフォーム・クラブ風カツレツ

リフォーム・クラブのシェフだったソイエの考案になるこの一品は人気が高く、当時あちこちでコピーされたものです。レディ・クラークのバージョンはオリジナルとほとんど同じですが、作り方はより簡単で、しかも見栄えは派手です。

ラム肉の薄切り　8 枚
よくかき混ぜた卵
みじん切りにしたハム　30*g*
ハムと同量の乾燥パン粉
オイル　大さじ 2 ～ 3
「リフォーム・チップス」(レシピ参照)
「リフォーム・ソース」(レシピ参照)

薄切り肉を筋切りし、よくかき混ぜた卵に通してから、みじん切

『ロンドン　食の歴史物語』について　(2616)

■その他小社出版物についてのご意見・ご感想をお書きください。

■あなたのコメントを広告やホームページ等で紹介してもよろしいですか？
1. はい（お名前は掲載しません。紹介させていただいた方には粗品を進呈します）　2. いいえ

ご住所	〒　電話（　　）		
（ふりがな）お名前	（　歳）1. 男　2. 女		
ご職業または学校名		お求めの書店名	

■この本を何でお知りになりましたか？
1. 新聞広告（朝日・毎日・読売・日経・他〈　　〉）
2. 雑誌広告（雑誌名　　）
3. 書評（新聞または雑誌名　　）　4. 出版ダイジェストを見て
5. 店頭で見て　6. 白水社のホームページを見て　7. その他（　　）

■お買い求めの動機は？
1. 著者・翻訳者に関心があるので　2. タイトルに引かれて　3. 帯の文章を読んで
4. 広告を見て　5. 装丁が良かったので　6. その他（　　）

■出版案内ご入用の方はご希望のものに印をおつけください。
1. 白水社ブックカタログ　2. 新書カタログ　3. 辞典・語学書カタログ
4. 出版ダイジェスト《白水社の本棚》（新刊案内・隔月刊）

※ご記入いただいた個人情報は、ご希望のあった目録などの送付、また今後の本作りの参考にさせていただく以外の目的で使用することはありません。なお書店を指定して書籍を注文された場合は、お名前・ご住所・お電話番号をご指定書店に連絡させていただきます。

りのハムとパン粉のミックスをまぶす。ハムとパン粉は前もってよく混ぜておくこと。

大さじ２～３のオイルで両面をこんがりと焼く。完全に火が通ったら、まず大皿にソースを敷き、その上に円を描くようにしてカツレツを盛りつける。中心のあいたところには「リフォームチップス」をこんもりと盛りあげる。

中心におく「リフォームチップス」は茹でたにんじんの「赤い」部分、ブラックトリュフ、赤身のハムかベーコン、固茹で卵の白身、インディアン・マウンテン・グリーン・ガーキン【ピクルス用の丸くて小さなきゅうり】で作る。これらすべてを針のように細く千切りにする。だいたいの大きさは長さ1.2～２センチ、幅２ミリ程度。

これを全部いっしょにして二重鍋で温め、軽く混ぜあわせてから、カツレツの中心に高く盛りあげる。

ソースの作り方。ベースには「ポワブラード」ソースを用いる［下記参照］。このソースにポートワインまたはクラレット１カップ、ハーヴィーズ・ソース半カップ、アンチョビソース小さじ１、レッドカラントゼリー大さじ山盛り２杯を加える。よく混ぜて煮立たせ、五分間加熱したあと、きれいな小型ソースパンに入れてテーブルに出す。

ポワブラードの作り方。

にんじんの赤い部分、たまねぎ１個、赤身のハム少々、ベイリーフ１枚、パセリ。新鮮なサラダオイル少量でこれらを炒める。鮮やかな色を出すためになるべく手早くすること。砂糖小さじ１と粒胡椒をいくつか加える。少量のストックを加えて煮込み、やわらかくなったら、漉し器で漉す。(『ティリプロニーのレディ・クラークの料理書』1909年版)

プリンス・ウェールズ・ソース

肉や野菜のグリルまたはフライに。

ハーブ（タラゴン、パセリ、チャービルなど）は
湯通しして水を切っておく
アンチョビ　２切れ

ケーパー　中さじ1
固茹で卵の黄身　2個
フレンチマスタード　小さじ1
塩・カイエンヌペッパー
卵黄　2個
タラゴンビネガー　*60ml*
オリーブオイル　175*ml*

ハーブをこまかく刻み、それぞれが中さじ1になるようにしておく。これと、アンチョビ、ケーパー、固茹で卵の黄身を合わせ、よくかき混ぜる。フレンチマスタード、塩・胡椒で味付けする。ざっと泡立てた生卵の卵黄を混ぜこみ、酢とオリーブオイルを加える。なめらかになるまでミキサーかフードプロセッサーでブレンドする。（オズウェル・ブレークストン『手軽にできるエドワード朝の贅沢料理』1960年より）

第七章

ロブスター・カクテル

モニカ・ディケンズの適当なでっちあげとはちがって、これはもっと正統的で、しかも慎ましやかなレシピです。私の好みではありませんが、いかにもこの時代らしい一品です。

ロブスターの身　1カップ
レモン汁　4分の1カップ
トマトケチャップ　半カップ
ウスターソース　小さじ2
タバスコとチャイブのみじん切り　各小さじ半分
好みで塩とパプリカ

上記の材料をすべて混ぜあわせ、氷の上において冷やし、小さなサイズのグラスまたはつや消しガラスのカップで供する。（『デイリーメールのクックブック』1927年）

春のポタージュ

このスープは名シェフのマルセル・ブールスタンによるもので、軽くて上品な料理の典型です。

若いにんじん　2～3本
若いターニップ　2～3個
ホワイトキャベツ　1個
リーキ　3本
バター　30*g*
澄んだストックまたはコンソメ　900*ml*
レタス　1個（品種はアイスバーグかウェブス・ワンダフル）
莢から出したグリーンピース　250*g*
こまかく刻んだチャービル　大さじ2

このスープは南仏の農民がこよなく愛したスープからの応用で、イギリスの典型的な夏の1日にはとくに喜ばれ、歓迎されるだろう。若いにんじんとターニップが手に入ったら、よく洗い、ざっと皮をむいておく。皮はまだ薄いので、簡単にむけるはずだ。ホワイトキャベツは外側の固い葉を全部とって、内側のやわらかい部分だけを使う。キャベツは4つに割り、ほかの野菜は細い千切りにする。これらの野菜に、リーキ2、3本の白い部分を加え、バターを敷いた耐熱容器のなかに入れ、蓋をしたまま弱火でじっくり蒸し煮にする。やわらかくなったら、上等な澄んだスープを注ぎいれ、4つ割りにしたレタス、新鮮なグリーンピースをひとつかみ、刻んだチャービルを加える。スープは適当に間をおいて注ぎ足し、全体が3分の1の分量になるまで弱火でじっくりと煮込む。

味をみて、必要なら調味料を加え、食卓に出す直前に、1個分の卵の黄身をよく泡立ててから、この春野菜のミックス・スープに混ぜこむ。（マルセル・ブールスタンによる『ヴォーグ』の記事。『ヴォーグの料理』1976年より）

スパイスド・オニオン

18世紀の趣を残した興味深い1品です。『洗練の料理術』の2人の著者はイギリス料理のよき伝統を復活させようと意識しているようです。とはいうものの、この本には外国の料理もいくつか載っています。ミセス・ライエルは有名なハーブ栽培家で、この本はとくに野菜料理が充実しています。現代人の好みからすれば、クローブは1個で十分でしょう。

小さめのたまねぎ　6個
アンチョビ　2切れ
パセリ
クラレット（赤ワイン）　150*ml*
スープストック　150*ml*
小麦粉　大さじ1
バター　大さじ1
ケーパー　小さじ半分
胡椒、クローブ、ベイリーフ、塩

小麦粉とバターでブラウンルーを作り、ワインとストックでのばす。2〜3分煮立たせたら、たまねぎを加える。このたまねぎは前もって、熱湯で20分間やわらかくなるまで茹でておく。パセリ、クローブ、ベイリーフを加え、弱火で煮詰める。たまねぎをとりだし、テーブルに出す皿のうえにとりわけておく。

ソースを漉してから、ケーパーとこまかく刻んだアンチョビを加えて、ふたたび温める。煮立ったら、たまねぎの上に注ぐ。（ミセス・C・F・レイエルとオルガ・ハートリー『洗練の料理術』1925年）

牛肉の煮込み

ブールスタンのレシピのなかでどれが実用的でしょうか？　ここでは、ヴァージニア・ウルフの書いている料理に最も近いと思われるものを選びました。「食欲をそそる茶色と黄色の塊」という一節

に使われた *meat* という単語は、古英語の意味する「食べ物」と理解すべきでしょう。なぜなら、この料理で黄色いものといえばにんじんしかないからです。子牛の足は手に入れにくいかもしれませんが、かわりに豚足でも大丈夫。これなら切る手間がいりません。オリーブが入っていないことに注目——ヴァージニアはブールスタンのラグー・ド・ブフと混同したのでしょうか。それとも、彼女のとびぬけた想像力がここでも発揮されたのでしょうか。

牛の腿肉またはランプ肉、およそ *2kg* の塊　1 個
脂肪の多いベーコン　4 切れ
クラレット（赤ワイン）　ボトル 1 本
バター　*60g*
ブランデー　リキュールグラス 1 杯
コンソメ　カップ 1
ナツメグ　少々
ブーケガルニ
角砂糖　2 個
小さめのたまねぎ　3 〜 4 個
牛の足または豚足
小さめのにんじん　5 〜 6 本

牛肉の塊に切れ目を入れてベーコンを挿しこむ。全体に塩と胡椒をよくすりこみ、クラレットに漬けて（*2kg* の牛肉にはボトルのおよそ 4 分の 3 が必要）、2 時間おく。汁気を拭い、バターで表面がこんがりする程度に焼く。長時間煮込むあいだに、肉汁が出ないようにするためである。肉をソースパンに入れ、漬け汁に使ったワインを注ぎいれる。リキュールグラス 1 杯分のブランデー、カップ 1 杯のコンソメ、ナツメグ少々、ブーケガルニ（クローブ、パセリ、タイム、ベイリーフ）、角砂糖 2 個を加えていったん煮立たせる。これに 4 つ切りにしたたまねぎとサイコロ状に切った牛の足を加え、ごく弱火で少なくとも 8 時間は煮込む。「ハーフタイム」（4 時間後）になったら、あらかじめスライスしてバターで炒めておいたにんじんを加える。よく煮込んだら、牛肉を皿に盛り、その周囲ににんじんを散らし、そのうえからグレービーをかけまわす。肉汁から出る油脂はできるだけていねいに取りのぞくこと。柔らかく煮えているはずなので、食べるときにはスプーンだけで十分だ（そのた

め、この料理の別名はスプーンで食べる牛肉《ブフ・アラ・キュイエ》という)。温かくても、冷やしてもおいしい。(マルセル・ブールスタン著、エルヴィアおよびモーリス・フィルスキー編『ザ・ベスト・オブ・ブールスタン』1952年)

サフォーク郡ルイス、ロドメルのモンクズ・ハウス、レナード・ウルフ邸より
「おいしいケーキをありがとう。毎日お茶の時間に喜んで味わっています。よかったら、いつかレシピを教えてくれませんか？　私が本当に食べたいと思うケーキはあなたのだけなんです。
私たちは明日ロンドンへ行きます。　V・ウルフ」

チャールストンのヴァネッサ・ベル家の料理人グレース・ヒギンズにあてたヴァージニアの手紙。この返事として送られたレシピは以下のとおり。

ダンディー・ケーキ

バター　150*g*
砂糖　150*g*
卵　3個
小麦粉　250*g*
ベーキングパウダー　小さじ2
カラント【干し葡萄】 175*g*
スルタナ【干し葡萄】 175*g*
チェリー　60*g*
オレンジとレモンの皮のすりおろし　60*g*
飾り用のアーモンド
150度のオーブンで2時間半焼く

チョコレート・ロール

卵　6個
粉砂糖　150*g*
ココア　60*g*

卵の白身を角が立つまで泡立てる。別のボウルで黄身を泡立てる。泡立てた黄身に砂糖を加える。これにココアを加えてさらに泡立てる。ここに泡立てた白身を加える。

ロールケーキ用の天板または薄いケーキ型の内側にクッキングペーパーを敷いておく。ここに泡立てた卵を流しこみ、175度のオーブンで20分間焼く。クッキングペーパーをとりのぞき、アイシングシュガーをふりかける。ホイップクリームと溶けたチョコレートを広げて巻きあげる。

装丁　岡本洋平

訳者略歴
一九五〇年生まれ
多摩美術大学絵画科卒業
翻訳家
主要訳書
スタインガーテン「やっぱり美味しいものが好き」（文藝春秋）
ボーデイン「キッチン・コンフィデンシャル」（新潮社）
ウィンチェスター「世界を変えた地図」（早川書房）

ロンドン 食の歴史物語
中世から現代までの英国料理

二〇〇六年 三 月一〇日 印刷
二〇〇六年 三 月二五日 発行

訳 者 © 野《の》中《なか》邦《くに》子《こ》
発行者 川 村 雅 之
印刷所 株式会社 理 想 社
発行所 株式会社 白 水 社
東京都千代田区神田小川町三の二四
電話 営業部〇三（三二九一）七八一一
編集部〇三（三二九一）七八二一
振替 〇〇一九〇―五―三三二二八
郵便番号一〇一―〇〇五二
http://www.hakusuisha.co.jp
乱丁・落丁本は、送料小社負担にてお取り替えいたします。

松岳社（株）青木製本所

ISBN4-560-02616-5
Printed in Japan